AF274897

Elle Kennedy

Amor inocente

—.—

Deseo inocente

—.—

Su ángel vengador

Tiffany

Cualquier forma de reproducción, distribución, comunicación pública o transformación
de esta obra solo puede ser realizada con la autorización de sus titulares, salvo excepción
prevista por la ley.
Dirijase a CEDRO si necesita reproducir algún fragmento de esta obra.
www.conlicencia.com - Tels.: 91 702 19 70 / 93 272 04 47

Editado por Harlequin Ibérica.
Una división de HarperCollins Ibérica, S.A.
Avenida de Burgos, 8B - Planta 18
28036 Madrid

© 2025 Harlequin Ibérica, una división de HarperCollins Ibérica, S.A.
N.º 175 - 5.2.25

© 2011 Leeanne Kenedy
Amor inocente
Título original: Millionaire's Last Stand

© 2012 Leeanne Kenedy
Deseo inocente
Título original: The Heartbreak Sheriff

© 2010 Leeanne Kenedy
Su ángel vengador
Título original: Her Private Avenger
Estos títulos fueron publicados originalmente en español en 2012, 2012 y 2013

Todos los derechos están reservados incluidos los de reproducción, total o parcial.
Esta edición ha sido publicada con autorización de Harlequin Books S.A.
Esta es una obra de ficción. Nombres, caracteres, lugares, y situaciones son producto de la
imaginación del autor o son utilizados ficticiamente, y cualquier parecido con personas,
vivas o muertas, establecimientos de negocios (comerciales), hechos o situaciones son
pura coincidencia.
Sin limitar los derechos exclusivos del autor y del editor, queda expresamente prohibido
cualquier uso no autorizado de esta edición para entrenar a tecnologías de inteligencia
artificial (IA) generativa.
® Harlequin, Tiffany y logotipo Harlequin son marcas registradas propiedad de
Harlequin Enterprises Limited.
® y ™ son marcas registradas por Harlequin Enterprises Limited y sus filiales, utilizadas
con licencia. Las marcas que lleven ® están registradas en la Oficina Española de
Patentes y Marcas y en otros países.
Imagen de cubierta utilizada con permiso de Dreamstime.com.

I.S.B.N.: 978-84-1074-595-7
Depósito legal: M-23861-2024
Impreso en España por: BLACK PRINT
Fecha impresión Argentina: 4.8.25
Distribuidor para México: Distribuidora Intermex, S.A. de C.V.
Distribuidores para Argentina: Interior, DGP, S.A. Alvarado 2118. Cap. Fed./Buenos
Aires y Gran Buenos Aires, VACCARO HNOS.

ÍNDICE

AMOR INOCENTE

ELLE KENNEDY

PRÓLOGO

–Tenemos un cadáver.

La llamada lo había despertado de madrugada y mientras salía de su granja para subir al jeep, Finn no podía controlar el miedo que lo atenazaba. Tenía el presentimiento de que el tranquilo pueblo de Serenade estaba a punto de dejar de serlo.

Patrick «Finn» Finnegan apagó el motor del jeep y miró la impresionante mansión que se alzaba frente a él. Situada sobre un promontorio, la casa parecía una versión pequeña de un castillo medieval. Según los rumores, Cole Donovan había querido usar madera para que la estructura se pareciese a las casitas rústicas de la zona, pero su esposa había exigido que fuese de piedra.

Y no le sorprendía. Teresa Donovan siempre había actuado como si fuese una reina, ¿por qué no vivir como tal?

Un golpecito en la ventanilla del jeep interrumpió sus pensamientos. Anna Holt, una de sus alguaciles, estaba mirándolo con sus astutos ojos castaños, su seria expresión dejaba claro lo que Finn esperaba encontrar en el interior de la extravagante casa.

–¿Malas noticias? –preguntó, a modo de saludo.

Anna vaciló durante un segundo.

–Muy malas –respondió por fin.

Juntos tomaron el camino que llevaba a la entrada de la mansión y atravesaron la ornada puerta con filigrana de bronce, más parecida a la entrada de una catedral que a la de una casa de Carolina del Norte. El espacioso vestíbulo era de mármol blanco, algo incongruente considerando que el exterior era de granito. Teresa Donovan había optado por el boato más que por la consistencia.

–Está aquí –dijo Anna, señalando un arco a la izquierda.

El comisario se pasó una mano por la mandíbula mientras miraba los carísimos muebles del cuarto de estar. Su segundo alguacil, Max Patton, estaba frente a la enorme chimenea de pizarra negra, buscando huellas en la repisa y en las fotografías que había sobre ella. Finn se fijó en una en particular que mostraba a Teresa con su vestido de novia, al lado de un hombre alto, de piel morena y ojos oscuros.

Cole Donovan, el magnate inmobiliario, exmarido y posible sospechoso del asesinato.

Finn masculló una maldición. Aquello era lo último que el pueblo necesitaba. En los cinco años que llevaba como comisario de Serenade, no había habido un solo asesinato. La gente, sencillamente, no se mataba en Serenade.

Suspirando, hizo un esfuerzo para mirar el cadáver de Teresa Donovan.

Incluso muerta era una mujer bellísima, tuvo que reconocer. Su pelo negro estaba extendido sobre el suelo de parqué y su piel, antes blanca como la porcelana, tenía en aquel momento un tono azulado. Llevaba un camisón corto de color vino de seda o raso que dejaba al descubierto sus muslos. No era una mujer alta, pero su belleza siempre le había parecido extraordinaria.

Como su desagradable personalidad.

—Tiene algo bajo las uñas —dijo el forense.

Finn frunció el ceño.

—¿Arañó a su asesino?

Len Kirsch se encogió de hombros, las gafas de montura metálica se deslizaban por el puente de la delgada nariz.

—Posiblemente, pero puedes tener células de piel bajo las uñas solo por acariciar el brazo de alguien. Examinaré el cadáver meticulosamente durante la autopsia para ver si son heridas defensivas.

Finn contuvo otro suspiro. ¿Por qué tenía que haber sido precisamente aquella mujer? Sería difícil encontrar una sola persona en Serenade que apreciase a Teresa. De hecho, en aquel caso todo el pueblo sería sospechoso.

Entonces miró el agujero que había en el camisón de Teresa, justo sobre el corazón. El asesino había disparado a matar.

Mientras los fotógrafos del laboratorio forense hacían su trabajo, Finn dio un paso atrás. El resto del salón estaba impecable, los muebles y cojines en su sitio. No había señales de lucha, solo el cadáver tumbado al lado del sofá de piel y el siniestro charco de sangre sobre el suelo.

Maldito fuese Cole Donovan, que no había hecho más que crear problemas desde que se mudó a Serenade dos años antes. Había comprado la fábrica de papel para construir un hotel, se había casado con la chica mala del pueblo, de la que se había divorciado un año después...

Y, casi con toda seguridad, la había asesinado.

Aquel era un pueblo tranquilo. Los cinco mil habitantes de Serenade eran gente agradable y trabajadora que no se metía en líos. Educaban a sus hijos, llevaban sus negocios o vivían del turismo que en verano visitaba el pintoresco pueblo.

Cole Donovan no era uno de ellos. Él era un hombre de ciudad que había creado su imperio inmobiliario en Chicago para extenderlo después por la costa atlántica, construyendo hoteles en pueblos pequeños en los que no debería construir.

Finn miró de nuevo el cadáver de Teresa y, al ver el charco de sangre, solo pudo pensar una cosa:

Serenade no volvería a ser el mismo.

1

Dos semanas después

–¿Seguro que no quieres que me quede? –insistió Ian Macintosh, en la puerta de la solitaria casa de Cole Donovan.

–Vuelve a Chicago –respondió Cole, interrumpiendo la protesta de su ayudante con un gesto–. Estoy bien, Ian. Lo peor que puede pasarme es que el comisario me detenga.

–No entiendo por qué estás tan tranquilo. Si me acusaran a mí de algo que no he hecho, me liaría a golpes con todo el departamento –Ian se puso colorado–. No le cuentes a mi madre que he dicho eso. La pobre se pasó veinticinco años intentando enseñarme buenas maneras.

Su acento británico era más marcado que nunca, de modo que Ian debía de estar realmente preocupado por él. Cole había contratado al chico durante un viaje a Londres, cuando Ian lo había buscado después de una conferencia para decirle que le gustaría formar parte de la Compañía Donovan. Al principio, Cole tenía sus reservas porque Ian acababa de terminar la carrera, pero durante los últimos cinco años había demostrado ser fundamental para él.

Y por eso necesitaba que volviese a Chicago, para controlarlo todo desde el cuartel general de la compañía mientras él intentaba solucionar aquella pesadilla.

Maldita fuera Teresa.

Seguía sin creer que su exmujer hubiese muerto. Aquella mujer que solo le había ocasionado problemas y quebraderos de cabeza en los últimos dos años. Teresa le había hecho daño, lo había humillado, le había costado no solo dinero, sino su orgullo.

Pero había muerto y el comisario Finnegan estaba entre las sombras, esperando el momento para detenerlo.

Cole contuvo un suspiro. Tenía que solucionar aquello antes de que se le escapase de las manos. Los periódicos ya habían olido la historia y lo último que necesitaba en aquel momento era publicidad negativa. La inmobiliaria Donovan había sufrido tanto como las demás con la caída de los mercados y no podía permitirse el lujo de perder dinero porque el comisario de Serenade hubiese decidido que era un criminal.

–Ponte en contacto con Kurt Hanson cuando llegues a Chicago –le dijo mientras lo seguía hasta el porche–. Invítalo a cenar en un buen restaurante. No podemos perder ese hotel de la playa.

Ian anotó las instrucciones en su BlackBerry, tan eficiente como siempre.

–¿Y qué pasa con el hotel Warner? Kendra Warner ha decidido doblar el precio de la propiedad. ¿Vamos a pagar tanto?

Cole se pasó una mano por la mandíbula.

–No –respondió por fin–. La propiedad no vale ese dinero. Añade un millón más y si no acepta, dile a Margo que busque otro sitio.

–Muy bien, te llamaré cuando llegue –Ian abrió la puerta del coche, mirándolo con cara de preocupación–. Podría quedarme –insistió.

–Vete –dijo Cole–. Puedo solucionar esto yo solo.

Con una sonrisa de resignación, Ian subió al coche y lo puso en marcha.

Después de decirle adiós con la mano, Cole entró en casa y, en cuanto la puerta se cerró tras él, dejó caer los hombros, con el peso de la angustia de esas dos semanas abrumándolo.

Teresa estaba muerta.

La mujer con la que había estado casado durante dos años estaba muerta.

Entonces, ¿por qué solo sentía alivio?

Después de marcar el código que activaba la alarma se dirigió al bar situado en la esquina del salón. Le temblaban las manos mientras echaba un par de cubitos de hielo en un vaso antes de servirse el whisky, mirando el intrincado reloj de pared que había al otro lado de la habitación. Las cuatro, genial. Se estaba dando a la bebida a media tarde. Se estaba dando a la bebida, punto. Él no bebía desde que estaba en la universidad, cuando llevó a su madre a una clínica de desintoxicación.

Cole se dejó caer sobre uno de los sillones y bebió en silencio, deseando, no por primera, vez no haber conocido nunca a Teresa Matthews. Una noche, solo había hecho falta eso para que se enamorase de ella. Seis meses más tarde estaban casados.

Y un año después pedían el divorcio.

Estaba terminando su copa cuando oyó el motor de un coche por la ventana abierta. Ian era la única persona que tenía el código de la verja de entrada, de modo que su ayudante había vuelto. Probablemente se habría dejado algo, pensó.

Suspirando, Cole dejó el vaso sobre la mesa y se levantó, frunciendo el ceño al ver un coche negro subiendo por el camino de tierra.

Maldita fuera. Era la segunda vez que Ian olvidaba marcar el código de seguridad cuando se iba de la casa.

¿Para qué pagaba un carísimo sistema de seguridad cuando sus propios empleados eran incapaces de cerrar la verja?

Las ventanillas del coche estaban tintadas, de modo que no podía ver al conductor, pero quien fuese aparcó al lado de su camioneta.

Y cuando bajó, Cole vio que era una guapísima pelirroja. Llevaba un traje de chaqueta negro que destacaba su preciosa figura y una camisa blanca bajo la chaqueta desabrochada. Tenía un aspecto muy profesional, salvo esa melena roja que caía en cascada por debajo de sus hombros.

Cole contuvo el aliento cuando la mujer se dirigió hacia el porche con paso seguro. Caminaba con los hombros rectos y la barbilla levantada, como si no tuviera una sola preocupación en el mundo.

Desapareció de su vista mientras subía los escalones del porche y Cole intentó controlar esa breve chispa de deseo mientras salía del salón para marcar el código que cerraba la verja, mirando la docena de monitores que vigilaban varias zonas de la propiedad. No había nada raro en las pantallas, salvo la preciosa pelirroja en el porche.

Pero cuando sonó el timbre, estaba enfadado otra vez. Seguramente sería otra periodista que, siguiendo los pasos de sus predecesores, intentaba conseguir una jugosa entrevista.

Pues a la porra. Estaba harto de extraños que querían meterse en su vida.

Furioso, abrió la puerta y fulminó a la pelirroja con la mirada.

–Sin comentarios –le espetó.

Ella parpadeó, sorprendida, antes de esbozar una sonrisa.

–¿Le he pedido que hiciese algún comentario?

Cole la miró fijamente. Esa sonrisa, maldita fuera,

iluminaba toda su cara. Y parecía sincera, sin el interés y la vanidad que exudaban la mayoría de los reporteros.

–Ah, ya entiendo, cree que soy periodista –dijo ella, riendo–. Siento decepcionarlo y le pido disculpas por no haber presionado el intercomunicador de la entrada. La verja estaba abierta, así que he pensado que podía entrar.

Cole abrió la boca para decir algo, pero no consiguió articular palabra. Estaba hipnotizado por sus ojos, que eran de un azul casi violeta.

Era una mujer preciosa, aunque no una belleza convencional. Sus ojos eran exóticos, almendrados, pero la nariz aristocrática y la boca de labios perfectos le daban un aspecto elegante. Y las pecas que tenía en las mejillas la hacían parecer simpática.

Exótica, elegante y simpática. Definitivamente, un trío peculiar. Si añadía un cuerpazo a la mezcla, aquella mujer, fuese quien fuese, resultaba muy interesante.

–¿Quién es usted? –le preguntó cuando por fin pudo encontrar la voz.

–Jamie Crawford –respondió ella, sacando una placa del bolsillo de la chaqueta–. FBI.

No parecía un asesino, pensó Jamie mientras hacía un esfuerzo para no quedarse boquiabierta ante aquel hombre tan guapo. ¿Hombre? Estrella de cine, más bien.

Tenía la piel bronceada, los ojos oscuros, casi negros, y un pelo castaño que se rizaba ligeramente detrás de las orejas. La camiseta azul y los vaqueros gastados revelaban un cuerpo musculoso que no parecía el de un magnate inmobiliario.

Ella había esperado un tipo como Donald Trump y lo que tenía delante se parecía más a Johnny Depp.

Pero aquello no era una cita, se dijo. Estaba allí para entrevistar a un sospechoso de asesinato.

–FBI –repitió él–. Genial, así que el comisario quiere echarme encima a los federales.

–Me gustaría hacerle unas preguntas, si no tiene inconveniente.

–Ya he hecho mi declaración en la comisaría –replicó Cole–. No tengo nada más que añadir.

Finn le había advertido que Donovan podría no querer cooperar, pero Jamie estaba decidida a ganarse su confianza. Cuando Finn la llamó el día anterior para pedirle que fuese a Serenade para ayudarlo en un caso, no había vacilado. Además, tenía unas semanas de vacaciones obligatorias, ya que su supervisor creía en «rejuvenecer la mente». Jamie había temido esas vacaciones porque no sabía qué hacer con tres semanas libres, de modo que la llamada de Finn había sido un regalo del cielo.

Pero habría ido aunque no tuviese vacaciones. Finn y ella eran amigos desde que se conocieron en Raleigh cuatro años antes, cuando Jamie estaba impartiendo un seminario sobre el arte de hacer perfiles psicológicos.

Finn la había buscado cuando terminó la primera clase, impresionado por su charla y sorprendido por lo joven que parecía. Y lo había sorprendido aún más al saber que tenía veintiocho años y llevaba seis en el FBI. A partir de entonces, se hicieron amigos.

No había nada romántico en su amistad con Finn. Eran como hermanos y lo consideraba su mejor amigo, por eso se había ofrecido a ayudarlo. Además, aquel caso parecía interesante. Bueno, cualquier caso que diera el titular: *Magnate inmobiliario implicado en el asesinato de su exmujer* tenía que ser interesante.

–Me gustaría que lo reconsiderase, señor Donovan. Le será más fácil hablar conmigo que con el comisario Finnegan.

Podría haber jurado que él esbozaba una sonrisa.

–En eso tiene razón.

–Por favor –añadió Jamie–. Deme media hora. Al contrario que algunos de mis colegas, yo soy capaz de ver las cosas sin prejuicios de ningún tipo. No estoy aquí para detenerlo o para inculparlo, solo quiero conocer su versión de la historia.

Estaba siendo sincera. Ella era capaz de ver las cosas con perspectiva, al contrario que Finn, que estaba convencido de su culpabilidad. Pero Jamie no estaba tan segura porque lo que sabía de Cole Donovan no lo señalaba como un asesino. Aunque había heredado la compañía de su padre, Cole había decidido donar ese dinero a una organización benéfica y construir su propio imperio. A los treinta y cuatro años era multimillonario habiendo empezado desde cero y eso era admirable.

Y sí, los hombres ricos e importantes también cometían crímenes, pero Jamie tenía la sensación de que aquel hombre no era un asesino.

Tuvo que disimular una sonrisa cuando por fin Cole Donovan capituló. Abriendo la puerta del todo, le hizo un gesto para que entrase y Jamie se tomó unos segundos para admirar el interior de la casa, de madera y piedra, con unos techos tan altos que la hacían sentirse diminuta en comparación.

Cuando miró hacia la izquierda, vio un enorme salón con un ventanal que ocupaba toda una pared. Oh, sí, Cole Donovan era un hombre muy rico. Con su salario tardaría varias vidas en poder pagar una casa así.

–No sabía que Finnegan hubiera llamado a los federales –dijo Cole mientras la llevaba a una fabulosa cocina de estilo rústico.

Jamie miró las encimeras y los armarios de caoba, las paredes pintadas de color amarillo... y se encontró sonriendo al ver unas cortinas de cuadros verdes. Había esperado un ambiente más estéril, más moderno, la guarida perfecta para un hombre tan rico como el rey Midas.

—Es muy hogareña —comentó, sin molestarse en ocultar su sorpresa—. Y los electrodomésticos parecen usarse.

—Me gusta cocinar —dijo él, señalando una mesa ovalada que había en el centro—. Siéntese, por favor. ¿Quiere un café?

—Sí, gracias —respondió Jamie, apartando una silla.

—¿Leche y azúcar?

—No, solo. Y no estoy aquí de manera oficial, señor Donovan.

Su propósito al ir allí era encontrar el perfil de la persona que había matado a Teresa Donovan, pero tenía la impresión de que a Cole no le haría gracia que un psiquiatra forense lo interrogase.

Como investigadora en la unidad de análisis del comportamiento, se dedicaba a examinar casos pensando como un asesino. Una tarea bastante más complicada de lo que parecía en las series de televisión que estaban tan de moda.

Era un trabajo lento, metódico. Debía concentrarse en el análisis del crimen, sobre todo en las decisiones que el asesino había tomado antes, durante y después de un asesinato.

Jamie estudiaba todos los aspectos, desde el porqué al método con el que se había llevado a cabo o lo que se había hecho con el cadáver. Pero en aquel caso no conocía los detalles, solo lo que Finn le había contado.

—¿Entonces por qué está aquí? —le preguntó Cole Donovan, ofreciéndole una taza de café antes de sentarse frente a ella.

—Finn me ha pedido que viniera, como un favor. Parece que aún no ha unido todos los cabos.

—Tal vez si dejase de tratarme como a un sospechoso llegaría a algún sitio —comentó él, irritado.

Jamie se encogió de hombros.

—Es posible —murmuró, apoyando los codos en la mesa—. Dígame cómo conoció a su exmujer.

Esa pregunta pareció sorprenderlo. Seguramente porque había esperado que le preguntase si mató a Teresa, pero ser tan directo era más típico de Finn que de ella.

—Vine al pueblo por una cuestión de negocios hace dos años y medio —respondió Cole—. Después de una reunión pasé por el bar en el que trabajaba Teresa y empezamos a charlar...

—Y se casó con ella seis meses después.

Cole asintió con la cabeza.

—¿Y por qué se divorciaron?

—Pensé que Teresa era de otra manera.

Jamie no dijo nada, mirándolo a los ojos con expresión relajada. Había descubierto que en los interrogatorios el silencio era a menudo la mejor estrategia. Si te quedabas callado el tiempo suficiente, la persona del otro lado de la mesa se ponía nerviosa y acababa contándolo todo para llenar el vacío. Como no había esperado que ese truco funcionase con un hombre tan astuto como Cole Donovan, le sorprendió que siguiera hablando:

—Lo que me atrajo de ella fue su carácter espontáneo. Le daba igual lo que la gente pensara, no vivía para complacer a los demás. Hacía lo que le daba la gana y yo admiraba eso —Cole se detuvo, llevándose la taza a los labios—. Pero me equivoqué. Todo eso que me gustaba de ella no era espontaneidad o alegría de vivir, era egoísmo y codicia.

—¿Se casó con usted por su dinero? —le preguntó Jamie.

—Por supuesto. Le encantaba ser la esposa de un millonario y odiaba que yo quisiera vivir en Serenade en lugar de en Chicago o Nueva York, donde podría portarse como una reina.

–¿Por qué se quedó aquí?

–Porque me gusta el pueblo –respondió Cole–. Me imagino que habrá visto lo bonito que es Serenade. Pero es más que eso, es un hogar, un sitio donde puedes formar una familia, donde todo el mundo conoce tu nombre y te saluda cuando te ve. Yo crecí en una ciudad, rodeado de extraños, y quería algo diferente cuando me casé con Teresa.

Jamie lo entendía perfectamente. El opresivo camping de caravanas en el que ella había crecido no había sido un hogar, al contrario, más una cárcel que otra cosa. Había pasado una gran parte de su vida adulta intentando encontrar su sitio en el mundo, un sitio en el que se sintiera feliz. Pero aún no lo había encontrado, a menos que contase su apartamento en Charlotte.

–Pero su exmujer no quería quedarse en Serenade.

–No, ella quería viajar conmigo, aunque sabía que tendría que quedarse en el hotel mientras yo trabajaba. Pero después del primer viaje empezó a portarse de manera mezquina e infantil, haciendo ridículas exigencias, protestando por todo. Y poco después empezaron sus aventuras.

–¿Aventuras extramaritales?

–Parker Smith es el único del que estoy seguro porque Teresa mencionó su nombre durante una discusión, pero sé que hubo otros. Lo sé porque ella misma me lo contó.

–Pero no le dio nombres –dijo Jamie, pensativa.

–No –respondió Cole–. Además, yo no quería saberlo. Solo quería alejarme de Teresa, por eso pedí el divorcio y me fui de la casa.

–¿Por qué se quedó aquí? Si su matrimonio se había roto, Serenade ya no podía parecerle un hogar.

–Como le he dicho, me gusta el pueblo –Cole se encogió de hombros–. No sé por qué, ya que todo el mundo me ve como un extraño.

Jamie se pasó una mano por el pelo.

–A mí también me gusta Serenade –le confesó–. Solo llevo una hora aquí, pero he tenido la misma sensación mientras lo atravesaba: es un buen sitio para vivir.

–¿Es usted una chica de ciudad?

–Nací y me crié en Charlotte –Jamie sonrió–. Normalmente, los pueblos pequeños me parecen aburridos y demasiado tranquilos. Y todo el mundo lo sabe todo sobre los demás.

–En eso estoy de acuerdo –dijo él.

Jamie notó que su tono era menos agresivo y eso significaba que podía lanzarse al ataque.

Mirándolo a los ojos, se inclinó hacia delante y le preguntó:

–¿Qué ocurrió la noche que murió Teresa, Cole?

2

Cole no estaba acostumbrado a que lo pillasen des-
prevenido, pero la pregunta de Jamie Crawford no solo
lo sorprendió, sino que lo hizo palidecer. Y se dio cuenta entonces de que la pelirroja había estado jugando
con él. La había dejado entrar en su casa porque, como
le había dicho a Ian, quería solucionar aquella pesadilla y si la agente del FBI quería escuchar su versión,
¿qué podía perder?

Pero Jamie lo había engañado dándole una falsa sensación de confianza.

Había usado su sonrisa y su tono agradable para
hacer que le contase cosas y luego, de repente, le había
metido un gol.

Cole hizo un esfuerzo para disimular su enfado.
Muy bien, había bajado la guardia y estaba disfrutando
de la conversación con la inteligente pelirroja. Pero se
puso a la defensiva de nuevo, sabiendo que debía ser
cauto a partir de ese momento.

—Seguro que te lo ha contado el comisario.

—Sí, claro. Me ha dicho que admites haber discutido
con Teresa la noche que murió.

—Es verdad.

Jamie suspiró.

—Puedes contarme lo que pasó. No voy a detenerte.

Él enarcó una ceja.

—¿No?

—Ni siquiera he traído las esposas, te lo juro.

Cole tuvo que disimular una sonrisa. La idea de que aquella pelirroja llevase esposas no lo sorprendía en absoluto. Jamie Crawford no era una chica tímida y tenía la impresión de que no pestañearía si tuviera que detener a un sospechoso. Daba una sensación de gran armonía, de seguridad, como si supiera quién era y se sintiera completamente a gusto en su propia piel. Y eso le parecía encantador.

—Fui a verla al bar de Sully esa noche —admitió por fin—. Teníamos que acudir al juez en un par de semanas porque Teresa iba a impugnar el acuerdo de separación de bienes que habíamos firmado antes de casarnos. No tenía nada en qué apoyarse y, si quieres que te sea sincero, acudir a un juez para eso era un quebradero de cabeza para mí.

—Supongo que ella no estaba de acuerdo.

—La codicia siempre pesaba más que el sentido común en el caso de Teresa. Intenté razonar con ella, pero se negaba a escuchar. Gritaba como una loca, me insultaba y cuando intenté subir a mi camioneta, me agarró violentamente del brazo.

Cole dejó fuera un par de detalles importantes, como por ejemplo, la furia que sintió cuando Teresa volvió a mencionar sus infidelidades o el disgusto que experimentó al ver a la mujer a la que una vez había creído amar.

—¿Qué pasó luego? —le preguntó Jamie.

—Me fui a casa. Y tengo una coartada.

—Me han enviado por fax tu declaración y, aunque solo he podido echarle un vistazo rápido, sé que decías que te habías encontrado con un vecino.

–Joe Gideon –asintió Cole–. Vive a medio kilómetro de aquí, en una vieja cabaña de pescadores.

–Muy bien, entonces viste a Joe.

Él asintió con la cabeza.

–Estaba disgustado por mi discusión con Teresa y salí a dar un paseo. Eran las dos de la mañana, la hora a la que el forense dice que Teresa fue asesinada. Me encontré con Joe cerca del arroyo y discutimos...

–¿Discutiste con él?

–Joe Gideon no es exactamente uno de mis fans. Me culpa por perder su trabajo y a su esposa.

–¿Y por qué piensa eso?

Cole se echó hacia atrás en la silla.

–¿Has visto el hotel a las afueras del pueblo?

–Sí, claro.

–Antes era la fábrica de papel de Serenade. Hace dos años compré la parcela, cerré la fábrica y construí el hotel en su lugar. Gideon era uno de los empleados de la fábrica y me culpa a mí por todos sus problemas.

–¿Y tú crees que es culpa tuya?

–No, no lo creo. El negocio inmobiliario no es un crimen. El hotel también ha creado muchos puestos de trabajo y aporta más dinero al pueblo que la fábrica de papel. Pero Gideon no lo ve así. Cuando perdió su trabajo empezó a beber y su mujer se divorció de él –le explicó Cole, intentando disimular su frustración–. Puede que yo sea en parte responsable de la situación laboral de Joe Gideon, pero no soy responsable de que se emborrache. Aparentemente, le daba a la botella antes de que yo apareciese por aquí.

–Gideon dice que no te vio esa noche –le recordó Jamie.

–Está mintiendo. Me lo encontré cerca del arroyo, intercambiamos unas palabras y luego se dio la vuelta.

–Entonces, mantienes que Gideon miente.

–Desde luego que sí –respondió Cole, intentando

relajarse. Pensar en Joe Gideon hacía que le hirviera la sangre. No estaría metido en aquel apuro si el canalla contase la verdad.

Jamie se levantó de la silla.

–Muy bien, gracias por responder a mis preguntas.

–¿Ya está? –preguntó Cole, levantándose a su vez.

–Por ahora –respondió ella–. Si necesito volver a hablar contigo, te llamaré con antelación la próxima vez.

Cuando pasó a su lado, Cole notó que la coronilla de Jamie le llegaba por encima de la barbilla. Era una mujer alta, al contrario que Teresa, que no le llegaba al hombro.

–Gracias por hablar conmigo.

–¿Vas a quedarte en el pueblo ayudando al comisario?

–Tengo tres semanas de vacaciones, así que me quedaré por aquí.

Él abrió la boca para decir algo, pero no dijo nada. Por alguna razón, no quería que se fuese todavía. Tal vez porque era la primera persona desde la muerte de Teresa que le había hablado como si fuera un ser humano y no un frío asesino.

También era la primera mujer desde Teresa que evocaba en él un extraño anhelo, pero decidió no pensar en tan turbadora emoción. En lugar de eso, le ofreció su mano.

–Gracias por la visita.

Jamie estrechó su mano y fue como si, de repente, sufrieran una descarga eléctrica, haciendo que los dos dieran un paso atrás.

Eso sí era raro. Aunque había apartado la mano, Cole seguía sintiendo la descarga en los dedos y estaba preguntándose si también ella la habría sentido cuando Jamie lo miró a los ojos.

–¿La mataste, Cole?

Esa vez, él estaba preparado para un ataque.

–No, no la maté –respondió, poniendo en esas palabras toda su sinceridad.

–Muy bien.

Jamie salió al porche y, después de decirle adiós con la mano, subió al coche.

Cole se quedó mirándola, atónito. Por difícil que resultase creerlo había disfrutado de su compañía. Trabajaba para el FBI, pero había algo en ella que resultaba enternecedor, algo que lo hacía sentirse cómodo y reconfortado.

Cole volvió al salón y estuvo varias horas pensando en los preciosos ojos violeta de Jamie Crawford.

El corazón de Jamie latía como loco mientras bajaba por el camino de tierra en dirección a la verja de entrada. ¿Qué demonios había pasado? Aún podía sentir el calor de la mano de Cole Donovan. Una mano grande, cálida, masculina y llena de callos. Se preguntaba por qué un magnate inmobiliario como él trabajaría con las manos, aunque su cuerpo musculoso hacía suponer que no pasaba todo el tiempo en la oficina.

Y la chispa de deseo que había sentido al verlo dejaba claro que se sentía atraída por él.

¿Sería posible? Cole era un hombre muy atractivo, desde luego, pero también era sospechoso de un asesinato.

En sus diez años en el FBI jamás se había sentido atraída por un sospechoso. Ni por un colega. Ella separaba muy bien su vida profesional y su vida personal. «El trabajo es el trabajo» era su mantra.

Había visto a demasiados compañeros enamorarse durante la investigación de un caso para olvidar ese amor en cuanto el caso terminaba y había decidido años atrás que prefería un hombre que no tuviese nada que ver con su profesión.

Y Cole Donovan estaba directamente relacionado con un caso de asesinato, ni más ni menos.

Jamie apretó los dientes, concentrándose en conducir. Tenía que ver a Finn para hablarle de la entrevista y también quería llamar a Joe Gideon, aparte de revisar la documentación del caso para ver si encontraba algo que a Finn le hubiera pasado desapercibido.

Y eso significaba que no tenía tiempo para pensar en un guapo multimillonario. Especialmente, en uno implicado en la muerte de su exmujer.

Un poco más calmada, Jamie pisó el freno cuando entraba en Serenade. Mientras miraba por las ventanillas tintadas no pudo evitar ver el mismo pueblo que había descrito Cole. Serenade era un sitio que uno podría llamar su hogar. De hecho, era irreal, como el escenario de una película. En la calle principal había bonitas tiendas y al fondo una plaza con una fuente circular, bancos de hierro forjado y cerezos en flor que debían de haber sido transplantados desde algún otro sitio.

Pero era la ubicación del pueblo lo que dejaba a Jamie sin aliento: las majestuosas montañas Smoky al oeste, con una niebla estival sobre sus cumbres, y los campos llenos de árboles y flores que había visto por el camino.

Era un sitio tan diferente a su apartamento de Charlotte, cerca del campus universitario, en una calle siempre llena de ruidosos estudiantes. Serenade, en cambio, era un pueblo tranquilo e increíblemente bonito...

Jamie miró la fuente del centro de la plaza, donde una joven morena sujetaba a un bebé que se reía mientras su mamá le echaba gotitas de agua en la nariz.

Y esa escena la hizo sentir un anhelo inesperado.

–No, ahora no –murmuró para sí misma.

Ella nunca había creído en el concepto del reloj biológico pero, por alguna razón, en los últimos meses prácticamente podía oír el tictac del suyo. Era algo muy raro. Siempre había pensado que algún día tendría hijos, pero nunca le había parecido una cuestión urgente. Llevaba diez años concentrada en su carrera y el trabajo siempre había sido suficiente para ella. Hasta unos meses antes.

Cada vez que veía un bebé sentía aquella oleada de anhelo. Y ni siquiera quería analizar la pena que sentía cada noche, cuando se iba sola a la cama. No, era mejor dejar su capacidad analítica para entrar en la mente de los asesinos.

Por fin, llegó a la comisaría de Serenade, un edificio de ladrillo rojo con una bandera que se movía con la brisa y girasoles plantados a cada lado del camino, con un pequeño aparcamiento en la parte trasera.

Al entrar en el edificio, Jamie se encontró en un vestíbulo pequeño, pero bien iluminado, donde una mujer oronda de pelo gris sentada frente a un mostrador la saludó con el ceño fruncido.

–¿Puedo ayudarla en algo? –le preguntó, con voz de fumadora.

–He venido a ver a Finn... quiero decir, al comisario Finnegan.

–¿La espera el comisario?

–Sí, claro. Soy Jamie Crawford –Jamie sacudió su melena–. La agente especial Jamie Crawford.

La recepcionista levantó el teléfono y pasó el mensaje de inmediato, como ella se había imaginado. Unos segundos después apareció Finn y Jamie sonrió. Llevaba casi un año sin verlo, pero estaba exactamente igual que siempre: alto, de hombros anchos y largas piernas, su pelo negro solía estar despeinado y sus ojos azul oscuro seguían teniendo ese astuto brillo que siempre le había gustado.

–Has perdido peso –fue lo primero que dijo.

–Hola, Finn –cuando Jamie dio un paso adelante

para abrazarlo, la recepcionista dejó escapar una exclamación.

–Relájate, Margie, no estás siendo testigo de nada ilícito. La señorita Crawford y yo somos viejos amigos.

–Pareces cansado –dijo ella.

–Estoy cansado –asintió Finn, haciéndole un gesto para que lo precediese–. Vamos a mi despacho.

La comisaría era más pequeña de lo que parecía desde fuera. Aparte de una sala de reuniones y dos de interrogatorios había una oficina con un par de mesas y un mostrador lleno de tazas de café. Finn le presentó a una de sus alguaciles, Anna Holt, antes de llevarla a su despacho.

–Gracias por venir.

Jamie dejó el bolso en el suelo y se sentó en una de las sillas de plástico que había frente al escritorio.

–De nada. Ya sabes que estoy encantada de ayudarte.

Él se pasó una mano por el pelo.

–¿Qué tal te ha ido con Donovan? ¿Ha sido él?

Jamie soltó una carcajada. Finn siempre iba directo al grano.

–Solo he estado con él veinte minutos.

–Pero ¿qué te dice el instinto?

Ella se mordió los labios, intentando decidir si debía decir la verdad o lo que Finn quería escuchar.

–No creo que sea el culpable.

–Venga ya, no me digas eso.

–Querías la verdad, ¿no? –Jamie se encogió de hombros–. El instinto me dice que no ha sido él.

–¿Por qué?

–Recuérdame qué pruebas tienes contra Donovan. No he tenido tiempo de leer el fax en detalle.

–Son pruebas circunstanciales. Sus huellas están por toda la casa, pero Donovan vivió allí, de modo que es normal. Encontramos escamas de piel bajo las uñas de Teresa, que están siendo analizadas en el laboratorio.

–¿Tienes una muestra de piel de Donovan?

Finn asintió con la cabeza.

–Sí, se ha sometido a la prueba voluntariamente.

–Y si las muestras coinciden...

–Entonces podría decir que su ADN llegó ahí cuando Teresa lo agarró del brazo. Varias personas vieron que lo agarraba en la puerta del bar.

Jamie frunció los labios.

–¿Qué más?

–Hemos encontrado un pelo que está siendo analizado, pero es demasiado largo y seguramente será de la propia Teresa. Y una huella parcial en la mesa de café, al lado del cadáver.

–¿Crees que lo hizo él? –le preguntó Jamie–. Y quiero decir como policía, no como un vecino de Serenade a quien Donovan no le cae bien.

–¿Como policía? Yo diría que sí –Finn se encogió de hombros–. Tenía un móvil, eso seguro. Hace un mes, Teresa le contó a un reportero que había impugnado el acuerdo de separación de bienes que firmó antes de casarse –el comisario suspiró de nuevo, frustrado–. ¿Todo esto te ayuda a hacer el perfil?

Jamie decidió no recordarle que hacer un perfil no era tan fácil como sacar un conejo de una chistera. Aquel caso no era sencillo en absoluto. En realidad, lo que hacía que un caso fuese fácil para ella era, tristemente, que el asesino hubiese matado más de una vez. Los asesinos en serie tenían una firma, un modus operandi, y una vez que lo identificabas era fácil hacer el perfil.

–En este caso, no la habrá –murmuró para sí misma.

–¿A qué te refieres?

–Una firma –aclaró Jamie–. Creemos que es el primer asesinato de este criminal, ¿no? Que no es un asesino en serie que ha decidido mudarse a Serenade.

–Espero que no.

–Aparte de Cole Donovan, ¿quién tenía motivos para matar a Teresa?

–Ese es el problema –respondió Finn–. Prácticamente todo el pueblo ha tenido algún altercado o enfrentamiento con ella.

–¿Por ejemplo?

–Una de las camareras del bar de Sully, que acusó a Teresa de acostarse con su marido. O el señor Jensen, de la gasolinera, de quien se burlaba porque tiene un defecto en el habla. O Parker Smith, el hombre con el que se acostaba. Teresa lo dejó plantado delante de todo el mundo en el restaurante de Martha...

Jamie lanzó un silbido.

–Vaya, vaya, parece que Teresa Donovan no era precisamente una persona muy popular.

–Y eso son solo ejemplos de los últimos meses. Me habría gustado que no volviese nunca a Serenade, la vida era mucho más tranquila cuando ella no estaba.

–¿Se marchó del pueblo?

–Se fue a Raleigh cuando rompió con Cole, diciendo que se iba a un sitio mejor –Finn lanzó un bufido–. Volvió con el rabo entre las piernas hace dos meses.

–Muy bien –Jamie se mordió el interior del carrillo–. Creo que lo primero que debes hacer es hablar con las personas que tuvieron algún problema con ella.

–Ya estoy en ello. Max y Anna le han tomado declaración a la mitad del pueblo, pero necesito algo más... empújame en la dirección correcta, Crawford.

Ella sabía lo que era trabajar en un caso sin tener una sola pista, una sola clave. Pero no podía hacer milagros.

–Necesito ver toda la documentación del caso, incluyendo las fotos del cadáver. Tal vez así pueda encontrar una pista.

–¿Alguna cosa más?

–Quiero hablar con Joe Gideon –respondió Jamie–.

¿Gideon odia a Cole lo suficiente como para mentir sobre lo que pasó esa noche?

–Posiblemente, pero insiste en que no se vieron.

–Si Cole está diciendo la verdad, es inocente. Y si el vecino está diciendo la verdad...

–Entonces Cole Donovan disparó a su mujer en el corazón para que dejase de molestarlo.

Ella asintió con la cabeza.

–Muy bien, iré a ver qué puedo sacarle a Gideon.

–Buena suerte –dijo Finn–. Lo hemos entrevistado cuatro veces y no creo que puedas sacarle nada nuevo.

Jamie sonrió.

–Te sorprendería lo que me cuenta la gente. Tengo un sexto sentido, ya lo sabes. Los sospechosos siempre acaban confesando cuando hablan conmigo.

Finn se quedó callado un momento.

–¿De verdad conseguiste que el carnicero de Raleigh confesara trece crímenes? –le preguntó, sin poder disimular su admiración.

–Catorce –le aclaró ella–. Admitió haber matado a su hermana cuando era un adolescente.

–Maldita sea.

Finn estaba impresionado. En realidad, la mayoría de sus compañeros se quedaban impresionados cuando la veían en una sala de interrogatorios. No era una persona arrogante, pero sabía que si alguien podía entrar en la psique de un criminal, era ella. Se trataba de un don, o tal vez de una maldición, pero la gente solía sincerarse con ella, particularmente los criminales violentos.

–Hablaré con Gideon mañana y luego te contaré qué me ha dicho –le prometió, levantándose de la silla–. Y necesito toda la documentación sobre el caso.

Finn ya estaba sacando del cajón una carpeta azul.

–Gracias por todo, Jamie. Sé que esta no es la mejor manera de pasar tus vacaciones...

—Al contrario, esto es mucho más emocionante que nada de lo que yo pudiese haber planeado.

—La única emoción que yo quiero es la que obtengo al detener a un sospechoso —dijo Finn—. Recibo docenas de llamadas al día exigiendo que detenga al «diabólico asesino».

Sonriendo, Jamie se colocó la carpeta bajo el brazo.

—Para eso estoy yo aquí —anunció—. Y haré todo lo posible para ayudarte a atraparlo, Finn. Te lo prometo.

3

Jamie pasó toda la noche y gran parte de la mañana estudiando la documentación que Finn le había dado, pero por la tarde no tenía nada nuevo.

Teresa Donovan había discutido con su exmarido en el aparcamiento de un bar, se había ido a casa a medianoche y, dos horas más tarde, su cadáver había aparecido con un disparo en el corazón.

Hasta que no llegasen los resultados del laboratorio, nada demostraba que Cole Donovan hubiese matado a su exmujer. Tenía un móvil, desde luego, pero Jamie no podía conciliar al hombre con el que había hablado el día anterior con un frío asesino. Además, a juzgar por las notas de Finn, la mitad del pueblo tenía razones para matar a Teresa.

A las cuatro, Jamie por fin cerró la carpeta y salió de la habitación del único hostal de Serenade. Joe Gideon había aceptado verla a las cinco y, como tenía una hora libre, decidió dar un paseo por el pueblo. Seguramente, los vecinos no querrían hablar con una extraña, pero tal vez alguien tuviera algo que contar. Y si no, siempre podía sentarse en una terraza y aguzar el oído.

Al final, no tuvo que hacer ninguna de esas cosas.

Encontró aparcamiento en la calle principal y, al ver un óleo que captaba la serenidad del pueblo en el escaparate de una galería de arte, decidió entrar para verlo de cerca.

Una joven morena la saludó desde detrás del mostrador, la misma joven que había visto el día anterior en la plaza. De cerca era aún más guapa, con la piel de una modelo de cosméticos, preciosos ojos castaños y una boca de labios en forma de arco que envidiaría cualquiera.

–Estoy interesada en ese cuadro –le dijo, señalando el escaparate–. ¿Está en venta?

–Sí, claro. Es de una pintora local, Miranda Lee. Tiene mucho talento.

–Es precioso.

La joven salió de detrás del mostrador para acercarse al escaparate.

–Vale trescientos dólares, pero seguro que a Miranda no le importaría rebajarlo un poco si de verdad está interesada.

–No, trescientos dólares me parece bien –le aseguró Jamie–. Quedará estupendamente en el salón de mi casa.

La joven morena sonrió mientras sacaba el cuadro del escaparate.

–No es usted de aquí, ¿verdad?

–No, no –Jamie se rio, señalando su traje de chaqueta–. Supongo que llamo mucho la atención.

–Un poco –la joven le tendió la mano–. Soy Sarah Connelly, por cierto.

–Jamie Crawford. He venido a Serenade para ayudar a un amigo... supongo que lo conocerá, el comisario Finnegan.

Fue como si hubiese pulsado un interruptor. Sarah dejó de sonreír y se puso pálida.

–Claro que conozco a Finn.

Allí había algo, pensó Jamie. Pero le preguntaría a Finn más tarde. Por la expresión de Sarah, la joven no iba a responder a ninguna pregunta.

–Entonces, me imagino que estará aquí por Teresa Donovan –murmuró, dejando el cuadro sobre el mostrador para sacar plástico de burbujas de un cajón.

–Así es –admitió Jamie–. Soy del FBI y el comisario me ha pedido consejo para resolver el caso. ¿Era usted amiga de Teresa?

Sarah soltó una carcajada incrédula. Pero enseguida se puso seria.

–Lo siento, no quería faltarle al respeto. Es que no va a encontrar a ninguna mujer en Serenade que fuese amiga de Teresa Donovan.

–¿Por qué?

–Digamos que no le importaba que un hombre llevase alianza –Sarah sacudió la cabeza–. Para Teresa, todos los hombres estaban disponibles y a las mujeres del pueblo no les gustaba ver cómo coqueteaba con sus maridos.

–¿Y las chicas solteras?

La joven se encogió de hombros.

–Teresa las veía como rivales. Ella no quería ni necesitaba amigas.

–¿Y cuando se casó con Cole?

–El matrimonio no la detuvo. Seguía coqueteando con todos, casada o no.

Jamie había intentado no sentir simpatía por Cole, pero era imposible. Debió de ser un golpe terrible para él que su mujer no solo fuese infiel, sino que lo fuese públicamente.

¿Se habría sentido lo bastante humillado como para matarla?

Desde luego, tenía un motivo.

Jamie sacó el monedero del bolso para pagar el cuadro, deseando poder pensar en Cole Donovan como un sospechoso más. Pero, por alguna razón, cada vez que pensaba en él su cuerpo reaccionaba de una manera irritante.

–¿Entonces lo hizo él?

La pregunta de Sarah interrumpió sus pensamientos.

–¿Se refiere a Cole?

–Sí, claro.

–Aún no lo sé –respondió Jamie–. ¿Usted qué cree?

–Todo el mundo está convencido de que es el culpable.

–¿Y usted?

–No me sorprendería que lo hubiese hecho, la verdad. Aunque no sé si deberían meterlo en la cárcel o darle una medalla –Sarah se encogió de hombros mientras miraba hacia el escaparate–. Hablando del rey de Roma...

A Jamie le dio un vuelco el corazón al ver a Cole en la puerta de la tienda, saludándola. Llevaba un pantalón vaquero y una camisa azul de manga larga que destacaba sus anchos hombros...

Maldita fuera. ¿Por qué no tenía el típico aspecto de magnate, con ropa de diseño, reloj de oro y pretenciosa sonrisa? Esa era la gente rica cuyas casas limpiaba su madre. A veces, cuando no encontraba a nadie que la cuidase, la llevaba con ella y Jamie había crecido pensando que todos los ricos eran malvados.

Pero ya no lo pensaba. Había conocido gente rica y, en muchos casos, era gente encantadora. Pero todo sería más fácil si Cole Donovan fuese un engreído.

Tal vez entonces no lo encontraría tan atractivo.

Intentando disimular su reacción, Jamie firmó el recibo y recuperó su tarjeta de crédito.

–Muchas gracias por ser tan sincera, Sarah.

–Yo soy así, un poco tonta.

–Tal vez podríamos tomar un café en alguna ocasión.

–Eso estaría bien.

Jamie tomó el cuadro y salió de la galería, pensando que debía preguntarle a Finn por Sarah Connelly, aunque había dicho con sinceridad lo del café. Hacer amigos, o encontrar tiempo para hacer amigos, era casi imposible con su trabajo y Sarah le había caído bien. No le iría mal charlar con otra mujer mientras estuviera en Serenade.

–De compras, ¿eh? –bromeó Cole, señalando el cuadro.

–Matando el tiempo –respondió ella–. He quedado con tu vecino.

La expresión de Cole se ensombreció.

–¿Me contarás qué te ha dicho?

–Seguramente –Jamie miró la bolsa que llevaba en la mano. Era transparente y dentro había un montón de velas y linternas–. ¿Piensas hacer una sesión de espiritismo o te vas de acampada?

–Ninguna de las dos cosas –respondió él–. Me he quedado sin velas y el informe del tiempo dice que se acerca una gran tormenta. Seguramente no llegará hasta aquí, pero eso es lo que pensé la última vez y estuvimos sin luz durante dos días.

«Estuvimos». Jamie se preguntó si se referiría a Teresa. Y también se preguntó por qué verlo sonreír hacía que se le encogiera el estómago. Tenía una boca muy bonita, generosa y sensual...

¡Sospechoso de asesinato!

Jamie se agarró a eso. Pero, a pesar de su estatura y sus anchos hombros, no sentía el menor miedo de Cole. Aunque ella no se asustaba fácilmente. Había interrogado a asesinos múltiples y se había acostumbrado a lo peor de la sociedad, pero siempre estaba en guardia.

Tal vez ese era el problema con Cole, que no pensaba que debía tener miedo.

–Me gustan las tormentas –bromeó.

–No me sorprende.

–¿Ah, no?

–Tengo la impresión de que te gustan las emociones fuertes.

Sus miradas se encontraron y allí estaba, esa oleada de calor otra vez. Ni siquiera de adolescente se había quedado prendada de un chico. Y cuando sentía algo por alguien, siempre se había mostrado reservada, preguntándose si al chico le gustaba de verdad o la creía fácil porque vivía en una zona pobre de la ciudad. Esa reserva con los hombres era algo que no había perdido.

Pero atracción sexual era lo único que podía describir su reacción ante Cole Donovan. Todo en él le gustaba: su sedoso pelo oscuro, sus anchos hombros, el aroma de su colonia.

Pero aquello tenía que terminar.

–No, es que me gusta el ruido de los truenos –le dijo–. En fin, tengo que irme, Gideon me está esperando...

–¡Asesino!

El grito estuvo a punto de hacer que Jamie tirase el cuadro y, al darse la vuelta, vio a una mujer bajita dirigiéndose hacia ellos, o más bien hacia Cole.

Jamie notó inmediatamente el parecido con la foto de Teresa Donovan. Las dos mujeres tenían la piel muy clara, el pelo negro y los ojos de color gris, pero aquella parecía un poco mayor.

–¡Qué poca vergüenza tienes! ¡Venir de compras al pueblo cuando deberías estar en la cárcel por lo que has hecho!

–Valerie... –empezó a decir Cole.

–¡Tú mataste a mi hermana! –siguió la mujer, levantando la mano para darle una bofetada.

Jamie hizo una mueca al escuchar el golpe.

–Yo no he matado a tu hermana –dijo Cole en voz baja.

–¡Eso díselo al juez!

Varias personas se habían detenido en la acera para observar la escena y Jamie decidió ponerse entre ellos.

–Este no es el sitio adecuado, señora.

La mujer miró de uno a otro y luego dejó escapar una carcajada histérica.

–Ya tienes otra novia, ¿eh, Donovan? ¡Me pones enferma!

Cole instintivamente dio un paso atrás, como esperando otra bofetada, pero Valerie se limitó a fulminarlo con la mirada antes de darse la vuelta.

–No le caes bien –intentó bromear Jamie.

–El sentimiento es mutuo. Valerie Matthews es tan mala como lo era su hermana. De hecho, ella crió a Teresa, de modo que seguramente es la culpable de que fuese como era.

Jamie no podía discutir porque Valerie no le había parecido una persona estable precisamente. Tendría que preguntarle a Finn por ella y por la relación entre ambas hermanas. ¿Los celos serían un factor determinante en esa relación?

–Como habrás visto, no soy la persona más popular del pueblo.

Ella iba a decir unas palabras de consuelo, pero se lo pensó mejor. No tenía por qué consolar a un hombre al que estaba investigando.

–Tengo que irme.

–Yo también. Me voy a casa para intentar arreglar el generador, para el caso de que llegue la tormenta.

Iba a arreglar el generador, de modo que trabajaba con las manos...

Jamie se preguntó entonces qué más cosas haría. ¿Trabajaría personalmente en la construcción de sus propiedades?

Pero enseguida apartó tal pregunta de su cabeza. Tenía que exorcizar aquel ridículo deseo de conocerlo mejor.

***

Quince minutos después, Jamie detenía el coche frente a la cabaña de Joe Gideon. Era una construcción hecha de madera, que parecía podrida en algunas zonas, con una puerta medio desvencijada, dos ventanas cubiertas por tablones y un porche destartalado.

Jamie subió con cuidado los escalones y llamó a la puerta. Unos segundos después, un hombre fornido de barba gris fruncía el ceño al verla.

–¿Qué quiere? –le espetó.

–Soy la agente Jamie Crawford, hemos hablado por teléfono.

–Ah, es usted. Pase.

No era precisamente una bienvenida amable, pero Jamie siguió a Gideon al interior de la cabaña, que apestaba a cerveza, comida podrida y naftalina. Su barriga cervecera y su rostro embotado dejaban claro que era bebedor y se preguntó cuánto habría bebido antes de que llegase.

–Puede sentarse donde quiera –dijo Gideon bruscamente, dejándose caer sobre un sillón tapizado con una tela de cuadros que había visto días mejores.

Jamie disimuló su aprensión mientras buscaba una silla que no estuviera cubierta de periódicos y latas de cerveza.

–¿Le importa que grabe la conversación?

–¿Por qué? –le preguntó él, mirándola con suspicacia.

–Porque tengo que pasar su declaración al ordenador y no quiero equivocarme.

–Como quiera –murmuró Gideon.

Jamie sacó del bolso la grabadora y la dejó sobre una mesa.

–Muy bien, señor Gideon, ¿por qué no me cuenta qué hizo el día quince de julio?

El hombre recitó lo que había hecho, dejando caer la frase «me tomé una cerveza» después de cada tarea, hasta que Jamie decidió interrumpirlo.

–¿Por qué no me dice más o menos cuántas cervezas bebió ese día?

–Diez o doce –Gideon se encogió de hombros–. Tengo una gran tolerancia al alcohol.

«Enhorabuena», pensó ella.

–Muy bien, entonces dice que estuvo trabajando en una obra...

–Soy carpintero, no albañil –la interrumpió él–. Estaba ayudando a un amigo a hacer unas sillas.

–¿Y cuando terminó vino directamente a casa?

–Sí.

–¿No salió de casa hasta la mañana siguiente?

–No fui a ningún sitio.

–¿No se encontró con Cole Donovan a las dos de la mañana, frente al arroyo?

–¡Ya le he dicho que no fui a ningún sitio!

Estaba mintiendo. Una mirada a los turbios ojos castaños y las mejillas cada vez más rojas y Jamie supo que Joe Gideon estaba ocultando algo.

–¿Por qué dice el señor Donovan que se vieron frente al arroyo?

Gideon puso los ojos en blanco.

–Porque es un asesino y necesita una coartada.

–¿Usted cree que mató a su exmujer?

–Pues claro que sí.

–¿Tiene alguna prueba?

–No, no tengo ninguna prueba, pero todo el mundo sabe que lo hizo él. La atacó en el bar de Sully y luego fue a su casa para terminar el trabajo.

Jamie se maravilló de cómo los rumores podían distorsionar los hechos. Todos los testigos habían admitido que fue Teresa quien atacó a Cole, pero de repente era al contrario.

Gideon estaba mintiendo, o sobre no haber visto a Cole esa noche o sobre otra cosa. En cualquier caso, estaba segura de que no decía la verdad.

«No lo presiones».

El instinto profesional, en el que había aprendido a confiar después de diez años haciendo su trabajo, le decía que Gideon no iba a contarle la verdad aquel día de modo que, a pesar del rechazo que le provocaba, esbozó una sonrisa mientras apagaba la grabadora.

–Gracias por su tiempo, señor Gideon –Jamie se levantó y le ofreció su mano, intentando no poner cara de asco al ver las uñas sucias del hombre.

–Entonces van a meter a ese canalla en la cárcel, ¿verdad?

–Seguimos investigando el caso –respondió Jamie–. Y tal vez tenga que volver a hablar con usted más adelante, si no le importa.

Gideon se puso tenso.

–¿Por qué?

–Por si necesitara conocer más detalles... ya sabe, sobre la reputación del señor Donovan en el pueblo o para responder a alguna otra pregunta.

–Como quiera –dijo él, con un brillo de satisfacción en los ojos.

Y Jamie supo que había jugado bien sus cartas. Tenía que hacerlo pensar que necesitaba su ayuda para enviar a Cole a la cárcel, pero sabía que estaba mintiendo.

Y estaba decidida a averiguar por qué.

4

Mientras se alejaba de la cabaña de Gideon, Jamie llamó a Finn con el manos libres.

–¿Y bien? –le preguntó él.

–No ha cambiado su declaración.

–Ya te lo advertí –dijo él, con tono satisfecho–. De modo que Donovan se lo inventó todo.

–He dicho que Gideon no ha cambiado su declaración, no que esté diciendo la verdad.

–¿Qué significa eso?

–Significa que está mintiendo. Creo que vio a Cole esa noche y miente porque quiere vengarse de él con esa mentira porque le odia a muerte.

Al otro lado hubo un largo silencio.

–¿Y por qué estás tú tan segura de que Donovan no es el asesino? ¿Cómo puedes pasar por alto las pruebas que hay contra él?

–¿Qué pruebas? Una coartada que a mí me parece cierta, una discusión con su exmujer por un acuerdo de separación de bienes... todo eso es circunstancial. Dame algo importante: el arma con la que se cometió el crimen, sus huellas en el arma –Jamie suspiró–. No tienes auténticas pruebas contra Donovan. Cualquier abogado conseguiría que esto no fuese a juicio siquiera.

–Tienes razón. No es suficiente.

Jamie vio entonces un grupo de árboles que le resultaba familiar y levantó el pie del acelerador al recordar que la propiedad de Cole estaba a unos metros de allí. Tal vez debería pasar por su casa para darle la mala noticia...

–Jamie, ¿estás ahí?

–Sí, sí, estoy aquí. ¿Qué has dicho?

–He dicho que tal vez deberíamos volver a interrogar a los testigos que estaban en el bar de Sully esa noche.

–Me parece buena idea –respondió ella, distraída.

Tal vez debería llamar a Cole, pero aquella era una noticia que debería darle en persona. Estaba cerca y lo más lógico sería pasar por su casa...

Jamie giró el volante en el último momento para tomar la carretera de tierra.

–Te llamaré más tarde, Finn. Tengo que cortar, estoy recibiendo otra llamada –mintió, sintiéndose culpable. Pero no quería decirle que iba a ver a Cole porque los sentimientos de Finn hacia él no eran ningún secreto.

Llegó a la verja de entrada y detuvo el coche, intentando no cuestionar sus actos. Solo estaba siendo amable, se decía. Ir allí no tenía nada que ver con que su corazón diese un vuelco cada vez que veía a Cole Donovan. Y sí, tal vez su voz hacía que sintiera estremecimientos y su boca le fascinaba demasiado, pero no tenía intención de mantener una relación con él. Seguía siendo una persona de interés en el caso, de modo que...

Un trueno retumbó sobre su cabeza, el sonido fue seguido de un violento chaparrón.

Estaba tan perdida en sus pensamientos que no se había dado cuenta de que el cielo se cubría de nubes.

Aparentemente, la tormenta que Cole había predicho estaba haciendo su aparición.

Se quedó sentada en el coche un momento, mirando las contraventanas sacudidas por el viento... debería marcharse, pensó, antes de que la carretera se volviera intransitable.

Estaba a punto de dar marcha atrás cuando un relámpago iluminó el cielo y la lluvia empezó a parecer una cascada. Jamie se dio cuenta entonces de que no podía seguir conduciendo con aquella tormenta.

Murmurando una palabrota, bajó la ventanilla y presionó el botón del intercomunicador.

–¿Jamie? –escuchó la voz de Cole unos segundos después.

La verja se abrió sin que ella tuviera que pedírselo.

Mientras la atravesaba, por el rabillo del ojo vio que algo oscuro y peludo se colaba detrás del coche, pero con los limpiaparabrisas moviéndose a toda velocidad resultaba difícil saber qué clase de animal era. Seguramente sería una ardilla, pensó.

El viento sacudía el coche, literalmente lo sacudía de lado a lado mientras subía por el camino.

Jamie frenó y tuvo que hacer un esfuerzo para abrir la portezuela. De repente, el cielo se había vuelto negro, el viento sacudía los árboles de tal forma que parecían a punto de partirse.

Cole salió al porche, mirándola con cara de preocupación.

–¿Qué haces aquí?

–Volvía de la casa de Gideon cuando se desató la tormenta –mintió Jamie.

Apenas había terminado la frase cuando la rama de un árbol cercano se partió. El aguacero era tan fuerte que tenía que gritar para hacerse oír.

–Entra –dijo Cole.

Jamie lo hizo, empapando el suelo de parqué. Tenía

el pelo pegado al cráneo y debía de parecer el monstruo del pantano, pero cuando estaba a punto de decirlo se fue la luz, dejándolos a oscuras.

–Bueno...–empezó a decir– tengo una mala noticia que darte.

Cole le dio una toalla, intentando noblemente no mirar los pezones marcados bajo la camisa empapada. Los dos estaban empapados y, como no había podido arreglar el generador, no podía meter la ropa en la secadora. Le había dado una camiseta y un pantalón de chándal pero, de repente, lamentó no poder taparla con una gruesa parka.

Había intentado convencerse a sí mismo de que no se sentía atraído por Jamie Crawford, que sencillamente le gustaba charlar con alguien que lo escuchaba de verdad, pero ya no podía negar lo que sentía. Con el pelo empapado y esos pechos altos bajo la camisa, Jamie era innegablemente preciosa.

Y él estaba innegablemente excitado.

Mientras la veía secarse el pelo con la toalla tuvo que aclararse la garganta.

–Acabo de hacer café. ¿Te apetece?

–Sí, por favor.

–Siéntate. Lo traeré aquí.

Cuando volvió al salón un minuto después, encontró a Jamie sentada en uno de los sofás, su rostro resplandecía a la luz de las velas.

–Parece que has sido muy inteligente al comprar suministros.

Cole se sentó en el sofá, pero no demasiado cerca de ella.

–¿Entonces Gideon sigue diciendo que no nos vimos esa noche?

Jamie frunció los labios.

–Por el momento.

–¿Por el momento? –repitió él–. ¿Eso significa que no crees que esté diciendo la verdad?

–Significa que está mintiendo sobre algo. Dentro de un par de días volveré a hablar con él.

–¿Crees que lo harás cambiar de opinión?

–Espero que sí. Además, no puedo dejarlo pasar cuando estoy segura de que Gideon oculta algo. Si te vio esa noche, te aseguro que acabará contándomelo, Cole.

En cuanto pronunció su nombre, Cole sintió un peculiar estremecimiento. ¿Por qué se sentía tan atraído por aquella mujer? Después de su desastroso matrimonio con Teresa no había sentido el menor deseo de tener otra relación. De hecho, la traición de Teresa casi lo había hecho renunciar a las mujeres para siempre.

Pero entonces había conocido a Jamie Crawford y cada vez que la miraba sentía el irracional deseo de comprobar si su piel era tan suave como parecía.

–Gracias –murmuró–. Me alegra saber que alguien quiere descubrir la verdad. Ojalá el comisario estuviese inclinado a hacerlo.

–A Finn no le caes muy bien –dijo Jamie.

–Lo sé.

–Creo que no le gustan los cambios que has traído a Serenade.

–He construido un hotel que ha beneficiado al pueblo. No entiendo cuál es el problema.

Ella lo miró, pensativa, durante unos segundos.

–¿Por qué te metiste en el negocio inmobiliario?

Cole parpadeó. Aún no se había acostumbrado a esos repentinos cambios de tema.

–Cuando un periodista me pregunta eso suelo decir que me gusta crear bonitos edificios.

Jamie arqueó una ceja.

–¿Pero ¿cuál es la verdadera razón?

Él tuvo que sonreír.

–Por despecho hacia mi padre.

–Ah, muy interesante. Cuéntame más cosas.

–Mi padre se ganaba la vida comprando empresas para cargárselas después, así que yo decidí hacer justo lo contrario.

–¿Es cierto que donaste toda tu herencia cuando murió?

–Hasta el último céntimo.

Y ahora era más rico de lo que lo había sido su padre, lo cual era una ironía. Cuando firmó su primer contrato millonario había sentido la tentación de mirar al cielo, o tal vez al suelo, y preguntarle a su padre: «¿Qué piensas ahora?».

Edward Donovan se había pasado la vida intentando aplastar su confianza, diciéndole constantemente que nunca llegaría a nada y demostrar que estaba equivocado había sido su gran triunfo.

–Sin embargo, has levantado una gran compañía inmobiliaria empezando desde abajo –dijo Jamie–. Me imagino que te sentirás orgulloso.

–Me siento orgulloso porque no fue fácil –admitió él–. Tuve que pedir préstamos a un interés altísimo y lo hice todo solo. Te aseguro que los primeros edificios me costaron sangre, sudor y lágrimas.

–¿Trabajabas con los albañiles?

–Por supuesto. No podía pedirles a mis empleados que trabajasen a toda prisa mientras yo me quedaba mirando.

–¿Sigues haciéndolo?

–No, ya no. Alguien tiene que llevar el negocio. Pero sí he construido esta casa con mis propias manos.

Cuando Jamie sonrió, algo se movió en su pecho. Por alguna razón, le gustaba hacer sonreír a aquella mujer.

–Es una casa preciosa. Pero sigo sin creer que donases toda tu herencia. Seguro que a tu madre no le hizo gracia.

–Mi madre estaba demasiado borracha como para darse cuenta –la confesión salió de su boca sin que pudiese evitarlo.

–Vaya, lo siento.

Cole se encogió de hombros.

–Desde que mi padre murió ha dejado de beber. Cuando él desapareció, ya no tuvo razones para beber.

–¿Tu padre era una mala persona?

–Peor que eso –respondió él–. No nos pegaba, pero era un tirano. Quería una mujer de adorno y un hijo al que no se viera ni se escuchara. Nos trataba como si fuéramos socios de su empresa. Si quieres que te diga la verdad, no creo que sintiera absolutamente nada por ninguno de los dos.

No había amargura en su voz; había dejado de estar amargado mucho tiempo atrás. Pero le sorprendía estar compartiendo su historia con Jamie. Él nunca hablaba de su infancia con nadie, ni siquiera con Teresa. Pero había algo en esos perceptivos ojos de color lavanda que lo hacía confiar en ella.

Cole se quedó callado, escuchando el rugido del viento al otro lado de las ventanas y la lluvia golpeando el tejado. Todo estaba oscuro, iluminado ocasionalmente por un relámpago, pero no le preocupaba que se cayera el tejado porque había construido aquella casa con sus propias manos y sabía que podría soportar cualquier tormenta.

–¿Y tú? –le preguntó–. ¿Cómo son tus padres?

–Mi padre se marchó de casa antes de que yo naciera, así que mi madre tuvo que trabajar mucho para sacarme adelante. Mi familia no tenía dinero.

–El dinero está sobrevalorado.

–Tú no pareces muy preocupado por él. Vives en una casa estupenda, pero aparte de eso no parece que te interesen demasiado las cosas materiales.

–Tampoco a ti.

–No son mi prioridad –asintió Jamie–. Cuando creces en una caravana aprendes a no dar nada por sentado.

Cole no podía imaginarse a aquella mujer tan bella y refinada viviendo en una caravana.

–Es verdad –dijo ella, como si le hubiera leído el pensamiento–. Mi madre no tiene estudios y no supo salir de la miseria.

–¿Os lleváis bien?

–Más o menos. Ella no entiende por qué decidí trabajar para el FBI, pero está orgullosa de mí. Incluso me mandó flores la primera vez que conseguí que un sospechoso... –Jamie inclinó a un lado la cabeza–. ¿Has oído eso?

Cole se quedó callado un momento.

–Lo único que oigo es la lluvia y el viento.

–Juraría que he oído un gemido.

–Es el viento.

–No, no –Jamie se acercó a la ventana–. Cuando atravesaba la verja me pareció ver que un animal entraba conmigo. Pensé que era una ardilla, pero... ¡ahí está!

–¿Qué?

Jamie había salido corriendo y Cole salió tras ella. ¿Se había vuelto loca? Un golpe de viento estuvo a punto de tirarla al suelo, pero se recuperó y siguió adelante, la camiseta que le había prestado se pegaba a su pecho.

Asustado, Cole la siguió, gritándole que parase. Jamie había llegado casi hasta la verja, donde había aterrizado el tejado de uralita que cubría el cobertizo de las herramientas.

–¡Vuelve a casa!

Pero ella estaba levantando el tejado de uralita y, cuando se incorporó, vio que llevaba algo en los brazos, una cosa peluda y mojada que no dejaba de gemir.

–¡Vamos!

La rama de un árbol se partió tras ellos. El pronóstico del tiempo había acertado, pensó. Aquello no era una tormenta, era un huracán.

Cuando por fin llegaron al interior de la casa, Cole estaba empapado de los pies a la cabeza.

–¿Te has vuelto loca? –exclamó, furioso.

–No tenías por qué ir tras de mí –dijo ella, apartándose el pelo mojado de la cara.

–Una de esas ramas podría haberte matado.

–Pero es que vi...

–Me da igual lo que hayas visto –Cole la tomó por los hombros, olvidándose del bulto peludo que llevaba en brazos–. Ha sido una estupidez arriesgar tu vida de ese modo. Maldita sea, Jamie, me has dado un susto de muerte.

–Lo siento, no quería...

Pero Cole no la dejó terminar la frase. En lugar de eso, aplastó su boca con la suya.

5

Jamie dejó escapar un gemido, sorprendida por el beso. No había podido evitarlo como no pudo evitar salir corriendo. Era un gesto producido por la desesperación, una total dominación por parte de Cole, que sujetaba su cabeza con una mano, besándola apasionadamente hasta que Jamie tuvo que apoyarse en él, sus camisetas empapadas se pegaban la una a la otra.

Ya no tenía frío. Al contrario, estaba ardiendo; notaba los pezones tan sensibles que tuvo que frotarlos contra el torso masculino.

¿Era eso lo que debía sentir cuando un hombre la besaba? ¿Como si hubiera perdido el control, paralizada de placer? Nunca en su vida había experimentado algo así.

Pero esa sensación tan poco familiar la asustó y se apartó al mismo tiempo que Cole. Y, al hacerlo, notó que su camiseta se había levantado, revelando el revólver que llevaba en la cintura.

–Vas armada –dijo él.

–Soy una agente federal, siempre llevo mi arma reglamentaria.

La expresión de Cole se ensombreció, como si el recordatorio hubiese borrado la pasión por completo.

–Y estás en la casa de un sospechoso de asesinato. Lo entiendo.

Jamie sintió el deseo de disculparse, pero no tuvo oportunidad porque el perrito que llevaba en brazos empezó a moverse. Era un terrier de pelo marrón y ojos color ámbar llenos de terror. Cuando vio esos ojillos mirándola bajo el tejado de uralita había tenido que rescatarlo.

–El pobre estaba atrapado. No podía dejarlo allí.

–Ah, es Elmer –dijo Cole.

–¿Elmer?

–El perro de Agatha Tanner, que vive un poco más arriba. Le he dicho muchas veces que no debería dejarlo salir porque algún día lo atropellará un coche.

–Pobrecito –murmuró Jamie, acariciando al tembloroso animal–. ¿Tienes algo que pueda comer?

–Tengo salami en la nevera y se pondrá malo si no vuelve la luz.

–¿Tienes hambre, Elmer? –le preguntó. El animal dejó escapar un gemido y Jamie decidió que eso era un «sí», de modo que echó agua en un cuenco y dos trozos de salami en otro. El perro hundió la nariz en el cuenco para devorar el salami y Jamie miró a Cole para ver si también él parecía divertido, pero su seria expresión la entristeció–. Oye, siempre llevo mi arma...

–Lo entiendo, eres policía y llevas un arma. No sé por qué me ha sorprendido. Supongo que había olvidado por qué estás en el pueblo, lo cual es una estupidez.

–También a mí se me había olvidado –le confesó ella.

Pero Cole Donovan era el sospechoso de un asesinato y debería estar investigándolo. ¿Cómo podía haber olvidado eso? ¿Cómo podía haber dejado que la besara?

–Ese beso... –empezó a decir–. No puedo tener una relación contigo, Cole. No sería apropiado.

–Lo entiendo.

–Tu exmujer ha sido asesinada y pase lo que pase, tú sigues estando involucrado en el caso.

Se preguntó si habría notado que le temblaba la voz, pero con un poco de suerte, el estruendo de la tormenta lo habría disimulado.

–No tienes que decir nada más. Tampoco yo quiero una relación.

Curiosamente, Jamie se sintió ofendida.

–¿Ah, no?

–Me siento atraído por ti, pero lo último que quiero en este momento es lanzarme a otra relación.

Se sentía atraído por ella. Jamie sintió un indeseado estremecimiento de alegría.

–Ninguno de los dos quiere empezar nada. Mi trabajo, tu matrimonio... no es una buena combinación.

–No, no lo es.

–Bueno, entonces está decidido. Ese beso ha sido un error.

–Una estupidez –asintió Cole.

Cuando sus miradas se encontraron, Jamie no tuvo la menor duda de que había sentido lo mismo que ella. Pero tal vez lo mejor sería fingir que no había pasado nada.

Y, desde luego, lo mejor sería ignorar lo atractivo que estaba en ese momento, con la camiseta mojada destacando sus anchos hombros, la sombra de la barba dándole aspecto de pirata...

Jamie se volvió hacia Elmer, que había terminado de comer y miraba de uno a otro con expresión curiosa.

–Será mejor que me vaya a dormir. ¿Tienes una habitación de invitados?

–Pero si solo son las ocho. ¿No deberíamos cenar antes?

¿Cenar con él? ¿Sentarse a la misma mesa, a la luz de las velas, intentando disimular el deseo que experimentaba solo con mirarlo?

Pero entonces su estómago empezó a protestar y decidió que sería buena idea comer algo. No había comido nada desde esa mañana y no podía dormir con el estómago vacío.

–Sí, tienes razón –asintió–. Podríamos cenar algo.

–Tengo restos de comida china de ayer –dijo Cole, abriendo la nevera–. No podremos calentarla, pero a mí me gusta fría.

–A mí también –admitió Jamie.

No podía dejar de mirar los músculos de su espalda mientras se inclinaba frente a la nevera, pero intentó calmarse. Si Cole podía fingir que el beso no lo había afectado, también podía hacerlo ella.

Cole no pudo pegar ojo esa noche y no era por culpa de la lluvia que golpeaba el tejado. Su insomnio era debido a la mujer que dormía en la habitación de al lado.

La mujer que necesitaba una pistola para estar con él.

Mientras miraba al techo, Cole tenía que controlar la amargura que eso le producía. No podía culpar a Jamie por ser cauta. Al fin y al cabo, todo el pueblo lo creía un asesino. ¿Por qué no iba a creerlo una agente federal que había ido a resolver el caso?

Aun así, le dolía saber que su conversación no había sido del todo sincera. No eran un hombre y una mujer, sino una agente del FBI y un sospechoso de asesinato. Definitivamente, no tenían nada sobre lo que sustentar una relación amorosa.

Además, él no quería mantener una relación con Jamie, por mucho que el beso lo hubiese afectado. Se había sentido tan aliviado al ver que estaba bien que se había dejado llevar por el deseo... pero el roce de la pistola había sido la patada en el trasero que necesitaba, un recordatorio de por qué no podía estar con ella. Ni con nadie.

Durante la noche, Cole no dejaba de recordar el día que conoció a Teresa, la emoción que había sentido cuando la joven morena se acercó a su mesa, esbozando una sonrisa. Qué diferente habría sido su vida si se hubiese ido del bar. En lugar de eso, se había lanzado de cabeza a la aventura, dejando que su deseo por Teresa Matthews nublase su sentido común.

¿Por qué no se había dado cuenta de la clase de persona que era?

Como un tonto, se había casado con ella y Teresa lo había envenenado. Había infectado su vida hasta el punto de que ya no confiaba en su buen juicio.

Pero Jamie Crawford no era Teresa y él lo sabía. Lo sabía por el brillo de sus ojos violeta, por su forma de comportarse, por lo decidida que era. Pero no iba a lanzarse de cabeza, ni en aquel momento ni nunca. La idea de bajar el escudo que protegía su corazón y dejar que entrase otra mujer hacía que le sudasen las manos.

A las siete de la mañana, Cole decidió levantarse. La tormenta había pasado, dejando silencio y destrucción, notó al mirar por la ventana.

El suelo estaba cubierto de ramas y el cobertizo que había construido unos días antes prácticamente había desaparecido. Genial, pensó. Luego vio el tejado de uralita al lado del coche de Jamie, a unos centímetros de un tronco que había caído al suelo empujado por el viento.

Mirando el cielo limpio de nubes era imposible imaginar la tormenta tropical que había aterrorizado al pueblo unas horas antes.

Después de ponerse una camiseta y un pantalón de chándal gris, Cole bajó a la cocina, contento al ver que había vuelto la luz. El comisario debía de haber puesto a trabajar a los empleados de la compañía eléctrica antes del amanecer.

Estaba sirviéndose un café cuando Elmer entró en la cocina. Jamie apareció un segundo después, adormilada.

–Buenos días –lo saludó–. ¿Te importa si le doy al pequeñajo un poco más de salami?

–No, claro que no. ¿Café?

–Sí, por favor.

Mientras servía el café, Cole la miraba por el rabillo del ojo. Llevaba un pantalón negro y la camisa de cuello azul que había llevado el día anterior y que seguía pareciendo mojada. Su pelo se había rizado en las puntas, los mechones rojizos brillaban bajo la luz del sol que entraba por las ventanas de la cocina.

Era una mujer increíblemente guapa, incluso cansada y con la ropa arrugada, y se excitaba solo con mirarla. Le gustaría saber más cosas sobre ella. Sabía que no lo había tenido fácil en la vida, pero había mucho más por descubrir. Por ejemplo, qué la había hecho unirse al FBI, qué hacía en su tiempo libre, cuáles eran sus películas favoritas.

Cómo sería desnuda y gimiendo mientras hacían el amor...

Cole estuvo a punto de atragantarse. No debería pensar esas cosas. ¿No acababa de decidir que no iba a tener ninguna relación con nadie?

–¿Quieres que lleve a Elmer a su casa o lo harás tú? –le preguntó Jamie.

–Lo haré cuando salga a correr. Lo hago todas las mañanas.

–Yo también. Es parte de mi rutina matinal: un café, una tostada, salir a correr y luego ir a trabajar.

–Tal vez podríamos correr juntos.

La sugerencia había escapado de sus labios sin que pudiese evitarlo y lo lamentó de inmediato, especialmente al ver un brillo de reserva en los ojos de Jamie. Tampoco ella quería una relación, se lo había dicho por la noche.

–Sí, tal vez. Si tengo tiempo.

Sus palabras le recordaron que seguía ayudando al comisario de Serenade a resolver un asesinato.

–¿Me lo contarás si haces algún progreso?

–Espero hacer algún progreso –dijo ella, tomando un sorbo de café–. Pero tarde o temprano tendremos que hablar de las aventuras extramaritales de Teresa.

Cole apretó los labios.

–Te he contado todo lo que sé sobre el asunto. Parker Smith es el único nombre que mencionó.

Jamie dejó la taza sobre la mesa y puso una mano en su brazo.

–Sé que no es agradable hablar de ello, pero cualquier cosa me ayudaría.

–¿Crees que el asesino podría ser uno de los amantes de Teresa?

–Es una posibilidad –Jamie hizo una mueca–. Aunque, aparentemente, había enfadado a todo el pueblo, de modo que cualquiera es una posibilidad.

Cole estaba a punto de responder cuando sonó el pitido de la alarma, indicando que alguien había atravesado la verja. Y como Ian era el único que conocía el código, no le sorprendió escuchar sus pasos en el porche unos segundos después.

–Cole, ¿estás despierto?

–¡Estoy aquí! –gritó él.

Ian apareció en la cocina con un maletín negro en una mano.

–Buenos días, jefe. He venido para... –entonces se fijó en Jamie–. Ah, hola.

–Ian, te presento a la agente Jamie Crawford, del FBI. Está ayudando al comisario de Serenade a resolver el caso. Jamie, te presento a mi ayudante, Ian Macintosh.

–Encantada –dijo ella, ofreciéndole su mano.

Después de estrechársela, Ian miró a Cole con cara de sorpresa.

–¿El FBI está involucrado en el caso?

–Estoy aquí de manera extraoficial.

¿A las siete de la mañana?

Estaba claro que eso era lo que Ian estaba pensando.

–Vine ayer para hablar con Cole y me pilló la tormenta –le explicó ella.

–Ha debido de ser tremenda. La estatua de la plaza ha caído sobre la fuente y hay árboles tirados por todas partes. Vi las noticias sobre la tormenta en televisión, pero no pensé que llegaría a Serenade.

–Pues llegó –dijo Cole–. ¿Por qué has vuelto tan pronto? Te marchaste ayer.

Ian levantó su maletín.

–Tengo aquí el contrato de Hanson para que lo firmes. Sabía que querrías hacerlo de inmediato y he pensado que el jet llegaría antes que un servicio de mensajería.

–Me sorprende que hayas llegado a un acuerdo con Hanson tan pronto. Buen trabajo, Ian.

Cole vio que Jamie se levantaba.

–Me marcho. Gracias por albergarme durante la tormenta.

–De nada.

–Pero me temo que ese tronco no me va a dejar salir –dijo Jamie al llegar a la puerta.

–Ah, es verdad. Espera, voy a ayudarte.

Entre Ian y él apartaron el tronco caído y mientras Jamie daba marcha atrás, Cole notó que su ayudante lo miraba con el ceño fruncido.

–¿Qué?

–No puede ser bueno que los federales estén involucrados. El caso sigue apareciendo en las noticias y me temo que la compañía está empezando a sufrir los efectos de la muerte de Teresa.

Cole asintió con la cabeza.

–Ha ocurrido algo, ¿verdad?

–Kendra Warner le ha vendido los terrenos a George Winston.

Winston era su mayor rival, un magnate inmobiliario que no tenía escrúpulos ni ética profesional alguna.

–¿Te ha dicho por qué?

Ian suspiró.

–Según ella, no quiere hacer tratos con un asesino.

Cole tuvo que apretar los dientes. Las acciones de su empresa habían recibido un golpe debido a la cobertura del caso en los periódicos, pero aquello era peor. El hotel Warner era fundamental para él.

–¿Alguna cosa más? –le preguntó, dejando escapar un suspiro de frustración.

–El banco ha rechazado nuestra solicitud de préstamo para comprar los grandes almacenes de Lakeshore –dijo Ian, apenado–. Temen que... en fin, que retengan tus propiedades si te acusan de asesinato.

–¡Maldita sea! –Cole golpeó la mesa con el puño.

Era curioso que Teresa pudiera hacerle más daño muerta que viva. La humillación por sus infidelidades era algo con lo que podía lidiar, pero la destrucción de su negocio... había levantado un imperio empezando de cero y podría perderlo todo.

–Pero tengo una buena noticia –dijo Ian entonces–. Hemos recibido una oferta de compra.

–¿Qué?

–Lewis Limited quiere comprarnos.

Cole se quedó sin aire. Lewis Limited era otra compañía rival, una que había entrado recientemente en el negocio inmobiliario.

–No estoy dispuesto a vender. Pronto detendrán al asesino de Teresa y el público sabrá que no soy un asesino.

–¿La agente del FBI te ha dicho eso? –le preguntó Ian. Y no había duda de que la pregunta tenía doble sentido.

–No, pero estoy seguro de que ella encontrará al culpable. Es muy inteligente, una persona muy meticulosa.

–Y te gusta.

–Es... agradable.

¿Agradable? Era guapísima, sexy, inteligente, cautivadora. La describiese como la describiese, Cole no podía negar que se sentía atraído por Jamie Crawford.

—Parece agradable, desde luego. Esperemos que esté de tu lado. La compañía está pasando por un mal momento y si la agente Crawford te está tendiendo una trampa...

—No me está tendiendo una trampa —lo interrumpió Cole.

—Esperemos que sea así. Si no, corres el riesgo de perder todo aquello por lo que has trabajado tanto.

Después de parar en el hostal para ducharse y cambiarse de ropa, Jamie fue directamente a la comisaría para hablar con Finn, que estuvo veinte minutos describiendo los daños que había causado la tormenta.

—Al menos no tuve que preocuparme de ir a rescatarte. Llegaste al hostal a tiempo, ¿verdad?

Jamie se aclaró la garganta.

—No, la verdad es que no. Empezó a llover mientras venía hacia el pueblo y tuve que refugiarme en casa de Cole Donovan.

—¿En casa de Donovan? ¿Estás loca? ¡Deberías haberte arriesgado a volver al pueblo!

—Oye, cálmate. Cole se portó como un caballero.

—Es sospechoso de asesinato.

—Y yo tengo una pistola, aunque sabía que no tendría que usarla. Si ha matado a su exmujer, dudo mucho que quisiera complicar las cosas matando a una agente del FBI —replicó Jamie—. Pero, por curiosidad, ¿qué tienes contra él? Y no me digas que tienes celos de su dinero.

Finn soltó una carcajada.

—No, en absoluto. Aunque a Donovan le gusta presumir.

Jamie no lo creía. Cole parecía totalmente indiferente al dinero, en contraste con la gente rica con la que su madre la había obligado a lidiar cuando era pequeña. Por lo que había visto, Cole no presumía de ser rico ni trataba a la gente con desprecio.

Sospechaba que Finn debía de tener algo personal contra él y su siguiente comentario confirmó esas sospechas.

–Cuando apareció en Serenade compró prácticamente todo el inventario de la galería de arte solo para demostrar que podía hacerlo.

–Ah, ya lo entiendo.

–¿Qué es lo que entiendes?

–Ayer conocí a la dueña de la galería –dijo Jamie, sin poder evitar una sonrisa–. Una guapísima morena que se llama Sarah Connelly.

Esa revelación obtuvo la reacción que había esperado: la misma expresión reservada de Sarah cuando mencionó al comisario. Y su ceño fruncido le decía más de lo que él quería revelar. Evidentemente, había una historia entre Finn y Sarah, algo importante si odiaba tanto a Cole solo por haber comprado unos cuadros en la galería.

–¿Salíais juntos? –le preguntó.

–No es asunto tuyo.

–¿Estás enamorado de ella?

–Tampoco es asunto tuyo.

Jamie asintió con la cabeza, sorprendida al ver que Finn se ruborizaba. Nunca había visto esa faceta de su amigo y pensó que lo que debería haber preguntado era: «¿Sigues enamorado de ella?».

Pero la respuesta estaba escrita en su rostro.

–Siento haber sacado el tema.

–Y yo siento haberte contestado así. Sarah es... un asunto delicado para mí.

–Ya lo veo.

Finn hizo un gesto con la mano.

–Mi alguacil, Max, habló con un par de personas ayer, antes de la tormenta. Anna está pasando las declaraciones al ordenador y quiero que les eches un vistazo cuando puedas.

–Muy bien. ¿Hay algún sospechoso más?

–Todos tienen coartada, pero todos comparten el mismo odio por Teresa.

–¿Qué tenía esa mujer para que la odiase todo el mundo?

¿Y por qué se había casado Cole con ella?, le gustaría añadir. Debía de haber visto algo en Teresa pero, por lo que contaba todo el mundo, no entendía qué podía ser.

–Yo siempre digo que algunas personas nacen siendo malas –Finn se encogió de hombros–. Y Teresa era mala hasta los huesos. La conocía desde que éramos niños y, si quieres que te sea sincero, no había nada bueno en ella, incluso entonces.

–¿Una infancia complicada?

–Más o menos –le confirmó él–. El padre abandonó a la familia cuando Teresa tenía cinco años. Su madre era una alcohólica, de modo que la responsabilidad de llevar la casa recayó sobre la hermana mayor, Valerie, que es tan mala como Teresa. Creo que las dos sentían que la vida las había estafado y parecían dispuestas a vengarse en los demás.

–Conocí a Valerie ayer, por cierto. Una mujer muy rara.

–Trabaja como secretaria en un bufete, pero a Teresa no le fue tan bien. Trabajaba como camarera en el bar de Sully cuando conoció a Cole y en cuanto supo que era millonario consiguió que le pusiera un anillo en el dedo. La verdad es que estuve a punto de advertirle qué clase de persona era, pero Cole había enfadado a demasiada gente al cerrar la fábrica de papel.

Jamie se sintió decepcionada. ¿Nadie había avisado a Cole sobre la clase de mujer con la que iba a casarse?

Estaba a punto de decirlo en voz alta cuando Anna, la alguacil, entró en el despacho.

–¿Tiene un minuto, comisario?

–Sí, claro.

–Un tal Ronald Emerson quiere verlo.

–¿Quién?

–Ronald Emerson. Era el abogado de Teresa y dice que tiene información sobre el caso.

–Dile que pase.

El abogado de Teresa Donovan, un hombre de unos cincuenta años, grueso y con barba, entró en el despacho evidentemente nervioso.

–Soy el comisario Finnegan –se presentó Finn–. Mi alguacil dice que tiene usted información sobre el asesinato de Teresa Donovan.

Emerson tragó saliva.

–No sé si esto servirá de algo, pero he pensado que debería hablar con usted.

–Siéntese –dijo Finn, señalando la única silla libre.

El abogado sacó unos papeles de su maletín y Jamie notó que le temblaban las manos.

–¿Qué es esto?

–La orden de alejamiento que Teresa Donovan estaba a punto de solicitar antes de su muerte.

–¿Contra su exmarido?

Emerson asintió con la cabeza.

–¿Le explicó por qué?

El abogado suspiró antes de responder:

–Porque temía por su vida.

6

Esa nueva información preocupó a Jamie porque la implicación estaba clara: Teresa Donovan tenía razones para creer que Cole quería hacerle daño y había decidido protegerse a sí misma pidiendo una orden de alejamiento.

Y el brillo de victoria de los ojos de Finn le dijo que estaba más convencido que nunca de la culpabilidad de Cole.

Entonces, ¿por qué ella no estaba convencida?

Había pasado toda la noche en su casa, él le había contado cosas sobre la relación con sus padres, lo había besado... No era fácil engañarla y a menos que Cole fuese un mentiroso de primera, estaba segura de que no se equivocaba con él.

–¿Por qué no vino a prestar declaración hace dos semanas? –preguntó, mirando al abogado de Teresa con gesto de recelo.

Emerson se puso pálido.

–Tenía miedo –respondió–. El señor Donovan es un hombre muy poderoso. Temía que pudiese considerarlo un ataque personal y que hiciera algo contra mí.

–¿Cuándo pidió Teresa la orden de alejamiento? –preguntó Finn.

–La fecha está al principio de la página. Fue a mi bufete y admitió temer por su vida. Aparentemente, su exmarido la había amenazado.

Jamie enarcó una ceja.

–¿Qué clase de amenazas?

–Teresa me dijo que la llevó aparte durante una reunión en la que intentamos llegar a un acuerdo... debió de ser tres días antes de que viniese a mi despacho para hablar de la orden de alejamiento. El señor Donovan no quería llegar a un acuerdo y se marchó de la oficina. Teresa fue tras él y, según ella, le dijo: «No sabes lo que soy capaz de hacer» y «si sigues presionándome, vas a lamentarlo».

Finn la miró con gesto de triunfo, pero Jamie no estaba de acuerdo con la conclusión a la que había llegado. Esa no era una amenaza de muerte, ni siquiera había amenazado con agredirla físicamente.

–¿Está dispuesto a firmar una declaración? –le preguntó Finn.

Emerson asintió con la cabeza.

–Supongo que no tengo alternativa. Si puedo ayudar a meter al asesino de mi cliente entre rejas, lo haré.

Finn se levantó para llamar a Anna.

–¿Te importa tomarle declaración al señor Emerson?

–Ahora mismo, jefe.

–Y tengo que quedarme con los papeles. Son una prueba.

–Lo entiendo –dijo el abogado.

Después de cerrar la puerta, Finn volvió a sentarse frente a Jamie.

–¿Y bien?

–¿Y bien qué?

–Esto indica premeditación. Cole amenazó a Teresa una semana antes de su muerte y ella se asustó tanto como para pedir una orden de alejamiento.

–¿Y no te parece sospechoso que solicitase la orden

dos semanas antes de aparecer en el juicio en el que pretendía impugnar el acuerdo de separación de bienes? –le preguntó Jamie–. A mí me parece un movimiento calculado por su parte. Teresa sabía que no tenía ninguna posibilidad de impugnar ese acuerdo y tal vez estaba intentando buscar la simpatía del juez haciendo que Cole pareciese el lobo feroz.

Finn la miró con cara de sorpresa.

–Sé que no crees que Cole sea el culpable, pero no puedes pasar esto por alto. Teresa admitió tener miedo de él, sentirse amenazada por él.

Jamie se mordió los labios, intentando ser imparcial para poder examinar los datos con la cabeza fría. Miró entonces las fotografías de la escena del crimen que se hallaban sobre el escritorio de Finn, una en particular. Teresa estaba en el suelo, el pelo negro extendido alrededor de su cabeza, el pequeño agujero de la bala directamente sobre el corazón. Había algo... no podría decir exactamente qué.

–Muy bien –murmuró, más para sí misma que para Finn–. Es un crimen pasional, eso parece claro. No fue una ejecución o le habría disparado entre los ojos. Nuestro asesino estaba decidido a que Teresa muriese. Ahí es donde vemos su personalidad: es una persona reservada, distante, alguien que controla bien sus emociones. Es un perfeccionista, analítico, ordenado, alguien que mantiene las distancias porque no tocó a Teresa. Usó una pistola...

–Usar una pistola me parece algo muy personal.

–Pero no lo es. Una pistola le da poder a un asesino, pero también le permite distanciarse del crimen –Jamie inclinó a un lado la cabeza–. ¿Qué sabemos del arma?

–No la hemos encontrado, por supuesto. Pero los de balística de Raleigh dicen que la bala es de una pistola semiautomática del calibre 45.

–¿Cole tiene armas?

–Ninguna registrada.

–Muy bien, volvamos al perfil. ¿Qué estaba diciendo? Ah, sí, que el asesino mantiene las distancias. «Yo no la maté, lo hizo la pistola».

–Eso es ridículo –murmuró Finn.

–Psicológicamente tiene sentido.

–Aunque fuese verdad, ese hombre al que estás describiendo podría ser Cole Donovan.

–No, Cole no es así –respondió ella, recordando el calor del beso, la pasión que había visto en sus ojos–. La distancia de Cole es una fachada, sus emociones están guardadas, reservadas. Solo hace falta que algo las despierte para que salgan a la superficie.

–¿Estás diciendo que si hubiera matado a Teresa habría perdido el control? –le preguntó Finn.

–Exactamente. Pero este crimen tiene elementos de control: la pistola, la impoluta escena del crimen.

Finn seguía sin parecer convencido.

–Podría haberse calmado después de matar a Teresa.

–¿Te das cuenta de que quieres que Cole sea el culpable?

–Donovan es quien tiene un motivo más importante –dijo él, mirándola con recelo–. Y tú no quieres creer que sea culpable. ¿Por qué?

Jamie apartó la mirada.

–No es que yo no quiera, es que he estudiado cientos de casos, he hablado con docenas de asesinos y el instinto me dice que Cole Donovan no lo es.

Finn cruzó los brazos sobre el pecho.

–Y el mío me dice que sí. Especialmente, después de ver esta nueva prueba.

–No es una prueba. Recuerda que estaban en medio de una batalla legal –replicó ella–. Al menos dime que hablaremos con Cole en lugar de aceptar la palabra de Emerson que, por cierto, no hace más que repetir lo que le contó Teresa.

–No «hablaremos», lo haré yo.

–Pero...

–Quiero hablar con él a solas. Estoy empezando a pensar que no eres imparcial, Crawford.

Jamie no podía creer que hubiera dicho eso. No había nadie más profesional o más objetivo que ella y le dolía que Finn pensara lo contrario.

¿Besarlo había sido imparcial?

No, besar a Cole no había sido muy inteligente, de acuerdo, pero había sido un impulso, un momento de locura provocado por la tormenta. ¿Y qué si se sentía atraída por Cole? No iba a dejar que el deseo nublase su buen juicio y Finn no tenía derecho a dejarla fuera, especialmente después de haberle pedido que fuese a ayudarlo con el caso.

–Querías mi ayuda –le recordó, irritada–. ¿Me suplicaste que viniera a Serenade y ahora quieres dejarme fuera?

–No quiero que te acerques a Donovan. Pareces haber olvidado que podría ser un asesino, pero yo no. Si quieres seguir ayudándome, puedes estudiar las declaraciones que Max y Anna tomaron ayer.

–Pero no puedo hablar con el principal sospechoso –dijo ella, enfadada.

Finn se levantó.

–Puedo hacerlo solo.

–Lo que usted diga, comisario.

–No puedes enfadarte conmigo por querer protegerte.

–¿Cuándo he estado en peligro?

Él dejó escapar un suspiro.

–Cuando dejaste de ver a Donovan como un posible asesino.

Jamie salió de la comisaría media hora después, con las declaraciones que los alguaciles le habían pasado. El plan era encontrar una mesa tranquila en algún restaurante para leerlas después de comer, pero no era capaz de ordenar sus pensamientos. No le había gustado discutir con Finn, que era su único amigo y que, además, tenía razón sobre las pruebas. En realidad eran abrumadoras, aunque todas circunstanciales.

Llevaba diez años trabajando en el FBI, tiempo suficiente como para confiar en su instinto. Y el instinto le decía que Cole no era un asesino. ¿Estaría empujándola en dirección equivocada por primera vez?

¿O estaba Finn persiguiendo al hombre equivocado?

Suspirando, entró en un restaurante situado frente a la comisaría. No estaba de humor para pensar en el caso o en sus conflictivos sentimientos por Cole y, afortunadamente, se encontró con una bienvenida distracción: Sarah Connelly.

La joven estaba sentada al fondo del restaurante con su hija, que golpeaba la mesa con una cucharita de plástico, sin dejar de reírse. Era tan linda que Jamie desearía quitársela a su madre de los brazos y salir corriendo.

Maldito reloj biológico.

–Hola, Sarah. ¿Te importa que me siente con vosotras?

–No, claro que no.

Jamie se dejó caer sobre el banco de vinilo y colocó la carpeta a su lado antes de pedir un café y un sándwich.

–Tu hija es adorable.

–Sí, lo sé.

–¿Cómo se llama?

–Lucy –Sarah acarició el pelito oscuro de la niña–. La adopté hace dos meses.

–¿En serio? –exclamó Jamie. Lucy tenía los mismos ojos castaños que Sarah–. Pero si se parece a ti.

–Es curioso, ¿verdad? ¿Cómo va el caso?

–Es demasiado pronto para saberlo –Jamie suspiró–. Seguimos esperando informes del laboratorio. Hasta entonces, lo único que podemos hacer es hablar con la gente para ver si encontramos alguna prueba.

Por supuesto, no le contó que media hora antes habían encontrado algo que podría ser una prueba porque no sería apropiado y porque estaba intentando no pensar en la maldita orden de alejamiento. Ella nunca había tenido miedo o aprensión estando con Cole y no podía imaginárselo amenazando a una mujer. Y desconfiaba de lo que Teresa le había contado a su abogado.

—No te envidio —dijo Sarah—. Sé que el principal sospechoso es Cole Donovan, pero hay tanta gente que odiaba a Teresa... me imagino que será un caso complicado.

—No te caía bien, ¿verdad?

—No, en absoluto.

La camarera había vuelto con el café y el sándwich y cuando Jamie iba a dar el primer mordisco, tuvo la sensación de que Sarah quería decir algo más, pero que no sabía cómo hacerlo.

—Parece que Teresa era una persona muy desagradable con todo el mundo. ¿También lo era contigo?

—Sí, mucho —respondió ella—. El día que volví al pueblo me encontré con Teresa en el supermercado y... digamos que no tenía su mejor día. Me dijo que había tenido que adoptar a una niña porque ningún hombre querría formar una familia conmigo... y también dio a entender que se acostaba con mi novio.

Considerando la dolida expresión de Finn y de Sarah cuando Jamie había mencionado al uno y al otro, estaba casi segura de que había algo entre ellos.

¿Ese novio sería Finn?

No, imposible. Finn jamás se habría acostado con una mujer así.

—¿Y tú la creíste?

—No, en absoluto —respondió Sarah—. Mi ex no se habría acercado a ella y Teresa lo sabía. Pero le gustaba crear problemas, enfadar a la gente solo para sentirse poderosa o yo qué sé.

En ese momento, una voz que Jamie reconoció de inmediato interrumpió la conversación:

–Vaya, Sarah –dijo Valerie Matthews, con tono burlón–. Y has venido con tu hija, qué niña tan linda.

El cumplido en boca de aquella mujer sonaba como un insulto.

–Hola –dijo Sarah, sujetando a la niña contra su pecho.

Valerie se volvió hacia Jamie.

–Ayer no nos presentaron. Soy Valerie Matthews.

–Jamie Crawford, FBI.

La mujer pareció sorprendida.

–¿FBI? ¿Estás aquí para enviar a Donovan a la cárcel?

–Estoy aquí para investigar el asesinato de Teresa.

–¿Y entonces por qué sigue libre ese asesino?

–Estamos reuniendo pruebas, señorita Matthews. Estas cosas llevan su tiempo.

–¿Reuniendo pruebas? A mí me parece que está comiendo con la loca del pueblo.

Sarah dejó escapar una exclamación y Jamie tuvo que contenerse para no replicar.

–Me sorprende que aprobaran el proceso de adopción –siguió Valerie, con tono venenoso–. Me imagino que estarás tomando tus pastillas...

–¿Por qué no te marchas y me dejas en paz?

–¡No me hables en ese tono! –le espetó Valerie, haciendo que los demás clientes se volviesen para mirarla.

–Señorita Matthews, prometo mantenerla informada sobre la investigación, pero ahora, si no le importa, estamos comiendo –intervino Jamie.

–Sí me importa, me importa mucho. Mi hermana ha sido asesinada y usted no hace nada para meter a Donovan entre rejas.

–Debería calmarse...

–¿Sabe lo que pienso? Creo que se acuesta con él. Ayer la vi coqueteando con Cole Donovan por la calle y no sé qué espera, pero le garantizo que está engañándola para que olvide que es un asesino.

–¡Por el amor de Dios, Valerie! –exclamó Sarah–. Ve a crear problemas a otro sitio.

–¿Quiere hablar de problemas? –siguió la hermana de Teresa, sin dejar de mirar a Jamie–. Usted sí que tendrá un problema si deja que Cole la engañe. Podría pegarle un tiro, como a Teresa.

Después de eso, Valerie salió del restaurante y Jamie y Sarah se miraron.

–Madre mía. ¿Siempre es así?

–Más o menos. Y ahora multiplícalo por cien y tendrás a Teresa.

Jamie puso cara de susto.

–Sé que no es asunto mío, pero ¿por qué ha dicho lo de las pastillas?

–Me imagino que tarde o temprano te lo contará alguien –Sarah se encogió de hombros–. Hace unos años tuve algunos problemas y...

–Déjalo, no tienes que contármelo –la interrumpió Jamie–. Solo quería comprobar que no te había disgustado. Valerie no parece una mujer muy centrada.

–No lo es. Y tampoco lo era yo entonces, pero las cosas son diferentes ahora –Sarah le acarició la carita a su hija–. A Valerie le gusta echar sal en las heridas. Teresa también era así.

Jamie sacudió la cabeza, preguntándose cómo un pueblo tan tranquilo podía haber producido a las terribles hermanas Matthews.

Y luego se preguntó qué tal iría la conversación entre Finn y Cole. No le hacía ninguna gracia que Finn le hubiese prohibido hablar con él después de haberle rogado que fuese a ayudarlo.

Además, el enfrentamiento con Valerie le había

quitado el apetito, de modo que dejó el sándwich sobre el plato.

–Debería marcharme. Tengo que leer un montón de declaraciones.

–Espero que nos veamos alguna otra vez mientras estás en el pueblo –dijo Sarah.

–¿Por qué no me das tu número de teléfono? Te llamaré en cuanto tenga una oportunidad.

Después de intercambiar los números de móvil, Jamie salió del restaurante y parpadeó para evitar el sol. Era asombroso que la noche anterior hubiese habido una tormenta de tales proporciones y aquel día hiciera sol.

Pero cuando se acercaba a su coche, que había aparcado detrás del restaurante, se quedó helada al ver un papel blanco enganchado en el limpiaparabrisas. Jamie miró alrededor, pero el aparcamiento estaba desierto y no parecía haber nadie vigilándola.

Tuvo una premonición mientras quitaba el papel, usando solo el pulgar y el índice porque incluso antes de leer lo que decía sabía que sería necesario buscar huellas.

La nota estaba escrita en tinta negra y en mayúsculas:

DEJE DE INTENTAR LIMPIAR SU NOMBRE Y META A ESE ASESINO EN LA CÁRCEL. ¿O ES QUE QUIERE MORIR, AGENTE CRAWFORD?

7

Cole miraba el monitor de seguridad, apretando los dientes mientras veía el jeep del comisario Finnegan salir de su propiedad. Y después de marcar el código que cerraba la verja, volvió al salón temblando de rabia.

Antes de que Finnegan apareciese estaba limpiando el jardín de ramas y hojas, pero la conversación lo había puesto demasiado furioso como para seguir haciéndolo, de modo que se acercó al bar para tomar una botella de whisky. A mediodía. Maravilloso, cada día empezaba a beber más temprano. Y esa vez ni siquiera se molestó en usar un vaso.

Una orden de alejamiento.

Aún no podía creerlo. Teresa había pedido una orden de alejamiento contra él, diciendo que la había amenazado.

¿Lo había hecho?

Ni siquiera recordaba lo que le había dicho después de la reunión con los abogados. Nada bueno seguramente, pero desde luego no la había amenazado de muerte. Sencillamente, quería que abandonase la absurda idea de impugnar el acuerdo de separación de bienes. Pero cualquier tontería que le hubiese dicho, enfadado, podría ser considerada una prueba contra él.

Finnegan y el fiscal del distrito podrían decir que había planeado matarla con antelación.

Mascullando una palabrota, se dejó caer en el sofá, mirando la botella de whisky. Por fin, sin tomar un solo trago, la dejó sobre la mesa de café y enterró la cabeza entre las manos. Se quedó en esa postura durante tanto tiempo que cuando levantó la cabeza al oír el móvil sintió un tirón en el cuello.

Dándose un masaje en la nuca, miró la pantalla y respondió:

–¿Qué ocurre, Ian?

–Solo llamo para hablarte del contrato con Hanson. ¿Estás bien?

–No, no estoy bien.

–¿Ha ocurrido algo?

–Nada importante –respondió Cole–. ¿Qué pasa con Hanson?

–El contrato está firmado y ya podemos empezar con el proyecto. ¿Sigues pensando en abrir el hotel en primavera?

–O el verano que viene como muy tarde.

Siguieron hablando del hotel durante cinco minutos, pero Cole no estaba concentrado del todo y su ayudante se dio cuenta.

–En serio, ¿qué pasa?

Después de un momento de vacilación, Cole suspiró.

–Acabo de descubrir que Teresa había pedido una orden de alejamiento contra mí antes de morir.

–¿Lo dices en serio?

–Aparentemente, le dijo a su abogado que yo la había amenazado y que temía por su vida.

–¡Pero eso es ridículo! –exclamó Ian–. La policía no lo habrá creído, ¿verdad?

–Claro que lo han creído.

–¿Incluso tu agente del FBI?

–No es mi nada. Y si quieres que sea sincero, no sé lo que ella piensa. No he hablado con Jamie desde que se fue esta mañana.

Se preguntó entonces si el comisario le habría contado lo de la orden de alejamiento. Sí, por supuesto que sí. La cuestión era si ella lo creía. Y Cole no podía soportar que Jamie Crawford lo creyera un asesino. Era la primera mujer que lo interesaba desde su divorcio, la única mujer en el pueblo que no lo miraba con miedo.

–¿Quieres que vaya? –le preguntó Ian.

Cole puso los ojos en blanco. Esa era siempre la solución de su ayudante, estar a su lado como si fuera una niñera.

–No, quédate en Chicago. Alguien tiene que evitar que la empresa se hunda.

–Muy bien –asintió Ian–. Pero si necesitas que vaya, dímelo.

Después de cortar la comunicación, Cole se pasó los dedos por las sienes. Aquello era una locura. Joe Gideon se negaba a contar la verdad, Teresa estaba riéndose de él desde la tumba con su maldita orden de alejamiento, el comisario y todo el pueblo querían verlo entre rejas, su negocio estaba sufriendo debido a la mala prensa...

Era como si hubiera caído en un agujero del que no podía salir. Cada vez que sacaba un poco la cabeza, alguien se la pisaba.

El ruido del intercomunicador interrumpió sus pensamientos. Sin duda sería el comisario para hacerle más preguntas.

Furioso, se levantó para mirar el monitor y suspiró al ver que era el coche de Jamie, ella estaba mirando a la cámara, en sus ojos de color lavanda había un brillo de compasión.

–¿Me dejas entrar? Solo quiero que hablemos un momento.

Suspirando, Cole pulsó el botón que abría la verja. Dudaba que Jamie solo quisiera hablar. ¿Finnegan se había marchado quince minutos antes, cuando él se negó a seguir hablando sin consultar antes con su abogado, y ahora Jamie aparecía por allí para charlar?

Finnegan la había enviado, sin duda. Y no tenía intención de soportar otro interrogatorio, ni siquiera de la mujer a la que había besado apasionadamente la noche anterior, especialmente de ella.

Para su sorpresa, en cuanto bajó del coche Jamie le preguntó:

–¿Estás bien?

–¿Qué?

–¿Estás bien? –repitió.

–¿Qué haces aquí? –le preguntó Cole cuando llegaron al salón.

Jamie dejó el bolso en el suelo y se dejó caer en el sofá. Llevaba unos vaqueros y una camiseta de manga corta que le daban un aspecto más juvenil.

–Estaba en la comisaría cuando llegó el abogado de Teresa.

–Entonces lo sabes.

Ella asintió con la cabeza.

–¿La amenazaste?

–La verdad es que no lo recuerdo. Puede que dijese que dejara de molestarme o lo lamentaría, pero no dije que fuese a matarla. Solo quería terminar con aquella ridícula impugnación.

–Eso es lo que yo me había imaginado –murmuró Jamie–. Sabía que no la habías amenazado de muerte.

–Pues debes de ser la única que lo cree –Cole suspiró–. Finnegan está convencido de que yo la maté.

–Me he encontrado con Valerie Matthews en el pueblo. Y me ha hecho una advertencia.

–¿Qué quieres decir?

Jamie le habló de la misteriosa nota del limpiaparabrisas de su coche y, cuando terminó, Cole tuvo que apretar los dientes. Que alguien advirtiese a Jamie contra él lo sacaba de quicio.

¿Cuándo se había convertido en un villano? Él había trabajado mucho para conseguir lo que tenía y nunca le había hecho daño a nadie. Su único error había sido casarse con Teresa. El deseo había nublado su sentido común y estaba pagando un precio muy alto por ello.

–De modo que alguien te ha dejado una nota de advertencia y, sin embargo, estás aquí. ¿No te doy miedo?

–No, en absoluto.

–Tal vez deberías tenerlo. Aparentemente, soy un hombre contra el que las mujeres piden una orden de alejamiento –Cole sacudió la cabeza–. Dios, cuando los periódicos se enteren...

–Puede que no lo hagan.

–Claro que se enterarán. Soy un hombre rico y a la gente le encantan los escándalos. Y, sobre todo, les encanta hacer leña del árbol caído.

Jamie puso una mano en su brazo, pero Cole se apartó, airado.

–No quiero que sientas compasión por mí.

–No me gusta verte así.

–Entonces, márchate.

Sabía que estaba portándose como un imbécil, pero estaba harto de disimular. Durante todo aquel tiempo se había dicho a sí mismo que todo pasaría, que Gideon contaría la verdad, que aparecería el verdadero culpable. Pero nada de eso había ocurrido y la cálida presencia de Jamie Crawford no podía solucionar nada.

–No pienso irme –dijo ella–. Estás disgustado y necesitas un amigo.

Él esbozó una sonrisa incrédula.

–Apenas nos conocemos y, aunque nos conociéramos de siempre, tú y yo no podríamos ser amigos.

–¿Porque soy policía?

–Porque nos sentimos atraídos el uno por el otro.

Era como si un imán los atrajese. Todo en aquella mujer hacía hervir su sangre: la curva de su cuello, el aroma de su perfume, cómo le quedaba la ropa, sus ojos de color violeta...

A pesar de las campanitas de alarma que sonaban en su cerebro, necesitaba volver a besarla y se acercó un poco más. Tal vez si ella lo apartaba podría controlarse, pensó. Pero al ver que sus ojos se oscurecían, Cole perdió el control.

Dejando escapar un gemido, enredó los dedos en su pelo para buscar sus labios. Ella abrió la boca, permitiendo la invasión de su lengua, y Cole se quedó sin aire mientras la besaba, metiendo una mano bajo la camiseta para acariciarla. El calor de su piel hacía que le diese vueltas la cabeza pero, por mucho que le gustase besarla, lo que quería era tenerla desnuda.

Jamie debía de sentir lo mismo porque un segundo después estaban tocándose el uno al otro, quitándose la ropa a tirones, como dos adolescentes. Los botones volaban, las cremalleras bajaban y, de repente, él estaba en calzoncillos y Jamie con un sujetador verde y unas braguitas a juego. Cayeron sobre el sofá, sin dejar de besarse, con sus manos volando sobre sus cuerpos.

Cole gimió al sentir los labios de Jamie sobre su torso y cuando empezó a acariciar su miembro por encima de los calzoncillos pensó que iba a desmayarse.

Sin pensar, echó la cabeza hacia atrás, todos los músculos de su cuerpo estaban tensos mientras ella lo volvía loco con sus caricias. Tuvo que hacer un esfuerzo sobrehumano para no dejarse ir, pero tiró de Jamie para buscar su boca.

Esa vez fue él quien la exploró con las manos y la boca, besando cada curva de su cuerpo, cada lugar secreto. Desabrochó el sujetador y buscó sus pechos, los rosados pezones exigían atención.

Jamie suspiró de placer cuando cubrió uno de ellos con los labios para chuparlo suavemente.

–Esto es una locura –murmuró, cuando metió una mano entre sus piernas para apartar las braguitas.

Una locura, desde luego. Con el pulso locamente acelerado y una erección dolorosa, Cole sabía que tenía razón. Pero era algo más que deseo, era algo enteramente diferente. Algo carnal y fuera de control...

–No podemos hacerlo –dijo por fin.

Ella pestañeó, desconcertada, cuando se levantó de un salto. Pero al verla tumbada en el sofá, con el cabello despeinado, los labios húmedos y un brillo de total confianza en los ojos, Cole se sintió culpable.

¿Qué estaba haciendo? No podía acostarse con aquella mujer teniendo una nube negra sobre su cabeza que amenazaba con destruirlo. No podía hacerlo con un montón de buitres esperando que cayese para quedarse con su compañía. Tenía que concentrarse en salvar la empresa y su buen nombre y, por mucho que desease a Jamie Crawford, hacer el amor con ella sería un error monumental.

Tal vez estaba siendo un cobarde, pero no tenía intención de entregarle su corazón a otra mujer para que lo partiese en pedazos.

–Cole...

–Lo siento –la interrumpió él–. Esto no debería haber ocurrido.

Jamie tragó saliva mientras se abrochaba el sujetador.

–Tienes razón –dijo por fin–. Esto no debería haber ocurrido.

Los dos se vistieron a toda prisa, en silencio. Cole se estaba abrochando la camisa cuando Jamie habló de nuevo:

–No he venido para esto. De verdad, solo quería comprobar que estabas bien.

–Lo sé.

–Pero hablaba en serio al decir que necesitas un amigo. Tal vez te parezca una tontería, pero yo no creo que matases a Teresa. Sé que no eres un asesino.

–Porque no lo soy –dijo él–. Yo no maté a mi exmujer. No puedo decir que me apene su desaparición, pero te juro que no tuve nada que ver con su muerte.

–Te creo.

Dos simples palabras, pero a Cole se le hizo un nudo en la garganta.

–Gracias –murmuró–. Pero no podemos ser amigos, Jamie. Ahora mismo, lo único que me preocupa es no acabar en la cárcel y no puedo arrastrar a nadie conmigo.

Ella asintió con la cabeza.

–Tienes razón. No creo que la atracción que hay entre nosotros pudiera convertirse en una amistad.

Cole la observó mientras tomaba su bolso del suelo y se lo colgaba al hombro. Ninguno de los dos dijo una palabra mientras iba hacia la puerta. Era lo mejor. Desearía más que nada acostarse con aquella mujer, pero debía contenerse.

Su última relación había sido un terrible error; un error que le había destrozado la vida.

Acostarse con Jamie no arreglaría nada, al contrario. Sabía que Jamie Crawford no se parecía en absoluto a Teresa, sabía que ella no lo traicionaría, no lo destruiría.

O al menos, creía que no sería así.

Pero debía ser cauto. Teresa había hecho imposible que confiase del todo en otra mujer y se negaba a cometer el mismo error otra vez. Y si eso significaba alejarse de Jamie Crawford, eso era lo que tendría que hacer. Aunque no le gustase.

8

Jamie temblaba mientras subía a su coche. ¿Qué había hecho? Ir a apoyar a Cole era una cosa, pero tener relaciones sexuales con él... afortunadamente, Cole había parado antes de que fuese demasiado tarde.

Muy bien, había cometido un error y ella siempre se había enorgullecido de aprender de los errores. Lo que debía hacer era reconocer que acostarse con Cole hubiera sido uno de proporciones gigantescas y asegurarse de que no volviera a pasar.

¿Para qué iba a tener una aventura con Cole? Ella quería alguien que la equilibrase, alguien cuyo trabajo no fuera tan exigente como el suyo. Cole era un magnate multimillonario y seguramente estaría tan ocupado como ella. No, nunca podría funcionar.

Y además era sospechoso de asesinato.

¿Cómo podía haber olvidado ese pequeño detalle? Pero la verdad era que no podía creer que lo fuese.

Tenía que irse de allí, pensó, mientras arrancaba. Tenía que alejarse de Cole. Y no podían ser amigos. Él era un sospechoso y ella estaba investigando la muerte de su exmujer.

«Entonces empieza a investigar».

La irritante vocecita no sirvió para que olvidase el rostro de Cole, su expresión angustiada y el tono de derrota cuando dijo que a la gente le encantaba hacer leña del árbol caído.

Tenía que ayudarlo, pensó. Tal vez estaba siendo una idiota, pero no le gustaba ver sufrir a nadie. Especialmente a un hombre tan fuerte como Cole Donovan.

Irguiendo los hombros, giró a la izquierda para ir a la cabaña de Joe Gideon. Él era la clave, la persona que tenía la libertad de Cole en sus manos. Gideon había mentido y estaba decidida a sacarle la verdad, a hacerle ver que esa mentira estaba retrasando la investigación y evitando que encontrasen al verdadero culpable.

Unos minutos después, cuando Gideon abrió la puerta y la miró con cara de recelo, Jamie le ofreció una brillante sonrisa.

–¿Usted otra vez?

–Sí, otra vez –respondió ella–. ¿Le importaría que entrase un momento?

–¿El canalla está en la cárcel?

–No, pero para que eso ocurra necesito tomarle declaración otra vez.

–Ya le he contado todo lo que sé –insistió él.

–Sí, pero tengo que confirmarlo.

Por fin, Gideon se apartó de la puerta y señaló el viejo sofá.

–¿Qué quiere que le cuente?

–Deme su versión otra vez. Cuando testifique, todos los detalles deben estar verificados.

La expresión de Gideon cambió por completo.

–¿Testificar?

–Claro, el fiscal del distrito lo hará subir al estrado.

–¿Tendré que ir al juicio?

–Por supuesto –respondió Jamie, sabiendo que lo tenía agarrado por el cuello–. Si el señor Donovan es acusado de asesinato, usted tendrá que ir al juicio. Y como su coartada depende de usted, será el testigo estrella.

Gideon tragó saliva.

–¿Y qué tengo que decir?

–La verdad, por supuesto.

–Muy bien.

–Deje que le cuente lo que se espera de usted, señor Gideon –Jamie juntó las manos–. Tendrá que subir al estrado y jurar sobre la Biblia que va a decir toda la verdad. Le contará al juez y al jurado lo que me ha contado a mí, que no vio al señor Donovan la noche que murió su exmujer, y luego el abogado del señor Donovan lo interrogará. Debo advertirle que los abogados defensores suelen ser muy astutos. Querrá desacreditarlo y usará cualquier truco para hacerlo. Buscarán en su vida privada, sacando a la luz cualquier detalle desagradable. Toda su vida, sus pasados errores, sus problemas, todo saldrá a la luz.

–No lo sabía –murmuró él.

–El comisario me ha dicho que ahora mismo no tiene trabajo y que está recientemente divorciado... seguramente también eso saldrá en el juicio. Y cualquier pelea, cualquier deuda, si tiene algún problema con la bebida, todo eso saldrá también.

Gideon se quedó callado y Jamie vio que estaba pensando en los pros y los contras del asunto. No quería que los trapos sucios salieran a la luz. Nadie quería eso.

–¿Entiende lo que le he dicho? –le preguntó.

–Creo que sí –murmuró él.

–Estupendo. Entonces, ¿por qué no vuelve a contarme la historia? Dígame qué pasó la noche del quince de julio.

Finn levantó la cabeza cuando Jamie entró en su despacho una hora después y dejó un papel sobre su escritorio.

–¿Qué es esto?

–Una declaración firmada por Joe Gideon en la que admite que vio a Cole frente al arroyo a las dos de la madrugada del quince de julio. Si no recuerdo mal, esa es la hora a la que, según el forense, murió Teresa.

–¿Ahora admite haberlo visto? –exclamó Finn, sorprendido.

–Sí –respondió Jamie, dejándose caer sobre una silla.

Se sentía orgullosa de sí misma. Ah, el triunfo de conseguir que un mentiroso dijese la verdad. Ni siquiera tenía un plan, pero lo había visto claro en cuanto Gideon palideció al mencionar su comparecencia en el juicio.

El pobre hombre se sentía mortificado por su situación. Podía culpar a Cole por ello, pero no lo suficiente como para dejar que un jurado, y todo el pueblo de Serenade, sintiera compasión por él.

–No me lo puedo creer –dijo Finn–. ¿Lo tienes todo grabado?

–Sí, claro. Y Gideon está dispuesto a firmar la declaración.

–Maldita sea.

–¿Por qué? ¿No me dirás que te molesta?

–Has conseguido un respaldo para la coartada de mi principal sospechoso. El único sospechoso.

–Y ahora podemos buscar al verdadero asesino.

Finn la miró, frustrado.

–¿Cómo? No tenemos ninguna pista. Además, la coartada podría no servirle de nada.

–¿Qué quieres decir?

–Que podría haber contratado a alguien para que lo hiciese. Tiene dinero suficiente para hacerlo.

Jamie no pudo disimular su incredulidad.

–¿Ahora resulta que contrató a un matón?

–Tal vez. O tal vez lo hizo él mismo y luego fue a dar

un paseo esperando encontrarse con alguien que le sirviera de coartada. La hora de la muerte nunca se sabe con exactitud.

–Estás empeñado en que Cole sea el asesino –replicó Jamie, enfadada.

Había conseguido que Gideon contase la verdad, pero Finn insistía en creer que Cole era el culpable. Era como un perro que se negaba a soltar un hueso.

–Tienes que aceptar que Cole podría no ser el asesino. Es hora de buscar otros sospechosos.

–¿Por ejemplo? Dime quién tenía más motivos que Donovan.

Jamie se quedó callada durante un segundo.

–Valerie Matthews –sugirió–. Tal vez le molestaba que su hermana se hubiera casado con un multimillonario. Y, por lo que he visto, no es una persona muy centrada. De hecho, es muy violenta.

Finn arqueó una ceja.

–Es una mujer rara, pero eso suena a película de Hollywood.

–Podría tener un motivo del que no sabemos nada. Además, me dejó una nota amenazadora en el coche.

–En el laboratorio me han dicho que no hay huellas.

–¿Ninguna?

–No, ninguna. Además, podría no haber sido Valerie.

–Pero si prácticamente me dijo esas mismas palabras en el restaurante.

–Tal vez, pero no es su estilo. Valerie es una persona que grita y monta escándalos delante de todo el mundo. No suele esconderse.

–Y si no ha sido Valerie, ¿quién puede haberlo hecho?

Antes de que Finn pudiera responder, sonó su teléfono.

–Sí, está aquí –contestó, mirando a Jamie–. Muy bien, le diré que os veréis allí –Finn cortó la comunicación–.

Anna se dirige a la casa de Parker Smith, el amante de Teresa. Espera, voy a anotar la dirección.

–¿Tú no vienes?

–No puedo. Tengo una reunión con el alcalde en diez minutos. Anna me ha dicho que te espera en la gasolinera de las afueras del pueblo, así podréis llegar juntas.

–De acuerdo.

Jamie guardó el papel en el bolso y se levantó.

–Oye...

–¿Qué?

–Siento mucho haber sido tan grosero esta mañana. Si te sirve de algo, Donovan niega haber amenazado a Teresa.

«Lo sé», pensó Jamie. Pero no lo dijo en voz alta. Finn no tenía por qué saber que había ido a ver a Cole y no tenía intención de volver a discutir con él.

–Gracias por decírmelo.

Esperaba que no se enterase de que había ido a su casa. Se sentía como una cría y eso la molestaba. Tenía treinta y dos años y, sin embargo, había actuado como una adolescente en casa de Cole. Había trabajado mucho durante esos años para ser una buena profesional y, en un momento de locura, casi se había acostado con el principal sospechoso de la investigación.

Jamás le había ocurrido algo así y, suspirando, Jamie subió al coche y anotó la dirección de Parker Smith en el navegador. Unos minutos después, al llegar a una pendiente flanqueada por árboles, levantó el pie del acelerador, pero el coche no perdió velocidad.

Frunciendo el ceño, Jamie pisó el freno. El vehículo seguía a la misma velocidad mientras bajaba por la pendiente, directamente hacia una curva.

Intentando controlar el pánico, volvió a pisar el freno pero no ocurría nada. Con el corazón acelerado, Jamie sujetó firmemente el volante. Pero iba a tomar la curva a más de cien kilómetros por hora. No podría hacerlo, acabaría chocando contra los árboles.

–Maldita sea...

Temblando, tiró del freno de mano, rezando para que eso detuviese el vehículo. Pero no fue así. La curva se le echaba encima y, con aterradora claridad, vio que solo podía hacer una cosa.

Con los gruesos árboles a unos metros de ella, abrió la portezuela, se protegió la cabeza con los brazos y se tiró del coche en marcha.

9

Con el corazón latiendo a toda velocidad, Jamie se giró en el momento exacto y tuvo la suerte de caer sobre la hierba del arcén. Milagrosamente, no se golpeó contra alguna piedra mientras el coche chocaba contra un árbol con un aterrador crujido de metal.

Frotándose el hombro derecho, y apretando los dientes para controlar el dolor porque estaba viendo las estrellas, parpadeó varias veces para intentar orientarse y luego se examinó para ver si tenía algún hueso roto.

Aparte del brazo, le dolía la pierna derecha y estaba sin aire, pero considerando lo que acababa de ocurrir era mejor de lo que había esperado. En realidad, había tenido suerte de salir viva.

Lentamente, movió el brazo y flexionó la mano para comprobar si estaba roto. Afortunadamente, podía moverlo sin sentir un gran dolor.

–Has tenido mucha suerte –murmuró.

–¡Señorita Crawford!

Jamie giró la cabeza al oír una voz masculina. Joe Gideon se acercaba a ella por la carretera, con un rifle al hombro.

–¿Se encuentra bien? Oí el ruido del golpe y me acerqué...

–¿Qué hace usted aquí?

–Iba de caza –respondió Gideon.

–No es temporada de caza –le recordó Jamie.

Él se encogió de hombros.

–Eso me da igual. Por aquí hay muchos conejos.

A pesar del dolor de cabeza, el cerebro de Jamie estaba alerta y le decía que la aparición de Gideon no era una casualidad. ¿Aparecía de repente unos segundos después de que su coche se estrellase contra un árbol?

–¿Qué ha pasado?

–No lo sé, los frenos no funcionaban –Jamie estudió su expresión, pero no revelaba nada más que sorpresa.

–¿Cuándo comprobó por última vez el líquido de frenos?

–Hace dos meses –respondió ella. Sabía que no era un problema mecánico. No, alguien había cortado el cable de los frenos–. Tengo que recuperar mi bolso y mi móvil.

Gideon la ayudó a levantarse y cuando se acercaron al coche, Jamie vio que el tanque de gasolina estaba intacto. Pero ¿y si les explotaba en la cara?

«Has visto demasiadas películas».

El parabrisas estaba roto y el asiento del conductor completamente aplastado. Jamie se mareó un poco al pensar que si no hubiera saltado del coche, casi con toda seguridad habría muerto.

Mientras llamaba a Finn vio que Gideon se inclinaba para tomar algo del suelo.

–¿Sí?

–Finn, soy yo –dijo Jamie–. Siento interrumpir tu reunión con el alcalde, pero me temo que he sufrido un pequeño accidente.

–¿Qué ha pasado?

–Mi coche ha chocado contra un árbol.

–¿Qué?

–En realidad, salté del coche antes de que chocase, pero como te puedes imaginar, necesito una grúa –por el rabillo del ojo, Jamie vio que Gideon volvía a inclinarse para mirar debajo del coche.

–¿Dónde estás?

Jamie se lo explicó y Finn cortó la comunicación sin decir una palabra más.

–¿Qué hace, señor Gideon?

–No estoy seguro del todo, pero parece que han cortado el cable de los frenos –respondió él–. Pero no soy mecánico, así que no puedo estar seguro.

¿Entonces lo sabía porque *él* había cortado el cable de los frenos?

Afortunadamente, Jamie llevaba la pistola en el bolso.

–El comisario Finnegan viene hacia aquí.

–Y le diré que hable con Donovan.

–¿Por qué?

–Porque parece que quiere hacerle daño –Gideon se encogió de hombros–. Desde luego, alguien quiere apartarla del caso.

–No me diga.

–Donovan mató a su exmujer, da igual que yo lo viera esa noche. Él la mató y estoy seguro de que no la quiere a usted husmeando por aquí.

Sus motivos estaban claros: quería crear dudas sobre Cole. ¿Y si Gideon había matado a Teresa para poder culpar a su enemigo? ¿Y si había cortado el cable de los frenos porque la quería fuera de Serenade?

Unos minutos después, oyeron la sirena de un coche patrulla, que apareció seguido del jeep de Finn.

–¿Estás bien? –le preguntó.

–Me he hecho daño en el brazo, pero no es nada importante.

Finn miró el coche.

–Podrías haberte matado. ¿Y qué hace Gideon aquí?

–Vi el accidente y vine a ayudar –respondió él–. Pero tengo que irme.

–No se vaya muy lejos. Anna le tomará declaración en unos minutos.

–Lo que usted diga, comisario.

Gideon se alejó mientras Anna salía del coche patrulla.

–¿Qué hacía Gideon aquí?

Jamie suspiró.

–A mí me parece muy raro. Ha mirado debajo del coche y, según él, alguien ha cortado el cable de los frenos.

–El mecánico del pueblo nos lo confirmará. Pero ahora mismo vamos a la clínica para que te miren ese brazo.

–Estoy bien, Finn...

–No discutas –la interrumpió él–. Sube al jeep ahora mismo.

–No está roto, afortunadamente –anunció el doctor Travis Bennett, apartando la radiografía de la pantalla.

–Ya sabía que no estaba roto –murmuró Jamie–. Le dije a Finn que no tenía que venir a la clínica.

–El comisario hizo bien en traerla, señorita Crawford. Siempre es prudente hacerse una revisión después de un accidente. Voy a darle unos analgésicos...

–No necesito analgésicos, estoy bien.

–Le aseguro que esta noche no pensará lo mismo –le aseguró el médico, antes de salir de la consulta–. Vuelvo enseguida.

–He hablado con el mecánico –dijo Finn entonces.

–¿Y bien?

–Gideon tenía razón, alguien había cortado el cable de los frenos. Has ido perdiendo líquido poco a poco.

Jamie frunció el ceño.

–De modo que no podía saber cuándo iba a quedarme sin frenos y eso significa que Gideon tendría que ser adivino para saber que iba a ocurrir justo en ese tramo de carretera.

–A menos que hubiera ido siguiéndote desde que saliste de su casa.

–Pero ¿entonces cuándo habría cortado el cable de los frenos? Estuve con él todo el tiempo.

–¿No has ido a ningún otro sitio?

Cole, pensó Jamie. Había estado en casa de Cole, pero no podía decírselo. Además, había estado con él todo el tiempo. No, Cole no podía haberlo hecho.

–Por cierto –dijo Finn entonces–, en el aparcamiento de la comisaría hay una mancha de líquido de frenos. ¿Cómo no te diste cuenta?

–Si estaba debajo de mi coche resultaría un poco difícil que me diese cuenta, ¿no? –replicó ella, irritada.

Finn hizo una mueca.

–Steve revisará el coche de forma meticulosa, pero creo que está claro que alguien ha intentado matarte.

–¿Quién? Gideon dejó caer que había sido Cole, por supuesto. Pero es una ridiculez cuando acaba de apoyar su coartada.

–Tal vez la coartada no lo exima. Tal vez Gideon tiene razón y Cole quiere que te marches de aquí antes de que descubras la verdad...

–¡Maldita sea, quiero ver a la agente Crawford!

El corazón de Jamie dio un vuelco al reconocer la voz de Cole.

–Le he dicho que no puede pasar –oyeron la voz del doctor Bennett–. ¡Señor Donovan, no puede entrar!

Un segundo después, Cole entraba en la consulta.

–¿Estás bien, Jamie?

La angustia que había en su expresión hizo que su corazón diese otro salto.

–Sí, estoy bien, solo ha sido un susto.

Cole parecía a punto de tomarla entre sus brazos, pero la presencia del comisario se lo impidió.

–He venido en cuanto me he enterado del accidente.

–¿Y cómo se ha enterado, Donovan? –le preguntó Finn–. No ha salido en las noticias.

–Volvía a casa después de comprar la cena en el restaurante de Martha y vi que una grúa traía el coche de Jamie. Y al ver su jeep aparcado delante de la clínica pensé que estaría aquí.

Los dos hombres se estudiaban como dos animales marcando su territorio y Jamie decidió decir algo antes de que se retasen a duelo o algo así.

–No estaba en el coche cuando chocó contra el árbol. Me tiré en marcha.

–¿Te tiraste del coche? ¿Estás loca?

–No, no lo estoy. Me tiré del coche para no chocar contra el árbol y eso me salvó la vida.

–¿Por qué te tiraste?

–Porque, aparentemente, alguien había cortado el cable de los frenos.

–¿Sabe algo de coches, señor Donovan? –le preguntó Finn.

–¿Está diciendo que yo he tenido algo que ver?

–No estoy diciendo nada.

–¿Cómo que no?

–Por favor, calmaos los dos –intervino Jamie–. Aún no sabemos lo que ha pasado. El mecánico sigue investigando.

–¿Y si la persona que mató a Teresa quiere librarse de Jamie? –preguntó Cole–. Tiene que averiguarlo cuanto antes, Finnegan.

–¡No me diga cómo hacer mi trabajo!

Jamie suspiró.

–¿Queréis parar, por favor? Dejad de discutir y vamos a averiguar quién lo ha hecho.

–Eso es obligación del comisario. Mientras tanto, yo me encargaré de protegerte.

–No necesito que me protejas, Cole. Soy una agente federal, puedo protegerme sola.

–Voy a protegerte quieras tú o no. Lo digo en serio, Jamie.

–¿Y cómo piensas hacerlo?

–Creo que deberías quedarte en mi casa hasta que el comisario encuentre al culpable.

Finn se aclaró la garganta.

–Jamie, ¿puedo hablar contigo a solas?

–Sí, claro. Cole, perdónanos un momento...

Él salió de la consulta y Finn cerró la puerta.

–¿Se puede saber qué hay entre Donovan y tú?

–Nada –respondió ella, apartando la mirada.

–Entonces ¿por qué de repente quiere convertirse en tu caballero andante? ¿Y por qué exige que te quedes en su casa?

–Me imagino que está intentando ser amable –Jamie hizo una mueca.

–¿Amable? Mira, me da igual que Gideon haya apoyado su coartada. No confío en ese hombre y no voy a permitir que te alojes en su casa.

–¿No vas a permitir? ¿Desde cuándo me dices lo que tengo o no tengo que hacer? –replicó ella, enfadada–. Y debes admitir que tiene razón: su casa es la más segura del pueblo.

–¡No me lo puedo creer!

–Tiene una verja de seguridad, cámaras, alarmas.

–El mejor sistema de seguridad del mundo no te ayudará si te encierras con un asesino.

–Cole no es un asesino –afirmó Jamie.

Y esa vez no tenía la menor duda. Tal vez Finn no confiara en su coartada, pero ella sí. En su profesión había conocido a muchos asesinos y Cole Donovan no lo era.

–No vas a ir a su casa –anunció Finn–. Estoy de acuerdo en que necesitas protección, pero puedes quedarte en mi granja.

Jamie se cruzó de brazos.

–Ah, claro, en una granja solitaria. Genial.

–Muy bien, entonces vuelve a Charlotte. De todas formas, no estamos avanzando nada.

–¿No estamos avanzando nada? ¡He conseguido que Gideon dijese la verdad sobre su encuentro con Cole! –le recordó ella–. No pienso irme de Serenade hasta que encuentre al asesino de Teresa. Tú me pediste ayuda y ahora tendrás que soportarme, te guste o no. Y creo que alojarme en casa de Cole no es tan mala idea.

Finn se pasó las manos por el pelo, mascullando palabrotas.

–No me lo puedo creer... si te hace algo, solo podrás culparte a ti misma.

Cuando salió de la consulta, Jamie estuvo a punto de correr tras él, pero no lo hizo. Sabía que estaba preocupado por ella, pero no le gustaba que la tratase como si fuera una niña. Ella sabía protegerse a sí misma, pero un buen sistema de seguridad era una ayuda.

Cole volvió a entrar unos segundos después.

–Lo siento, no quería que discutierais por mi culpa.

Jamie hizo un gesto con la mano.

–Finn está siendo exageradamente protector, no pasa nada.

–Es lógico, alguien ha intentado matarte. He escuchado sin querer parte de la conversación... ¿de verdad Gideon ha contado la verdad?

–Sí –le confirmó Jamie.

–Gracias –dijo él entonces.

–De nada.

Se miraron en silencio durante unos segundos y luego Cole dejó escapar un suspiro.

–Siento mucho haber sido tan brusco antes... cuando dije que no podíamos ser amigos.

–Tenías razón.

–No, no es verdad. Que debamos controlar la atracción que hay entre nosotros no significa que no podamos ser amigos. Y de verdad creo que deberías alojarte en mi casa hasta que el comisario averigüe quién ha cortado el cable de los frenos de tu coche.

Jamie vaciló durante un segundo.

–Por favor –insistió Cole–. Deja que haga esto por ti. Tú has conseguido que Gideon dijese la verdad, lo mínimo que yo puedo hacer es alojarte en mi casa.

Ella se mordió los labios. Su casa era más segura que el hostal, pero ¿era buena idea alojarse en casa de Cole?

Su cuerpo la traicionaba cada vez que lo miraba a los ojos y sabía que tener una relación con él sería un error. No solo vivían en mundos diferentes, sino que estaba intentando resolver el asesinato de su exmujer, en el que él era el principal sospechoso. No estaba trabajando en el caso de manera oficial, pero ella tenía un código estricto en lo que se refería a las relaciones.

«Entonces no te acuestes con él».

¿Por qué estaba suponiendo que alojarse en casa de Cole significaba acostarse con él? Ella tenía treinta y dos años y era capaz de controlarse.

–Muy bien –dijo por fin–. Iré a tu casa.

10

Mientras iban a su casa, Cole tenía los ojos clavados en la carretera, intentando no preguntarse por qué llevaba a Jamie con él. Solo quería que estuviera a salvo, se decía a sí mismo, no tenía nada que ver con la atracción que sentía por ella.

Ya, seguro, nada que ver con eso.

Pero no podía negar que le importaba aquella mujer. Cuando vio el coche destrozado contra el árbol, se había sentido paralizado de miedo y luego más aliviado que nunca al saber que Jamie estaba bien.

Lo inquietaba que le importase tanto. Desde su divorcio había jurado mantenerse alejado de las mujeres, evitar cualquier contacto íntimo. Cuando Jamie se marchó de su casa se había dicho a sí mismo que era lo mejor, pero ahora que había estado a punto de morir no había manera de fingir que no le importaba.

–¿Cómo te encuentras? –le preguntó.

Jamie se encogió de hombros.

–Un poco dolorida, pero he tenido suerte de acabar solo con unos cuantos hematomas.

–Tal vez un baño caliente te iría bien. Puedes usar el jacuzzi del dormitorio principal.

Aunque sinceramente había estado pensando en sus hematomas, en cuanto se imaginó a Jamie desnuda, su sangre se calentó. Y ella debió de darse cuenta porque notó que contenía el aliento.

–No creo que sea buena idea.

–Somos adultos, Jamie. Perfectamente capaces de controlar la atracción que sentimos el uno por el otro.

–¿Estás seguro?

–Sí, lo estoy –respondió él, con tono firme.

Suspirando, Jamie miró su maleta, en el asiento trasero. Habían pasado por el hostal para recoger sus cosas y la maleta era un recordatorio de que iba a alojarse en su casa, que dormiría a unos metros de él, que posiblemente iba a meterse en su jacuzzi.

Cuando llegaron, Cole tomó la maleta para dejarla en el suelo del pasillo, notando de repente que tenía un siete en los vaqueros y la camiseta manchada de tierra... y su corazón se encogió al imaginársela saltando del coche.

–Debería ir a asearme un poco.

–Sí, claro. Y no olvides tomar las pastillas que te ha dado el médico. ¿Qué tal si preparo algo de cena?

–Muy bien –asintió ella, mientras subía por la escalera.

Cole esperó unos segundos antes de soltar el aliento que había estado conteniendo.

La deseaba, maldita fuera.

Y se estaba volviendo loco. Cuando se trataba de Jamie Crawford no parecía capaz de recordar las reglas que se había impuesto a sí mismo.

¿Qué tenía aquella mujer que lo atraía de una forma tan poderosa? ¿Su inteligencia? ¿Su intrigante belleza? ¿Y qué sentía por ella exactamente? Gratitud, se dijo, porque había conseguido que Gideon dijese la verdad. Admiración, por cómo hacía su trabajo y porque era capaz de saltar de un coche en marcha sin vacilar.

Y deseo. Sí, definitivamente deseo.

Suspirando de nuevo, se pasó una mano por la cara mientras iba a la cocina a hacer la cena. Una hora después, mientras sacaba una bandeja del horno para dejarla en la encimera, se dio cuenta de que Jamie no había bajado de la habitación.

Después de secarse las manos con un paño, subió al segundo piso y llamó a la puerta. Cuando Jamie no respondió, la empujó suavemente y asomó la cabeza.

–¿Jamie?

Estaba tumbada sobre el edredón, profundamente dormida. Y al verla se le encogió el corazón. Parecía tan joven, tan frágil, nada que ver con la capaz agente del FBI. Aunque era una persona sonriente, siempre estaba alerta, siempre observando y analizando.

Se acercó a la cama intentando no hacer ruido, pero Jamie se incorporó de un salto.

–¿Qué ocurre?

–Nada, nada... tienes un sueño muy ligero –dijo Cole, impresionado.

–Es parte de mi trabajo, hay que estar siempre alerta –murmuró ella, frotándose los ojos–. ¿Algún problema?

–No, solo quería decirte que la cena está lista, pero si quieres seguir durmiendo...

–No, bajaré enseguida. Voy a lavarme la cara.

Cuando entró en la cocina diez minutos después llevaba un pantalón negro, una sudadera roja con capucha y el pelo sujeto en una coleta. Con aquel atuendo parecía más una universitaria que una agente del FBI.

–¿Debería sentirme insultada porque piensas que puedo comerme todo esto? –bromeó, señalando las bandejas.

–No sabía qué te gustaba, así que he hecho varias cosas.

Había pensado hacer unos filetes y servirlos con

patatas asadas, pero no sabía si le gustaba la carne, así que hizo pasta y metió una barra de pan de ajo en el horno. Luego cuestionó esa decisión y preparó una ensalada de pollo.

Y ahora se sentía como un idiota.

—Parece que me he dejado llevar.

—Un poco —respondió Jamie, sin dejar de sonreír—. Pero gracias.

Cenaron en silencio y Jamie no volvió a decir nada hasta que terminaron, mientras guardaban los restos en la nevera.

—¿Tienes muchos amigos?

Cole se volvió para mirarla.

—¿Por qué lo preguntas?

—No sé. Si Finn no fuera mi amigo, yo estaría sola. Tengo a mi madre, por supuesto, pero somos tan diferentes que es imposible que seamos amigas.

—Aunque Finnegan no me cae precisamente bien, está claro que le importas —dijo él—. Está preocupado por ti.

—Sí, lo sé. Pero debería tener más confianza en mí, sé cuidar de mí misma.

—Es en mí en quien no tiene confianza.

—De todas formas.

Cole cerró la nevera.

—No tengo ningún amigo —dijo luego—. Mucha gente quiere ser amiga mía, pero no porque me aprecien, sino por mi dinero.

—Ah, claro. Debe de ser difícil no saber quién se acerca a ti por interés y quién no.

—¿Y tú? —le preguntó él, incómodo—. ¿Por qué no tienes más amigos?

—Por mi trabajo —le confesó Jamie—. Me esforcé tanto por tener éxito en mi carrera que olvidé que había más cosas en la vida. Ahora tengo treinta y dos años, estoy soltera y a veces pienso que es demasiado tarde.

Sus sinceras palabras lo sorprendieron.

–¿Para qué?

–Para tener hijos –respondió ella–. Un marido, una familia, no un apartamento vacío y nada de lo que estar orgullosa más que mi placa.

–Te entiendo. Yo también quiero todo eso.

–No te imagino como padre.

–¿Por qué no?

–No sé... eres multimillonario, viajas continuamente, te mueves en un mundo de gente rica.

–¿Y qué?

–No sé, no te imagino como padre de familia.

Sus palabras le dolieron. Teresa le había dicho lo mismo cuando sacó el tema de los hijos. Claro que, Teresa no quería tenerlos, ella prefería gastarse su dinero y decirle a todo el mundo que estaba casada con Cole Donovan.

–Tal vez quiera formar una familia. Tal vez quiera ser el marido de alguien y quedarme definitivamente en un sitio.

–Lo siento –se disculpó Jamie–. Había pensado...

–Que soy un hombre de negocios sin corazón, ya me he dado cuenta. Por cierto, he recibido una oferta de compra por mi empresa.

–¿Ah, sí?

–Al principio pensé que era ridículo, pero ahora... –Cole se encogió de hombros–. Estoy pensándomelo.

–¿Estás dispuesto a tirar por la ventana todo aquello por lo que tanto has trabajado?

–Lo hice una vez, cuando doné la herencia de mi padre.

–Pero este es tu legado, Cole. Tú has levantado esa empresa.

–Y la muerte de Teresa está destrozándola –dijo él–. No sé qué voy a hacer. Lo he pensado, pero aún no estoy seguro.

–No puedes dejar que esta investigación arruine tu vida. Gideon ha contado la verdad y estoy segura de que el fiscal del distrito decidirá no llevar el caso a los tribunales. No tiene pruebas suficientes.

–Pero la prensa ya me ha condenado. Yo no maté a mi exmujer, pero todo el mundo se preguntará siempre si lo hice. Y ahora la investigación te está afectando a ti, Jamie. Alguien ha intentado matarte, seguramente la misma persona que mató a Teresa.

–Tal vez.

Cole frunció el ceño.

–¿Cómo que tal vez? ¿Quién más querría hacerte daño?

–He metido en la cárcel a mucha gente –respondió Jamie–. No me sorprendería nada que fuese alguno de los criminales a los que he metido entre rejas.

–¿Y cómo iba a orquestar el accidente desde la cárcel?

–Puede que ya haya salido de la cárcel.

–No lo creo –dijo Cole–. Demasiado alambicado.

–Tanto como que el asesino de tu exmujer haya decidido convertirme en su siguiente víctima. No hay ninguna pista nueva y él o ella tienen que saberlo. ¿Por qué iba a arriesgarse a tocar los frenos de mi coche? Lo lógico es que el asesino intente pasar desapercibido hasta que termine la investigación.

–Pero tú no eres la asesina y no sabes qué clase de persona es o cómo piensa.

–En realidad sí –dijo Jamie–. Me dedico a hacer perfiles psicológicos.

Cole parpadeó, sorprendido.

–¿No te dedicas a investigar?

–Empecé como investigadora para la unidad de crímenes violentos, pero ahora trabajo en una oficina y estudio informes de crímenes para diseñar perfiles psicológicos de los responsables.

–¿Intentas meterte en la cabeza de los asesinos?

–Eso es. Tengo un título en Ciencia del comportamiento y Psicología anormal. Paso gran parte de mi tiempo estudiando la personalidad de los criminales, haciendo un perfil psicológico, un método creado por el FBI.

Sonaba horrible. Pensar como un asesino, intentar entender qué hacía que esas personas matasen...

–Por eso no estoy segura de que haya sido el asesino quien cortó el cable de los frenos –siguió Jamie.

–No lo entiendo.

–Se trata de una persona controlada, precisa. Si quisiera quitarme de en medio lo habría hecho de forma que no pudiese fallar.

–Pero no ha fallado, tu coche se estrelló contra un árbol.

–Y yo estoy vivita y coleando –le recordó ella–. Cuando intentas matar por control remoto nunca puedes estar seguro de conseguirlo. Si me quisiera muerta me habría pegado un tiro en la cabeza.

Cole hizo una mueca. Cuanto más conocía a Jamie Crawford, más le gustaba y la idea de que pudiesen hacerle daño, o matarla, lo asustaba de verdad. Estaba allí por su culpa, porque la mujer con la que había cometido el error de casarse había sido asesinada. Y estaba en su casa porque había prometido protegerla.

Pero ¿y si no podía hacerlo?

–Voy a darme una ducha –dijo entonces, el cambio de tema fue tan abrupto que Jamie lo miró con cara de sorpresa.

–Ah, muy bien. Yo debería hacer lo mismo. Me quedé dormida antes de ducharme.

Mientras subían la escalera y luego entraban cada uno en su cuarto, Cole se recordó a sí mismo por enésima vez que no podían tener una relación.

***

Cuando Jamie salió de la ducha media hora después, oyó a Cole moviéndose en la habitación de al lado.

«Tal vez quiera formar una familia».

Pensativa, se sentó al borde de la cama, sujetando la toalla que la cubría del pecho a los muslos. Sabía que había herido sus sentimientos al suponer que no quería formar una familia, pero pensaba que Cole no querría sentar la cabeza. Un hombre como él levantaba empresas millonarias y se preocupaba de ganar dinero, no de los hijos.

Pero debía admitir que Cole no parecía demasiado interesado por el dinero. Y no podía creer que de verdad estuviera pensando en vender su empresa. A juzgar por su éxito, era un astuto hombre de negocios, un hombre seguro de sí mismo... y muy excitante.

Y también era inteligente, divertido, amable y cocinaba mucho mejor que ella.

¿Por qué dejaría una mujer a un hombre así?

Teresa lo había hecho y ella estaba intentando controlar la atracción que sentía porque...

Porque estaba investigando un asesinato.

Tenía que pensar en el caso.

Pero ¿por qué? Llevaba diez años en el FBI y ni una sola vez se había relacionado con un sospechoso. O con alguien que no lo fuese. La verdad era que solo había tenido una relación seria, si se podía considerar seria una relación de seis meses.

¿Por qué no podía dejar a un lado sus obligaciones profesionales por una vez? Ni siquiera tenía que ser una relación seria. Cole le gustaba, la excitaba y de verdad creía que no era un asesino. ¿Tan malo sería tener una apasionada aventura con él?

«Deja de analizarlo todo y ve a buscarlo».

Jamie estuvo a punto de soltar una carcajada. Sí, ella siempre lo analizaba todo al detalle. Lo hacía todos los días en la oficina, pero lo que era bueno para entender a los criminales era un problema en su vida privada.

Cansada de ser tan negativa, se levantó de la cama y salió del dormitorio. Experimentó un segundo de duda frente a la puerta de la habitación de Cole pero, por fin, llamó suavemente con los nudillos.

Él abrió con el torso desnudo y Jamie, distraída por los definidos pectorales y el estómago plano, tuvo que hacer un esfuerzo para mirarlo a los ojos.

–¿Puedo entrar?

Cole miró la toalla que apenas ocultaba su cuerpo.

–No sé si es buena idea.

–Tal vez no, pero quiero entrar.

Él se apartó para dejarla pasar, aunque Jamie notó que dejaba unos metros de distancia entre los dos.

–¿Qué ocurre?

–Sé que no deberíamos hacerlo –empezó a decir–. Yo no me acuesto con hombres a los que apenas conozco. En realidad, apenas me acuesto con nadie –le confesó, poniéndose colorada–. Ni siquiera me acuerdo de la última vez que lo hice.

–Jamie...

–No, déjame terminar. No tengo tiempo para una relación porque me he pasado la vida trabajando para tener una vida digna. Pero ahora aquí estoy, a punto de tirarlo todo por la ventana porque te encuentro increíblemente atractivo.

Cole esbozó una sonrisa.

–No tiene gracia –dijo Jamie–. Ya sé que no es buena idea, pero no puedo evitarlo.

Respirando profundamente, puso una mano en el torso masculino y su pulso se aceleró al sentir los latidos de su corazón.

–Nada saldrá de esto, Jamie. Yo no puedo mantener una relación.

–Tampoco yo estoy segura de querer hacerlo, pero no puedo seguir luchando contra lo que siento. Te deseo tanto...

De inmediato, vio un brillo de deseo en los ojos oscuros. Muy bien, no estaba loca. Su trabajo, la investigación del caso, los problemas de Cole con su exmujer, todo eso eran obstáculos en su camino.

Pero esa noche quería fingir que no existían.

Solo esa noche.

Armándose de valor, Jamie puso la mano sobre la toalla y luego, respirando profundamente, la dejó caer al suelo.

11

Cole sintió como si estuviera en trance mientras miraba el cuerpo desnudo de Jamie. Era perfecta. Desde los altos pechos de rosados pezones a la estrecha cintura o las largas y sedosas piernas. Se le quedó la boca seca cuando alargó una mano para soltarse la coleta y luego sacudió la melena...

«Sal de aquí, protege tu corazón».

Esa advertencia hizo que se le encogiera el estómago, pero no era capaz de luchar contra el deseo que se había apoderado de él.

–No deberíamos –empezó a decir, haciendo un último esfuerzo–. Tienes que irte, cariño.

Entonces se dio cuenta de que nunca había llamado a nadie así. Ni siquiera a Teresa.

–O puedo quedarme –dijo ella, apretándose contra su torso.

Cole tuvo que contener un gemido. Necesitaba tocarla, solo una vez, y luego terminaría con aquella locura.

Respirando profundamente, levantó una mano para acariciar su hombro...

–Tu piel es como la seda –murmuró.

«¿Tu piel es como la seda?». Se daría de bofetadas por usar un cliché así, aunque era la verdad. La piel de Jamie era suave, ardiente, satinada.

No podía parar. Había perdido el control. Deseaba a Jamie Crawford y la había deseado desde que la conoció.

—¿De verdad?

—Sí —murmuró él.

—Necesito tocarte —dijo Jamie—. Necesito... no sé qué necesito.

Aunque era una tortura, Cole se quedó inmóvil mientras la dejaba explorar, apretando los dientes al sentir el roce de sus dedos sobre una tetilla.

—No pares —le dijo, a punto de desmayarse de placer—. Sigue tocándome.

Y ella siguió acariciando el vello de su torso, deslizando los dedos hasta el elástico de los calzoncillos. Sin darse cuenta, Cole echó las caderas hacia delante y Jamie rozó su erección, mirándolo con los ojos nublados.

—Cole...

—¿Sí?

—No sé qué me pasa. Normalmente no soy así, pero contigo quiero...

No terminó la frase. Él no la habría dejado de todas formas; el deseo de besarla era tan poderoso que la tumbó sobre la cama, colocándose encima. Se besaron de nuevo, con la boca abierta, sus lenguas bailando.

—Quiero saborearte por todas partes —murmuró.

—Más tarde —dijo ella—. Ahora mismo te quiero dentro de mí.

No tuvo que pedírselo dos veces. Cole saltó de la cama para ir al baño a buscar una caja de preservativos y estaba listo cuando volvió a colocarse sobre ella, gemidos apasionados y suspiros estrangulados llenaron el silencio de la habitación.

—Dios mío —murmuró Jamie, levantando las caderas—. Me gusta tanto...

Lo único que podía hacer era murmurar incoherencias a las que Cole respondía del mismo modo. Sabiendo que estaba en peligro de perder el control, hizo un esfuerzo para ir despacio y darle todo el placer posible.

–Más –le suplicó ella, clavando las uñas en sus hombros.

Cole miró a aquella mujer tan hermosa, su pelo rojo extendido sobre la almohada, y perdió el control por completo. Dejando escapar un gemido ronco, empujó una y otra vez hasta que todo se volvió un borrón, hasta que cada centímetro de su cuerpo lo urgió a liberarse. Cuando la oyó gritar y sintió los espasmos de su clímax, por fin pudo dejarse ir.

Y supo sin la menor duda que todo su mundo había cambiado en ese momento.

Cuando Jamie volvió a la Tierra unos minutos después, el placer fue reemplazado por una oleada de pánico. Un pánico tan profundo que empezaron a temblarle las manos.

Por el rabillo del ojo veía a Cole intentando llevar aire a sus pulmones mientras se pasaba una mano por la frente cubierta de sudor...

Incapaz de soportarlo, saltó de la cama como si acabase de encontrar una cucaracha entre las sábanas.

–¿Jamie?

–Solo voy al baño un momento.

Cerró la puerta tras ella, respirando profundamente antes de abrir el grifo del lavabo.

En el espejo vio a una mujer que acababa de ser satisfecha y tuvo que apartar la mirada. Desgraciadamente, al ver el jacuzzi negro del que Cole le había hablado antes se imaginó con él allí...

–Deja de pensar tonterías. Solo es sexo –murmuró.

Bueno, un sexo maravilloso.

El mejor de su vida.

Había ido a su habitación dispuesta a acostarse con él, pero no había pensado que sería tan... explosivo. ¿Así era el sexo, era así como tenía que ser?

–¿Jamie?

Jamie cerró el grifo y respiró de nuevo antes de abrir la puerta. Cole estaba al otro lado, desnudo como ella.

–Te has asustado –le dijo.

–Un poco –admitió ella–. Es que ha sido... no sé, increíble.

–Yo pienso lo mismo.

–Estoy siendo una tonta, ¿verdad?

–No, estás siendo cauta y es comprensible. Y si quieres que sea sincero, lo que acaba de pasar también me ha asustado un poco.

–¿De verdad?

–Nunca había sido tan intenso, tan fuera de control.

Cuando Cole clavó la mirada en sus pechos, Jamie sintió un río de lava entre las piernas. Él no se movió. Parecía contento con mirarla, pero después de unos segundos, Jamie dejó escapar un suspiro.

–Bésame –le ordenó.

–¿Estás segura?

–Deberíamos terminar lo que hemos empezado.

–Pensé que ya habíamos terminado –bromeó él.

–Pues entonces vamos a empezar otra vez.

Antes de que Jamie pudiese pestañear, Cole la tumbó sobre la cama y sus bocas se encontraron en un beso que los dejó sin aire.

Cuando abrió sus piernas para acariciarla, Jamie cerró los ojos.

–Cole... –murmuró, bajando una mano para tocar su erguido miembro.

Sus intenciones estaban claras, pero él se deslizó por su cuerpo hasta poner la boca sobre el centro de su feminidad, robándole cualquier pensamiento coherente.

Jamie se agarró a las sábanas mientras Cole le hacía el amor con los labios y la lengua. Las sensaciones eran increíbles y sus gemidos cada vez más ansiosos hasta que Cole volvió a colocarse encima y se deslizó en ella con una embestida.

Jamie se agarró a él, clavando los dedos en sus nalgas mientras se movía adelante y atrás una y otra vez. Y cuando la última oleada de placer se desvaneció, lo vio mirándola con los ojos oscurecidos mientras esbozaba una sonrisa. Entonces se dio cuenta de que no había terminado, que seguía duro dentro de ella.

—La última vez fue demasiado rápido –le dijo, como si le hubiera leído el pensamiento–. Esta vez...

—¿Esta vez qué?

—Esta vez vamos a ir despacio, cariño –murmuró Cole, buscando sus labios–. Durante toda la noche.

—Estoy demasiado cansado, no puedo moverme –protestó Cole a la mañana siguiente–. Llámame cuando esté listo el café.

Jamie soltó una carcajada. Se había puesto un pantalón corto azul y una camiseta de la Universidad Duke y, por alguna razón, estaba totalmente despierta y cargada de energía a pesar de las interminables rondas de sexo. Aparentemente, a Cole le pasaba todo lo contrario.

—Venga, hace un día precioso. Ha salido el sol, los pájaros cantan. ¿Te lo vas a perder?

—Merezco un poco de descanso después de lo que me hiciste anoche –bromeó él.

Jamie se rio de nuevo, pero decidió rendirse.

—Muy bien, bajaré a hacer café. Te daré un grito cuando esté hecho.

—Gracias a Dios –Cole se tumbó de lado, tapándose la cabeza con la sábana.

Riendo, Jamie bajó a la cocina y, después de encender la cafetera, salió al jardín. Hacía un día maravilloso, sin una sola nube en el cielo, el sol entraba en toda la casa. El jardín era lo bastante grande como para construir una piscina, pero aparentemente Cole no la necesitaba. Tal vez no le gustaba nadar.

Se le encogió el corazón al pensar que apenas conocía al hombre con el que había hecho el amor. Cole dirigía un imperio inmobiliario, construía cosas con las manos... ¿y qué más? ¿Qué hacía para divertirse? ¿Qué libros le gustaba leer?

Que no tuviera respuesta para ninguna de esas preguntas la molestó. ¿Qué estaba haciendo allí? ¿Y por qué le molestaba tanto no conocer cada detalle de la vida de Cole Donovan?

Cuando decidió acostarse con él se había dicho a sí misma que sería una aventura temporal, que por una vez en la vida quería actuar por impulso en lugar de pensarlo todo mil veces. Pero acostarse con él era una cosa y querer conocerlo otra muy diferente.

Jamie volvió a la cocina y sacó el móvil del bolso para llamar a Finn porque necesitaba una distracción. Pero cuando su amigo respondió estaba tan enfadado como el día anterior, en la clínica.

–Veo que sigues viva –le dijo, a modo de saludo.

–Venga, no te pongas antipático. Ya te dije que me iba a ir con Cole.

–Claro, por su sistema de seguridad.

–¿Te mataría admitir que Cole podría ser inocente?

–¿Y olvidarme de las pruebas que hay contra él? Sé que son pruebas circunstanciales, pero unas pruebas circunstanciales pueden enviar a un hombre a la cárcel.

Jamie suspiró, frustrada, mientras volvía a salir al jardín para caminar sobre la hierba.

–Joe Gideon vio a Cole esa noche, a la hora a la que, supuestamente, Teresa fue asesinada. Cole no la mató.

–¿Entonces quién demonios lo hizo?

–No lo sé. Es difícil hacer un perfil cuando no hay nada en lo que apoyarse. Ya te dije que el asesino es...

–Analítico, frío, reservado –la interrumpió Finn–. Sí, ya me acuerdo, pero eso no nos ayuda nada. Seguimos sin encontrar al culpable, a menos que ya lo hayamos encontrado y tú te niegues a admitirlo.

–Cole no lo hizo –insistió ella–. No pudo hacerlo.

«¿Por qué, porque te acuestas con él?».

No, el instinto le decía que Cole no era un asesino. Necesitaban otro sospechoso, otra prueba. Cualquier cosa que ayudase a resolver aquel asesinato.

Jamie dejó de pasear al percatarse de cuánto se había alejado de la casa. No sabía cómo, pero estaba a cien metros, entre unos árboles cuyas ramas se movían con la brisa.

–Debe de haber algo que se nos ha pasado por alto –le dijo–. Solo tenemos que...

En ese momento sonó una explosión y Jamie cayó al suelo, sintiendo un dolor agudo en el hombro. El móvil se le había escapado de la mano, pero podía escuchar la voz de Finn al otro lado:

–Jamie... ¿Jamie?

Ella se tocó el hombro derecho, sorprendida cuando levantó la mano y vio una mancha de sangre.

Santo cielo, le habían disparado.

12

Cole estaba bajando la escalera mientras se frotaba los ojos para despertarse del todo cuando oyó el ruido. De inmediato se puso tenso, aguzando el oído. Había sonado como un disparo.

¿Un disparo?

Con el pulso acelerado, Cole corrió a la cocina.

–¿Jamie?

Pero Jamie no estaba allí. La puerta del jardín estaba abierta y cuando asomó la cabeza vio a Jamie sobre la hierba, a unos cincuenta metros de la casa.

La descarga de adrenalina lo puso en acción y corrió hacia ella, casi esperando que otro disparo le diese en el pecho.

Se detuvo cuando llegó a su lado, cayendo de rodillas.

–Jamie –mientras tocaba su cara miró hacia los árboles, pero entonces vio la mancha de sangre en su hombro–. Dios mío... ¿estás bien?

Ella asintió con la cabeza, un poco mareada.

–Estoy bien, solo me ha rozado.

–¿Solo te ha rozado? ¡Te han disparado!

–Sí, ya lo sé.

Cole miró alrededor de nuevo, pero no podía ver nada

más que árboles. Los sensores de movimiento estaban colocados en la verja y alrededor del porche, pero no en todo el perímetro de la finca, de modo que alguien había estado vigilando la casa sin que lo supieran.

Aunque temía que volviesen a disparar, Jamie estaba sangrando y tenía que llevarla a la clínica.

–Vamos –murmuró, ayudándola a levantarse–. Pero mantén la cabeza baja.

Sujetándola por la cintura, Cole la llevó hacia la casa, furioso al ver la mancha de sangre en la camiseta. El responsable iba a pagar por ello, se juró a sí mismo.

–¿Te duele mucho?

–Un poco, pero me han pasado cosas peores.

Él no quería saberlo, no quería preguntar.

–Siéntate –le dijo cuando llegaron a la cocina–. Voy a buscar el botiquín. No, mejor vamos a la clínica directamente...

–No, espera –lo interrumpió Jamie–. Trae unas gasas y algo para limpiar la herida.

–Muy bien.

Cuando volvió a la cocina unos segundos después, ella se había quitado la camiseta. Debajo llevaba un sujetador deportivo y Cole bajó el tirante, con cuidado para no hacerle daño.

Pero tuvo que hacer un esfuerzo para controlar el pánico al ver la herida. No sabía si el criminal había intentado dispararle a la cabeza y había fallado o había apuntado directamente al hombro como un aviso. En cualquier caso, le dio gracias al cielo porque estaba viva.

Jamie no se quejó mientras limpiaba la herida. Sabía que debía de dolerle, pero no protestó en absoluto.

Afortunadamente, la bala solo la había rozado, dejando una quemadura y llevándose parte de la piel.

Cole vendó la herida y luego se acercó al fregadero para lavarse las manos.

–Cole...

–No me digas que no tiene importancia.

–No iba a hacerlo. Iba a sugerir que llamásemos a Finn. Aunque seguramente ya vendrá hacia aquí. Estaba hablando con él cuando me dispararon.

–Muy bien.

–Y tal vez deberías darme uno de esos analgésicos –Jamie hizo una mueca de dolor–. Creo que esta vez voy a necesitarlos.

Cuando Cole volvió a entrar en la cocina unos minutos después, Jamie estaba donde la había dejado, con el brazo sano apoyado sobre la mesa.

–¿Has llamado a Finn?

–Sí, viene hacia aquí –respondió él, llenando un vaso de agua.

Estaba furioso consigo mismo. Alguien había cortado el cable de los frenos de su coche el día anterior y, supuestamente, él debía protegerla. Debería haberla encerrado en casa, debería haberla vigilado cada minuto.

Parecía tan pequeña y frágil apoyada en la mesa, con varios mechones de pelo escapando de su coleta y las rodillas manchadas de hierba. Le gustaría tomarla entre sus brazos y no soltarla nunca... pero eso era casi tan turbador como que hubiera recibido un disparo en su propiedad.

¿Por qué se había encariñado con ella en tan poco tiempo? Se habían dejado llevar por la atracción que sentían el uno por el otro, pero supuestamente era solo sexo.

–¿Por qué estás tan serio?

–Podrían haberte matado –respondió él–. Parece que todas las mujeres de mi vida están destinadas a perder la vida.

–Cole...

–Tal vez deberíamos irnos del pueblo. Tengo una casa en Tahití que...

–No, de eso nada. No pienso irme de Serenade.

–¿Aunque alguien quiera matarte?

–Nadie va a matarme –respondió ella–. Y yo no salgo corriendo cuando la situación se vuelve peligrosa.

En ese momento sonó el timbre. Aparentemente, Finnegan no había perdido el tiempo. Después de pulsar el botón que abría la verja, Cole miró el sujetador de Jamie con el ceño fruncido.

–Deberías ponerte algo.

–¿Por qué? ¿Por Finn?

–Sí, por Finn.

–Te aseguro que él no me va a mirar.

–Si se le ocurre hacerlo...

–¿Qué? ¿Le vas a dar una paliza? –bromeó Jamie.

Cole no pudo responder porque el comisario entró en la cocina y soltó una palabrota al ver a Jamie.

–¿Viste a la persona que te disparó?

–No –respondió ella–. Pero estaba detrás de mí, probablemente escondido entre los árboles.

–¿Dónde estabas exactamente?

Cuando Jamie le dio la información, Finn sacó el móvil del bolsillo para llamar a sus alguaciles.

–Max y Anna buscarán entre los árboles. Llevan al equipo forense con ellos y si hay alguna prueba... el casquillo, por ejemplo, lo encontrarán –Finn miró la venda con el ceño fruncido–. Pero ahora voy a sacarte de aquí, digas lo que digas.

–No pienso marcharme.

–Esta casa no es segura, Jamie. ¡Acaban de dispararte, maldita sea! ¿Dónde está el famoso sistema de seguridad?

–Los sensores de movimiento solo saltan si alguien entra en el jardín, pero la persona que disparó lo hizo desde fuera. Además, se me ha ocurrido algo.

–¿Qué? ¿Que deberías alejarte de este hombre?

–No, he tenido una idea sobre por qué mataron a Teresa.

–Muy bien, te escucho.

–Cole tiene la impresión de que las mujeres de su vida son un objetivo. ¿Por qué intentan matarme a mí? Desde que llegue aquí no hemos encontrado nuevas pistas sobre el asesino, de modo que no tiene razones para quererme muerta. Asesinó a Teresa sin dejar huellas y lo lógico sería que se apartase, esperando que nada nos llevase hacia él. Y eso me hace pensar que nos hemos equivocado sobre el motivo.

–¿Qué quieres decir? –preguntó Finn.

–Hemos pensado que fue un crimen pasional o que alguien la odiaba lo suficiente como para matarla. Pero ¿y si el asesino quiere hacerle daño a Cole?

–¿A mí? –exclamó él.

–Eres un poderoso empresario, me imagino que habrás hecho algunos enemigos en tu vida. Tal vez la razón por la que no podemos encontrar al asesino de tu exmujer es que no tiene nada que ver con ella. Tal vez tiene que ver contigo.

Finn dejó escapar un suspiro.

–Puede que tengas razón, Crawford. Tal vez alguien intenta meter a Donovan entre rejas haciéndolo parecer culpable.

–Tú mismo me has dicho que la empresa está sufriendo por todo esto. Tal vez eso es lo que quería el asesino.

–Seguro que habrá pisado muchos callos en su camino hacia la cumbre –dijo Finn, irónico.

Cole arrugó el ceño.

–Yo he levantado mi empresa honestamente, con integridad. No quería hacerlo cortando cuellos como lo había hecho mi...

No terminó la frase, pero Jamie sabía lo que iba a decir: como lo había hecho su padre. Pero no iba a hablar de eso delante del comisario porque no quería darle más munición contra él.

–Tengo algunos rivales, desde luego –admitió Cole–. George Winston, por ejemplo, pero no me lo imagino matando a nadie. Somos rivales profesionales, nada más. En el mundo inmobiliario siempre hay gente que se pelea por conseguir una parcela o unos metros de tierra para construir.

–¿Tal vez algún empleado que te guarde rencor? –sugirió Jamie–. Alguien a quien hayas despedido y se haya ido de la empresa furioso.

–No lo sé, pero podría investigar. Hay un detective al que contrato de vez en cuando. De hecho, estaba pensando en llamarlo para que investigase la muerte de Teresa, pero... –Cole miró a Finn– me imaginé que no le haría gracia la intromisión.

–Qué generoso por su parte –replicó el comisario, irónico.

–Pero lo llamaré ahora mismo –siguió Cole.

–Podemos investigar entre la gente que odiaba a Teresa, pero alguien ha intentado matarme dos veces... no sé, tal vez podría haberme convertido en un objetivo porque alguien quiere hacer que Cole parezca culpable.

Porque estaban juntos, pensó, aunque no lo dijo. Pero se puso colorada y Finn lo notó.

–Si el asesino va detrás de las mujeres de su vida, seguramente es alguien que lo conoce.

–Llamaré a mi detective –repitió Cole.

Finn se levantó, asintiendo con la cabeza.

–Vamos, Jamie.

–Ya te he dicho que no pienso moverme de aquí.

–¿Para que vuelvan a dispararte?

–No pienso irme de esta casa. Cuando salí al jardín y me puse a pasear fue como ponerme una diana en el pecho. Estaba distraída...

–Sigues distraída –la interrumpió el comisario–. Que tu teoría tenga cierto sentido no significa que Donovan no sea una amenaza para ti.

–Estoy a salvo con Cole, no te preocupes.

Aunque su convicción lo emocionó, Cole tuvo que preguntarse si estaba en lo cierto. ¿Estaba a salvo allí? Su instinto protector le decía que no debía separarse de ella. Y cada vez que la recordaba tumbada sobre la hierba con un disparo en el hombro se le rompía el corazón.

Tal vez no había futuro para ellos, tal vez solo era sexo, pero hasta que detuvieran al asesino de Teresa, no iba a apartarse de Jamie Crawford.

–Me molesta que esté enfadado conmigo –le confesó Jamie cuando el comisario se marchó.

Su amigo había insistido en que fuera con él, pero Jamie se mantuvo firme y, por fin, Finn se había ido enfadado. Aunque ella sabía que Cole no tenía la culpa de nada.

Pero ¿quién le había disparado? ¿Por qué había alguien vigilando la casa?

Max, uno de los alguaciles, iba a vigilar la propiedad a partir de ese momento. Aunque Jamie tenía la impresión de que el misterioso personaje que la había disparado ya habría desaparecido.

–Está preocupado por ti –dijo Cole–. Y, francamente, yo también.

Jamie se dejó caer sobre el sofá y él se sentó a su lado, abrazándola.

–Esto me gusta.

–A mí también.

–Por cierto, ¿qué ha dicho el detective?

–Se ha puesto a trabajar. Discretamente, claro. También he hablado con Ian –respondió Cole, pasando los dedos por su brazo–. Aparentemente, la compañía que quiere comprar mi empresa ha doblado la oferta.

–¿Ah, sí?

–Sí.

Los dos se quedaron callados entonces y Jamie no recordaba la última vez que se había sentido tan a gusto. Algo sorprendente cuando una hora antes estaba tumbada sobre la hierba, evitando las balas.

Pero esa sensación de felicidad también la ponía nerviosa. Aunque no estuviera investigando el asesinato de su exmujer, seguramente aquello no funcionaría. Ella vivía en Charlotte y estaba casada con su trabajo. Él vivía en Chicago cuando no estaba en Serenade y dedicaba la mayor parte del tiempo a su empresa. Cole era multimillonario, ella había crecido en un camping de caravanas, en la peor zona de la ciudad.

Jamie se volvió para mirarlo a los ojos.

–¿Qué estamos haciendo?

–Estamos sentados en el sofá, descansando un rato. Pero deberías irte a la cama.

–Tú sabes que no me refería a eso.

–Sí, lo sé.

–¿Estamos haciendo una tontería? Nos sentimos atraídos el uno por el otro, pero ninguno de los dos quiere una relación. ¿Para qué nos molestamos? ¿Por qué pasamos tiempo juntos cuando esto no va a ningún sitio?

Cole respiró profundamente.

–No lo sé. Lo único que sé es que me gusta estar contigo.

–A mí también me gusta estar contigo. Y me gusta que no te asuste mi trabajo. A muchos hombres les asusta una mujer policía.

–Tampoco a mí me gusta que tengas que lidiar con asesinos, pero respeto lo que haces.

En el pasado, su puesto en el FBI había sido un problema para muchos hombres y eso la había hecho preguntarse si algún día encontraría a alguien que respetase su trabajo.

–Yo también respeto lo que haces. Aunque acabases vendiendo tu empresa.

–No sé lo que voy a hacer –le confesó él–. No sé si me apetece seguir viajando tanto.

Jamie lo entendía. Todo era tan sencillo y tan bonito en Serenade...

Salvo el loco asesino que andaba por ahí, claro.

–Ninguno de los dos está en posición de decidir nada hasta que encontremos al asesino de Teresa.

–Y al canalla que ha intentado matarte –Cole la apretó contra su pecho–. No voy a dejar que te ocurra nada, Jamie. No voy a apartarme de ti hasta que lo atrapemos.

El corazón de Jamie dio un vuelco dentro de su pecho.

–No sé lo que siento por ti –le confesó–. Pero estoy desconcertada.

–Dímelo a mí. Estoy desconcertado desde el día que apareciste en mi casa. Después de divorciarme de Teresa pensé que no había ninguna posibilidad para mí. Esa mujer me destruyó, le di todo y siempre me pedía más hasta que al final no me quedaba nada.

–Te queda mucho –dijo ella, acariciándole el pelo.

–Deberías irte a la cama –sugirió Cole.

–Si tú vienes conmigo.

–Iré contigo, pero solo para dormir un rato.

¿Quién necesitaba hablar sobre el futuro? Por primera vez en su vida estaba viviendo el momento, concentrándose en algo que no era su trabajo y deseaba aferrarse a eso un poco más.

–No necesito dormir –murmuró Jamie–. La bala solo me ha rozado y la cura para eso no es dormir.

Cole la miró, sorprendido.

–¿Y entonces cuál es la cura?

–Sexo, mucho sexo.

13

Cole sonrió mientras miraba a la mujer que dormía en su cama, memorizando cada detalle antes de cerrar la puerta de la habitación. Pero mientras bajaba a la cocina a hacerse un café, se preguntó qué demonios estaba haciendo.

Jamie y él habían pasado el día en la cama o disfrutando entre las burbujas del jacuzzi. Después, la había sentado en sus rodillas, dejando que ella llevase la iniciativa porque temía hacerle daño en el hombro si se ponía encima. Jamie se había colocado sobre él, moviéndose con un ritmo sexy y apasionado hasta que los dos explotaron de placer. Pero luego había cerrado los ojos y se había quedado dormida.

Y ahora estaba solo, intentando entender sus conflictivas emociones y preguntándose cómo era posible que Jamie Crawford hubiese roto el escudo bajo el que protegía su corazón después de la traición de Teresa.

Jamie no se parecía nada a su exmujer. Era amable, compasiva, paciente, pero eso no significaba que no pudiera destruirlo.

Y Cole se negaba a dejar que otra mujer tuviese tanto poder sobre él.

Cerró los ojos, preguntándose cómo y por qué su vida se había convertido en un caos. No eran solo sus sentimientos por Jamie, sino su negocio. No podía explicarlo, pero desde que Ian le dijo que habían recibido una oferta por la compañía no había podido dejar de pensar en ello. Un año antes, la idea de vender le habría parecido ridícula. Con treinta y cuatro años, era uno de los hombres más ricos del país y, si quería, podría seguir siéndolo durante toda su vida. Retirarse era algo que jamás se le había ocurrido hacer.

Pero todo había cambiado tras la muerte de Teresa. Se había visto obligado a permanecer en Serenade y, aparte de la investigación, se sentía más tranquilo que nunca. No le apetecía volver a Chicago a trabajar. Aparte de responder a algún correo electrónico y firmar los contratos que Ian le llevaba, no estaba demasiado involucrado con la compañía.

Y le gustaba.

¿Qué le estaba pasando? A él le encantaba su trabajo. Le encantaba imaginar las estructuras que quería levantar, hacer negocios. ¿Por qué de repente todo eso lo aburría?

El sonido del móvil interrumpió sus pensamientos. Y en la pantalla estaba el número de Hank Shaw, el detective.

–Qué rápido –dijo Cole–. ¿Ya has descubierto algo?

–Sí y no. Solo quería decirle que he estado echando un vistazo a George Winston.

–¿Y qué has encontrado?

–No mucho. Aparte de tener fama de idiota, Winston está limpio. No hay nada sospechoso en sus finanzas, ni en las cuentas de su empresa ni en las personales. También he comprobado su agenda y tiene una coartada para la noche en la que asesinaron a su exmujer. Estaba en Boston con su esposa.

–¿Podría haber contratado a alguien para que matase a Teresa?

–Tal vez, pero no hay grandes salidas de dinero en su cuenta, nada que indique que haya pagado a un matón.

Cole frunció el ceño, aunque en realidad no le sorprendía. Pensar que un rival en los negocios hubiese matado a Teresa era absurdo.

–Gracias, Hank. ¿Alguna cosa más?

–Dicen por ahí que Winston está encantado con sus problemas. Incluso ha hablado con varios bancos para pedirles que le corten la financiación.

–Eso no me sorprende –dijo Cole–. Gracias otra vez, Hank. ¿Estás investigando en mi empresa?

–Sí, he recibido su e-mail.

El e-mail en el que Cole prácticamente le había dado una llave de su empresa: códigos que le darían acceso a los ordenadores de los empleados, contraseñas, todo lo que pudiese abrirle puertas. Odiaba hacerlo, pero la vida de Jamie estaba en peligro y no pensaba arriesgarse.

–Seguiremos en contacto –dijo Hank–. En veinticuatro horas tendré un primer informe.

Cole le dio las gracias por tercera vez y luego cortó la comunicación. Él siempre se había enorgullecido de su integridad en los negocios y pensar que alguien pudiese odiarlo de tal modo era algo que no podía creer.

–¿Por qué estás tan serio?

Jamie estaba en la puerta, llevando solo una camiseta que dejaba sus muslos al descubierto.

–Acabo de hablar con el detective. Ha estado investigando a uno de mis mayores rivales, pero no ha encontrado nada. Y ahora va a investigar a mis empleados.

–Si no encontrase nada, siempre podríamos investigar a Valerie Matthews.

–¿La hermana de Teresa? ¿Por qué?

–No lo sé, pero me da mala espina.

–Valerie tiene una coartada para esa noche. Estaba fuera del pueblo, en una reunión de su empresa.

–Y ahora no deja de ir diciendo por ahí que deberían meterte en la cárcel –Jamie suspiró–. En fin, la vida sería mucho más fácil si los culpables confesaran voluntariamente.

–Qué optimista.

–¿Hay algo para comer? Estoy muerta de hambre.

Cuando sonó el timbre de la verja, Cole suspiró, irritado.

–¿Y ahora qué?

–Donovan, soy Finnegan –escuchó la voz del comisario por el intercomunicador–. Tengo que hablar con usted.

¿Otra vez? Cole sintió la tentación de decirle que se fuera a paseo, pero tal vez quería contarles algo sobre la persona que había disparado a Jamie, de modo que pulsó el botón que abría la verja.

Pero cuando abrió la puerta se quedó sorprendido al ver que el comisario estaba pálido. Y que detrás de su jeep había un coche patrulla.

–¿Qué ocurre?

Finnegan suspiró.

–Por favor, no me dé problemas, solo estoy haciendo mi trabajo. Tiene que venir conmigo a la comisaría.

Cole se puso rígido.

–¿Por qué?

–No me gusta hacer esto, pero tengo que interrogarlo.

Jamie escuchó la voz de Finn y salió descalza al porche.

–No pienso ir a ningún sitio –estaba diciendo Cole.

–¿Se puede saber qué pasa? –exclamó Jamie.

–Donovan debe venir a la comisaría. Y de buen grado, porque no me apetece tener que esposarlo.

–No pienso ir a ningún sitio.

Jamie tomó a Finn del brazo y lo llevó aparte para que Cole no pudiese escuchar la conversación.

–¿Por qué tienes que llevarlo a la comisaría? ¿Qué ha pasado?

–Hemos encontrado el arma, Jamie. El arma con la que se perpetró el crimen.

–¿Cuándo?

–Hace una hora. Un operario del basurero municipal encontró una Smith&Wesson del 45.

–¿Y qué?

–La bala que mató a Teresa era de una Smith&Wesson del 45. Los de balística han estudiado el arma y dicen que es la pistola.

–¿Y qué tiene eso que ver con Cole?

–Anna tiene la información del basurero. Hacen un informe de todo lo que la gente lleva allí, se cuentan las bolsas... –Finn hizo una pausa–. Cole estuvo en el basurero tres días después de la muerte de Teresa.

–¿Y qué? –insistió Jamie–. Eso no significa que él tirase la pistola.

–Tal vez no, pero tendrá que prestar declaración.

–Cole no mató a su exmujer, Finn. Tienes que creerlo.

–Ya no sé qué creer. Pero ¿cómo voy a pasar esto por alto? Tú eres una agente federal y sabes que tengo que interrogarlo. Tú harías lo mismo.

Aunque odiaba admitirlo, Finn tenía razón. Pero ¿qué haría si descubrieran que el arma pertenecía a Cole?

–Muy bien, de acuerdo, tienes razón. Pero deja que hable con él un momento.

–Convéncelo para que venga por propia voluntad. No quiero una escena delante de mis chicos.

Jamie tomó a Cole del brazo para llevarlo hacia el pasillo.

–Tienes que...

–No –la interrumpió él–. No me pidas que coopere. Yo no he hecho nada y no pienso ir a la comisaría.

–Tienes que hacerlo. Si no lo haces, Finn se verá obligado a detenerte. Así que, por favor, ve a la comisaría, estoy segura de que esto se aclarará enseguida.

–¿Qué se aclarará? ¿Qué está pasando?

–Ve a la comisaría, Cole. Finn te lo explicará todo allí.

–¿Por qué no me lo explicas tú?

–No puedo hacerlo. Por favor, haz lo que te pido. Yo me vestiré y nos veremos allí.

Cole suspiró, angustiado.

–Muy bien, pero solo voy porque tú me lo pides.

Aliviada, Jamie miró a Finn y asintió con la cabeza.

–¿Puedes pedirles a tus alguaciles que esperen un momento mientras me visto? He tomado unos analgésicos y no quiero conducir.

–De acuerdo.

Jamie tuvo que contener un gemido al ver que Cole subía al jeep. Esperó hasta que desaparecieron por el camino y luego entró en la casa para vestirse a toda prisa.

Ni Anna ni Max dijeron una palabra mientras iban a la comisaría, pero vio un brillo de simpatía en los ojos de la alguacil.

Jamie seguía sin entenderlo. Cole podría haber ido al basurero municipal, pero eso no lo convertía en el asesino. Mucha gente del pueblo pasaría por el basurero todos los días. Cualquiera podía haber tirado allí la pistola y la visita de Cole era una simple coincidencia. No había otra explicación.

–Ya hemos llegado.

La voz de Anna interrumpió sus pensamientos.

Sin esperar a los alguaciles, Jamie bajó del coche. Se imaginaba que Finn estaría en una de las salas de interrogatorios con Cole, pero lo encontró en el pasillo, pasándose una mano por la cara.

–¿Qué ocurre?

–Le he dicho por qué lo hemos traído aquí y él ha exigido ver a su abogado. No quiere decir una palabra.

Jamie cerró los ojos.

–Por favor, dime que lo has dejado hacer esa llamada.

–Pues claro. Conozco bien los derechos de los detenidos, Jamie. Pero su abogado tiene que venir desde Chicago, así que tendremos que esperar varias horas.

Ella asintió con la cabeza.

–¿Y la persona que me disparó? ¿Tus alguaciles han encontrado algo entre los árboles?

–No, no han encontrado nada –respondió Finn–. Y el operario del basurero municipal dice que nadie ha tirado nada hoy, de modo que la pistola ya estaba allí cuando te dispararon. Se trata de un arma diferente.

–¿Tampoco han encontrado huellas?

–Los del laboratorio siguen buscando.

–No lo hizo Cole. Él no pudo dispararme.

–¿Por qué? ¿Porque te acuestas con él?

Jamie lo miró, incrédula.

–No puedo creer que hayas dicho eso.

–Lo siento, pero tenía que decirlo –Finn bajó la voz–. No puedes olvidarte de las pruebas solo porque te guste ese tipo. Estuvo en el basurero donde encontramos la pistola y quería quitarse de en medio a su exmujer. ¿Qué esperas que haga, que mire para otro lado?

Jamie tuvo que hacer un esfuerzo para contener las lágrimas. No, ella no lloraba nunca. Jamás. Y no era el momento de empezar a hacerlo.

–Sé que te importa –siguió Finn–. Pero eres una profesional, cielo. Y este es un caso de asesinato.

–Lo sé –Jamie se aclaró la garganta, intentando controlar sus emociones–. Y sé que estás haciendo lo que debes hacer.

La compasión que vio en los ojos de Finn estuvo a punto de hacerla llorar. Tenía razón. No podía pasar por alto las pruebas que acusaban a Cole. Tenía que pensar con lógica, permanecer neutral y olvidar que el hombre que estaba en la sala de interrogatorios era el mismo con el que había hecho el amor unas horas antes.

—Deja que hable con él.

—No sé si es buena idea.

—Los dos sabemos que no va a hablar contigo y a menos que quieras seguir esperando hasta que llegue el abogado de Chicago, tienes que dejarme hablar con él.

14

Cole levantó la cabeza cuando Jamie entró en la sala de interrogatorios y dejó escapar un suspiro de alivio. Tal vez podrían terminar con aquel malentendido de una vez.

Cuando el comisario le dijo que habían encontrado la pistola en el basurero municipal, el sitio en el que él había tirado basura unas semanas antes, había jurado como un marinero borracho, incapaz de creer que aquello estuviese ocurriendo. Teresa estaba destrozando su vida después de muerta como lo había hecho en vida. ¿Cuándo iba a terminar aquello?

–¿Estás bien?

Cole señaló a su alrededor.

–¿Tú qué crees?

Jamie se dejó caer sobre una silla, frente a él.

–Hablemos de por qué fuiste a tirar basura tres días después de la muerte de Teresa.

–¿Lo preguntas en serio?

–Tengo que preguntártelo, Cole. Esto no es un interrogatorio oficial, es una simple conversación. Tengo que entender qué ha pasado.

A pesar de que se le habían encendido todas las alarmas, Cole hizo un esfuerzo para ver la situación desde su punto de vista.

—Fui a tirar basura, para eso están los basureros.

—¿De qué querías librarte?

—Jamie, ¿de verdad crees que si yo hubiera matado a Teresa habría tirado la pistola en el basurero?

—¿Entonces qué tiraste?

—Basura —respondió él, con los dientes apretados—. Ramas, hojas, material de construcción, escombros. Acababa de hacer un cobertizo para las herramientas del jardín y había maderas, ladrillos...

—¿Has tenido alguna vez una pistola? —lo interrumpió Jamie.

—No puedo creer que me hagas esa pregunta.

—¿La has tenido?

—No, nunca he tenido una pistola —respondió Cole—. Y tampoco maté a mi exmujer.

—¿Alguna vez has tenido en la mano una Smith&Wesson del 45? Tal vez algún amigo te la enseñó un día...

—No —la interrumpió él—. ¿Con quién estoy hablando, Jamie?

—¿Qué quieres decir?

—¿Estoy hablando con Jamie Crawford, agente del FBI, o con la mujer con la que hice el amor esta tarde?

—Con las dos —respondió ella—. No me gusta esto, pero entiendo que Finn te haya traído a la comisaría.

—Increíble —murmuró Cole.

—Dijiste que respetabas mi trabajo y yo le he prometido a Finn que lo ayudaría a resolver el caso. ¿No te das cuenta de que tengo que hacerlo?

—No estás aquí de manera oficial y una vez que nos hemos acostado juntos no deberías tener nada que ver con el caso.

—Tal vez no —asintió ella.

—Tú sabes que yo no lo hice, Jamie.

—La pistola...

–¡No era mía! Tú deberías saber que yo no soy capaz de matar a nadie –la interrumpió Cole de nuevo–. Pensé que significábamos algo el uno para el otro.

–Y así es, pero tú mismo has dicho que no hay futuro para nosotros.

–Podría haberlo, pero ahora que has elegido tu trabajo por encima de mí veo que es imposible. ¿Por qué me interrogas sobre algo que sabes que no he hecho?

Jamie no respondió y Cole se dio cuenta de que no confiaba en él. Tal vez confiaba lo suficiente como para acostarse con él, pero no tanto como para creerlo.

Su trabajo en el FBI era lo más importante. Su reputación, su angustia, no significaban nada para ella.

No había descubierto cómo era Teresa hasta que fue demasiado tarde y, de nuevo, había vuelto a juzgar mal a una mujer. Jamie era sobre todo una agente del FBI, eso era lo más importante. Las pruebas significaban más que su palabra.

–No quiero seguir hablando hasta que llegue mi abogado –dijo entonces.

–Cole, yo no quiero hacerte daño, solo intento entender lo que ha pasado. No sé por qué encontraron la pistola en el basurero...

–¡Yo no tiré esa pistola al basurero! Y ya sé que estás haciendo tu trabajo, eso está claro –Cole cruzó los brazos sobre el pecho–. Pero yo estoy esperando a mi abogado, agente Crawford. Y no pienso decir una palabra más hasta que llegue.

Jamie paseaba por el pasillo, alternando entre la rabia y la desesperación. No podía creer que Cole no hubiese querido hablar con ella, que se hubiera negado a entender que sencillamente intentaba desentrañar aquel misterio.

Estaba convencida de que él no había matado a su

exmujer, pero ¿qué otra cosa podía hacer? Cualquier otro sospechoso habría sido interrogado.

Claro que ella no estaba enamorada de otro sospechoso.

Jamie se detuvo de golpe.

¿Estaba enamorada de Cole?

¿Cómo iba a estar enamorada de él? Apenas lo conocía. Angustiada, se apoyó en la pared, parpadeando rápidamente para contener las lágrimas.

Cole estaba en la sala de interrogatorios con su abogado, forzado a responder las preguntas de Finn. Y en lugar de estar de su lado, ella estaba en el pasillo, esperando.

Tal vez Cole tenía razón y debería haberse apartado del caso...

Jamie frunció el ceño al ver que un hombre con gafas de sol llamaba a la puerta de la sala de interrogatorios.

Cuando Finn abrió, el tipo le entregó la carpeta que llevaba en la mano, mirando a Jamie por el rabillo del ojo.

–Puedes hablar libremente, Tom. Jamie es del FBI.

–Ah, bueno –el hombre asintió con la cabeza–. La pistola está limpia, no hay una sola huella.

–Ya me lo imaginaba. ¿Qué más?

–El número de serie ha sido borrado, de modo que es imposible encontrar al propietario, pero he tomado algunas fotografías. Podemos enviarlas a Raleigh, tal vez allí puedan averiguar de dónde ha salido, pero te advierto que no hay ninguna marca distintiva.

–Genial –Finn se pasó una mano por el pelo–. Entonces no podemos retenerlo aquí –dijo luego, mirando a Jamie.

–Pero podría haber sido él –insistió Tom–. Seguramente limpió la pistola antes de tirarla.

Jamie apretó los labios. El instinto y el corazón le decían que Cole era inocente.

Y, sin embargo, lo había interrogado como si fuera un criminal.

«Has hecho tu trabajo».

Tenía que agarrarse a eso, recordar que había ido a Serenade como una profesional. Tal vez se había enamorado de Cole, pero seguía siendo una agente federal y le importaba su trabajo. De hecho, su trabajo la definía como persona.

—Estaré en el laboratorio si me necesitas —dijo Tom, estrechando la mano del comisario.

—No puedo ocultarles esto —dijo Finn cuando se quedaron solos.

—Esperaré aquí —murmuró ella.

Cinco minutos después, un hombre de pelo gris y facciones de halcón salía de la sala de interrogatorios. Cole salió después, y a Jamie se le encogió el corazón al ver su expresión.

—Cole...

Pero él no se molestó en mirarla.

—Vamos, Martin —dijo, tocando el brazo de su abogado.

Jamie miró su espalda erguida mientras salía de la comisaría y, aunque le habría gustado ir tras él, se quedó donde estaba.

—¿A qué esperas? —le preguntó Finn al ver su triste expresión.

—¿Qué?

—Ve tras ese idiota.

Ese fue el empujón que necesitaba. Apretando los puños, Jamie lo llamó y Cole se puso rígido. Pero le dijo algo a su abogado y el otro hombre se alejó.

—¿Qué quieres?

—¿Así es como vas a solucionarlo, dándome la espalda?

—No hay nada que solucionar. Tú has dejado eso claro hace unas horas.

–A ver si lo entiendo: ¿crees que tengo algo contra ti?

–Estás más preocupada por tu trabajo que por lo que hay entre nosotros.

–Eso no es verdad –protestó ella–. Te dije por qué tenía que hacerte esas preguntas. ¡No era nada personal, maldita sea!

–¿No era personal? –repitió él, incrédulo–. Todo en este asunto es personal. Te has alojado en mi casa, has compartido mi cama... ¿cómo que no es personal?

–Y estoy ayudando al comisario de Serenade a resolver un caso de asesinato. No esperarás que me olvide de eso solo porque nos acostamos juntos.

Cole metió las manos en los bolsillos del pantalón.

–No puedes olvidarte de tu trabajo porque es lo único que te importa, Jamie. Es toda tu vida.

–¿Y a ti no? Has trabajado mucho para levantar tu empresa y yo también, más que tú porque no contaba con nada –replicó ella, airada–. Tuve que pagarme la carrera trabajando de camarera, estudié sin descanso y no voy a pedir disculpas porque me gusta lo que hago o porque quiera seguir haciéndolo.

–Tu carrera siempre será lo primero para ti, eso ya lo sé.

Jamie se quedó callada. Acababa de entenderlo de repente.

¿Cómo podía haber estado tan ciega?

–Nunca ha habido una oportunidad para nosotros, ¿verdad?

–Eso no es cierto.

–Sí lo es. ¿Y sabes por qué? Porque aún no has olvidado el daño que te hizo Teresa. Te traicionó y desconfías de todas las mujeres...

–¿Estás haciendo mi perfil? –la interrumpió él.

–No, estoy diciendo lo que veo. No deberíamos habernos acostado juntos –Jamie sacudió la cabeza–. Tú mismo dijiste que no estabas preparado para tener una relación. Aún no has podido superar el daño que te hizo tu exmujer.

–No le des la vuelta a la situación.

–Creo que estabas buscando cualquier excusa para alejarte de mí –siguió ella–. No querías admitir que tener una relación te daba pánico, así que estabas buscando una razón para echarte atrás.

Cole frunció el ceño.

–Me has interrogado como si fuera un criminal.

–Quería conocer tu versión de la historia –lo corrigió Jamie–. Porque estoy enamorada de ti.

Él la miró, perplejo.

–¿Qué?

–Eso ya no importa. No has superado la traición de Teresa y en lugar de enfrentarte a ello me acusas a mí de una traición que no he cometido. Tal vez no debería haber entrado en esa sala, pero lo hice porque quería ayudarte, no condenarte –le temblaban las manos mientras apartaba las lágrimas que rodaban por sus mejillas–. Cuídate, Cole. Te deseo lo mejor, de verdad.

Cuando él no respondió, Jamie sencillamente lo miró con tristeza y se dio la vuelta.

–No tienen caso –dijo Martin Worthington mientras Cole lo acompañaba a la puerta.

Le había dicho lo mismo en la cocina mientras hablaban del caso y Cole sentía cierto alivio. Sobre la investigación. Sobre su confrontación con Jamie... bueno, eso aún no lo había superado.

–Haz lo que ha dicho el comisario y no te muevas de aquí –le aconsejó, tomando su maletín–. Y no te preocupes, la pistola no está registrada a tu nombre y no tiene tus huellas. Y aunque encontrasen muestras de tu ADN bajo las uñas de Teresa, tienes una explicación:

ella te agarró del brazo delante de varios testigos. Te aseguro que el caso no irá a juicio.

–Gracias, Martin –Cole le estrechó la mano y se despidió antes de cerrar la puerta.

Pero en cuanto se quedó solo dejó escapar un suspiro.

No podía dejar de recordar lo que Jamie le había dicho. Pero estaba equivocada, acusarlo de querer apartarla de él era absurdo.

¿O no?

En su opinión, había pasado de amante a extraña cuando entró en la sala de interrogatorios, actuando como una agente federal.

Pero en la soledad de su casa ya no estaba tan seguro.

Le resultaba irreal pensar que le habían disparado en su casa esa misma mañana. Habían ocurrido tantas cosas desde entonces... y el sol aún no se había puesto.

Pero mientras veía el cielo teñirse de color naranja, Cole por fin abrió su corazón y tuvo que reconocer la verdad.

Jamie tenía razón.

Seguía furioso consigo mismo por haber cometido la insensatez de casarse con Teresa. Poco después de la boda, su mujer se había quitado la máscara y la esposa a la que adoraba se había convertido en un monstruo egoísta que solo quería hacerle daño.

Y seguía furioso consigo mismo por haber sido tan idiota. Teresa había herido su orgullo y él había jurado no volver a dejar que una mujer lo humillase de nuevo. Por eso, cuando Jamie entró en la sala de interrogatorios y volvió a sentirse humillado, decidió romper con ella.

No había entendido la verdadera naturaleza de Teresa hasta que fue demasiado tarde y seguía sin saber por qué había estado tan ciego. Pero sabía una cosa: que Jamie no era Teresa. Y que la había acusado sin razón.

El sonido del móvil lo devolvió a la realidad.

–¿Sí? –respondió–. ¿Quién? Ah, Pierre, hola, ¿cómo va todo? –Cole escuchó durante unos segundos, con el ceño fruncido–. No, quédate donde estás. Llamaré más tarde para darte instrucciones.

Después de colgar marcó otro número de memoria, dejando escapar un suspiro de alivio cuando su detective respondió.

–Hank, soy Cole. Necesito que dejes lo que estás haciendo y compruebes una cosa por mí.

15

–Bueno, sabías que no podía durar.

Dejando escapar un suspiro, Jamie tomó un sorbo de café. Tal vez si el líquido le quemaba la garganta podría olvidar su dolorido corazón. Llevaba veinte minutos en el despacho de Finn, perdida en sus pensamientos.

No dejaba de preguntarse si Cole estaría bien, si su abogado estaría asegurándole en aquel momento que no había caso contra él. Pero entonces se dio cuenta de que ya no era asunto suyo. Cole no quería saber nada de ella porque había intentado hacer su trabajo.

Y para empeorar las cosas, empezaba a dolerle el hombro otra vez porque el efecto del analgésico estaba pasando.

–¿Quieres que te lleve al hostal? –le preguntó Finn desde la puerta.

–No, dejé el hostal para ir a casa de Cole –respondió ella–. Todas mis cosas están en su casa.

–Puedo ir a buscarlas, si quieres. Y puedes alojarte en mi granja. Incluso podría llamar a la empresa de seguridad para que modernizasen el sistema de alarma.

Jamie sabía que estaba intentando ayudar, pero nada podía consolarla.

–Lo que tú digas –murmuró.

–Sé que estás disgustada, pero...

Finn fue interrumpido por Max Patton, el segundo alguacil.

–Acabamos de recibir una llamada urgente.

–¿Qué ocurre?

–Un cadáver –respondió el joven–. La persona que ha llamado no ha dado su nombre, pero dice que ha tropezado con un cadáver en el bosque, detrás de la cabaña de Joe Gideon.

Jamie contuvo el aliento.

–¿Joe Gideon?

Max asintió con la cabeza.

–No sé si quien llamaba era Gideon o si el cadáver que ha encontrado es el suyo. El tipo ha colgado antes de que pudiese preguntar.

Jamie se levantó de un salto, pero Finn le hizo un gesto con la mano.

–No, tú quédate aquí. No quiero arriesgarme.

Ella hubiera querido discutir, pero se había mareado al levantarse de la silla y, además, Finn tenía razón. No estaba en forma para meterse en el bosque.

–Llámame en cuanto sepas algo.

–Lo haré, no te preocupes.

Sin decir otra palabra, el comisario y el alguacil salieron de la comisaría.

¿Un cadáver... Gideon?

¿Pero y si...?

Jamie no quería ni pensarlo. La cabaña de Gideon estaba cerca de la casa de Cole. ¿Y si le había ocurrido algo?

Intentando controlar el pánico, respiró profundamente. No podía hacer nada porque no tenía coche y Finn había dicho que la llamaría en cuanto supiese algo.

Pero diez minutos después, Finn no había llamado

y Jamie empezaba a estar seriamente preocupada. ¿De quién era el cadáver que habían encontrado?

«Por favor, que no sea Cole».

Debería llamarlo para comprobar que estaba bien, decidió. Iba a sacar el móvil del bolso cuando oyó una voz familiar:

–Aquí está, sin hacer nada –dijo Valerie Matthews–. Me sorprende usted, agente Crawford.

–Hola, Valerie.

–Prometió contarme cómo iba el caso.

–¿Ah, sí?

–¿Por qué tengo que enterarme por Tom Hannigan de que han encontrado el arma con la que mataron a mi hermana?

¿Tom Hannigan? El técnico del laboratorio, recordó Jamie. Le sorprendía que alguien que trabajaba en el caso le hubiese dado una información tan crucial a la hermana de Teresa.

–Hemos encontrado la pistola –admitió–. Pero no había huellas y el número de serie había sido borrado, de modo que no sabemos a quién pertenece.

–A Cole Donovan, evidentemente.

–Mire, Valerie, ahora mismo estoy ocupada. Tal vez podría venir más tarde, cuando esté el comisario...

–No tengo que hablar con el comisario, puede contármelo usted.

–Yo estoy ocupada –insistió ella–. De hecho, estaba a punto de llamar a Finn para que viniera a buscarme –mintió–. Tiene que llevarme a su casa.

–Yo la llevaré.

–No, gracias. Prefiero esperar a Finn.

–Usted necesita que la lleve a su casa y yo necesito respuestas sobre el asesinato de mi hermana –insistió Valerie–. Y voy a conseguirlas, maldita sea. Llevo esperando más que suficiente.

¿Por qué insistía tanto? ¿Y por qué había aparecido

en la comisaría de repente, cuando acababan de encontrar un cadáver?

Jamie sentía como si estuviera mirando una pieza perdida del rompecabezas, pero no era capaz de encajarla en su sitio. Cuando miró los ojos grises de Valerie, sus sospechas aumentaron. ¿Sabría algo sobre la muerte de Teresa? ¿Sobre la persona que la había atacado a ella?

—Muy bien —dijo por fin—. Puede llevarme a casa de Finn.

—Así podrá responder a mis preguntas —dijo la mujer.

Jamie la siguió hasta el aparcamiento, donde Valerie abrió la puerta de un Honda Civic blanco.

Tenía que descubrir lo que sabía. Si sabía algo. Tal vez los analgésicos que había tomado estaban confundiéndola, haciendo que viera algo donde no lo había, pero en cualquier caso pensaba averiguarlo.

—¿Por qué no lo han detenido todavía? Ahora tienen el arma con la que se cometió el crimen.

—¿Se le ha ocurrido pensar alguna vez que Cole no es el asesino?

—¡Pero es el asesino! —exclamó Valerie—. Y también la matará a usted si sigue por aquí.

Jamie suspiró.

—La única persona que amenaza de muerte es usted.

—Lo mío son solo advertencias —Valerie soltó una maligna carcajada—. Aún no he empezado a amenazar a nadie.

Cole colgó el teléfono, incapaz de creer lo que le había revelado su investigador.

Pero era imposible.

No, no lo era, le dijo una vocecita interior. «De modo que haz algo».

Tenía que encontrar a Jamie. Tal vez estaba asustándose sin razón, pero si lo que Hank le había contado era cierto, Jamie estaba en peligro.

Intentando contener el pánico, salió de la casa y corrió hacia su coche, decidido a encontrarla. Pero no podía ser, tenía que haber una explicación para lo que Hank había descubierto...

Cuando iba a abrir la puerta del coche se detuvo, atónito. Alguien había pinchado los neumáticos, los cuatro y no solo una vez. Los habían rajado con un cuchillo, de modo que sería imposible conducir.

Debía de haber ocurrido mientras estaban interrogándolo en la comisaría y no se había dado cuenta cuando Martin lo llevó a casa. En ese momento estaba demasiado distraído, demasiado angustiado.

Dejando escapar un gemido de frustración, volvió al interior de la casa y marcó el número de Jamie, pero saltó el buzón de voz.

–*Está hablando con Jamie Crawford. En este momento no puedo atenderle...*

–¡Maldita sea!

Cole marcó el número del comisario.

–Estoy ocupado, Donovan. Espero que sea importante.

–¿Jamie está con usted?

–No, la he dejado en la comisaría. Vine a comprobar una llamada, pero era una falsa alarma.

–¿Una falsa alarma?

–Recibimos una llamada diciendo que habían encontrado un cadáver detrás de la cabaña de Joe Gideon, pero aquí no hay nada...

–Necesito que venga a buscarme ahora mismo –lo interrumpió Cole–. Alguien ha rajado los neumáticos de mi coche, probablemente cuando estaba en la comisaría... y creo que Jamie está en peligro.

–¿De qué habla? ¿Qué pasa, Donovan?

–Se lo explicaré cuando llegue. Dese prisa.

Cole esperaba que Finnegan fuese a buscarlo de inmediato porque la cabaña de Gideon estaba a cinco minutos de allí, de modo que bajó hasta la verja y miró hacia la carretera, rezando para ver el jeep del comisario... y la plegaria debió de funcionar, porque el jeep apareció dos minutos después y Cole subió al asiento del pasajero casi antes de que se detuviera.

–¿Dónde vamos? –preguntó Finnegan.

–A mi casa, donde murió Teresa.

–¿Va a contarme qué demonios está pasando?

–Creo que Jamie está en peligro. He recibido una llamada de... ¿qué hace? –exclamó Cole cuando el comisario pisó el freno abruptamente.

A unos metros de ellos había un Honda Civic parado en medio de la carretera, con la puerta del pasajero abierta.

Y sobre el volante podía ver la cabeza morena de una mujer... Valerie Matthews. Y la puerta del pasajero estaba abierta, de modo que había habido alguien con ella.

Jamie.

Cole saltó del jeep y corrió hacia el coche, llegando antes que el comisario.

–¡Valerie!

Ella dejó escapar un gemido.

–¡Valerie, despierta! ¿Dónde está Jamie?

–La golpearon por detrás –dijo Finnegan–. El parachoques está en el suelo.

–Valerie, ¿qué ha pasado? –Cole le tocó la cabeza y vio que tenía sangre.

–Me dio un golpe –murmuró ella, casi sin voz.

–¿Quién? Cuéntame qué ha pasado. ¿Dónde está Jamie?

–Se la llevó –Valerie parpadeó varias veces, como intentando concentrarse–. Ese tipo que trabaja para ti... tu ayudante se llevó a la agente Crawford.

16

–Salga del coche, agente Crawford.

Jamie miró el cañón de la pistola y luego al hombre que la apuntaba. No podía creer que fuese Ian Macintosh, el ayudante de Cole, el joven que había sido tan amable con ella el día después de la tormenta.

Parecía una persona completamente diferente, su rostro juvenil se había convertido en una máscara de odio.

Ian tenía su arma reglamentaria en la mano... debía de haberla sacado de su bolso después de echar a Valerie de la carretera.

Jamie se había golpeado en la cabeza durante el accidente y había perdido el conocimiento durante unos segundos, pero recordaba haber visto a Valerie cayendo sobre el volante. Recordaba también haber alargado la mano hacia su bolso y luego... la puerta del coche se abrió, recibió un golpe y todo se volvió negro.

–¡Salga del coche! –gritó Ian.

Jamie parpadeó varias veces, tanto para permanecer alerta como para controlar el dolor de cabeza. Estaban en un utilitario de color beige, seguramente alquilado, y fuera empezaba a oscurecer, de modo que no

había pasado mucho tiempo desde que la dejó inconsciente. No podían ser más de las ocho, tal vez las nueve.

–Muy bien, si eso es lo que quiere –Ian guardó la pistola y bajó del coche para abrir la puerta del pasajero.

Cuando la agarró por el brazo herido, el dolor del
hombro la hizo caer al suelo. Se dio cuenta entonces de
que era un suelo de cemento. ¿Dónde estaba?

Jamie contuvo el aliento al ver que era la casa en la
que Cole había vivido con Teresa Donovan. La casa en
la que Teresa había sido asesinada.

–¿Por qué hace esto? –le preguntó–. Pensaba que era
amigo de Cole.

–¿Amigo de ese asesino? Se equivoca, agente. Vamos, levántese.

Jamie obedeció, buscando una manera de neutrali-
zar la situación antes de que le disparase.

Ian parecía estar enloquecido, pero no entendía sus
motivos para hacer aquello. ¿Quería quedarse con la
empresa de Cole o sencillamente estaba loco?

Él abrió la puerta de la mansión y la empujó hacia
el impresionante vestíbulo de mármol.

–No podía hacer su trabajo, ¿verdad, agente Crawford?
–le espetó, tirando de su brazo para llevarla al cuarto de
estar de la chimenea de pizarra negra. La habitación en
la que había muerto Teresa–. Siéntese... no, ahí no –le
dijo cuando iba a sentarse en el sofá–. En el suelo.

Jamie sintió náuseas al darse cuenta de que quería
que se sentase en el sitio donde habían encontrado el
cadáver, donde aún había una mancha oscura en el suelo de madera. Pero tenía que cooperar si quería salir de
aquel atolladero, de modo que se dejó caer en el suelo.

–La verdad es que me alegré cuando apareció en el
pueblo –siguió Ian–. Pensé: «esta chica es inteligente y
enviará a Cole a la cárcel». Pero no, tenía que acostarse
con él, ¿verdad, agente?

–Cole no es un asesino –dijo Jamie.

–¡Intenté ser amable con usted! Le dejé una nota avisándola, pero no me hizo caso. Y luego intenté advertirla cortando el cable de los frenos...

–¿Advertirme? Podría haberme matado.

–Y si hubiera sido así, el comisario habría llamado a otro agente, uno que fuese capaz de detener a Cole –Ian se encogió de hombros–. Pensé que se marcharía del pueblo, pero se quedó. O sea, que tiene ganas de morir.

–Fue usted quien me disparó esta mañana.

–Pero fallé. En realidad, no tenía intención de dispararla, solo estaba vigilando la casa para comprobar que Cole no se iba del pueblo. Entonces la vi y decidí que era una oportunidad, pero se movió en el último segundo y la verdad es que no se me dan muy bien las armas –Ian movió la pistola, como para dejarlo claro.

–¿Entonces está haciendo esto porque odia a Cole?

–Ese cerdo debería estar en la cárcel –los labios de Ian se torcieron en una malévola sonrisa–. Pero como parece que usted no tiene interés en castigarlo, tendré que hacerlo yo.

–No sé de qué está hablando.

–¿No me entiende? ¿Cómo quiere que se lo diga?

–¿Por qué no me lo explica?

–Voy a hacer que ese canalla sienta lo que es perder a la mujer a la que ama. ¿Lo entiende ahora?

«La mujer a la que ama».

–Era usted quien mantenía una aventura con Teresa –dijo Jamie.

–¡No era una aventura! –gritó Ian–. Estábamos enamorados. Los otros hombres no tenían ninguna importancia, era a mí a quien amaba y ese asesino me la arrebató.

–Cole no mató a Teresa.

–¡Sí lo hizo! Ya había amenazado con hacerlo, ella me lo contó. Fui yo quien le aconsejó que pidiese una orden de alejamiento –el rostro de Ian estaba congestionado–. Pero ya era demasiado tarde. Se peleó con ella en la puerta del bar de Sully y luego la siguió a casa para terminar el trabajo.

–Cole estaba frente a la cabaña de Joe Gideon cuando asesinaron a Teresa. Gideon ha cambiado su declaración.

–¡Porque él le ha dado dinero! El canalla ha pagado a Gideon para que cambiase su declaración. Pero ya está bien de charla, me estoy aburriendo. Enhorabuena, lo ha conseguido, el malo de la película le ha contado sus motivos, ahora cierre el pico y túmbese.

–¿Qué?

Desde el suelo, Jamie podía ver que Ian ponía el dedo en el gatillo.

–Túmbese.

Por primera vez desde que la llevó allí, experimentó auténtico miedo por su vida. Porque mientras se colocaba como le había pedido, se dio cuenta de que estaba recreando el asesinato de Teresa.

–O me cuenta lo que está pasando aquí o saco la pistola y le pego un tiro en la pierna.

Era una amenaza absurda, pero Cole notó la desesperación de la voz del comisario mientras el jeep iba dando tumbos por la carretera.

–Ha llamado mi piloto.

–¿Su piloto?

–Pierre llamó para preguntarme si había pedido que el jet se quedase en el hangar. Aparentemente, Ian Macintosh, mi ayudante, lo dejó allí hace dos días, cuando me dijo que se iba a Chicago. Ha estado en el hotel de brazos cruzados desde entonces.

–¿Y eso qué significa?

–Que Ian estaba aquí cuando Jamie tuvo el accidente y estaba aquí cuando la dispararon. Después de hablar con Pierre llamé a mi detective privado para pedirle que investigase los vuelos de Ian y, por lo que me ha contado, ha ocurrido docenas de veces en los últimos dos años. Ian ha estado viniendo a Serenade sin decirme nada cuando supuestamente estaba en Chicago.

–¿Y usted no se dio cuenta?

–Yo tenía total confianza en él.

–Pero estaba acostándose con su mujer –sugirió el comisario.

–Eso es.

No había ninguna razón para que Ian fuese a Serenade cuando él no estaba, a menos que tuviera una relación con alguien del pueblo.

Y como Teresa se acostaba con todo el mundo, Ian debía de ser uno más en una larga lista de nombres.

Tragándose la amargura, Cole miró al comisario.

–Esa mujer era malvada. No me sorprendería en absoluto que hubiera seducido a mi ayudante, sería otra manera de hacerme daño.

Finnegan asintió con la cabeza.

–¿Me he disculpado alguna vez por no haberle advertido sobre Teresa?

Cole lo miró, sorprendido.

–¿Conocía bien a Teresa?

–Siempre me he sentido mal por no decirle algo antes de que se casase con ella.

–Seguramente me habría casado con ella de todas formas. Tal vez incluso antes.

–Bueno, nadie ha dicho que sea usted demasiado listo.

Cole se puso serio cuando el jeep llegó a la pendiente que llevaba a la mansión. Esperaba que Ian hubiera llevado a Jamie allí y rezaba para que no la hubiese hecho daño. Una hora antes estaba acusándola de elegir su trabajo por encima de él y, de repente, rezaba para que su entrenamiento en el FBI la sacase de aquel aprieto.

Porque podría ser su única oportunidad de escapar con vida.

–¿Y por qué ha retenido a Jamie? No lo entiendo – dijo el comisario.

–Está intentando vengar la muerte de Teresa porque me cree el culpable.

–¿Intenta castigarlo matando a Jamie?

–Eso creo. Espere, pare aquí –dijo Cole entonces.

Habían llegado a la entrada del camino y desde la casa no podían verlos.

–¿Qué piensa hacer, Donovan?

–Tengo que entrar solo.

–No, de eso nada.

–Si Ian lo ve podría asustarse y apretar el gatillo – insistió Cole, intentando no pensar en ello–. Pero si voy yo solo, tal vez podría convencerlo para que no le haga daño a Jamie.

–Es el plan más absurdo que he oído nunca. Usted no tiene entrenamiento ni experiencia con criminales...

–¿Y usted sí? Esto es Serenade, aquí no hay asesinos.

–Pero tengo entrenamiento –insistió el comisario, tocando la culata de su pistola–. Voy con usted.

–Jamie podría resultar herida o algo peor. Si Ian cree que es una emboscada perderá los nervios. Por favor, confíe en mí.

Finn se quedó callado un momento y luego dejó escapar un suspiro.

–No pienso quedarme sentado en el coche como un perro guardián.

–No esperaba que lo hiciera, pero quiero entrar solo. Puede colocarse en posición... o lo que hagan ustedes en estas circunstancias –Cole miró la pistola en la mano del comisario–. Pero no haga nada hasta que yo tenga controlada la situación. Prométamelo.

–Muy bien, de acuerdo.

Finn abrió la puerta del jeep sin hacer ruido y Cole se acercó un poco más a la casa. Cuando vio el coche de Ian en el camino de entrada, supo que el instinto no lo había engañado.

En lugar de tomar el camino de cemento que llevaba a la entrada, se deslizó pegado a una pared. Finn tenía razón, él no era policía y no tenía entrenamiento. ¿Cómo iba a hacerlo solo?

¿Y si su inexperiencia le costaba la vida a Jamie?

No quería ni pensarlo.

Cuando llegó a la puerta, puso la mano sobre el picaporte. Si contaba con el factor sorpresa tal vez todo podría terminar enseguida. Aparecería por la espalda de Ian, lo tiraría al suelo y lo dejaría inconsciente de un golpe en el cuello. Al menos tenía confianza en su habilidad como karateca gracias a las clases de artes marciales que había tomado en Chicago.

Pero en cuanto llegó al vestíbulo supo que no contaba con el factor sorpresa.

–Pasa, Cole, estaba esperándote –oyó la voz de Ian.

Cole dejó escapar un suspiro de derrota, deseando que el comisario le hubiese dado su arma. Entrar en el salón desarmado y quedar a merced de Ian era desconcertante pero, por Jamie, atravesaría un muro de fuego. Y, por Jamie, lo hizo.

–Ya era hora –lo saludó Ian–. El espectáculo está a punto de empezar.

Su ayudante estaba sentado en uno de los sofás de piel, aparentemente relajado, como si tuviera todo el tiempo del mundo. Cole buscó a Jamie con la mirada y su corazón se detuvo al verla en el suelo, con la melena roja alrededor de la cara.

Estuvo a punto de desmayarse al ver la mancha oscura bajo su cabeza... sangre. Dios santo, Ian la había matado...

Sangre seca, vio entonces. La sangre de Teresa.

Jamie hizo un gesto de disculpa, como si ella fuese la culpable de aquella locura.

–¿Este es mi castigo? –preguntó Cole, intentando disimular su miedo–. ¿Vas a matar a una mujer inocente para vengar la muerte de otra que ni siquiera te quería?

Ian hizo una mueca. Evidentemente, no había esperado que Cole se pusiera a la defensiva.

–¡Tú no sabes nada de mi relación con Teri! Claro que me quería. Es a ti a quien odiaba.

–Teresa odiaba a todo el mundo –dijo Cole–. Era una mujer amargada y codiciosa, incapaz de amar a nadie.

–Tú no la conocías. La auténtica Teresa, mi Teresa, era una mujer cálida y cariñosa...

–Que se acostaba contigo para hacerle daño a su marido –lo interrumpió él.

–¡Teresa me quería! Solía llamarme en cuanto tú te ibas de Serenade, suplicándome que viniese a verla, que le hiciese el amor –Ian hizo una mueca–. Me dijo que eras un aburrido en la cama, que ningún hombre la hacía sentir lo que yo la hacía sentir.

De repente, Cole tuvo un inesperado y liberador pensamiento: su matrimonio había estado condenado desde el principio. Se había casado con una mujer egoísta y calculadora a quien le gustaba jugar con los hombres y que era capaz de hacer ver a los demás lo que querían ver. No era su buen juicio lo que había fallado, sencillamente, Teresa era una gran manipuladora. Que hubiese manipulado de tal forma a Ian demostraba que no era el único que se había dejado engañar.

–Era lo mejor que me había pasado nunca –siguió su ayudante–. Y tú me la robaste. La amenazaste esa noche en la puerta del bar y luego viniste aquí para asesinarla. Y ahora... ahora yo voy a hacerte lo mismo.

Cole miró a Jamie con gesto desesperado y se dio cuenta de que tampoco ella tenía un plan. ¿Cómo iba a tenerlo, desarmada y herida como estaba? Ian tenía la pistola, tenía el control. Y estaba loco.

Pero cuando levantó el arma, apuntando a Jamie, Cole supo que no iba a dejar que ocurriera eso. Al demonio con todo. Ian podía pegarle un tiro en la cabeza. Mientras Jamie no sufriera en el proceso, estaba dispuesto a sacrificar su vida.

–Tienes razón –le dijo–. Yo maté a Teresa. Le disparé en el corazón justo donde está tumbada Jamie.

Ian lo miró, con los ojos fuera de las órbitas, la mano con la que sostenía la pistola temblaba violentamente.

–¡Canalla! ¡Lo sabía!

–Yo maté a esa zorra.

Ian lanzó un rugido feroz mientras se lanzaba hacia él como un poseso. Como si su rabia solo pudiera ser satisfecha aniquilando al asesino de Teresa.

–Yo la maté –insistió Cole, sintiendo una extraña serenidad a medida que se acercaba el momento.

Mirando por encima de su hombro vio que Jamie se levantaba de un salto, pero no llegaría a tiempo. Era demasiado tarde. Ian iba a ganar.

Pero también lo haría él porque se iría a la tumba sabiendo que la mujer a la que amaba estaba viva.

Cuando Ian levantó la mano, Cole sonrió, esperando que Jamie pudiera ver en sus ojos todo lo que no podía poner en palabras. En ese momento, Ian disparó y la bala se clavó en su abdomen...

17

Jamie cayó al suelo cuando un segundo disparo retumbó en sus oídos. Pero cuando levantó la cabeza se quedó atónita al ver que Ian caía al suelo. Un segundo después, Finn entraba en el salón con la pistola en la mano.

Jamie miró el cuerpo inerte de Ian, con una bala entre los ojos, pero enseguida se dirigió hacia Cole, que había caído al suelo. Y cuando se arrodilló a su lado y vio la sangre que estaba perdiendo, se quedó sin respiración.

–Dios mío, Finn... ¡Ayúdame a cortar la hemorragia!

Tras quitarse la chaqueta, Jamie hizo un bulto con ella para apretarla contra el estómago de Cole, aplicando toda la presión posible. Pero estaba perdiendo demasiada sangre y la chaqueta quedó empapada en unos segundos.

–La ambulancia está en camino –dijo Finn, guardando el móvil en el bolsillo.

Jamie tuvo que controlar un sollozo mientras se colocaba debajo de Cole para poner su cabeza sobre sus rodillas.

–Quédate conmigo. No te vayas –murmuró, acariciándole la frente.

–Ha perdido mucha sangre –dijo Finn.

Y no había nada que ella pudiese hacer hasta que llegase un médico. Mientras le acariciaba el pelo a Cole, Jamie rezaba en silencio para que luchase por su vida, que había arriesgado por ella. Había enfurecido a Ian para que no la matase, había recibido un disparo por ella...

–¿Por qué no has entrado antes, Finn? –le preguntó.

–Donovan quería entrar solo, así que me quedé en la puerta. Macintosh estaba a punto de dispararle de nuevo cuando tuve que... apretar el gatillo.

–¿Entonces has oído lo que dijo Cole?

Finn asintió con la cabeza.

–No te atrevas a detenerlo –le advirtió Jamie entonces–. Él no mató a Teresa, solo lo dijo para...

–Lo sé –la interrumpió él–. Lo dijo para salvarte.

Satisfecha, Jamie volvió a mirar al hombre del que estaba enamorada. El hombre cuya sangre estaba dejando otra mancha en el suelo de aquella preciosa habitación.

«No te mueras, Cole, por favor, no te mueras».

No podía perderlo cuando acababa de encontrarlo. Un hombre que le gustaba, que la excitaba, que la hacía sentirse segura y feliz.

Poco después oyeron la sirena de la ambulancia y, unos minutos más tarde, los sanitarios tenían controlada la hemorragia.

–¿Puedo ir con él en la ambulancia?

–Sí, claro.

Pero debían ir al hospital del pueblo de al lado porque en la clínica de Serenade no tenían todo lo necesario y Jamie tembló cuando el médico pidió por radio que tuviesen un quirófano preparado.

Esperaba que la bala lo hubiese atravesado, pero si se había alojado en su abdomen...

Cuando llegaron al hospital se negó a soltar su mano

hasta que una enfermera tuvo que soltarla por la fuerza para llevarlo al quirófano. Y estaba a punto de dejarse caer sobre una silla cuando Finn apareció.

–Está en el quirófano.

Finn le apretó la mano.

–Se pondrá bien, ya lo verás. Si su estómago es tan duro como su cabeza, no le pasará nada.

Jamie intentó sonreír, pero no era capaz.

–¿Y si muriese?

–No pienses en ello.

No dijeron mucho después de eso. Se quedaron uno al lado del otro, esperando, viendo cómo pasaban los minutos, las horas.

–Arriesgó su vida por mí –murmuró Jamie, con los ojos llenos de lágrimas.

–Se pondrá bien –insistió Finn.

Varias horas después, cuando por fin el cirujano salió del quirófano con expresión cansada, Jamie se levantó de un salto.

–¿Se encuentra bien?

–Se pondrá bien. Ha sufrido una hemorragia interna y hemos tenido que hacerle tres transfusiones, pero saldrá adelante. El señor Donovan es un luchador nato –el hombre sacudió la cabeza–. Es como si no quisiera rendirse, como si no tuviera ninguna alternativa más que luchar.

–¿Puedo verlo? –le preguntó Jamie.

–Ahora mismo está en la sala de recuperación y normalmente solo dejamos que los familiares...

–Soy su prometida –mintió ella.

–Ah, bueno, entonces supongo que puede pasar, señorita...

–Crawford, Jamie Crawford.

–Venga por aquí, señorita Crawford.

Jamie siguió al médico por un pasillo, secándose las lágrimas con el dorso de la mano.

–Estará inconsciente durante un tiempo –le advirtió.

–No me importa, quiero estar a su lado cuando se despierte. Gracias por salvarle la vida.

–Es mi trabajo –el cirujano sonrió–. Pero ha sido un placer.

Sin poder contener las lágrimas que rodaban por su rostro, Jamie le estrechó la mano y entró en la sala para estar con Cole.

Cole sentía como si alguien estuviera hundiendo clavos en su estómago, ese fue su único pensamiento mientras intentaba abrir los ojos. Pero cuando la luz le dio en la cara, volvió a cerrarlos de inmediato.

–¿Abres los ojos y luego te vuelves a dormir? –escuchó una voz–. No me hagas esto.

Cole volvió a abrirlos y allí estaba, con sus ojos de color violeta llenos de amor y preocupación, la preciosa pelirroja que lo volvía loco.

–Hola –murmuró, con voz ronca.

–Hola –Jamie le apretó la mano–. Me has tenido preocupada durante un tiempo. ¿Cómo te atreves a perder tanta sangre?

–Lo siento –musitó él–. Intentaré perder menos la próxima vez.

–¿La próxima vez? No, de eso nada, Donovan. No vas a volver a recibir un disparo mientras yo tenga algo que decir.

Cole cerró los ojos un momento.

–¿Ian?

–Finn tuvo que dispararle... ha muerto.

–Habrá que informar a su madre –murmuró Cole. A pesar de todo, lamentaba la muerte de su ayudante. Ian había sido leal durante muchos años, hasta que Teresa lo atrajo a su guarida y lo hizo perder la cabeza.

–Eso puede esperar –dijo Jamie–. Ahora mismo, lo

importante es que te pongas bien. Has estado a punto de morir.

–Y tú también.

–Pero tú me rescataste –le recordó ella, apretándole la mano de nuevo–. Una locura por tu parte. Nunca se debe enfadar a una persona que tiene una pistola en la mano.

–Debí de perderme esa clase.

–No te preocupes, yo te enseñaré todo lo que hay que saber –Jamie sonrió–. En caso de que no sepas leer entre líneas, eso significa que no pienso irme a ningún sitio.

–¿No?

–Te quiero, Cole, y me da igual que receles de las mujeres por culpa de Teresa. Yo te ayudaré a olvidar todo eso.

–No hay nada que olvidar.

–¿No?

–Durante mi enfrentamiento con Ian me di cuenta de que... Teresa era una mentirosa patológica, una persona capaz de manipular a cualquiera. Engañó a Ian como me engañó a mí. Y puedo darme de bofetadas durante el resto de mi vida o enterrar para siempre la rabia y el resentimiento. Ahora mismo.

–¿De verdad puedes hacer eso?

–No tengo alternativa –Cole intentó sonreír–. Si quiero empezar una vida nueva con la mujer de la que estoy enamorado no puedo recordar el pasado, tengo que pensar en el futuro.

–¿De verdad?

–Te quiero, Jamie.

–Yo también te quiero. Quiero un marido, quiero una familia, un montón de niños y un futuro feliz, contigo. Pero no quiero que pienses que mi carrera está por encima de ti porque no es verdad. Si estamos juntos, tú siempre serás lo primero.

–Sé que es verdad. Pero también sé que tu trabajo es parte de ti y que te has esforzado mucho para llegar donde estás, así que nunca te pediré que lo dejes. Pero ¿qué te parecería si yo dejase de trabajar?

–¿Qué?

–No he dejado de pensar en la oferta de Lewis Limited –admitió Cole–. Si de verdad están interesados en la Compañía Donovan... creo que podría vender. Jamás pensé que diría esto, pero estoy agotado. He trabajado sin descanso para levantar un imperio y ahora lo único que quiero es descansar.

–¿Entonces vas a dejarlo todo? ¿Vas a rendirte?

–Abrí mi empresa por despecho hacia mi padre y cuanto más lo pienso, más me doy cuenta de que no quiero ser como él, un hombre a quien solo le importaba el trabajo –Cole intentó incorporarse un poco–. Creo que sería divertido quedarme en casa y cuidar de los niños.

Jamie lo miró, boquiabierta.

–¿Lo dices en serio?

–Mi padre nunca estuvo a mi lado cuando era pequeño y yo no quiero ser un padre ausente. Y como tú quieres tener un montón de niños, alguien tendrá que cuidarlos...

Los ojos de Jamie se llenaron de lágrimas.

–No sabía que fuera posible amar a alguien de este modo, pero...

–¿Ahora me ves como un papá sexy y no puedes controlarte?

Ella soltó una carcajada.

–Algo así.

–Dame un beso. Me está entrando sueño y no quiero dormirme hasta que hayamos sellado el trato con un beso.

–¿El trato?

–Nuestro compromiso.

–¿Me he perdido la pedida de mano?

–Ah, es verdad –Cole le acarició la cara–. ¿Quieres casarte conmigo?

–Necesito unos días para pensármelo –respondió ella.

–No lo dirás en serio.

–Pues claro que no lo digo en serio –Jamie inclinó la cabeza hasta rozar la nariz de Cole con la suya–. Y claro que me casaré contigo.

Por supuesto, sellaron esa promesa con un beso.

EPÍLOGO

Finn salió del hospital sin saber si reír o llorar. Estaba un poco enfadado consigo mismo por alegrarse tanto de que Donovan hubiera salido bien de la operación, pero no podía evitarlo. Tal vez Donovan y él nunca serían amigos íntimos, pero había recibido un disparo para salvar a su mejor amiga y eso era algo que le agradecería siempre.

Una vez en la calle, con las manos en los bolsillos de la chaqueta, miró al cielo.

Menuda noche, pensó. Él no solía dispararle a nadie y aún le temblaban las manos al pensar en la vida que había segado.

Ian Macintosh no merecía morir así. Debería haber ido a la cárcel por intentar asesinar a Jamie, pero no por haber caído en las redes de Teresa Donovan. Eso era algo que no le hubiera deseado a nadie.

Pero el asesino seguía libre.

Ese pensamiento hizo que se detuviera bruscamente. Ian había confesado haber dejado la nota en el coche de Jamie, haber cortado el cable de los frenos y haberle disparado, aunque dónde había conseguido la pistola seguía siendo un misterio. Pero el ayudante de

Cole no había asesinado a Teresa. Ian creía que el asesino era Donovan, como lo había creído él.

Pero sabía que no era así. Gideon había cambiado su declaración y, después de ver a Donovan arriesgando su vida por Jamie, ya no estaba convencido de su culpabilidad.

De modo que el auténtico asesino seguía libre.

Pero ¿cómo demonios iba a encontrarlo? Y con el alcalde llamando a cada momento para que se diera prisa en cerrar el caso.

Si tuviese una pista, algo...

Su móvil empezó a sonar en ese momento y cuando miró la pantalla vio que era Anna, su alguacil.

–Dime, Anna.

–¿Donovan está bien?

–Se pondrá bien. Ahora mismo está en recuperación.

–Es una buena noticia, pero no llamaba por eso.

–¿Qué ocurre?

–Ha llegado el informe del forense sobre la muerte de Teresa Donovan.

–¿Y qué dice?

–El informe sobre el ADN que encontró bajo las uñas de Teresa es no es determinante. No había suficiente para hacer un buen estudio.

Finn tuvo que ocultar su decepción, pero Cole y su abogado se alegrarían. Con una coartada y sin pruebas forenses, no había nada que señalase a Cole Donovan como culpable.

–¿Qué más?

–La mayoría de las huellas pertenecen a Teresa, salvo una, la que había sobre la mesa de café. Y el pelo que encontramos al lado del cadáver...

–¿No era de Teresa?

–No, comisario –respondió Anna–. La huella y el pelo pertenecen a Sarah Connelly. Lo siento mucho, sé que la señorita Connelly es...

Pero Finn ya había cortado la comunicación.

¿Sarah?

¿Su Sarah?

Dios santo.

Y justo cuando pensaba que el asunto no podía empeorar.

DESEO INOCENTE

ELLE KENNEDY

1

–Yo no la maté.

La frase, pronunciada en voz baja, se clavó en el corazón de Finn como la hoja de un cuchillo afilado. No
podía apartar los ojos de la mujer que estaba sentada
frente a él. Había soñado con estar con ella a solas en
una habitación durante mucho tiempo, pero no así. No
en una sala de interrogatorios, con una mesa de metal
separándolos y esos preciosos ojos castaños mirándolo
con angustia y resentimiento.

–Sarah –empezó a decir el comisario Finnegan, con
voz ronca–. Dime qué hiciste la noche que asesinaron a
Teresa Donovan.

Sarah Connelly hizo una mueca de incredulidad. Pero
aun enfadada era preciosa; una mujer de facciones elegan-
tes y piel perfecta, con una melena oscura que brillaba
bajo el fluorescente del techo y una boca que seguía
siendo tan generosa y sexy como siempre.

Era la mujer más guapa que había visto nunca y la
única que podía hacerlo sentir un escalofrío incluso
fulminándolo con la mirada.

–Estaba en casa, dormida –respondió ella, con voz
helada–. Me levanté a las tres para darle el biberón a

Lucy y luego volví a la cama, donde me quedé hasta la mañana siguiente.

–¿No saliste de tu casa?

–No salí hasta las ocho y media de la mañana para llevar a Lucy a la guardería y abrir la galería de arte.

Finn contuvo un suspiro.

–¿Entonces por qué aparecen una huella y un cabello tuyo en la escena del crimen? ¡Sarah, por favor, tienes que explicármelo!

–No me grites, Patrick. No sé cómo llegaron allí, pero te aseguro que yo no estuve en casa de Teresa Donovan.

Frustrado, Finn se pasó una mano por el pelo. Por enésima vez, deseó que Teresa Donovan no hubiera muerto. No porque sintiera aprecio por ella, al contrario, sino porque la muerte de esa mujer había llevado el caos al tranquilo pueblo de Serenade.

Exactamente un mes antes, Teresa había muerto de un disparo en el corazón y habían descubierto su cadáver en el cuarto de estar de la mansión que su exmarido había construido para ella.

Cole Donovan, el exmarido, había sido el principal sospechoso, pero con la ayuda de la agente del FBI Jamie Crawford que, además, era la mejor amiga de Finn, Cole quedó eximido de culpa. De modo que tenía que empezar de nuevo y, definitivamente, eso era algo que no le apetecía.

Especialmente con una nueva prueba que señalaba directamente a Sarah.

–Tu huella estaba en la mesa de café, al lado del cadáver –insistió–. Había un cabello tuyo en el suelo, sobre la mancha de sangre.

Sarah palideció.

–Entonces alguien los puso ahí. Yo no maté a esa mujer –le dijo, con voz entrecortada–. Es increíble que tú pienses que lo hice.

El problema era que Finn no pensaba que lo hubiese hecho. En cuanto su alguacil le dio la noticia por teléfono, se había quedado paralizado. Él la conocía. Había vivido con ella, la había besado, la había tenido entre sus brazos. Sarah era una buena persona, alguien que cuidaba de los demás. Imaginarla con una pistola en la mano, disparándole a alguien en el corazón, le resultaba imposible.

Pero era el comisario y había jurado proteger a los ciudadanos de Serenade. Y que nunca le hubiese gustado Teresa Donovan, a nadie le había gustado esa mujer, no significaba que pudiera cerrar los ojos.

–No creo que tú la matases.

La sorpresa que vio en los ojos de Sarah lo enfadó.

–¿Te sorprende?

–Apareces en mi galería un sábado a las once de la mañana y me obligas a cerrar para venir a la comisaría. ¿Debo suponer que estás de mi lado?

«Siempre estoy de tu lado», hubiera querido decir Finn, pero se mordió la lengua. Ella no lo creería de todas formas y era lógico, porque en el pasado no le había demostrado que fuera así.

–Estoy haciendo mi trabajo, Sarah. Y creo que no deberías haber rechazado la posibilidad de llamar a tu abogado.

–¿Es que necesito uno? –exclamó ella.

–Podrías necesitarlo –respondió Finn–. Esto no tiene buena pinta. Las pruebas te colocan en el lugar del crimen y hay testigos según los cuales amenazaste a Teresa.

–¡Yo no la amenacé!

Finn suspiró.

–¿No?

–Bueno, tal vez un poco, pero no lo decía en serio. Ella me provocó.

–¿Cómo?

–Ya te he dicho...

–Entonces dímelo otra vez –la interrumpió él, echándose hacia atrás en la silla–. Necesito conocer los detalles si quieres que entienda esta situación.

–Muy bien –Sarah juntó las manos sobre el regazo–. Teresa me arrinconó en el supermercado un día que llevaba a Lucy en brazos. Tan agradable como siempre, me dijo que había tenido que adoptar a la niña porque ningún hombre me querría. Luego me contó que se había acostado contigo porque yo no era suficiente mujer para ti y terminó con la bonita amenaza de llamar a los Servicios Sociales para que me quitaran a Lucy... porque una loca como yo no podía criar a una niña.

Había recitado ese discurso con calma, pero Finn sospechaba que el encuentro la había afectado más de lo que quería dar a entender. Él sabía de primera mano lo cruel que podía ser Teresa Donovan y escuchar esos insultos era algo que poca gente podría soportar. A Finn lo había sacado de quicio saber que iba por el pueblo contando que se había acostado con él.

Algo absolutamente imposible. Él no habría tocado a Teresa. Nunca, jamás, por loco que estuviera.

Pero así era Teresa Donovan, una mentirosa patológica, una mujer que estaba dispuesta a hacer daño a todo el mundo.

–Dos personas te oyeron amenazarla.

–No debería haberlo hecho, es verdad –reconoció ella–. Pero me había insultado. Y no le dije: «Voy a matarte, pedazo de asquerosa».

Finn hizo una mueca al recordar que estaba grabando la conversación.

–¿Qué le dijiste exactamente?

–Que si no me dejaba en paz, lo lamentaría.

La amenaza quedó suspendida en el aire, como una siniestra nube negra.

–Lo dije por decir –siguió Sarah–. Evidentemente,

no iba a hacerle daño. Solo quería que se fuera a molestar a otro.

Los dos se quedaron en silencio durante unos segundos y Finn intentaba no mirar los preciosos ojos castaños por miedo a perderse en ellos. Estar en la misma habitación con ella, respirando el aroma de su perfume de lilas, era una tortura. Llevaba cuatro años fantaseando con aquella mujer, soñando con volver a tenerla entre sus brazos, anhelando que lo perdonase, aunque era un perdón que no se merecía.

Aquella no era la reunión que había imaginado, pero ¿qué otra cosa podía hacer? El alcalde no dejaba de llamarlo por teléfono para exigir que cerrase el caso de una vez por todas para que los ciudadanos de Serenade pudiesen dormir tranquilos.

–Mete a ese asesino entre rejas– le había dicho Williams unas horas antes.

Finn estaba de acuerdo con el alcalde. También él quería ver al asesino entre rejas, pero sabía sin la menor duda que el asesino no era Sarah Connelly.

–¿Entonces qué va a pasar ahora? –la voz de Sarah lo devolvió a la realidad–. Puedo irme, ¿no?

–No, lo siento. No puedo dejarte ir.

Ella se llevó una mano al corazón.

–¿Cómo que no? ¿Eso significa que estoy detenida?

–No –respondió Finn, con un nudo en la garganta–. Aún no.

Sarah lo miró, incrédula.

–¡Yo no maté a Teresa! Alguien está intentando inculparme.

Había oído esa misma frase una semana antes. Cole Donovan había insistido en que alguien intentaba inculparlo cuando descubrieron el arma con la que se cometió el crimen en el basurero municipal. Aunque la pistola no contenía huellas y el número de serie estaba borrado, Cole había estado en el basurero unos días después de la muerte de su exmujer y eso había despertado las sospechas de Finn. Pero el elegante abogado de Donovan había dejado claro que no tenían suficientes pruebas y Jonas Gregory, el fiscal del distrito, estaba de acuerdo.

Sin embargo, el fiscal del distrito no estaba de acuerdo con Finn sobre aquella sospechosa.

–Yo le he sugerido eso mismo a Gregory, pero él cree que podría no ser así.

–¡Pero es cierto, yo no soy una asesina!

–Sarah... –Finn no sabía qué decir.

–¿Qué? Dime lo que sea, Patrick.

Solo lo llamaba Patrick cuando estaba enfadada y en aquel momento lo entendía, especialmente considerando la bomba que estaba a punto de soltar.

–A Gregory le preocupan... los problemas de salud mental que tuviste en el pasado.

Hubo un silencio. Un silencio atronador, aunque Finn hubiera jurado que podía oír los latidos del corazón de Sarah bajo el jersey de cuello alto azul.

–No me lo puedo creer –dijo ella por fin–. Tú sabes por lo que tuve que pasar mejor que nadie. Aunque no te importase... –se le quebró la voz y también el corazón– tú sabes lo que pasó. ¡Estaba luchando contra una depresión, no era una enfermedad mental! ¡Y fue hace cuatro años!

–Lo sé, lo sé.

–¿Y ahora qué? ¿Vas a usar mi depresión para decir que no estoy en mis cabales? ¿Que maté a Teresa porque estoy loca?

–Yo no he dicho eso. Solo te he contado lo que dice el fiscal del distrito.

–¡A la porra el fiscal del distrito! –exclamó Sarah–. Y tú también –añadió, llevando oxígeno a sus pulmones–. Creo que es hora de llamar a un abogado.

Asintiendo con la cabeza, Finn se levantó de la silla.

–Te traeré un teléfono.

Mientras cerraba la puerta le temblaban las piernas y le dolía el pecho como si alguien lo hubiera golpeado. Tal vez no era una reacción muy masculina, pero en aquel momento se sentía completamente inútil.

Finn entró en su despacho, ignorando la mirada de conmiseración de su alguacil, Anna Hotel. Él adoraba a Anna, pero en aquel momento no quería la compasión de nadie. Solo quería ayudar a Sarah porque no podía soportar verla así.

Ella no había matado a Teresa. Se negaba a creer que Sarah pudiese perder la cabeza hasta el punto de matar a alguien...

Tan desagradable pensamiento apareció en su cerebro como un ladrón de guante blanco y Finn apretó los puños, furioso y avergonzado a la vez. Como Sarah había dicho, él sabía mejor que nadie por qué había sufrido un colapso nervioso. Y tenía razón, no había lidiado con el asunto como debería. Pero la depresión y el estrés postraumático contra los que Sarah había luchado años antes no la convertían en una asesina.

El teléfono inalámbrico empezó a sonar, con esa musiquilla que parecía la sirena de un barco y de la que su amiga Jamie siempre se reía tanto. Pero, en fin, la cuestión era que no pasase desapercibido en medio del alboroto de la comisaría.

Finn apretó los labios al ver en la pantalla el número del alcalde... otra vez. Williams se negaba a dejarlo en paz hasta que detuviera a alguien por el asesinato de Teresa Donovan.

–Ahora mismo no puedo hablar, alcalde –le dijo, intentando mostrarse amable–. Tengo a Sarah Connelly en custodia y ha pedido un abogado.

–Esa es una señal de culpabilidad, ¿no?

–No, es una señal de inteligencia –replicó Finn–. Tiene derecho a un abogado y le preocupa que sus derechos sean vulnerados.

–Pues a mí me preocupa a quién pueda matar si la deja en libertad –replicó el alcalde–. Por cierto, tengo a Jonas Gregory en el despacho, está escuchando la conversación por el altavoz.

Finn tuvo que disimular su irritación.

–No creo que debamos sacar conclusiones precipitadas. Sarah Connelly...

–¿Ha admitido haber amenazado a la víctima? –lo interrumpió Williams.

–Sí, pero...

–Eso es todo lo que necesitamos.

–¿Todo lo que necesitamos para qué, alcalde?

–Finnegan, soy Jonas –escuchó la voz del fiscal–. He recibido el informe que me envió y quiero seguir adelante. Tenemos huellas de Sarah Connelly en el lugar del crimen, sabemos que amenazó a la víctima dos meses antes de su muerte y tiene un historial de desequilibrio mental.

–¿Qué está diciendo, Gregory?

–Que debe detenerla. Tenemos pruebas suficientes para llevarla a juicio.

Finn tuvo que contener el deseo de lanzar el teléfono contra la pared y ver cómo se partía en mil pedazos. ¿La vida de Sarah, todo su futuro, estaba en peligro porque el fiscal del distrito creía que una huella en la casa de Teresa era prueba suficiente?

–Con todo respeto, creo que eso podría ser prematuro –le dijo, intentando ocultar su desesperación–. Deje que siga investigando...

–¿Qué más necesita? –lo interrumpió Gregory–. Deténgala e intente hacerla confesar que el arma es suya.

Sabía que estaba derrotado, pero Finn hizo un nuevo intento:

–Sarah Connelly es madre soltera. Acaba de adoptar a una niña y...

–No vamos a hacerle ningún favor –esa vez era el

alcalde quien hablaba–. No seguirá teniendo una relación con ella, ¿verdad, comisario?

–No, claro que no. Mi relación con Connelly terminó hace cuatro años.

Se refería a ella por el apellido, esperando que eso lo ayudase a distanciarse, pero no fue así. El hermoso rostro de Sarah estaba grabado en su cerebro, el recuerdo de su risa, clavado en su corazón. Daba igual cómo la llamase, siempre sería Sarah. Su Sarah.

–Debe tratarla como a cualquier otro delincuente, Finnegan –asintió el fiscal–. Se quedará en el calabozo hasta la vista preliminar, donde el juez decidirá si puede salir bajo fianza.

–¿Y cuándo será eso?

–Su abogado puede pedir una vista urgente, pero el juez Rollins está en Charleston en un torneo de golf. Dudo mucho que vuelva a toda prisa por algo tan trivial.

¿Trivial? ¿Apartar a una madre de su hija y encerrarla en un calabozo durante un fin de semana era trivial? ¿Cómo podía un torneo de golf ser más importante que la vida de una mujer?

En ese momento maldijo al pueblo de Serenade, con un solo fiscal del distrito y un solo juez que estaba demasiado ocupado jugando al golf.

–Nos veremos el lunes por la mañana en los Juzgados –dijo Gregory, en un tono que no admitía discusión–. Tenemos que averiguar cómo consiguió la pistola.

Finn estaba tan aturdido cuando cortó la comunicación que el teléfono cayó sobre su escritorio, tirando una cajita de clips. Pero él no se dio cuenta.

No podía hacerlo, no podía detener a Sarah.

«Ese es tu trabajo».

Él era el comisario de Serenade, Carolina del Norte, el hombre elegido por el pueblo para protegerlo.

Pero ¿quién protegería a Sarah?

Sintiendo como si sus piernas fueran de plomo, salió del despacho, ignorando la mirada preocupada de Anna, y atravesó el pasillo para volver a la sala de interrogatorios.

Respirando profundamente para darse valor, empujó la puerta y entró en la habitación.

–Sarah... –empezó a decir.

Ella levantó la cabeza.

–¿Dónde está el teléfono?

–No puedo dejar que llames hasta que... –Finn suspiró, angustiado– hasta que terminemos con el procedimiento reglamentario.

Sarah parpadeó varias veces, mirándolo con expresión horrorizada.

–Finn...

–Lo siento mucho, pero estás detenida.

2

Detenida.

Mientras soportaba en silencio la humillación de posar para las fotografías de la ficha policial, Sarah no podía creérselo.

¿Cómo podía estar ocurriendo algo así?

«Yo no soy una asesina», le hubiera gustado gritar.

No era culpa de Anna Holt, que solo estaba haciendo su trabajo, pero le costaba recordarlo mientras la alguacil apretaba el pulgar de su mano derecha sobre el cartón para tomar sus huellas dactilares.

–Es el procedimiento reglamentario –le dijo, con tono de disculpa–. Pero ya tenemos tus huellas en el archivo... ya sabes, por el cursillo de defensa contra el crimen que hiciste para los alumnos del instituto.

Y cuánto lamentaba ahora esa decisión. Durante el último año de carrera había hecho un estudio independiente sobre prevención del crimen, basándose en la hipótesis de que si a los ciudadanos se les requería por ley aportar sus huellas y una muestra individual de ADN, los delitos en la zona se reducirían drásticamente. Todos los alumnos del último año habían enviado sus huellas dactilares y muestras de saliva para que fuesen introducidas en la base de datos de la comisaría y ella lo había hecho también...

Y, por alguna inconcebible razón, sus huellas habían aparecido durante la investigación del asesinato de Teresa Donovan.

Sarah siguió a Anna por una escalera que llevaba al sótano de la comisaría.

Nunca había estado allí, pero sabía lo que iba a encontrar: los calabozos.

Había sido detenida por un crimen que no había cometido.

¿Cómo era posible?

Sarah empezó a temblar al ver el calabozo. Verlo en una película no era lo mismo, aquello era real. Y aterrador. Su pulso se aceleró al ver la fila de celdas con barrotes de hierro...

Asustada, vio a Anna abriendo una de las celdas.

–Tendrás que esperar aquí hasta que llegue tu abogado.

Sarah se llevó una mano al corazón. La celda debía de medir cuatro metros cuadrados y solo contenía un camastro con un delgado colchón y una manta. Eso era todo; no había inodoro, ni ventana. Solo aquel sitio claustrofóbico, iluminado por una bombilla que colgaba del techo.

–Lo siento –dijo la alguacil.

Respirando profundamente, Sarah intentó reunir valor mientras daba un paso adelante, con la cabeza bien alta. Pero rezaba para que el abogado cuyo nombre había elegido al azar en la guía telefónica apareciese lo antes posible.

Cuando estaba dentro de la celda, Anna cerró la puerta con expresión contrita.

–El comisario bajará enseguida.

«No hace falta que se moleste».

Sarah se mordió la lengua para no decirlo en voz

alta. Pero entonces, cuando la alguacil desapareció por la escalera, se quedó sola.

En un calabozo.

Se sentó sobre el camastro y miró alrededor, intentando contener las lágrimas. ¿Cómo podía nadie pensar que ella había matado a Teresa? Daba igual que hubiesen encontrado sus huellas, ella no había estado en casa de Teresa Donovan la noche que murió. De hecho, nunca había estado en su casa.

¿Por qué había huellas suyas allí?

Era una pregunta que había estado haciéndose desde que Finn apareció en la galería de arte horas antes, pero, por el momento, no lograba encontrar una respuesta. Bueno, no del todo. La única respuesta era que alguien intentaba inculparla.

Pero eso despertaba aún más preguntas. ¿Quién intentaría inculparla a ella de un asesinato?

No era la persona más popular del pueblo, pero tampoco la menos popular. Se llevaba bien con todo el mundo e incluso después de su depresión la mayoría de la gente la había apoyado.

«No todos», le recordó una vocecita interior.

Era cierto. Una persona la había dejado sola en el peor momento de su vida.

Como si al pensar en él lo hubiese conjurado, Finn apareció en ese instante. Y al ver su expresión angustiada, lo único que pudo pensar fue: «Demasiado tarde».

Podría parecer todo lo angustiado que quisiera, ella no necesitaba su maldito apoyo. No se lo había dado cuando más lo necesitaba y ya no lo quería.

–El abogado acaba de llamar –le dijo, con voz ronca–. Llegará en un par de horas.

¿Dos horas?

Sarah intentó contener las lágrimas. Muy bien, dos horas, podría soportarlo.

–Gracias –respondió, con sequedad.

Esperaba que Finn se fuera, pero se quedó donde estaba, estudiándola a través de los barrotes de la celda.

–¿Qué pasa?

–¿Te encuentras bien?

–¿Tú crees que estoy bien?

Él tragó saliva, incómodo, pero eso no la animó. Estar en la misma habitación que aquel hombre le despertaba amargos recuerdos que llevaba años intentando superar. No la ayudaba nada que estuviera tan guapo como siempre, con esos penetrantes ojos azul oscuro, el cabello negro ligeramente despeinado, los anchos hombros que solían hacerla sentir escalofríos, los antebrazos fuertes que una vez le habían dado tanto consuelo...

Patrick Finnegan había sido el amor de su vida, el único hombre que había capturado su corazón.

Pero luego se lo había roto. Lo había aplastado entre sus fuertes dedos, dejándola destrozada. Y sola.

No había pensado que algún día pudiera recuperarse de su traición. Y tampoco había pensado que algún día pudiera volver a enamorarse, pero al menos había sobrevivido, intentando olvidar el trauma del pasado. Se había convertido en una mujer fuerte y ahora tenía a Lucy, la preciosa niña a la que adoraba, que había cambiado su vida por completo.

«¡Dios santo, Lucy!».

–¿Qué ocurre?

Sarah había olvidado que Finn estaba allí y al levantar la cabeza vio un brillo de alarma en sus ojos.

–Lucy –respondió, el miedo envolvió su corazón como una boa constrictor–. La guardería cierra a las cuatro. ¿Qué hora es?

Finn miró su reloj.

–La una y media.

Su abogado debía llegar en dos horas, pero aunque fuera así, tal vez no podría sacarla de allí a tiempo...

–Tengo que llamar a la guardería. Tal vez Maggie pueda llevársela a casa cuando cierre. O tal vez...

¿Y si Maggie llamaba a los Servicios Sociales para decirles que la madre de Lucy estaba detenida? La propietaria de la guardería era una buena persona, pero probablemente no le haría gracia saber que la madre de una niña de tres meses estaba en el calabozo. Maggie le había dicho durante su primera entrevista que tenía la obligación legal de informar a las autoridades si los niños que estaban bajo su supervisión no eran bien atendidos por sus padres.

Sarah había adoptado a Lucy tres meses antes y había sido un arduo proceso que duró dos años. Económicamente estaba en buena posición para criar a un hijo porque había recibido una herencia de su tía y tenía una próspera galería de arte, pero la depresión que sufrió unos años antes había alarmado a la agencia de adopción.

Sarah había soportado docenas de entrevistas, sesiones de terapia y visitas sorpresa por parte de trabajadores sociales antes de que por fin se aprobase la adopción de Lucy.

Pero si Maggie llamaba a los Servicios Sociales... le quitarían a su hija. No, eso no podía pasar. Había esperado dos largos años y se negaba a perder a su hija después de todo lo que había soportado para ser madre.

Sarah saltó del camastro y prácticamente se lanzó sobre los barrotes.

–Tienes que hacer algo por mí –le dijo, angustiada.

–¿Qué necesitas? –preguntó Finn.

–Que traigas a Lucy.

–¿Qué? No, no puedo hacer eso, Sarah. No puedo meter a un bebé en un calabozo.

–Por favor... te lo suplico. Si le cuento a Maggie lo que ocurre, tendrá que informar a los Servicios Sociales y me quitarán a mi hija –Sarah tenía los ojos llenos de lágrimas–. Tráela aquí y luego ya veremos lo que se puede hacer.

De repente, las grandes manos de Finn cubrieron las suyas sobre los barrotes.

–Cálmate, por favor.

Sarah se dio cuenta entonces de que respiraba con dificultad. Pero también se dio cuenta de que era la primera vez que Finn la tocaba en cuatro años y, de inmediato, apartó las manos.

No podía dejar que la tocase. Ni física ni emocionalmente. Estar con él la devolvía a un sitio oscuro, al agujero en el que había caído cuando la abandonó.

–El alcalde me cortaría la cabeza si se enterase de que he traído aquí un bebé –murmuró Finn–. No puedo hacerlo, Sarah.

–Por favor –insistió ella–. Llamaré a Maggie, la dueña de la guardería, y le diré que Anna tiene permiso para recoger a Lucy. Y luego, tal vez Jamie podría hacerse cargo de ella mientras yo estoy aquí.

–Sí, esa podría ser una solución –asintió él.

–Tú sabes que Jamie aceptará encantada.

–Muy bien, voy a llamarla. Sé que Cole ha salido hoy del hospital, de modo que estarán en casa... –Finn sacó el móvil del bolsillo y miró la pantalla–. Aquí abajo no hay cobertura, vuelvo enseguida.

Sarah lo vio subir por la escalera y se dejó caer sobre el camastro, más contenta que nunca de haber hecho amistad con Jamie.

Jamie Crawford trabajaba para el FBI y había llegado al pueblo dos semanas antes para ayudar a Finn a resolver el asesinato de Teresa Donovan. Se habían caído bien desde el principio y sabía que ella cuidaría de Lucy encantada, aunque Cole siguiera recuperándose del disparo que había recibido cuando intentaba salvarle la vida a Jamie, a la que el enloquecido amante de su exmujer había intentado matar...

Era increíble el caos que se había organizado en el tranquilo pueblo de Serenade tras la muerte de Teresa Donovan. Cole había sido el principal sospechoso durante un tiempo y, además, Jamie había estado a punto de ser asesinada por un hombre que quería vengar la muerte de Teresa.

Maldita mujer. Sarah siempre la había detestado y en aquel momento la detestaba aún más. Si no hubiera muerto, ella no estaría en un calabozo.

Pero Teresa estaba muerta y Sarah estaba en una celda, a punto de ser acusada de asesinato. Ah, y cerca del hombre que le había roto el corazón.

–Mi niña... siento mucho no poder llevarte a casa, pero te prometo que la tía Jamie cuidará bien de ti.

El corazón de Finn se encogió al ver a Sarah con su hija en brazos. Estaban en su despacho porque no había podido soportar la idea de llevar a la niña a la celda.

Sarah había hablado con la dueña de la guardería para decirle que Anna iría a buscarla, pero a él no le había dicho una palabra mientras esperaban, ni siquiera le había dado las gracias.

Aunque no podía culparla por no expresar gratitud hacia el hombre que la había detenido.

–¿Cuándo vendrá Jamie?

–En cualquier momento.

Satisfecha, Sarah volvió a mirar a la niña y Finn notó de nuevo el parecido entre madre e hija. Era curioso, ya que Lucy era adoptada, pero el bebé tenía los mismos ojos almendrados de color castaño, la misma piel blanquísima. Verlas juntas lo tenía hipnotizado y contemplar cómo las facciones de Sarah se suavizaban, cómo miraba a su hija, que agarraba su pelo con las manitas, con gesto de adoración...

Tuvo que hacer un esfuerzo para apartar la mirada.

Recordaba un tiempo en el que Sarah lo había mirado a él con ese gesto de amor. Antes de que le rompiese el corazón y huyera como un cobarde.

Pero había madurado desde entonces y no había pasado un solo día en el que no hubiese lamentado la decisión de dejar a Sarah.

Esas últimas semanas le habían abierto los ojos sobre el grave error que había cometido. Ver a Jamie Crawford enamorarse de Cole Donovan había hecho que se diera cuenta de lo vacía que era su vida y que la única manera de llenar ese vacío era recuperar a Sarah.

Pero esa posibilidad había sido aplastada de repente. ¿Cómo demonios iba a recuperarla?

«Mira, sé que acabo de detenerte, pero ¿qué tal si volvemos a salir juntos?».

No, imposible.

–¿Qué pasará cuando llegue el abogado? –la voz de Sarah interrumpió sus pensamientos–. ¿Podrá sacarme de aquí? ¿Podré volver a casa esta noche?

Finn tragó saliva. Le gustaría tanto poder decirle que estaría con su hija en unas horas... pero las palabras del fiscal del distrito se repetían en su cabeza.

–Tendrás que aparecer en una vista preliminar.

–Y entonces podré salir bajo fianza, ¿verdad?

–Seguramente –Finn miró a la niña–. Eres madre y supongo que el juez Rollins tendrá eso en consideración. Pero me temo que la vista no tendrá lugar hasta el lunes por la mañana.

Sarah lo miró, perpleja.

–¿Qué estás diciendo?

–Rollins está en Carolina del Sur, en un torneo de golf –tuvo que admitir él–. A menos que tu abogado haga un milagro, no creo que vuelva a Serenade para una vista preliminar.

El aire del despacho se volvió tan helado como una mañana de febrero y Finn estuvo a punto de dar un paso atrás al ver la expresión de Sarah, que lo miraba como si todo aquello fuera culpa suya. Pero antes de que empezase a gritar, y parecía a punto de hacerlo, sonó un golpecito en la puerta y Jamie Crawford asomó la cabeza en el despacho.

–¿Estás bien? –le preguntó, sin mirar a Finn siquiera.

–Estoy bien ahora que has venido –respondió Sarah.

Cuando Jamie le pasó un brazo por los hombros, Sarah parecía una niña. Jamie Crawford media casi un metro ochenta y Sarah no debía de medir más de un metro sesenta...

–¿Se puede saber qué te pasa? –le espetó la agente del FBI–. Tú sabes que Sarah no mató a Teresa. No puedo creer que la hayas detenido.

–No he tenido más remedio que hacerlo –se defendió Finn–. Olvidáis que soy el comisario de Serenade. Sobre el papel, no tengo que darle explicaciones a nadie, pero eso no es verdad. Tengo que responder ante el fiscal del distrito, ante el alcalde... todo el mundo me dice lo que tengo que hacer.

–¿El fiscal del distrito cree que tiene pruebas suficientes contra Sarah?

Finn asintió con la cabeza y la expresión de Jamie se suavizó.

Como agente del FBI, entendía por qué había detenido a Sarah.

–¿Entonces qué vas a hacer? ¿Cómo sacamos a Sarah de este apuro?

–Lo único que podemos hacer es esperar a la vista preliminar –respondió él–. Y si el caso fuera a juicio, el abogado de Sarah tendrá que construir la defensa. Mientras tanto, tú y yo tendremos que unir fuerzas para encontrar al verdadero asesino.

Lucy empezó a llorar en ese momento y Sarah la acunó en sus brazos, pero el movimiento no calmaba al bebé.

–Deberías llevártela a casa, Jamie –dijo con voz ronca.

Estaba claro que eso era lo último que quería y a Finn se le rompió el corazón al ver que ponía a la niña en sus brazos. El llanto de Lucy aumentó de volumen al encontrarse en brazos de una extraña y Jamie le acarició la cabecita, murmurando palabras de consuelo, pero eso pareció agitarla aún más.

–Vete –dijo Sarah–. Por favor, vete. Hay pañales y biberones en la bolsa, sobre el escritorio de Anna. Y si necesitas más, puedes pasar por mi casa, la llave está bajo una de las jardineras del porche –Sarah tuvo que hacer un esfuerzo para contener las lágrimas–. ¿Has sacado la sillita de seguridad?

–Sí, la he sacado de tu coche, como me pidió Finn.

–Entonces, ya está.

–Yo cuidaré de ella –murmuró Jamie–. Te lo prometo.

–Lo sé –Sarah se inclinó para besar la cabecita de su bebé–. Sé buena, cariño.

Con la niña en brazos, Jamie se dirigió hacia la puerta, deteniéndose para lanzarle a Finn una mirada que decía: «Arregla esto cuanto antes».

Sarah miró la puerta por la que habían desaparecido durante unos segundos antes de volverse hacia él y a Finn se le encogió el estómago al ver su expresión. Parecía como si alguien le hubiese arrancado el corazón, que era en realidad lo que acababa de ocurrir.

–Cariño... –empezó a decir.

–No te atrevas a llamarme así –lo interrumpió ella–. Y no te atrevas a fingir que vas a ayudarme. Tú me has metido en esto. ¡Me da igual lo que digan las pruebas o lo que piense el fiscal del distrito, tú sabes que yo no he matado a nadie!

–Y voy a demostrarlo, te lo prometo.

–No te molestes –replicó Sarah–. Ya has demostrado que eres incapaz de apoyarme cuando las cosas se ponen difíciles. Así que, francamente, ni quiero ni necesito tu ayuda, Patrick. Llévame a mi celda.

–Maldita sea, Sarah...

–Llévame a mi celda.

3

Sarah se despertó a la mañana siguiente y cuando sacó un brazo para apagar el despertador, como hacía todas las mañanas, no tocó más que aire. Y cuando instintivamente giró la cabeza a la derecha para mirar la cuna de Lucy, se encontró frente a un muro de cemento.

Se sentó de golpe sobre el camastro, ahogando un grito de angustia al recordar dónde estaba.

Seguía llevando el jersey de cuello alto y los vaqueros del día anterior porque no había querido ponerse el mono azul que reservaban para los detenidos. La idea de ponerse aquella prenda hacía que sintiera náuseas. Estaba en un calabozo, pero de ninguna forma iba a vestirse como si fuera una delincuente.

La reunión con su abogado, Daniel Chin, el día anterior había sido una decepción. El amable hombre coreano había sido incapaz de localizar al juez y, apenado, le había dicho que no tendría más remedio que pasar el fin de semana en el calabozo.

La cena esa noche había consistido en sándwiches del restaurante de Martha, un lujo que dudaba disfrutasen otros detenidos. Se había dormido a las diez, aunque estuvo gran parte de la noche dando vueltas sobre el delgado e incómodo colchón.

Frotándose los ojos, Sarah se levantó para estirar las piernas, preguntándose si bajaría alguien para acompañarla al baño.

Finn apareció poco después y parecía agotado. Tenía los ojos enrojecidos y tampoco él se había cambiado de ropa.

–Anna bajará enseguida para llevarte al baño, pero antes quería hablar un momento a solas contigo.

Sarah apartó la mirada. Sabía que no debería sentir nada por aquel hombre, pero había algo en él esa mañana que la enternecía. Tal vez era el cabello despeinado o la expresión cansada lo que le hacía recordar al antiguo Finn, al que tenía aspecto de chico malo.

Aún recordaba el día que se encontraron en el lago. Finn iba unos cursos por delante de ella en el instituto, pero sus caminos nunca se habían cruzado hasta ese día. Ella tenía veintidós años entonces, recién terminada la carrera, y estaba paseando por la orilla del lago, preguntándose si debía usar parte de la herencia que le había dejado su tía para comprar la galería de arte que habían puesto en venta recientemente.

Perdida en sus pensamientos, no había visto a Finn hasta que chocó con él. La atracción entre ellos había sido inmediata y, para una buena chica como ella, sentir aquella oleada de deseo por el duro y sensual alguacil había sido desconcertante.

Finn no era tan diplomático por entonces. Decía lo que pensaba y sus palabras la habían emocionado. De hecho, se había enamorado locamente de él, cautivada por su brusca naturaleza y su magnética sexualidad, aunque sabía que esos sentimientos eran peligrosos.

Sarah volvió a sentir el deseo que había sentido por él entonces. Pero, ignorando la traidora reacción de su cuerpo, lo miró a los ojos para decir:

–¿Tenemos que hablar ahora? Acabo de desper-
tarme.

–Y yo aún no he dormido –replicó él, molesto–. He
estado en mi despacho toda la noche, intentando decidir cómo iba a decirte esto, así que...

–¿Has dormido en tu despacho?

–No he dormido en absoluto. ¿De verdad creías que
iba a irme a casa mientras tú estabas aquí? Sarah, por
favor.

El corazón de Sarah dio un vuelco. ¿Por qué imaginarlo despierto toda la noche hacía que se le acelerase
el pulso?

–En fin, la cuestión es que he estado pensando y...
lo mejor será decirlo directamente –siguió Finn–. Voy
a ayudarte, Sarah, por mucho que digas que no quieres
mi ayuda. Sé que me necesitas y me tienes, quieras
o no.

Ella enarcó una ceja.

–Veo que no has cambiado. Siempre dando órdenes.

–He cambiado –replicó él, furioso–. He cambiado
más de lo que puedas imaginarte. De hecho, esto me
lleva a lo otro que quería decirte.

–Estoy deseando saberlo.

–Déjate de sarcasmos y escúchame. Tienes que saber algo, Sarah.

–¿Qué?

–Que lo siento mucho –Finn dejó escapar un largo
suspiro, como si pronunciar esa frase lo hubiese dejado agotado–. Siento mucho haber roto nuestra relación, pero quiero que sepas que no lo hice con malicia
–siguió, pasándose una mano por el pelo–. Era joven,
Sarah. Y me asusté porque la situación era demasiado
familiar para mí. Me recordaba a lo que tuve que pasar
con mi...

«Madre», estuvo a punto de decir Sarah. Había
oído eso antes, durante su discurso de despedida, cuan-

do rompió con ella. Finn había salido corriendo como si ella fuera el hombre del saco, como si su depresión pudiera contagiársele.

–Conozco el problema de tu madre, Finn –le dijo, sin poder disimular su amargura–. Pero tú no eras el único que había tenido una infancia con problemas.

Ella había sido huérfana desde los cuatro años, cuando sus padres murieron con una diferencia de meses, su madre en un accidente de coche y su padre de un infarto fulminante.

La hermana mayor de su madre la había acogido en su casa, pero la tía Carol no era precisamente una mujer maternal, sino más bien una ermitaña, encerrada en su aislada casa y pintando tristes paisajes en los que normalmente aparecían negros pantanos o montañas rodeadas de niebla. Finn había crecido con una madre mentalmente inestable, pero al menos había tenido a alguien.

–Y tu pasado no es una excusa –añadió.

–No, es verdad, pero estoy dispuesto a enmendar mis errores y quiero estar a tu lado como no lo estuve entonces. Voy a ayudarte a salir de este aprieto.

Sarah experimentó una serie de conflictivas emociones: dolor, rabia, esperanza. De todas ellas, la esperanza era lo que más le dolía. No quería creer en la promesa de Finn porque ya le había demostrado una vez que no podía contar con él.

¿Y si ponía su vida en las manos de Patrick Finnegan, como había puesto su corazón una vez, y él volvía a defraudarla?

No, no podía hacerlo. Pero tampoco podía rechazar su ayuda. Debía pensar en Lucy y, por mucho que le doliese reconocerlo, necesitaba a Finn.

El día anterior, cuando mencionó la posibilidad de que el caso fuera a juicio, el miedo la había paralizado porque si la acusaban de asesinato perdería a Lucy. Y ella no pensaba perder a su hija. Había esperado dos años para conseguir a Lucy y nadie iba a quitársela.

De modo que asintió con la cabeza, sin mirarlo.

–Puede que no te guste –dijo Finn–, pero voy a solucionar este problema digas lo que digas, cariño.

Sarah sintió que se le encogía el corazón. Pero no debería. ¿Qué importancia tenía que la llamase «cariño»? ¿Qué más daba que esa expresión le recordase las perezosas mañanas en la cama, cuando Finn usaba el término cariñoso para convencerla de que se quedase en la cama un rato más?

Su relación se había roto y se negaba a sentir nada por aquel hombre, la llamase como la llamase.

–¿Puedes pedirle a Anna que me acompañe al baño? –le preguntó abruptamente.

Finn dejó caer los hombros, pero antes de que pudiese replicar, escucharon una voz femenina en la escalera.

–¿Comisario? –lo llamó Anna–. Creo que debería venir un momento.

–¿Qué ocurre?

–Acaba de llegar un agente del FBI y dice que va a encargarse del caso.

¿Un agente del FBI se había hecho cargo del caso? Eso no sonaba nada bien.

Cuando Finn entró en su despacho, encontró a un hombre alto y rubio con traje de chaqueta oscuro frente a la minúscula ventana que daba al patio.

–Encantado de conocerlo, comisario Finnegan.

Finn le estrechó la mano, haciendo una mueca al ver los restos de la cena de la noche anterior sobre su escritorio.

–Lo mismo digo.

–Soy el agente Mark Parsons –se presentó el hombre–. Me han pedido que lo ayude en la investigación del asesinato de Teresa Donovan.

Finn tuvo que morderse la lengua. Estaba claro quién se había puesto en contacto con el FBI: el fiscal del distrito o el alcalde. Aparentemente, no confiaban en que él fuese imparcial.

–¿Ayudarme? Mi alguacil acaba de decir que va a «encargarse» del caso.

La sonrisa de Parsons desapareció de repente y Finn decidió que no le gustaba aquel tipo. Había un brillo implacable en sus ojos azules, algo que había visto frecuentemente en los del fiscal del distrito; el brillo de un hombre desesperado por llegar a la cumbre.

–Debió de malinterpretar mis palabras. Sencillamente, le he repetido las instrucciones que me han dado mis superiores y, según ellos, la investigación requiere un par de ojos nuevos.

Como Anna era más hábil evaluando a la gente que la mayoría de los psiquiatras, Finn dudaba que su alguacil lo hubiese malinterpretado. Parsons estaba allí por una razón: para meter las narices donde no debía y conseguir así una medalla.

Y él pensando que las cosas no podían ir peor...

–El alcalde me ha dicho que ya tienen un sospechoso.

–Sí, ayer detuvimos a la propietaria de la galería de arte, Sarah Connelly. Encontraron un cabello suyo y una huella parcial sobre la mesa de café en casa de Teresa Donovan.

–Sí, también me lo habían dicho.

Finn tuvo que disimular su ira. No tenía intención de trabajar con aquel engreído.

–También me han dicho que hay un problema con el arma con la que se perpetró el crimen. Lo primero será descubrir a quién pertenece y cómo acabó en las manos de Connelly.

–Mire –Finn llevó aire a sus pulmones–. Con todo respeto, agente Parsons, no sé qué puede hacer usted que no hayamos hecho mis alguaciles y yo. Es imposible encontrar al propietario del arma porque no tiene huellas y el número de serie ha sido borrado. Y si quiere que le sea sincero, yo no creo que Sarah Connelly matase a Teresa.

–¿Que Sarah sea su exnovia tiene algo que ver con esa convicción?

–No –respondió él–. Pero conozco a Sarah y sé que no podría matar a nadie. Lleva la galería de arte de Serenade, está involucrada en muchos proyectos sociales y acaba de adoptar un bebé. Es una buena persona.

–Las buenas personas también cometen crímenes, comisario –replicó el agente de FBI, con expresión condescendiente–. Tengo entendido que Sarah Connelly es una persona inestable, de modo que podría ser capaz de matar...

–¡Entonces es cierto!

Los dos hombres se dieron la vuelta para mirar a la mujer morena que acababa de entrar en el despacho. Finn suspiró al ver a Valerie Matthews, la hermana de Teresa, sus ojos grises brillaban de perversa satisfacción.

–¡Yo sabía que esa loca ocultaba algo! Por eso se hizo amiga de la agente Crawford, para sacarle información.

Como su hermana, Valerie era una persona detestable. Teresa y ella parecían decididas a hacerle la vida imposible a todo el mundo, como si eso pudiera compensarlas por su triste infancia.

Valerie había quedado inconsciente cuando el examante de Teresa la golpeó para tomar a Jamie como rehén y el día que Finn la visitó en el hospital se había mostrado casi agradable, incluso dulce.

Aparentemente, había vuelto a ser la misma de siempre.

–Espero que la envíen a la cámara de gas –susurró, destilando veneno.

–Yo no soy juez –replicó Finn, conteniendo el deseo de echarla de allí a empujones–. No puedo condenar a Sarah solo porque tú lo pidas.

–Y yo exijo justicia. Llevo un mes esperando que tú y tu incompetente personal encontréis al asesino de mi hermana y...

–Y lo hemos encontrado –la interrumpió Parsons.

–¿No le parece un poco prematuro, agente? –le espetó Finn–. Sarah aún no ha sido condenada.

El rostro de Valerie se iluminó al mirar al agente de FBI.

–¿Y usted quién es? –le preguntó, con una sonrisa en los labios.

¿Estaba coqueteando con él? ¿Durante una discusión sobre la muerte de su hermana?

–El agente Mark Parsons –se presentó él. Y Finn pensó que solo le faltaba darse golpes en el pecho–. Y usted debe de ser Valerie. Vi su nombre mientras estudiaba el caso en el avión.

–¿Usted va a encargarse de la investigación a partir de ahora? Menos mal. No sabe el tiempo que llevo esperando que alguien haga algo.

A Finn lo irritó que Parsons no la corrigiera, aunque le había asegurado minutos antes que solo estaba allí para «ayudar». Estaba claro que había mentido y más claro aún que, además de ser un imbécil pretencioso, le gustaban las mujeres como Valerie.

–No se preocupe –dijo el pomposo agente–. Estoy aquí para asegurarme de que Connelly pague por su crimen.

Incapaz de soportarlo un segundo más sin vomitar, Finn le puso una mano en el brazo a Valerie.

–¿Podrías volver en otro momento? Tenemos mucho trabajo que hacer.

Ella lo fulminó con la mirada antes de volverse hacia el agente del FBI con una dulce sonrisa en los labios.

–Por favor, manténgame informada.

–Será un placer.

Cuando Valerie desapareció, Finn se volvió para mirar a Parsons con una ceja levantada, pero el agente del FBI se encogió de hombros.

Estaba harto. El alcalde lo volvía loco, la insistencia del fiscal del distrito en culpar a Sarah lo hacía desear liarse a patadas y ahora aquellos dos idiotas habían depositado a un cretino en su comisaría. Empezaba a perder la paciencia y pensar en Sarah en el calabozo hacía que sintiera náuseas.

Él siempre había sido un hombre capaz, alguien que controlaba su entorno. Incluso cuando no se sentía así fingía serlo, retando a cualquiera a contradecirlo. Pero en aquel momento no tenía control alguno sobre la situación.

Sarah estaba pasando por el peor momento de su vida y él no podía hacer nada.

Bueno, pues había llegado el momento de cambiar eso.

–No debería discutir el caso con alguien que no pertenece al departamento –le recordó el agente del FBI–. Especialmente, con la hermana de la víctima.

Parsons se encogió de hombros.

–No hay nada malo en mantenerla informada –replicó, cruzándose de brazos–. Y ahora, me gustaría hablar con Connelly.

El deseo de proteger a Sarah era más fuerte que su sentido del deber. No pensaba dejar que aquel idiota hablase con ella. Estar un segundo con aquel engreído la enfurecería y con razón. Y cuando Sarah se enfurecía, a menudo decía cosas que no debería, como por ejemplo: «Si no me dejas en paz, lo lamentarás».

La pobre no sabía lo mal que pintaba la situación

para ella. Esa amenaza, hecha en serio o no, podría sellar su destino.

A menos que él hiciese algo.

Pero ¿qué podía hacer?

Ahora que Parsons había aparecido, salvar a Sarah sería aún más difícil. Pero había prometido ayudarla y lo haría. Movería Cielo y Tierra, lo sacrificaría todo por ella.

Y tal vez si lo hacía, tal vez si conseguía sacarla de aquel aprieto, por fin lograría que lo perdonase.

4

Finn se sentía incómodo mientras entraba en la cocina de Cole Donovan unas horas después. Y no solo porque la cocina fuese tan grande como toda la primera planta de su granja.

Habían unido fuerzas para rescatar a Jamie de las garras de Ian Macintosh, el enloquecido ayudante de Cole y examante de Teresa Donovan, su exmujer, pero no eran precisamente amigos. Aunque Finn debía admitir que empezaba a caerle bien. Donovan era multimillonario, pero no arrogante como había pensado en un principio.

Parsons, por otro lado, era un presuntuoso insoportable, pero Finn había insistido en que descubrir a quién pertenecía el arma con la que se perpetró el crimen era la tarea más importante.

Afortunadamente, Parsons estaba de acuerdo. Por lo tanto, había olvidado su intención de interrogar a Sarah y estaba hablando con los expertos de balística en Raleigh.

Sin el molesto agente del FBI en su camino, Finn decidió ir al laboratorio, pero su charla con el técnico no había sido productiva en absoluto.

–¿Quieres un café? –le preguntó Cole, tan incómodo como él.

Finn notó que se movía con lentitud, lo cual no era una sorpresa, ya que le habían dado el alta esa mañana y seguía recuperándose de un disparo en el abdomen.

–Gracias –respondió, dejándose caer sobre una silla–. ¿Jamie está arriba con la niña?

–Sí, bajará enseguida. Lucy acaba de despertarse de su siesta.

Jamie había pedido la excedencia en el FBI para cuidar de Cole y solo había que verlos durante diez segundos para saber que estaban locamente enamorados.

–Es una niña muy guapa –siguió Cole cuando Finn no dijo nada–. ¿De verdad tenías que detener a Sarah?

Genial, otro nombre para añadir a la lista de gente que estaba enfadada con él.

–No he tenido más remedio. La huella y el pelo que han encontrado en casa de Teresa son una prueba abrumadora.

–Pero tú no crees que lo haya hecho.

–Claro que no. Sarah es incapaz de matar a nadie.

–Entonces, demuéstralo –escucharon la voz de Jamie, que había aparecido en la cocina llevando en brazos a Lucy.

Cuando la niña balbuceó alegremente al verlo se le encogió el corazón y luego, al ver que alargaba los bracitos hacia él, se le partió en dos.

–Quiere que la tomes en brazos –dijo Jamie.

Instintivamente, Finn apretó a Lucy contra su pecho, intentando controlar la emoción cuando el bebé lo miró con sus brillantes ojitos castaños.

–Es un encanto de niña –siguió Jamie–. Estoy enamorada y solo llevo unas horas con ella.

Él se quedó inmóvil mientras la hija de Sarah exploraba su rostro con las manitas, arrugando la nariz al tocar su mandíbula, con barba de un día, y riendo luego como si hubiera descubierto una nueva e increíble textura.

A Finn se le hizo un nudo en la garganta. Aquella criatura angelical podría haber sido hija suya. Si no hubiese abandonado a Sarah, aquel podría haber sido su futuro.

La tristeza y la vergüenza que sentía en ese momento hacían que no pudiese respirar. Lamentaba tanto haberse alejado de Sarah... Era un error que lo consumía por dentro. ¿Cómo podía haber roto su relación con la mujer de la que estaba enamorado?

—¿Cómo está Sarah? —le preguntó Jamie.

—Deseando volver a casa. Pero la vista preliminar no tendrá lugar hasta el lunes.

—Sigo sin entender cómo llegaron la huella y el pelo de Sarah a la escena del crimen —comentó Cole, poniendo sobre la mesa una taza de café—. ¿No podría ser un error del laboratorio?

—No, no es un error. Vengo del laboratorio ahora mismo —Finn suspiró—. He hablado con Tom Hannigan y la huella de la mesa de café es de Sarah. Como el ADN extraído del pelo que encontramos. Según esas pruebas, estuvo en la casa. Pero Sarah dice que nunca ha estado allí.

—Si Sarah dice que nunca estuvo en casa de Teresa, yo la creo —intervino Jamie.

—Yo también —admitió Finn.

—Eso significa que alguien puso allí el cabello de Sarah.

—¿Y la huella?

Jamie se quedó callada. Los dos sabían lo difícil que era manipular una huella. No era imposible, pero quien lo hubiera hecho tendría que haberlo planeado todo al detalle.

—No sé quién podría querer inculparla —Finn suspiró—. Entendería que alguien hubiese querido inculpar a Cole...

–Gracias –dijo él, irónico.

–Eras su exmarido y, por lo tanto, el principal sospechoso. Pero Sarah no tenía contacto alguno con Teresa. No hay ninguna razón para que quieran inculparla.

–Ninguna razón que nosotros conozcamos –le recordó Jamie–. ¿Qué nos hemos perdido? Tenemos una lista enorme de personas que detestaban a Teresa. ¿Por qué no podemos conectar a nadie con el crimen?

Finn no sabía qué responder. Sus alguaciles y él trabajaban sin descanso, intentando unir las piezas de aquel rompecabezas, pero la investigación estaba estancada. Lo único que tenían era un arma sin propietario y unas pruebas que ponían a Sarah en el lugar del crimen.

–Sigo pensando que deberíamos investigar a los amantes de Teresa –dijo Jamie–. A Ian Macintosh lo volvió completamente loco, tanto como para querer matarme. Me imagino que manipularía de igual modo al resto de sus amantes.

–El único amante que conocemos es Parker Smith y él tiene una coartada perfecta para la noche que murió Teresa –Finn miró a Cole–. ¿Se te ha ocurrido algún otro nombre? ¿Alguien más con quien Teresa hubiese mantenido una aventura?

Él negó con la cabeza.

–Mi investigador privado está en ello, pero no ha encontrado nada por el momento. Lo llamaré de nuevo...

El móvil de Finn interrumpió la conversación y, con desgana, puso a Lucy en los brazos de Jamie.

–Finnegan –dijo bruscamente.

–Comisario, soy yo –respondió Anna–. Me pidió que le contase cómo estaba Sarah y...

–¿Está bien?

–Sí, pero tiene una visita: el doctor Bennett. He pensado que le gustaría saberlo.

¿El doctor Bennett?

–Muy bien, gracias por llamar –dijo Finn, con el ceño fruncido.

–¿Ocurre algo? –preguntó Jamie.

–No, no... aparentemente, Sarah ha recibido la visita del doctor Bennett.

–Ah, es un buen hombre. Me trató después del accidente con mi coche, pero no sabía que fueran amigos.

–Yo tampoco.

Finn no pudo evitar una punzada de celos. No tenía derecho a sentir celos, ya que Sarah podía tener los amigos que quisiera, pero no sabía que hubiera hecho amistad con Bennett.

¿O sería algo más que una amistad? ¿Mantendrían una relación?

Travis Bennett era mucho mayor que ella. Debía de tener unos cuarenta y cinco años y, aunque seguía siendo un hombre atractivo, resultaba un poco soso. Se había mudado a Serenade tres años antes, después de perder a su esposa y sus hijos en un trágico incendio. Finn lo había investigado cuando apareció en el pueblo, algo que hacía siempre con los nuevos vecinos, y descubrió que el doctor Bennett había dejado atrás una consulta privada en Raleigh para abrir una clínica en Serenade. Cuando llegó estaba destrozado y apenas hablaba con nadie, pero poco a poco fue haciendo amistades y los vecinos del pueblo lo adoraban.

Se preguntó qué pensaría Sarah del médico y tuvo que contener una inapropiada oleada de rabia mientras se levantaba de la silla.

–Tengo que irme. Gracias por el café.

Jamie y Cole se miraron. Aparentemente, la razón de su partida estaba clara para los dos.

–Sé buena, Lucy –le dijo a la niña. Y ella lo recompensó con una sonrisa–. Os llamaré si descubro algo. Cuida de ella, Jamie. Sarah cuenta contigo.

Los ojos de Jamie Crawford, de un extraordinario color violeta, se llenaron de compasión.

Finn sabía que cuidaría bien de la niña y, mientras tanto, él se encargaría de la madre.

–¿Seguro que no puedo hacer nada? –le preguntó Travis Bennett–. Sigo teniendo contactos en Raleigh, amigos abogados. Puedo llamarlos y...

–No, gracias –lo interrumpió Sarah, haciendo un esfuerzo por sonreír–. Ya he contratado a un abogado y estoy segura de que mañana me sacará de aquí.

Esas palabras no parecieron tranquilizarlo. En sus ojos castaños había un brillo de compasión y Sarah pensó que seguramente era por eso por lo que era tan buen médico. Cuando llegó al pueblo le había parecido una persona fría... hasta que sufrió una infección en el pecho y tuvo que ir a la clínica. Y en cuanto charló un rato con él se dio cuenta de que era un buen hombre.

Travis había sido el primero al que llamó cuando Lucy tuvo una infección de oídos el mes anterior y, como el buen médico que era, había ido a su casa para llevarle los antibióticos.

Y ahora estaba allí, intentando ayudarla.

Pero nadie podía hacer nada. Bueno, la única persona que podía hacer algo era el juez Rollins, si se decidía a dejar el maldito torneo de golf.

–No entiendo por qué te retiene aquí el comisario –dijo Travis entonces.

–Es su trabajo –admitió ella.

–Pero ha metido en el calabozo a la persona equivocada. Sé que tú no mataste a esa mujer, Sarah. Y si cambias de opinión y decides aceptar mi ayuda, solo tienes que llamarme.

–Siento interrumpir –oyeron entonces la voz de Finn–. ¿Qué lo trae por aquí, doctor Bennett?

Travis frunció el ceño.

–Lo vi saliendo del laboratorio y le pregunté a Tom Hannigan qué pasaba. Él me contó que Sarah estaba en la comisaría.

–No debería haber dicho nada –replicó el comisario.

–Trabajamos en el mismo edificio y hablamos frecuentemente –el médico se volvió hacia Sarah–. Me marcho. Pero si necesitas algo, llámame.

–Lo acompaño a la puerta –dijo Finn, que no parecía en absoluto cordial.

Suspirando, Sarah observó a los dos hombres subiendo por la escalera. Había visto el brillo airado de los ojos de Finn y era una expresión que le resultaba familiar. Finn siempre había sido un hombre posesivo... en absoluto violento, pero sí decidido a reclamar lo que era suyo. Solía fulminar con esa mirada a cualquier chico que fuese amable con ella y entonces le parecía halagador.

En aquel momento solo la irritaba.

Él volvió unos minutos después.

–¿Desde cuándo eres amiga de Bennett?

–No es asunto tuyo.

–Casi te dobla la edad –le recordó él.

–¿Y qué? Travis es un amigo, ¿qué más da la edad que tenga?

–¿Solo un amigo?

–Aunque no tengo por qué darte explicaciones, sí, solo es un amigo –respondió ella, dejándose caer sobre el camastro.

–Levántate –dijo Finn–. Vamos a cenar en mi despacho.

–¿Me dejas salir de aquí?

–No soy tu carcelero, Sarah. Pienses lo que pienses, me duele verte aquí.

Parecía sincero y en sus ojos podía ver un brillo de

tristeza. No, seguramente no le gustaba verla allí. La diferencia consistía en que era ella la que estaba en el calabozo, no él.

Pero ella era fuerte. Había sufrido una depresión años antes, pero esa vez se negaba a rendirse. Había sido detenida por un crimen que no había cometido y pensaba luchar contra aquella injusticia hasta su último aliento.

Sin decir una palabra, Sarah se levantó y lo siguió fuera de la celda.

–He visto a tu hija –dijo Finn mientras subían por la escalera.

Ella estuvo a punto de tropezar.

–¿Y está bien?

–Muy bien –respondió Finn–. Jamie dice que es la niña más buena del mundo.

A Sarah se le llenaron los ojos de lágrimas.

–Sí, es verdad.

Tuvo que disimular la emoción mientras entraba en el despacho. La oficina en la que trabajaban los alguaciles estaba vacía, de modo que no se vio obligada a soportar las miradas de curiosidad de Anna o Max, el segundo alguacil.

Parpadeando un par de veces para contener las lágrimas, se sentó en una silla frente al escritorio.

Sarah reconoció las bolsas de papel marrón con el logotipo del restaurante de Martha y, aunque ninguno de los dos dijo una palabra mientras empezaban a comer, Sarah sentía los ojos de Finn clavados en ella. ¿Estaría pensando en la última vez que cenaron juntos?

Ella intentaba no hacerlo, pero el recuerdo se abrió paso en su cerebro por mucho que quisiera evitarlo...

«No quieres estar aquí, ¿verdad? Pues entonces márchate. ¡Sé un cobarde y márchate!».

Sarah había lanzado un plato de espagueti contra la pared, manchando la pintura blanca con la salsa de tomate. Y luego se había dejado caer al suelo, llorando por todo lo que habían perdido y por todo lo que Finn se negaba a darle.

–No debería haberme ido esa noche.

Su tono apesadumbrado hizo que Sarah levantase la mirada.

–Pero lo hiciste –le recordó.

–Mi madre solía hacer cosas parecidas durante sus episodios. Luego se sentaba en un rincón, llorando, y yo me quedaba mirándola sin saber qué hacer. Intenté consolarla una vez, pero me dio una bofetada tan fuerte que nunca volví a intentarlo –Finn se aclaró la garganta–. No sabía qué hacer cuando te vi así.

–Y te fuiste.

–Sí, me fui –asintió él–. Y lo he lamentado durante estos últimos cuatro años.

Sarah no podía mirarlo. Solo después de dos años de terapia había logrado convencerse a sí misma de que su reacción había sido algo natural. De que a veces hasta los más fuertes se hundían. Pero seguía siendo difícil recordar ese momento de su vida y no sentirse avergonzada.

¿Por qué no había sido más fuerte?

¿Por qué no había sido Finn más fuerte?

–Sarah, mírame.

«No, no lo mires».

No podía hacerlo. Aquel hombre le había roto el corazón, la había dejado sola cuando más lo necesitaba...

Pero él puso una mano en su cara y Sarah alzó la cabeza, sorprendida. No lo había oído levantarse, pero allí estaba, a su lado, en cuclillas frente a ella.

Respirando agitadamente, lo miró a los ojos y se emocionó por lo que vio en ellos: pesar, remordimiento, angustia, pasión. Siempre había habido pasión. Desde el día que se encontraron en el lago, la atracción que existía entre ellos había sido imposible de controlar.

Incluso ahora, cuando debería detestarlo, cuando debería concentrarse solo en salir de allí, su cuerpo reaccionaba como siempre lo había hecho con él. Le sudaban las manos y sentía un cosquilleo entre las piernas...

–Sarah...

Esa voz ronca hizo que sintiera un estremecimiento, el calor de su cuerpo atravesaba el jersey de lana.

–Te echo de menos –dijo Finn.

Sarah intentó llevar oxígeno a sus pulmones, pero él se acercó un poco más, tanto que podía sentir su aliento en la cara.

Y supo sin la menor duda que iba a besarla.

5

Finn respiró el embriagador aroma a lilas, viendo cómo sus labios se abrían en un gesto de sorpresa. Su corazón latía a un ritmo frenético, tenso de anticipación, experimentando un deseo tan profundo que le nublaba la vista. Pero a través de esa niebla seguía viéndola: Sarah, su Sarah, con sus altos y aristocráticos pómulos, su piel satinada y sus labios tan sensuales.

Quería besarla, solo una vez. Solo para ver si el incontrolable deseo que había habido entre ellos seguía allí.

Casi podía saborearla, casi podía sentir la suavidad de sus labios...

Sarah se levantó de la silla.

—No, Finn, no —su voz contenía una nota de desesperación.

Decepcionado, él se incorporó, temblando.

—Lo siento —se disculpó—. No quería hacerlo.

«Sí querías».

Sí, muy bien, quería besarla. Llevaba cuatro largos años queriendo besarla.

Pero también ella lo deseaba, lo había visto en el brillo de sus ojos, en cómo contenía el aliento, con el pulso latiéndole en el cuello. Había visto esas mismas señales cuatro años antes, el día que se encontraron en el lago. Normalmente, él no intentaba conquistar a una mujer el primer día, pero Sarah tenía algo que lo volvía loco de deseo.

La había besado allí mismo, a la orilla del lago. Y cuando se apartaron, ella se había reído, preguntándole si siempre era tan fresco. Era inteligente, dulce, con unos ojos siempre sonrientes. Él era serio, hosco, un solitario. Y no había esperado enamorarse de alguien como Sarah porque por entonces solía salir con mujeres llamativas como Teresa Donovan.

Pero desde el momento en que la oyó suspirar, desde el momento que rozó sus labios, había perdido el corazón.

Y seguía siendo así.

—Quisieras o no, esto no puede pasar —dijo Sarah, con voz temblorosa—. Yo no voy a dejar que ocurra.

Finn tuvo que apoyarse en el escritorio mientras ella se pegaba a la pared como si temiera que fuese a abrazarla. Pero no parecía asustada... solo cansada. Y eso era más descorazonador.

—¿Tan horrible sería retomar nuestra relación?

Sarah frunció el ceño.

—¿Retomar nuestra relación? No podemos hacer eso, Finn.

—Porque te dejé.

—Porque no confío en ti. Porque no puedo olvidar lo que hiciste.

Esa admisión le dolió como si le hubiera clavado un puñal en el corazón. No recordaba haber sentido un dolor así...

—¿No puedes perdonarme?

—Te perdone hace tiempo —respondió Sarah.

Finn hizo una mueca.

—¿Me has perdonado?

–Pero eso no cambia nada.

–Es algo –dijo él, con voz ronca.

–No es nada –lo corrigió Sarah.

Hablaba en serio, pensó Finn. Y tenía razón, su perdón no significaba nada si había perdido la confianza en él.

–Muy bien –asintió, aclarándose la garganta–. Al menos ahora sé lo que debo hacer.

–¿Y qué es?

–Hacer que vuelvas a confiar en mí.

No todo estaba perdido, se decía. Le dolía su falta de fe en él, pero tenía algo por lo que luchar. Sarah no había dicho que lo odiase o que no lo hubiera perdonado. Si era una cuestión de confianza, podía arreglarlo. O al menos haría todo lo posible por arreglarlo.

–No te rindes nunca, ¿verdad, Finn?

–Lo hice una vez –le recordó él–. Pero te prometo, cariño, que no volveré a hacerlo. Ahora soy más maduro, he aprendido. Y aunque sea lo último que haga en la vida, te juro que voy a recuperar tu confianza.

Esa declaración la emocionó, a su pesar. Finn podía verlo en sus ojos, en su postura.

–No quiero seguir hablando de esto –dijo ella por fin–. Ahora mismo, tengo problemas más graves.

–Lo sé y te prometo...

–Vaya, qué escena tan enternecedora.

El agente Mark Parsons entró en el despacho como si fuera suyo y Finn se enfureció al ver que los miraba con gesto condescendiente. No sentía el menor remordimiento por haber sacado a Sarah del calabozo. Sabía que era un tratamiento preferente, pero el agente del FBI podía irse al infierno.

–Usted debe de ser la señorita Connelly.

Sarah miró a Finn antes de responder:

–Sí, soy yo.

–Soy el agente Mark Parsons, del FBI –se presentó él.

Iba a ofrecerle su mano, pero pareció pensárselo mejor al ver la expresión de Sarah y Finn tuvo que contener una carcajada. Él conocía esa mirada que decía: «Si me tocas, te saco los ojos» porque la había recibido en más de una ocasión, normalmente cuando olvidaba poner el lavavajillas o tirar la basura–. Debo admitir que estaba deseando conocerla, pero el comisario Finnegan no parecía estar de acuerdo. Me imagino que es por eso por lo que me envió a hablar con los de balística, creyendo que sería una pérdida de tiempo.

Finn no se molestó en parecer arrepentido. ¿Había querido apartar a Parsons de su camino? Sí, claro. ¿Lo había enviado a hablar con los de balística...?

Un momento. ¿Creyendo que sería una pérdida de tiempo?

–¿Qué quiere decir?

–He descubierto algo, comisario.

–Tal vez debería llevar a la señorita Connelly a su celda para que pudiéramos...

–No es necesario –lo interrumpió Parsons–. Me gustaría interrogarla, de modo que podemos hacerlo ahora. Siéntese, señorita Connelly.

Con gesto receloso, Sarah se dejó caer sobre la silla mientras Parsons se apoyaba en la pared, cruzándose de brazos.

Y a Finn no le gustaba nada su expresión.

–Como el comisario le habrá contado, he estado investigando el origen de la Smith&Wesson con la que mataron a Teresa Donovan.

–¿Y bien? –le preguntó ella cuando hizo una pausa.

–Aún no he logrado descubrir de dónde ha salido, pero me he encontrado con algo muy interesante...

–¿Qué ha encontrado? –lo interrumpió Finn, harto de su tonito de superioridad.

–Sus alguaciles investigaron si algún arma de ese estilo había sido robada en Serenade.

–Y no encontramos nada.

–No, es cierto. Pero yo he usado la base de datos del FBI para buscar en otros pueblos de la zona y un hombre de Grayden denunció la desaparición de una Smith&Wesson del 45 hace un mes... cuatro días antes de que la señora Donovan fuera asesinada.

Finn se negó a dejar que Parsons viera cómo lo afectaba esa información.

–¿Y por qué es importante? No tiene nada de raro que la pistola fuese robada.

–Resulta que el propietario, Walter Brown, era empleado de la fábrica de papel que el señor Donovan cerró para construir un hotel –el agente federal esbozó una sonrisa–. Aparentemente, el señor Brown sigue en contacto con algunos vecinos de Serenade y la noche que robaron la pistola había organizado una fiesta para celebrar su ascenso en la factoría textil de Grayden.

Finn empezaba a sentirse enfermo.

–¿Y qué tiene eso que ver con el caso?

–El señor Brown me ha contado que varios vecinos de Serenade acudieron a esa fiesta –terminó Parsons, sacando pecho–. ¿Usted acudió a esa fiesta, señorita Connelly?

–No –respondió Sarah–. Ni siquiera conozco a Walter Brown.

–Ah, qué interesante.

–¿Por qué? –le espetó Finn, airado.

–Porque hemos rastreado su tarjeta de crédito y sabemos que paró en una gasolinera de Grayden el día que Brown organizó la fiesta.

A Finn se le encogió el corazón. Y, por la expresión angustiada de Sarah, supo que Parsons estaba diciendo la verdad.

–Fui a visitar a un artista –admitió ella por fin–. Su nombre es Frank Bullocks, puede llamarlo para confirmar que digo la verdad.

–Desde luego que lo llamaré, señorita Connelly. Dígame, ¿cuánto tiempo duró su visita?

–Una hora, tal vez dos. Frank me mostró sus últimos trabajos y me llevé algunos a mi galería. No sé lo que hice cuando volví a casa, pero sé que no volví a Grayden por la noche y no acudí a ninguna fiesta.

–Si usted lo dice...

Finn se pasó una mano por el pelo.

–Voy a llevar a Sarah a la celda.

–No he terminado con ella, comis...

–Ha respondido a sus preguntas y le ha explicado por qué estuvo en Grayden ese día –lo interrumpió Finn–. Puede llamar a Bullocks para comprobar que dice la verdad y a Brown para que le dé una lista de los vecinos de Serenade que estuvieron en esa fiesta. Y luego tal vez pueda volver a hablar con ella, pero ahora mismo voy a llevarla a su celda.

No esperó a que Parsons pusiera objeciones, sencillamente tomó a Sarah del brazo para llevarla hacia la escalera.

–Esto no tiene buena pinta, ¿verdad? –le preguntó ella cuando llegaron abajo–. ¡Van a decir que yo robé la pistola y maté a Teresa! Pero no puedes dejar que lo hagan... yo no he robado nada, no he matado a nadie.

Finn vio que le temblaban los labios y, antes de que pudiese protestar, la envolvió en sus brazos.

Sarah se puso rígida un momento, pero luego se dejó hacer, apoyando la cara en su torso. Y en ese momento, Finn experimentó una sensación de pura felicidad.

La tenía en sus brazos otra vez y la alegría estuvo a punto de marearlo.

–No puedo negar que no tiene buena pinta –murmuró, acariciándole la espalda–. Pero he dicho que te sacaré de aquí. Te lo he prometido, Sarah.

Ella estaba llorando y lo destrozaba verla sufrir así.

La última vez que la vio llorar fue cuando se marchó de su casa cuatro años antes...

Finn siguió abrazándola, sin soltarla.

–¿Has tomado las pastillas?

Cole Donovan contuvo un gemido cuando su prometida apareció en la puerta del dormitorio. Los ojos de color violeta fueron directamente al cajón de la mesilla, donde acababa de guardar los analgésicos. Porras, lo había pillado con las manos en la masa.

–No te atrevas a esconder las pastillas otra vez –le advirtió, entrando en la habitación con Lucy en brazos–. Acaban de sacarte una bala del estómago y te duele, deja de fingir que no es así.

Cole tuvo que sonreír. No recordaba la última vez que alguien se había preocupado tanto por él. Su madre siempre había estado demasiado borracha como para preocuparse, su padre nunca estaba en casa y Teresa había sido lo menos parecido a una mujer cariñosa.

Debía admitir que era agradable que Jamie se preocupase tanto.

–Tómate las pastillas –le ordenó.

Sabiendo que estaba derrotado, Cole obedeció sin discutir. Y mientras lo hacía, tuvo que admirar lo bien que Jamie sujetaba a la niña, como si llevase toda la vida haciéndolo.

Casi olvidó el dolor al pensar que algún día Jamie y él tendrían un hijo propio. Ella quería tener hijos, un montón de hijos.

Y él estaba deseando dárselos.

–Bueno, ya está –murmuró–. Pero luego no te quejes si estoy demasiado embotado como para mantener una conversación.

–Puedo hablar con Lucy –dijo Jamie–. ¿Verdad que sí, cariño?

Cole se tumbó en la cama y apoyó la cabeza sobre la almohada, notando que se le cerraban los ojos. La medicina funcionaba a toda velocidad...

–Voy a calentar el biberón, pero recuerda que debes quedarte en la cama –dijo Jamie–. Hice una excepción cuando vino Finn, pero a partir de ahora hay que seguir las instrucciones del médico.

–Sí, señora.

Cuando ella desapareció, Cole esbozó una sonrisa, preguntándose cómo había tenido tanta suerte. Cuando Jamie Crawford apareció en el pueblo unas semanas antes no se le ocurrió que se enamoraría de la agente del FBI que había ido a investigar el asesinato de su exmujer.

Tras el fracaso de su matrimonio con Teresa había decidido renunciar a las relaciones sentimentales, pero Jamie había cambiado eso.

Podía oírla moviéndose en el piso de abajo y también los alegres balbuceos de Lucy. Dios, qué tragedia para Sarah, pensó. Sarah Connelly siempre había sido amable con él, al contrario que muchos vecinos del pueblo...

Entonces oyó un golpe abajo.

–¿Estás bien, cariño?

Enseguida oyó otro golpe, seguido de un grito...

¡Jamie!

Cole saltó de la cama y tuvo que agarrarse a la pared cuando todo empezó a darle vueltas. Haciendo un esfuerzo, llegó hasta la puerta, asustado al oír llorar a la niña. Agarrándose con fuerza a la barandilla de la escalera logró llegar a la cocina...

–Dios mío, Jamie –murmuró al verla en el suelo–. Cariño, despierta.

Cole le tocó la cabeza y, al apartar la mano, vio que estaba manchada de sangre.

–Jamie, abre los ojos, amor mío.

Ella gimió, abriendo poco a poco sus preciosos ojos de color violeta.

—¿Cole?

—Estoy aquí, cariño, estoy aquí. Dime qué ha pasado.

—Yo... el biberón... —Jamie señaló el suelo y Cole vio el biberón hecho pedazos frente a la nevera.

Un golpe los sobresaltó a los dos. La puerta que daba al jardín estaba abierta y el viento la empujaba...

—¡Lucy! —gritó Jamie, intentando incorporarse—. ¡Se ha llevado a Lucy!

6

Finn llegó a la casa de Cole Donovan con la sirena puesta, conjurando docenas de aterradoras imágenes de lo que podría encontrar allí, desde paredes manchadas de sangre a Jamie muerta en el suelo. Lo que encontró, sin embargo, era mucho peor. Cuatro rostros serios lo recibieron cuando entró en el cuarto de estar, Jamie era la más disgustada de todos.

Estaba sentada en el sofá, cerca de la ventana, y lloraba apoyada sobre el hombro de Cole.

Finn notó que Donovan estaba más pálido que de costumbre, seguramente porque a su prometida la habían dejado inconsciente de un golpe mientras él estaba en la habitación, dopado por culpa de las medicinas.

Al menos eso era lo que Max le había contado por teléfono. Finn no le había dicho nada a Sarah antes de salir de la comisaría. No quería preocuparla cuando lo único que sabía era que Lucy había desaparecido.

Sus dos alguaciles, Max y Anna, estaban en el cuarto de estar y también podía ver al forense en la cocina. Cinco adultos en la casa, seis incluyéndole a él, pero no había ni rastro de Lucy.

–¡Se la ha llevado! –exclamó Jamie–. Apareció por

detrás... ni siquiera me di cuenta... lo siento mucho, Finn, no sabes cuánto lo siento.

–Cálmate –dijo él–. Cuéntame qué ha pasado.

–Estaba preparando el biberón para Lucy –empezó a decir ella, con voz entrecortada–. La había dejado en su trona y estaba sacando el biberón de la nevera cuando oí que se abría la puerta del jardín. Me di la vuelta, pero lo único que pude ver fue una máscara negra de esquí. No tuve tiempo de reaccionar... llevaba algo en la mano, una barra de hierro quizá, y me dejó inconsciente.

Finn frunció el ceño.

–¿No sonó la alarma?

Jamie apretó los labios.

–Se me olvidó conectarla. Estaba tan ocupada atendiendo a Lucy que... se me olvidó.

Era evidente que se culpaba a sí misma por lo que había pasado y Cole parecía destrozado por no haber sido capaz de proteger a las dos mujeres que estaban en su casa.

–La gente olvida conectar la alarma muchas veces, le puede pasar a cualquiera.

–Yo soy una agente federal y no olvido conectar una alarma –dijo Jamie, entre lágrimas–. Todo esto es culpa mía. ¿Cómo voy a contárselo a Sarah?

Sarah.

Finn se puso rígido. ¿Cómo iba a reaccionar al saber que su hija había sido secuestrada?

Pero intentó olvidarse de eso por un momento para consolar a su amiga.

–No es culpa tuya. La persona que se ha llevado a Lucy sabía lo que hacía. ¿Estás segura de que era un hombre?

–No, no estoy segura. Ya te he dicho que llevaba una máscara de esquí. Apareció detrás de mí como un ninja...

–¿Era alto?

–Más o menos de mi estatura.

Jamie medía un metro setenta y ocho, de modo que podría ser un hombre no muy alto o una mujer tan alta como ella.

–Podría haber sido una mujer, no lo sé. Todo ocurrió muy rápido.

–¿Dijo algo? –le preguntó Anna.

–Nada –respondió ella.

Finn suspiró.

–Muy bien. Tenemos que alertar a la población y hablar con los medios –anunció, mirando a Max–. Reúne un grupo de voluntarios para buscar por todo el pueblo.

–Sí, comisario –dijo el alguacil.

Finn se volvió hacia Anna.

–Vuelve a la comisaría y da la alerta. Todo el pueblo debe saber que Lucy ha sido secuestrada.

Ella asintió con la cabeza y Finn dio las gracias al cielo por tener dos alguaciles tan eficientes. Anna solo tenía veinticuatro años, pero mantenía la cabeza fría fuera cual fuera la situación. Max era un año más joven y a menudo actuaba sin pensar, pero siempre daba el cien por cien.

Pero Sarah... ¿cómo iba a decírselo?

–Es culpa mía –repitió Jamie.

–La encontraremos –murmuró Finn. Tenían que encontrarla. No solo por Lucy y Sarah, sino por Jamie. La agente Crawford era la mujer más dura que conocía, pero también la que tenía el corazón más grande y nunca se perdonaría a sí misma por lo que había pasado.

Cole hizo un gesto con la cabeza, como diciendo que él cuidaría de su prometida, y Finn suspiró.

–Debería llamar al agente Parsons. Tal vez él pueda mover esto un poco más.

–¿Mark Parsons está en Serenade? –exclamó Jamie.

–Iba a preguntarte... ¿lo conoces?

–Sí, lo conozco –respondió ella, con tono desdeñoso–. ¿Por qué está aquí?

–Aparentemente, el alcalde cree que necesito ayuda con la investigación.

Jamie soltó una palabrota muy poco femenina.

–Pues lo siento por ti, porque Parsons es un completo imbécil.

–Ya me había dado cuenta.

–Cuando clava los dientes en un sospechoso no lo suelta, sin molestarse en buscar más posibilidades. Eso le ha traído problemas más de una vez.

Estupendo, pensó Finn. Sarah no tenía una sola posibilidad...

Sarah.

Por un segundo, casi había olvidado que alguien había secuestrado a su hija.

¿Cómo iba a darle esa noticia?

Cuando Finn entró en su celda por la noche, Sarah intuyó que había ocurrido algo. Después de la bomba que había soltado el agente Parsons unas horas antes sobre la pistola, Finn se había quedado un rato consolándola. Y aunque había intentado no apoyarse en él, al final no pudo evitarlo. Casi había olvidado lo fuerte que era, lo segura que se sentía entre sus brazos. Era tan masculino, tan reconfortante...

Pero el brillo de sus ojos en aquel momento no la reconfortaba en absoluto.

–¿Qué ocurre? –le preguntó.

–Sarah... –empezó a decir él, sentándose a su lado en el camastro.

–¿Qué ocurre? –repitió ella, alarmada

–No sé cómo decírtelo.

Sarah se llevó una mano al corazón.

–Dímelo, por favor –le rogó–. Sea lo que sea...

–Lucy ha desaparecido.

El suelo pareció abrirse bajo sus pies. Tenía que haber oído mal. Finn no podía haber dicho...

–¿Qué...?

–Alguien se la llevó de la casa de Cole Donovan hace una hora.

El mundo empezó a dar vueltas a su alrededor.

–No... estás mintiendo.

Finn le puso una mano en la rodilla.

–Lo siento muchísimo, cariño. Ojalá no hubiera tenido que darte esta noticia, pero...

Aquello no podía ocurrir, era imposible. ¿Cómo podía haber desaparecido su hija? ¿Quién podría haberla secuestrado? ¿Y para qué?

El miedo no la dejaba hablar. Apenas podía respirar.

–¿Cómo... cómo ha ocurrido? –le preguntó–. ¿Cómo has podido dejar que ocurriera?

Finn se sintió como si le hubiese dado una bofetada.

–Sarah...

–¿Quién ha podido llevársela?

–No lo sé. Alguien entró en la casa, golpeó a Jamie en la cabeza y se llevó a la niña.

Aire, necesitaba aire. No podía respirar.

–Lo siento muchísimo –susurró Finn–. Jamie está muy angustiada, pero no es culpa suya. Le dieron un golpe en la cabeza...

Sarah ya no estaba escuchando. Su corazón latía con tal fuerza que temía que le rompiese una costilla. Alguien se había llevado a su hija.

Pensar en Lucy en manos de un secuestrador hizo que se doblase sobre sí misma, sollozando. Y cuando Finn la envolvió en sus brazos, no se movió.

–¿Quién puede habérsela llevado? –murmuró, con

voz entrecortada–. ¡Tiene tres meses! Y si tiene hambre o...

–Sarah, mírame.

Finn le levantó la cara con un dedo y la determinación que vio en sus ojos azules la pilló desprevenida.

–Voy a encontrarla –le dijo, con voz ronca–. Te juro que voy a encontrarla.

Y ella lo creyó. ¿Estaba loca? Todo lo demás: su disculpa, su promesa de ayudarla a salir de aquel aprieto, su declaración de que iba a recuperar su confianza... no había sido capaz de creer nada de eso, pero en aquel momento creía que iba a encontrar a su hija, aunque muriese en el intento.

–¿Me lo juras? –le pidió.

–Te lo juro –dijo Finn–. No sé quién se la ha llevado o por qué, pero voy a hacer lo posible y lo imposible para recuperarla.

Le estaba acariciando la espalda con una mano mientras le levantaba la barbilla con la otra y todo ocurrió tan rápido que Sarah no tuvo tiempo de protestar. Notó el calor de sus labios, el roce de su barba en la cara durante un segundo...

Pero luego se apartó y, sin darle la oportunidad de decir nada, se dirigió a la puerta de la celda.

–¿Dónde vas? –exclamó Sarah.

–A buscar a tu hija –respondió Finn.

No podía apartar los ojos de la criaturita perfecta que dormía en la cuna. Nunca había visto una niña tan guapa, con unas pestañas larguísimas, las mejillas regordetas y la boquita en forma de arco. La niña dormía profundamente y su corazón se hinchió hasta que pareció a punto de explotar dentro de su pecho.

¿Era aquello amor?

La niña suspiró, en sueños, y ella tuvo que hacer un

esfuerzo para apartar la mirada. Pero tenía que montar el cambiador y meter en cajones la ropita que había encargado.

Sonrió al ver las cortinas amarillas que colgaban de la ventana. Le habría gustado pintar las paredes del mismo color, tal vez con una cenefa de dibujos, pero no tenía mucho tiempo.

Después de montar el cambiador, asintió con la cabeza, satisfecha, al ver que había suficientes pañales, camisetitas, talco, champú y todo lo demás.

Un gemido rompió el silencio entonces. Lucy se había despertado y prácticamente se lanzó hacia la cuna.

La niña había estado durmiendo desde que llegaron, pero acababa de despertarse y ella estaba deseando tomarla en brazos.

—Hola, chiquitina —murmuró.

Lucy pestañeó un par de veces, mirándola con cara de desconcierto antes de ponerse a llorar.

—No llores, cielo, estoy aquí. Mamá está aquí.

7

A la mañana siguiente, Sarah miraba distraídamente por la ventanilla del jeep de Finn, inquieta mientras iban hacia su casa. Había pensado que se alegraría cuando saliera de la comisaría, pero ya no había alegría alguna.

A pesar de las promesas de Finn, aún no había encontrado a Lucy. Sabía que había estado despierto toda la noche, llamando a todas las puertas para ver si alguien sabía algo, pero ni él ni sus alguaciles habían encontrado el rastro de la niña.

También había alertado a los medios de comunicación locales y Sarah se sobresaltó al escuchar la noticia en la radio del jeep:

—Según nos informan, la mujer que ha sido acusada de asesinar a Teresa Donovan tiene un nuevo problema. Su hija de tres meses ha sido secuestrada...

Los medios se lo estaban pasando en grande y, aunque le dolía en el alma escuchar las cosas que decían de ella, Sarah estaba dispuesta a soportarlo con tal de que encontrasen a Lucy.

El juez había sido sorprendentemente amable con ella durante la vista preliminar una hora antes. Aunque no le gustaba dejar salir bajo fianza a un sospechoso de asesinato, la angustia de Sarah debió de tocarle el corazón y, por fin, había aprobado la fianza a pesar de las protestas del fiscal del distrito.

Había tenido que poner su casa como aval y la pulsera electrónica que llevaba en el tobillo era humillante, pero Jonas Gregory había insistido en que existía riesgo de fuga.

¿Dónde iba a ir?, le habría gustado gritar. Habían secuestrado a su hija y hasta que no tuviera a Lucy en sus brazos otra vez no tenía intención de ir a ningún sitio.

–No olvides que debes cambiar las pilas de la pulsera cada veinticuatro horas –dijo Finn, incómodo–. Si no, empezará a pitar.

–¿Qué?

–La pulsera del tobillo. Tienes que cambiar las pilas o emitirá un pitido y alertará al fiscal del distrito. Y no puedes irte de Serenade.

Sarah sintió que le ardían las mejillas. ¿En qué se había convertido su vida? Una mujer acusada de asesinato que no podía marcharse del pueblo, con una pulsera electrónica que controlaba sus movimientos y una hija desaparecida. Aquello era una pesadilla.

–¿Por qué se la han llevado, Finn? –murmuró.

–No lo sé, pero lo descubriremos.

–Lo dices como si estuvieras seguro.

–Porque la alternativa es demasiado horrible.

Su sinceridad hizo que Sarah sintiera un escalofrío. Siempre había agradecido que no se anduviese con rodeos, pero en aquel momento le habría gustado que tuviese un poco más de tacto. La idea de no encontrar a Lucy era sencillamente insoportable.

Poco después llegaron a la finca de su propiedad. La casa que había heredado de su tía estaba medio escondida en el bosque, con un arroyo cantarín en la parte de atrás. Cuando era niña se había sentido sola allí, pero en aquel momento agradecía el silencio. No estaba segura de poder hablar con nadie.

¿Qué pensarían de ella en el pueblo?, se preguntó. ¿La creerían una asesina? ¿Pensarían que el secuestro de su hija era el castigo que merecía?

–¿Y si se la han llevado para castigarme? –preguntó, casi para sí misma.

–Nadie quiere castigarte –respondió Finn, apartando una mano del volante para tomar la suya–. Tú no mataste a Teresa y no mereces que nadie te quite a tu hija.

Sarah tragó saliva.

–Pero alguien podría pensar que soy una asesina y tal vez esa es la persona que ha secuestrado a Lucy.

–No sabemos por qué se la han llevado, pero no descansaré hasta encontrarla. Tienes que creerme, Sarah.

–Te creo –susurró ella.

Satisfecho, Finn pisó el freno cuando la casa apareció ante sus ojos, con su tejado de pizarra y su exterior pintado de blanco.

Sarah se quedó sorprendida al ver varios coches aparcados en la entrada. Reconoció el de Jamie y el segundo jeep de la comisaría, pero había dos utilitarios oscuros que no había visto nunca.

–El agente Parsons está aquí –dijo Finn–. Y varios agentes más han venido para ayudar en la búsqueda. Intenta no discutir con Parsons, ¿de acuerdo? No me gusta ese hombre y no quiero que entorpezca la investigación.

Asintiendo con la cabeza, Sarah se quitó el cinturón de seguridad y bajó del jeep. El tiempo iba a juego con su estado de ánimo, pensó, al ver el cielo cubierto de nubes grises, el aire húmedo y frío.

Llevaba dos días encerrada en el sótano de la comisaría, deseando respirar aire fresco, pero de repente desearía esconderse en algún sitio oscuro o hundir la cabeza bajo la sábana. No podía enfrentarse a aquella gente, a Parsons, a Jamie...

Finn le había dicho que Jamie se culpaba a sí misma por lo que había pasado, pero Sarah no la culpaba en absoluto. Según Finn, había recibido un golpe en la cabeza que la dejó inconsciente, de modo que no pudo hacer nada.

Él tomó su mano para dirigirse al porche y Sarah no dijo nada. Dos días antes se habría apartado, pero estaba tan desolada en ese momento... se sentía como si le hubiesen robado la vida y la presencia de Finn era consoladora.

Su mano era lo único que la mantenía en pie.

Cuando entraron en la casa oyeron voces en el cuarto de estar, a la izquierda. Sarah tuvo que contener el impulso de subir a su habitación para evitar las preguntas, pero no podía evitar lo inevitable, de modo que, respirando profundamente para darse valor, siguió a Finn hasta el cuarto de estar.

–¡Sarah!

Jamie saltó del sofá para abrazarla, mirándola con expresión angustiada.

–No sabes cuánto lo siento. Apareció por detrás y no pude hacer nada...

Sarah le apretó la mano.

–No fue culpa tuya. Sé que hiciste todo lo posible para proteger a Lucy.

–Voy a encontrarla. No pararé hasta que la encuentre.

–¿Señorita Connelly?

Sarah vio a cuatro hombres con traje de chaqueta oscuro. Parsons estaba frente a la ventana, con el ceño fruncido, los otros tres en el sofá y los sillones. Eran dos hombres y una mujer, que después de presentarse, fueron al grano en cuanto se sentó en el sofá.

–¿Tiene alguna idea de quién podría haber secuestrado a su hija?

–¿Tiene algún enemigo?

–¿Tiene relación con el padre de la niña?

Las preguntas salían de sus bocas como balas de una ametralladora y, frotándose el puente de la nariz, Sarah suspiró antes de mirar al agente Bradley.

–No sé quién ha podido llevársela –respondió, volviéndose hacia la agente Andrews, una joven rubia–. Y no tengo enemigos. Ninguno que yo sepa.

–¿Y el padre de la niña? –insistió el agente Ferraro, que la miraba con la misma expresión que Parsons.

–No sé quién es el padre de la niña, Lucy es adoptada. Su partida de nacimiento no está en el archivo porque la madre quería permanecer en el anonimato, pero sé que no había dado el nombre del padre.

–¿Tiene documentos que demuestren la adopción? –le preguntó Parsons.

–Por supuesto que sí –respondió ella, indignada.

–Tendremos que verlos.

–Y fotografías –intervino la agente Andrews, mirándola con simpatía–. Necesitaremos fotos recientes de la niña.

Sarah se levantó del sofá.

–Lo tengo todo en el estudio. Voy a buscarlo.

–Iré con usted –dijo Parsons.

Finn fue con ellos también, su irritada expresión le decía a Sarah que tampoco él estaba contento con el antipático agente del FBI.

El estudio estaba en la segunda planta. La espaciosa habitación contenía un escritorio de nogal, varias estanterías y un armario con cajones. Sarah abrió uno de ellos para sacar una carpeta que le ofreció a Parsons.

–Está todo aquí –le dijo–. Los documentos de adopción, el informe médico de la niña, toda su vida.

¿Qué vida? Lucy tenía tres meses, la pobrecita aún no había vivido. Y ahora... ahora había desaparecido y no sabía dónde estaba o cómo se encontraba.

Sintiéndose mareada, Sarah se apoyó en el armario.

–Siéntate –dijo Finn.

–Estoy bien –murmuró ella–. Solo ha sido un momento de pánico.

Parsons se aclaró la garganta, mirándola con recelo.

–¿Dónde está su hija, señorita Connelly?

–¿Qué?

–¿Sabe dónde está?

–¿Cómo voy a saberlo? –Sarah lo miró, perpleja–. ¿Cree que yo he tenido algo que ver con esto?

¿Cómo podía creer nadie que ella tenía algo que ver con el secuestro de su hija?

–Será canalla –Finn dio un paso hacia el agente–. ¿Está acusando a Sarah de secuestrar a su propia hija?

–Solo estoy mirando el asunto desde todos los ángulos –replicó Parsons–. En la mayoría de los secuestros de niños el culpable es un miembro de la familia.

–¿Debo recordarle que yo estaba en el calabozo mientras secuestraban a mi hija?

Él se encogió de hombros.

–Tal vez se lo pidió a alguien de fuera.

Sarah apretó los puños.

–¡No puedo creer que esté sugiriendo algo así! ¡Yo no le he pedido a nadie que secuestre a mi hija!

Parsons se apartó, como si pensara que iba a golpearlo, algo que Sarah sentía la tentación de hacer. Pero tenía que calmarse, se dijo. Aquel hombre pensaba que era una asesina y se negaba a darle más munición contra ella.

–No tengo ni idea de dónde está mi hija y sugiero que deje de interrogarme y se ponga a trabajar.

Parsons torció el gesto. Parecía a punto de decir algo, pero Finn se adelantó:

–Sarah, ¿puedes darme las fotografías?

Ella asintió con la cabeza, tomando un álbum de la estantería. Afortunadamente, había revelado unas fotografías de la niña tomadas tres días antes de que la detuvieran. Pero mientras elegía unas cuantas se le hizo un nudo en la garganta y empezaron a temblarle las manos. Cada foto era un puñal de agonía en su pecho: Lucy durmiendo en su cuna, Lucy tumbada de espaldas en el sofá, moviendo las piernecitas, Lucy sonriendo con esa adorable sonrisa sin dientes...

Intentando controlar el dolor que no la dejaba respirar, eligió tres de las más recientes y se las entregó a Parsons, que las guardó en la carpeta y salió del estudio sin decir una palabra.

Sarah miró a Finn, incrédula.

–Se ha ido. Mi hija ha desaparecido.

Él dio un paso adelante y, un segundo después, estaba entre sus brazos, con la cara apoyada en el torso masculino.

–No estás sola. Yo estoy aquí, contigo.

Sí, estaba allí, consolándola, y su abrazo era tan familiar que Sarah estaba a punto de llorar de nuevo. Pero eso no significaba que fuera a apoyarse en él. Aquel hombre la había abandonado y era la última persona en la que debería buscar consuelo.

–Preferiría que Lucy estuviera aquí –murmuró, apartándose.

Finn la miró, dolido. Sabía que le había hecho daño diciendo eso, pero no podía evitar el resentimiento. Estaba allí, sí. Pero ¿y antes? ¿Dónde estaba cuando lo había necesitado?

–Comisario, me gustaría hablar con usted –oyeron la voz de Parsons.

Finn tragó saliva.

–Tenemos que bajar.

–¿Puedo quedarme aquí un momento? Solo necesito un minuto para calmarme un poco.

–Sí, claro. Baja cuando tú quieras.

Finn salió del estudio y Sarah dejó escapar un suspiro mientras se sentaba en el sillón, sin soltar el álbum, que abrió para mirar las últimas fotos de su hija. Martha, la propietaria del café de la plaza, estaba paseando por allí y le había pedido que les hiciera unas fotografías...

En una, Sarah levantaba a Lucy en brazos, mientras la niña se reía. En la siguiente, Lucy estaba sobre sus rodillas, agarrando un mechón de pelo con sus manitas mientras Sarah la miraba con adoración. Le encantaba tirarle del pelo y a veces hasta le hacía daño, pero no le importaba...

Dios santo, Lucy había desaparecido.

El sonido de unos pasos hizo que levantase la cabeza. Pero no era Finn, sino Max Patton, el alguacil.

–Señorita Connelly, solo quería decirle cuánto siento lo que ha pasado.

–Te lo agradezco mucho –murmuró ella, con un nudo en la garganta.

–Le aseguro que estamos haciendo todo lo posible para encontrarla.

–Gracias.

Max desapareció y Sarah acarició una de las fotografías.

–No puedo perderte, cariño –musitó, levantando la mirada–. No me hagas esto otra vez –suplicó, esperando que alguien la escuchase.

Tal vez quien no la había escuchado antes.

–Por favor –susurró–. Por favor, no vuelvas a hacerme esto.

Cuando los federales por fin se fueron de la casa, Finn dejó escapar un suspiro de alivio. No podía soportar aquello. No había nada peor que la desaparición de un niño y entendía que Sarah estuviera escondida en el estudio. No había bajado desde su enfrentamiento con Parsons y Finn no había tenido corazón para subir a buscarla.

No podía hacer nada salvo esperar.

Y rezar.

–Espero que una de esas pistas nos lleve a algún sitio –dijo Jamie, en el pasillo.

Anna acababa de llamar desde la comisaría para decirles que habían recibido una docena de llamadas de gente que decía haber visto a Lucy. Por eso estaban allí los agentes del FBI.

Pero Finn estaba convencido de que esas llamadas no llevarían a ningún sitio. Nunca había tenido que investigar un secuestro, pero sabía por su entrenamiento que cuando los medios de comunicación hablaban de un caso, muchos idiotas daban pistas falsas esperando conseguir sus cinco minutos de fama.

Pero tal vez en aquella ocasión...

Finn rezaba para que alguna de esas llamadas lo llevase hasta la hija de Sarah.

–Debería irme –dijo Jamie–. Cole seguramente estará volviéndose loco en casa por no poder ayudar. Pero ha llamado a su detective, de modo que tenemos a una persona más buscando a Lucy.

–Dale las gracias de mi parte.

–Y tú dale un abrazo a Sarah por mí.

Finn cerró la puerta tras ella y se volvió hacia Max, que estaba apoyado en la pared del pasillo.

–¿Qué hacemos, jefe?

–Vuelve a la comisaría y ayuda a Anna con las llamadas. Yo me quedaré aquí con Sarah.

–Muy bien, comisario.

Cuando Max se marchó, Finn subió al estudio. Aún no se podía creer que Parsons hubiera tenido la desvergüenza de sugerir que ella tenía algo que ver con el secuestro de su hija.

Jamie tenía razón; Parsons estaba convencido de la

culpabilidad de Sarah y parecía incapaz de contemplar otra posibilidad.

Pero él sabía que no era cierto. Nunca olvidaría el día que Sarah volvió a Serenade, después de pasar un mes en Raleigh esperando el nacimiento de su hija. Salía de cenar cuando la vio con Lucy en brazos y la alegría que había en sus ojos era tan increíble que le sorprendía que no contagiase a todo el pueblo.

Sarah adoraba a esa niña y él se había sentido abrumado por ese amor mientras se la presentaba.

En ese momento, el pasado había dejado de existir. Sarah estaba tan concentrada en su hija, tan emocionada, que incluso le había sonreído. Aunque llevaban cuatro años sin hablarse.

No, era imposible que ella tuviese algo que ver con el secuestro.

Finn llamó a la puerta del estudio, pero no hubo respuesta.

–¿Sarah?

Siguió un silencio.

Suspirando, empujó la puerta, esperando encontrarla llorando sobre el álbum de fotos, pero no estaba en el estudio. Con el ceño fruncido, se dirigió a su dormitorio, al fondo del pasillo. Pero tampoco estaba allí.

¿Dónde demonios estaba?

Miró en el cuarto de baño, en la habitación de invitados y después bajó corriendo la escalera. Pero Sarah tampoco estaba abajo.

Se había ido.

–Maldita sea.

¿Tendría razón Parsons? ¿Estaría involucrada en...?

La pulsera del tobillo, recordó entonces. El aparato tenía un GPS y tanto el fiscal del distrito como él podían monitorizar sus movimientos.

Frustrado y enojado, Finn salió de la casa y abrió la puerta del jeep para sacar el GPS de la mochila. Era del tamaño de una BlackBerry, con una pantalla que mostraba un mapa en el que se movía un punto rojo...

El punto no se movía.

Y cuando volvió a mirar la pantalla sintió que se le helaba la sangre en las venas.

De inmediato, reconoció la ubicación en el mapa. Estaba a menos de un kilómetro y sabía por qué Sarah había ido allí.

Tragando saliva, Finn subió al jeep. Tenía que hacer un esfuerzo para concentrarse en la carretera; cada árbol, cada curva le llevaba amargos recuerdos. No podría hacerlo, pensó. No había estado allí en cuatro años.

Tres minutos después, vio la verja de hierro forjado y su pulso se aceleró aún más. No podía tragar, tenía la boca seca. Ni siquiera podía aparcar el jeep, tanto le temblaban las manos. Pero debía calmarse. Sarah estaba allí, al otro lado de la verja. Y él no quería atravesarla, pero no había alternativa.

Suspirando, aparcó en el camino de gravilla y bajó del vehículo.

–Puedes hacerlo –murmuró para sí mismo.

¿Podía hacerlo?

Finn empujó la verja de metal, haciendo un esfuerzo para no mirar alrededor mientras entraba en el cementerio. Estaba subiendo por una pendiente de hierba cuando empezó a llover y tuvo que apartarse las gotas de lluvia de la cara. Conteniendo el aliento, miró hacia la derecha, sabiendo muy bien lo que iba a encontrar.

Y allí estaba, de rodillas, frente a una sencilla lápida de granito azul, con su melena oscura movida por el viento.

«Puedes hacerlo».

Le temblaban las piernas con cada paso, pero siguió adelante, cada vez más cerca, hasta que estuvo detrás de ella. Hasta que sus ojos empañados se clavaron en la lápida frente a la que Sarah estaba arrodillada.

Jason Finnegan
Querido hijo de Patrick y Sarah
Estuvo poco tiempo entre nosotros, pero vivirá
para siempre en nuestros corazones

8

Sarah se dio la vuelta al oír pasos, secándose las lágrimas con la manga de la chaqueta. Pero era Finn, de modo que no tenía sentido ocultar las lágrimas. Él sabía mejor que nadie por lo que estaba pasando.

Mientras se acercaba, el viento movía su parka azul marino, le pareció increíblemente guapo e increíblemente triste. De repente, recordó el día del entierro. Finn llevaba un traje oscuro, su pelo negro brillaba a la luz del sol.

Fue entonces cuando su relación empezó a deteriorarse.

No, eso no era cierto, pensó. Su relación empezó a deteriorarse cuando descubrió que estaba embarazada. Fue entonces cuando todo empezó a cambiar.

–No deberías haberte marchado sin decirme nada –Finn se metió las manos en los bolsillos del pantalón.

–Lo siento. Es que no podía seguir allí.

Él no respondió. Por el rabillo del ojo, Sarah vio que estaba mirando la lápida y el dolor que advirtió en sus facciones la dejó sin aliento. Durante el entierro se había mostrado serio, estoico. Tanto que se había preguntado si le importaba de verdad la muerte de su hijo.

–Tú no lo querías –murmuró.

–No, al principio no –reconoció él.

No se había mostrado alegre cuando le dijo que estaba embarazada. Entonces ella tenía veintitrés años, Finn solo veintiséis, y no había sido un embarazo planeado. Ninguno de los dos quería un hijo en ese momento, pero aunque Jason había sido un accidente, ella lo había querido desde el primer día.

Pero Finn no.

Sarah hizo una mueca al recordar su reacción. Estaban desayunando en la cocina de su granja, donde habían vivido durante el primer año. Al principio ni siquiera reaccionó, no había parpadeado siquiera.

Y luego le preguntó si iba a tenerlo.

Ella quería tenerlo, pero se dio cuenta en ese momento de que Finn no opinaba lo mismo.

–Siempre fui sincero –dijo él, su voz ronca la devolvió al presente–. Nunca había querido hijos. Nunca había querido formar una familia.

–No me quedé embarazada a propósito.

–Ya lo sé, pero dijiste que querías tenerlo y yo esperé que todo saliera bien. Que mi madre no me hubiera destrozado la vida tanto como yo creía, que pudiera ser el hombre que tú querías que fuera.

Sarah contuvo el aliento al escuchar tan inesperada confesión. Tal vez no se daba cuenta de lo que estaba diciendo. Hablaba en voz baja, sus ojos azules permanecían clavados en la lápida.

–Verte embarazada, sentir las pataditas del niño... –Finn dejó escapar un sollozo que pareció hacer eco en el pequeño cementerio–. Yo lo quería, Sarah. Lo quería tanto que me dolía.

–¿Por qué no me lo habías dicho antes?

–No podía. Cuando el ginecólogo nos dijo que Jason no...

Nunca había visto llorar a Finn. No lloró durante

esa visita al ginecólogo ni cuando enterraron a su hijo, pero ahora se daba cuenta de que lo había afectado tanto como a ella.

Entonces había creído que la noticia era un alivio para él. Eso era lo único que explicaba su falta de... su falta de todo.

«Lo siento, pero no hay latido».

Descubrir que su hijo había muerto en su útero a los ocho meses y medio fue como morir ella misma. Sarah se había quedado paralizada mientras el ginecólogo hablaba de una preeclampsia, de lo impredecible de los embarazos, de la necesaria inducción al parto...

Y durante todo ese tiempo, Finn no había dicho una sola palabra. No la había consolado, no la había abrazado. Sencillamente se había encerrado en sí mismo, dejándola sola para luchar contra el terrible dolor de haber perdido a su hijo.

–Quise morirme ese día –siguió Finn–. Me preguntaba si era culpa mía, si tal vez Dios estaba castigándome por no haber querido a Jason desde el principio.

Sus palabras la emocionaron y, sin pararse a pensar en lo que hacía, Sarah lo abrazó.

–Me culpaba a mí mismo por lo que había pasado –susurró Finn–. Y entonces te hundiste en esa depresión y yo no podía pensar. Había pasado por todo eso con mi madre y los recuerdos asomaron su fea cabeza... no pude quedarme. No podía hacerlo.

–Nunca me habías dicho que te culpases a ti mismo –musitó ella.

–Estabas sufriendo tanto que no quería aumentar tu pena.

¿Por qué no le había dicho eso cuatro años antes? ¿Por qué la había dejado sola lidiando con su depresión, fingiendo que le importaba un bledo? Sarah apoyó la cara en su cuello, respirando su aroma, tan familiar, tan reconfortante.

No sabía cuánto tiempo habían estado así, abrazándose el uno al otro bajo la lluvia, pero cuando por fin se separaron algo había cambiado entre ellos. Algo había cambiado dentro de ella.

–Vamos –dijo Finn, tomando su mano–. Te llevaré a casa.

Finn sentía como si hubiera corrido una maratón mientras subía las escaleras con Sarah. La llovizna se había convertido en un aguacero y estaban empapados cuando entraron en la casa.

Sarah tenía las manos heladas, aunque sospechaba que ese frío tenía más que ver con su confesión que con la lluvia.

Cuando la encontró de rodillas frente a la tumba de su hijo, algo se había roto dentro de él. Durante cuatro años había intentado desesperadamente olvidarse de Jason, convencerse de que su muerte había sido lo mejor porque él no estaba preparado para ser padre. Eso era lo que se decía a sí mismo cada vez que el recuerdo rompía el escudo protector que había construido alrededor de su corazón.

Pero las mentiras a las que se había agarrado durante cuatro años se habían marchitado como hojas secas en el cementerio. Sí había querido a su hijo, lo había querido de verdad, como solo un padre podía querer.

¿Por qué no se había quedado con Sarah? Ella estaba sufriendo tanto o más que él y, en lugar de compartir su dolor, la había abandonado.

Pero había sido demasiado para él. Crecer con una madre que sufría una disfunción bipolar había sido muy difícil, especialmente porque ella se negaba a tomar medicación. Finn había cuidado de ella durante toda su infancia y adolescencia y el día que su madre se suicidó, cuando él tenía dieciocho años, había sentido un alivio abrumador que aún lo avergonzaba. Por fin, libre de responsabilidades, podía vivir su vida sin preocuparse de solucionar los problemas de otros.

No le había mentido a Sarah, él no quería formar una familia en ese momento. Lo único que quería era vivir, ser independiente... y un embarazo inesperado no era la vida que él había imaginado.

Sin embargo, todo eso había cambiado cuando sintió la primera patadita de Jason. En ese momento, al notar ese roce como de ala de mariposa en la mano, había jurado ser el mejor padre y el mejor marido que pudiera ser.

Pero entonces Jason había muerto y Finn no solo había destruido a Sarah, sino a sí mismo.

–¿Por qué no te duchas mientras yo meto tu ropa en la secadora? –sugirió ella.

Finn estuvo a punto de rechazar la invitación, pero lo reconsideró cuando los vaqueros empapados se pegaron a sus piernas.

–Muy bien.

–Puedes ducharte aquí –dijo Sarah, abriendo la puerta del baño, frente a su dormitorio–. Deja la ropa sobre la cama.

Finn se preguntó si pensaba quedarse allí mientras se desnudaba, pero se llevó una decepción al ver que iba hacia la puerta.

–Te dejo solo.

Suspirando, Finn se sentó en la cama para quitarse las botas. Poco después entraba desnudo en el cuarto de baño para ponerse una toalla en la cintura antes de volver a la habitación a recoger su ropa. Estaba dejándola sobre el brazo de un sillón cuando sonó un golpecito en la puerta.

–¿Estás decente? –le preguntó Sarah.

–Sí, entra.

Ella empujó la puerta y Finn tuvo que contener el

ridículo deseo de sacar músculo al ver su expresión. Sin darse cuenta, estaba mirándolo de arriba abajo, su mirada hacía que sintiera un estremecimiento... y algo más, algo que se marcaba bajo la toalla.

Finn se dio la vuelta, esperando que Sarah no se hubiera dado cuenta de tan masculina reacción, pero al ver que tragaba saliva supo que no había tenido suerte.

Esa reacción era un problema en todos los sentidos. No solo acababan de volver del cementerio, sino que la hija de Sarah había desaparecido y, como comisario de Serenade, su obligación era encontrarla. No debería excitarse aunque, en su defensa, debía decir que esa no era una reacción extraña cuando estaba con ella.

Finn dio un paso atrás, decidido a meterse en la ducha. Eso era lo que debía hacer...

Pero, aparentemente, Sarah tenía otras ideas.

Se quedó atónito cuando dio un paso adelante, mirándolo con una expresión indescifrable.

Se había puesto un jersey verde y unos vaqueros ajustados antes de ir al cementerio y el algodón empapado se pegaba a su cuerpo de tal forma que podía ver los pezones marcados bajo el jersey.

Su pulso se aceleró al recordar que se ponían rígidos cuando los capturaba entre los labios.

–Finn...

Antes de que él pudiese decir una palabra, Sarah se puso de puntillas para besarlo desesperadamente y Finn no pudo hacer más que dejarla hacer. Tenso de deseo, la erección estaba creciendo bajo la toalla mientras exploraba su boca con la lengua y hundía los dedos en su pelo, tuvo que echar mano de toda su fuerza de voluntad para apartarse.

–¿Qué estás haciendo?

–Olvidando –susurró ella antes de volver a besarlo.

No sabía cómo, pero se habían ido acercando a la

cama. Y no sabía cómo, había metido las manos bajo el jersey para acariciar sus firmes pechos por encima del sujetador, sintiendo una oleada de puro deseo.

Sin pensar, tiró hacia abajo del sujetador para besarlos, chupando suavemente un pezón...

Estaba tocando a Sarah, pensó. Había soñado con ese momento durante cuatro años y cuando ella lo empujó sobre la cama se dio cuenta de que nada había cambiado. Estaba más excitado que nunca en toda su vida, su pulso latiendo con tal fuerza que lo ensordecía. Sarah siempre le había hecho eso: marearlo, hacer que se muriese de deseo por ella.

«Algo ha cambiado».

Ese pensamiento apareció de repente, abriéndose paso entre la niebla de pasión que lo cegaba.

Dejando escapar un gemido, la miró a los ojos y en ellos vio un brillo de desesperación.

No lo quería a él.

Solo quería olvidar.

–¿Por qué paras? –le preguntó Sarah.

Tal vez era el mayor idiota del planeta, pero consiguió apartarse, respirando agitadamente.

–No puedo hacerlo.

–¿Por qué no? Sé que me deseas –dijo ella, señalando su erección–. No me digas que no es así.

–Claro que te deseo. Llevo cuatro años deseándote. He fantaseado sobre este momento miles de veces, cariño, pero no puede ser. Así no. Ahora mismo estás sufriendo...

Sarah dejó caer los hombros.

–Tal vez no sea solo eso.

–Lo es –insistió Finn–. Solo quieres olvidar.

–¿Y eso importa tanto?

–A mí sí –respondió él–. Tienes que desearme a mí, Sarah. Cuando hagamos el amor, tiene que ser porque quieres estar conmigo, no para olvidar todo lo demás.

Le dolía lo hermosa que era, con esa piel tan bonita, los labios hinchados, el pelo mojado rizándose en las puntas.

Le hubiera gustado retirar todo lo que había dicho, colocarse sobre ella y perder la cabeza...

Afortunadamente, su móvil empezó a sonar antes de que pudiese hacerlo.

Finn sacó el móvil del bolsillo del parka, frunciendo el ceño al ver el número de Parsons en la pantalla.

—¿Sí?

—Comisario, soy Parsons. Puede que tengamos una pista sobre el paradero de la niña.

Él contuvo el aliento.

—Dígame.

—Uno de mis agentes acaba de recibir la llamada de una mujer que tiene una tienda de ropa para niños en Grayden —por una vez, Parsons sonaba preocupado más que condescendiente—. Se ha enterado del secuestro de Lucy por las noticias y dice que podría tener información. Aparentemente, una mujer fue a su tienda hace seis días y, según ella, estaba muy agitada.

—¿Agitada en qué sentido?

—La propietaria dice que actuaba de una manera muy rara, como si ocultase algo. Intentó entablar conversación con ella, pero la mujer se negó a responder. Y después de comprar un montón de ropa para bebé, prácticamente salió corriendo de la tienda.

Por una vez en su triste vida, Parsons podría tener una pista.

—Tenemos que encontrar a esa mujer —dijo Finn—. Sea quien sea...

—Ya la hemos encontrado.

—¿Ah, sí?

—Envié a Andrews y a Ferraro a la boutique hace una hora y Andrews acaba de llamarme —Parsons vaciló—. La propietaria de la tienda les mostró el vídeo de la cámara de seguridad y los dos agentes reconocieron de inmediato a la mujer.

¿Habían reconocido a la mujer? Finn empezó a preocuparse.

–¿Quién es, Parsons?

–Anna Holt, su alguacil.

–Anna no haría algo así –afirmó Sarah mientras entraban en la comisaría veinte minutos después.

Pero Finn estaba demasiado angustiado como para responder. Desde la llamada de Parsons le daba vueltas la cabeza. Como Sarah, no podía creer que su alguacil tuviese algo que ver con el secuestro de Lucy, pero no podía cerrar los ojos ante las pruebas: Anna había sido vista comprando ropa de bebé en Grayden.

¿Por qué no había ido a una tienda de Serenade? ¿Por qué ir a otro pueblo? ¿Y por qué había comprado ropa para bebé si no tenía hijos? Anna, de veinticuatro años, era soltera y seguía viviendo con sus padres. ¿Qué razón podía tener para comprar ropa infantil?

No tenía sentido y Finn rezaba para que hubiese otra explicación. El problema era que Anna estaba buscando a Lucy con un grupo de voluntarios en ese momento.

Parsons quería enviar a alguien a buscarla, pero Finn le había ordenado que no hiciese nada y se limitara a esperar que Anna volviese a la comisaría.

Sarah y él habían salido de la casa a toda prisa y ninguno de los dos había vuelto a mencionar su apasionado encuentro.

Pero volverían a hacerlo, pensó. Más tarde, cuando hubieran aclarado la situación. Cuando hubiesen encontrado a Lucy.

Parsons y los otros tres federales estaban tomando café cuando llegaron.

–¿Por qué tiene la ropa mojada? –le preguntó el irritante agente del FBI.

–Está lloviendo, no sé si se ha dado cuenta –respondió Finn, dirigiéndose a su despacho–. Voy a cambiarme.

Una vez allí, abrió el armario de metal donde guardaba sus cosas, pero no sacó el uniforme de color verde oliva. Nunca se ponía el uniforme oficial porque la tela era dura e incómoda. Sacó un pantalón vaquero y una sudadera gris y cuando salió diez minutos después, Parsons estaba esperándolo de brazos cruzados.

–Tenemos que interrogar a Anna Holt.

–No quiero asustarla –dijo él–. Si tiene a la niña, y dudo mucho que sea así, podría intentar huir al saberse sospechosa.

Parsons apretó los labios.

–¿Entonces qué sugiere que hagamos?

–Esperar a que vuelva –respondió Finn, mirando su reloj–. Son las tres y Anna salió con los voluntarios alrededor de mediodía... la llamaré para decir que la necesito en la comisaría, pero no voy a decirle nada más.

El agente asintió con la cabeza.

–Tiene razón, es mejor no arriesgarse.

Finn no creía que Anna hubiera secuestrado a la niña, tenía que haber otra explicación.

–¿Tiene una copia de la cinta de seguridad?

Andrews, la agente rubia, señaló un ordenador portátil que había sobre la mesa.

–Acabo de descargarla.

Tres minutos después, Finn y Sarah se miraban con el ceño fruncido. No había ningún error, la mujer de la cinta era Anna y, como les había dicho Parsons, parecía muy nerviosa y agitada.

—Era azul —dijo Sarah entonces.

—¿Qué?

—La ropa que compró Anna era de color azul, como si fuera para un niño.

—Tal vez lo hizo a propósito para que no pudieran relacionarla con la desaparición de Lucy —sugirió la agente Andrews—. Si hubiese comprado ropa de color rosa habría llamado más la atención. Ella sabía que la noticia del secuestro de una niña saldría en los medios.

Sarah suspiró.

—Es cierto.

—Que haya comprado ropa infantil no significa nada —dijo Finn—. Tal vez haya...

—¿Qué ocurre?

Max estaba en la puerta, mirando alrededor con cara de sorpresa.

—Estábamos discutiendo una nueva pista —respondió Finn.

Entonces se le ocurrió algo: Max y Anna eran más o menos de la misma edad y sabía que solían salir a tomar una copa juntos en sus días libres. No sabía si estaban saliendo, pero sí que tenían muy buena relación. Si alguien podía ayudarlos, ese era Max.

—¿Puedo hablar contigo un momento?

—Sí, claro —respondió el alguacil, desconcertado.

Cuando salieron al pasillo, Finn fue directo al grano:

—Puede que esto suene raro, pero... tú te llevas bien con Anna, ¿verdad?

Max frunció el ceño.

—Sí, claro. Somos buenos amigos.

Finn decidió elegir sus palabras con cuidado:

—¿Y hay alguna razón para que Anna compre ropa de bebé?

El alguacil lo miró, sorprendido.

–¿Ropa de bebé? No lo creo. Además, ella no... –Max no terminó la frase.

–¿Qué ibas a decir?

–Nada, olvídelo.

–¿Qué es lo que sabes? Es importante que me lo cuentes.

–Es algo muy personal, comisario. Yo prefiero no...

–Tienes que contármelo.

Max dejó escapar un suspiro.

–Anna no puede tener hijos.

A Finn se le encogió el estómago.

–¿Qué?

–Tuvo un accidente de coche a los catorce años –siguió Max, incómodo–. Se rompió la pelvis y los médicos tuvieron que extirparle el útero.

Finn sintió una oleada de compasión por Anna... pero entonces recordó algo que lo asustó, una noticia que había visto en televisión: unos meses antes, una mujer que no podía tener hijos había secuestrado a un bebé de un hospital para satisfacer su deseo de ser madre.

¿Y si Anna había hecho lo mismo? ¿Y si deseaba tanto tener un hijo que había decidido robarlo?

No, eso era ridículo. Él siempre se había enorgullecido de conocer bien a las personas y Anna Holt era extraordinaria, amable, inteligente y compasiva. Ella no secuestraría a la hija de Sarah.

–No entiendo por qué me hace esas preguntas, jefe –estaba diciendo Max–. No pensará que Anna tiene algo que ver con el secuestro, ¿verdad?

–¿Con qué tengo que ver? –oyeron entonces una voz femenina.

Anna acababa de entrar en la comisaría con su uniforme de alguacil y el pelo sujeto en una coleta.

–¿Qué ocurre? –insistió cuando nadie respondió a su pregunta.

Finn tuvo que tragar saliva. Odiaba tener que hacer

aquello. Él confiaba en Anna, la respetaba. Y si estaban equivocados...

Pero ¿y si había secuestrado a Lucy?

En fin, tal vez su respeto y su confianza eran el precio que tendría que pagar.

–Anna –empezó a decir Finn–, necesito que vengas conmigo.

–¡Yo no he secuestrado a la niña! –exclamó Anna, con sus ojos oscuros llenos de lágrimas–. ¿Cómo puede pensar eso de mí?

A Finn se le rompía el corazón. En los cuatro años que llevaba como comisario de Serenade había aprendido a distanciarse durante los interrogatorios. No era fácil, especialmente cuando la persona a la que interrogaba era alguien a quien conocía bien, alguien con quien charlaba o tomaba café todos los días, pero siempre hacía un esfuerzo para ver las cosas de manera objetiva.

En aquella ocasión, sin embargo, era increíblemente difícil.

Después de mostrarle la cinta de seguridad de la tienda, Finn había dejado que Parsons se encargase del interrogatorio porque no podía mirar a los ojos a su alguacil. Pero mientras el agente del FBI le explicaba las razones del interrogatorio, el desconcierto de Anna había ido transformándose en furia.

–¡Le he dicho que yo no tengo nada que ver con el secuestro de Lucy!

–¿Entonces por qué compró esa ropa para bebé en Grayden? –le espetó Parsons.

–Era para... mi prima Linda, que vive en Charlotte y acaba de tener un bebé. Se llama James –respondió Anna, incapaz de contener las lágrimas–. Pueden preguntarles a mis padres.

–Hemos visto la cinta, señorita Holt. Parecía asustada, nerviosa, y la propietaria de la tienda dice que se negó a responder cuando le preguntó para quién compraba la ropa.

–¡Porque me dolía!

En ese momento, Finn se dio cuenta de que aquello era un tremendo error. Al saber que Anna no podía tener hijos, entendía su reacción en la tienda. La pobre se había visto obligada a comprar ropa para un bebé que no era suyo...

–No puedo tener hijos –siguió ella–. Tal vez un día adoptaré a un niño, como ha hecho la señorita Connelly, pero me duele en el alma saber que nunca tendré un hijo propio. Cuando veo un bebé se me parte el corazón y cuando mi prima, que tiene la misma edad que yo, tuvo a ese niño tan precioso... –Anna exhaló un suspiro–. Compré esa ropa para James y mientras estaba en la tienda solo quería salir corriendo.

Parsons y Finn se miraron entonces.

–Volveremos en unos minutos, Anna –murmuró el comisario, sin poder mirar a su alguacil.

En el pasillo, Parsons cruzó los brazos, con el antipático gesto habitual, pero su expresión le decía que pensaba lo mismo que él.

–No ha sido Anna.

–No, yo tampoco estoy seguro.

–Tenemos que dejarla ir.

–Si lo hacemos, le diré a Ferraro que la vigile. Ha sido muy convincente, pero no podemos arriesgarnos. Podría habernos engañado.

–Yo no lo creo.

–Me da igual lo que crea –replicó Parsons–. Usted lleva el asesinato de Teresa Donovan, pero yo estoy a cargo de este caso y si creo que alguien debe vigilar a Anna Holt, usted no puede hacer nada.

Finn intentó contenerse para no darle un puñetazo.

–Muy bien, haga lo que quiera.

–Dígale a la señorita Holt que puede marcharse, pero Ferraro estará pendiente de ella.

Cuando Parsons se alejó, Finn se pasó una mano por el pelo. No quería volver a la sala de interrogatorios para enfrentarse con Anna.

Por segunda vez en menos de una semana había interrogado a una mujer a la que apreciaba sobre un delito que no había cometido.

Así era la vida de un comisario de policía, pensó.

Pero eso no lo hacía más fácil.

–No ha sido culpa tuya.

Jamie levantó la cabeza cuando Cole entró en el dormitorio, pero solo lo miró durante un segundo antes de volver a concentrarse en los papeles que examinaba sobre el edredón.

Cole contuvo un suspiro. Había estado estudiando esos papeles desde que volvió a casa. Eran copias de los documentos de adopción de Lucy y parecía decidida a encontrar algo que la llevase hasta la niña.

–¿Me has oído?

Jamie no respondió.

Suspirando por fin, Cole se sentó a su lado en la cama.

–No es culpa tuya –repitió.

Ella lo miró a los ojos, con expresión torturada.

–Se me olvidó conectar la alarma y alguien me dejó inconsciente en el suelo mientras secuestraban a un bebé que estaba a mi cargo –Jamie tragó saliva–. ¿Cómo que no es culpa mía?

–No puedes controlarlo todo, cariño. Hay cosas que no podemos controlar, por mucho que queramos –dijo Cole. Pero se le encogió el corazón al ver que los ojos violeta se llenaban de lágrimas–. Ven aquí –murmuró, abrazándola.

Ella apoyó la cabeza en su hombro, temblando.

—Tengo que encontrar a Lucy.

—Y lo haremos, encontraremos a Lucy —asintió él, apartándola un mechón de pelo de la cara—. Venga, vamos a seguir investigando —dijo luego, señalando los papeles—. A ver si se te ha pasado algo, aunque no lo creo.

Jamie sonrió, entre lágrimas.

—¿De verdad vas a ayudarme?

—Pues claro —musitó Cole, mirando el informe médico de la niña, que indicaba el color de su pelo y sus ojos, su RH, las marcas de nacimiento...—. Vaya, qué raro.

—¿Qué? —preguntó ella al ver que hacía una mueca.

—Tú leíste el informe del forense tras la muerte de Teresa —dijo él, señalando algo en el informe.

—Sí —Jamie frunció el ceño—. Qué raro, tiene que ser una coincidencia.

—Yo no lo creo.

Cole miró a su prometida a los ojos mientras le revelaba una terrible sospecha...

Cuando terminó, ella sacudió la cabeza varias veces, incrédula.

—Santo cielo.

10

Sarah observaba, en silencio, mientras Finn tiraba a la basura los restos de la cena. Habían parado en el restaurante de Martha para comprar unos sándwiches que habían comido en silencio en la espaciosa cocina.

Y Sarah debía admitir que agradecía su compañía.

La pulsera que llevaba en el tobillo era un recordatorio de que había perdido la libertad, al menos hasta cierto punto. Y era horrible no poder subir al coche para buscar a Lucy por su cuenta. Se sentía como un perro encadenado a una caseta, viendo una ardilla a lo lejos, pero incapaz de ir tras ella.

Estaba tan angustiada que no sabía qué hacer. Tal vez por eso había querido olvidarse de todo entre los brazos de Finn. La visita a la tumba de Jason le había roto el corazón un poco más y, por un momento, había querido olvidar el dolor, la pena, la desesperación.

Pero Finn tenía razón, no era justo utilizarlo de ese modo.

–El café está listo –dijo él–. ¿Quieres que lo tomemos en el cuarto de estar?

–Muy bien.

–¿Necesitas algo de la galería?

¿La galería? Sarah la había olvidado por completo.

Debería ir allí para solucionar algunos asuntos urgentes... o para cerrarla, pero no se atrevía a ir al pueblo. Otra cosa que había perdido: la galería por la que sentía tanto cariño.

El arte siempre había sido su pasión, aunque desgraciadamente solo como compradora o admiradora, ya que su talento artístico era muy limitado. Pero tenía buena cabeza para los negocios y había estudiado Historia del Arte, de modo que decidió usar el dinero que había heredado de su tía para comprar la galería.

Ir a trabajar cada día solía darle una gran satisfacción, pero en aquel momento le aterrorizaba la idea de enfrentarse con los ciudadanos de Serenade, con las miradas y los cuchicheos...

–No necesito nada de la galería. Lo único que necesito es recuperar a mi hija –Sarah suspiró mientras se dejaba caer en el sofá–. Siento mucho que hayáis tenido que interrogar a Anna, sé que no ha debido ser fácil para ti.

–No, no lo ha sido.

–Yo sabía que ella no era la responsable... pero ¿quién habrá sido? ¿Y dónde está Lucy? Dios mío, Finn, ¿por qué se la han llevado?

–No lo sé –respondió él.

Sarah dejó la taza sobre la mesa y puso los pies sobre el sofá para abrazarse las rodillas, deseando que fuera Lucy quien estuviera entre sus brazos.

–No la adopté para reemplazarlo –dijo entonces.

–¿Qué?

–Que no adopté a Lucy para reemplazar a Jason.

–No había pensado que esa fuera la razón.

–¿No?

–No –respondió él–. Pero hace cuatro años, cuando...

–¿Cuando te presioné para que tuviéramos otro hijo? No debería haberlo hecho. No era justo ni para ti ni para mí –Sarah dejó escapar un suspiro–. Tenías razón.

En esa ocasión, sí estaba intentando reemplazarlo. Añoraba tanto a Jason y todas las ilusiones que me había hecho... tener otro hijo me parecía la única manera de soportarlo, pero ahora me doy cuenta de que era un error. Jason no podía ser reemplazado.

–No –asintió él, con voz ronca–. Es verdad.

–Lo siento, Finn.

–Yo también.

Los dos se quedaron callados, perdidos en sus pensamientos hasta que el sonido del timbre interrumpió el primer momento de paz que habían tenido en muchos días.

–Iré yo.

Finn salió de la habitación y volvió un minuto después con Jamie y Cole. Sarah se puso tensa al ver la expresión de la pareja. Ocurría algo, estaba segura.

–Espero no haber interrumpido nada –dijo Jamie.

–No, claro que no. ¿Qué ocurre?

–Cole y yo tenemos algo que deciros.

–Sentaos –dijo Finn–. ¿Queréis un café?

–No –respondieron Jamie y Cole al mismo tiempo.

Sarah enarcó una ceja.

–¿Qué pasa?

–Tenemos que contaros algo –Cole se aclaró la garganta, muy serio–. Y será mejor no perder el tiempo.

Finn se sentó en el sofá y el corazón de Sarah dio un vuelco cuando tomó su mano. Se daba cuenta de que, como ella, estaba inquieto.

–¿Se puede saber qué pasa? –exclamó él cuando Cole y Jamie se miraron–. Nos estáis asustando.

Jamie se aclaró la garganta.

–Cole y yo hemos revisado los documentos que Sarah le había dado a Parsons y puede que hayamos encontrado algo.

–¿Algo que puede llevarnos hasta Lucy? –exclamó Sarah.

–Tal vez. Pero antes... Cole, dilo tú. Yo aún no sé si me lo creo.

Él se echó hacia delante, apoyando las manos en las rodillas.

–Como ha dicho Jamie, estábamos repasando los documentos cuando me fijé en el informe médico de Lucy. La niña tiene una marca de nacimiento en el hombro derecho en forma de...

–Estrella –terminó Sarah la frase por él–. ¿Y por qué es importante?

–Podría no serlo, pero...

–¿Pero qué? –lo interrumpió Finn, nervioso–. ¿Dónde quieres llegar con esto, Donovan?

–Teresa tenía una marca de nacimiento en forma de estrella en el hombro izquierdo –respondió Cole.

Sarah lo miró, sorprendida.

–Mucha gente tiene marcas de nacimiento, es una coincidencia.

–¿Estás segura? –le preguntó Jamie.

–Que Teresa tuviera una marca parecida no significa que... estén emparentadas.

Nadie dijo una palabra.

No, era ridículo, pensó Sarah. Una simple coincidencia.

Teresa tenía una marca de nacimiento similar a la de Lucy, pero eso no significaba que...

–¡Teresa no era la madre de Lucy! –exclamó Sarah–. Las marcas de nacimiento no son hereditarias.

–No es solo la marca –empezó a decir Cole–. Eso es lo que llamó mi atención, pero me he dado cuenta de que podría haber algo más.

–Teresa se marchó de Serenade hace nueve meses –intervino Jamie–. Le dijo a todo el mundo que se iba a Raleigh porque estaba harta de este pueblo y volvió hace tres meses, cuando tú trajiste a Lucy a casa.

–Eso no significa nada. Teresa no estaba embarazada cuando se marchó de aquí –protestó Sarah–. La gente se habría dado cuenta.

–Solo estaría de tres meses entonces y el embarazo no se notaría.

Sarah no podía creerlo. Era absurdo. Teresa vivió en Raleigh durante seis meses y ella había adoptado a Lucy en Raleigh... otra coincidencia. No había ninguna prueba de que Teresa Donovan fuese la madre biológica de Lucy.

Además, Lucy era hija suya.

Había estado encerrada en una habitación de hotel durante dos días mientras su madre la traía al mundo. La había tenido en sus brazos en cuanto nació y la había llevado a Serenade... una semana después de que Teresa volviese al pueblo.

No. Tenían que ser coincidencias.

–No era la madre de Lucy –repitió–. No puede ser.

Pero ¿y si era verdad?

¿Y si Teresa Donovan había ocultado su embarazo y había dado a Lucy en adopción?

¿Y si había adoptado a la hija de Teresa?

Sarah se quedó sin aire. Finn estaba diciendo algo, pero su voz parecía llegar desde muy lejos.

Sin darse cuenta, se inclinó hacia delante, intentando llevar aire a sus pulmones...

Y luego se desmayó.

–¡Maldita sea, Jamie! –exclamó Finn, mientras sujetaba a una inconsciente Sarah entre los brazos–. ¿Por qué habéis tenido que decírselo? ¡Podría no ser cierto!

Sarah se había caído del sofá, golpeándose la frente contra la mesa de café...

–Lo siento...

–¡Llamad a Bennett! –les ordenó Finn mientras apartaba el pelo de su cara–. Despierta, cariño.

Oyó a Cole hablar por el móvil, pero solo podía mirar a Sarah, que estaba muy pálida. El golpe no había sido muy fuerte, pero le preocupaba que siguiera desmayada.

–Sarah, cariño, abre los ojos...

Ella parpadeó varias veces, intentando enfocar la mirada.

–¿Finn?

–Sí, soy yo. Estoy aquí.

–¿Me he desmayado?

–Has perdido el conocimiento unos segundos –Finn la ayudó a sentarse en el suelo mientras Jamie y Cole los miraban con cara de preocupación.

Era culpa suya, pensó. ¿Cómo se les ocurría sugerir que Teresa Donovan, la bruja de Serenade, podría ser la madre biológica de Lucy?

Siempre le había parecido extraño que Teresa se marchase del pueblo sin razón aparente, para volver seis meses después como si nunca se hubiera ido. Pero así era Teresa: impredecible, impulsiva.

Manipuladora, diabólica.

Era lógico que Sarah se hubiera desmayado.

–Bennett viene hacia aquí –dijo Cole.

–¿Travis? –murmuró Sarah–. No, llámalo y dile que estoy bien.

–Te has dado un golpe en la cabeza –dijo Finn–. Podrías tener una conmoción cerebral.

–No tengo una conmoción, solo me he desmayado.

Sarah intentó incorporarse, pero le temblaban las piernas y Finn tuvo que ayudarla.

–No puede ser verdad –dijo luego, mirando a Jamie y Cole–. Me niego a creer que Teresa sea la madre de mi hija.

–Entonces no te importará que mi detective investigue el asunto –dijo Cole.

–¿Qué? No, no.

–Sé que no quieres creerlo, pero tenemos que descubrir si es verdad –intervino Jamie–. Si Teresa era la madre biológica de Lucy, eso lo cambiaría todo.

–¿Por qué? Lucy sigue siendo mi hija.

–Por supuesto que sí, cariño. Pero si fuese hija biológica de Teresa, tendríamos un nuevo móvil para el secuestro.

Finn apretó los dientes. Maldita fuera...

Aunque le repugnaba aceptar esa posibilidad, la coincidencia en las marcas de nacimiento y la abrupta desaparición de la niña podrían estar relacionadas. Habían estado buscando a alguien que tuviese algo contra Sarah, pero si Lucy era hija biológica de Teresa, tendrían un móvil diferente. Y un sospechoso diferente.

–El padre biológico –dijo Jamie–. Esa podría ser una pista.

Finn fulminó a Donovan con la mirada.

–Si tú eres el padre de la niña...

–¿Qué? ¡No, por Dios! –exclamó Cole–. Teresa y yo nos habíamos separado cuando se marchó a Raleigh. Además, yo no habría tocado a esa mujer por nada del mundo –añadió, su gesto de disgusto era totalmente convincente.

–Cole no es el padre –dijo Jamie–. Ni siquiera sabemos si Teresa era la madre biológica. Pero tenemos que investigar, Sarah.

Ella se apoyó en el hombro de Finn.

–Muy bien, de acuerdo. Puedes pedirle a ese detective que investigue, pero vas a tirar el dinero.

Cole sacó el móvil del bolsillo, mientras Jamie la miraba con gesto de disculpa.

–Será mejor que nos vayamos a casa. Siento mucho haber tenido que darte la noticia, Sarah. No queremos hacerte daño, te lo juro.

–Ya lo sé –dijo ella–. Es que ha sido una sorpresa...

Finn salió un momento para despedir a Jamie y Cole

y cuando volvió al cuarto de estar ayudó a Sarah a tumbarse en el sofá, a pesar de sus protestas.

No sabía por qué actuaba como si fuera su padre, pero le apenaba tanto verla en ese estado...

Afortunadamente, el médico llegaría enseguida.

Claro que prácticamente había invitado a Travis Bennett a pasar un rato con Sarah.

Solo eran amigos, le había dicho ella. Y esperaba que fuera así.

Pero cuando Bennett apareció diez minutos después, Finn tuvo que hacer un esfuerzo para controlar su mal humor.

—¿Estás bien, Sarah? –le preguntó, apretando su mano.

—Sí, estoy bien. No ha sido nada.

«Y una porra amigos».

Era imposible no ver cómo la miraba mientras le tomaba el pulso.

—No has sufrido una conmoción –anunció el médico unos minutos después, con una sonrisa en los labios–. No tienes las pupilas dilatadas, no sientes náuseas y hablas con coherencia. Creo que sobrevivirás.

Finn apretó los dientes cuando Sarah le devolvió la sonrisa.

—Gracias, Travis. No estaba preocupada, es que Finn es un exagerado.

—No se preocupe, comisario. Se pondrá bien.

—Entonces, ya puede marcharse –dijo él bruscamente.

Bennett miró a Sarah de nuevo.

—Descansa esta noche. Y recuerda: si te encuentras mal, no dudes en llamarme.

—Yo cuidaré de ella –dijo Finn antes de acompañarlo a la puerta.

Cuando volvió al cuarto de estar, Sarah lo miró con el ceño fruncido.

—No tenías por qué ser tan grosero con él.

—No me gustaba que te tocase.

–Estaba examinándome. Y yo no le he llamado –le recordó ella–. ¿Qué te pasa, Finn? Travis es una buena persona.

–Ya.

–Lo digo en serio, deja de portarte como un cavernícola. Travis es mi amigo y no me gusta que seas antipático con él.

–Y a mí no me gusta que te toque –replicó Finn.

–¿Por qué te importa tanto...?

–Porque quiero ser yo quien te toque –la interrumpió él, frustrado–. Porque quiero ser tu amigo. No, eso no es verdad, no quiero ser tu amigo. Quiero serlo todo para ti.

Sarah parpadeó, sorprendida.

–¿Qué quieres decir?

–Estoy diciendo que te quiero.

La niña no dejaba de llorar. Había soportado tres horas de llanto y estaba empezando a impacientarse. Pero entendía que llorase porque también ella estaba harta de aquella aislada cabaña.

Deberían estar en un avión con destino a las Bahamas, pero la casita de Nassau aún no estaba lista y no podía ir al aeropuerto con Lucy en brazos hasta que los medios de comunicación dejasen de mencionar la desaparición de la niña.

Suspirando, acunó a Lucy, mirando la lluvia que golpeaba los cristales. Afortunadamente, estaba dejando de llorar.

–Sé que no te gusta estar aquí –murmuró–. A mí tampoco, pero te prometo que es algo temporal. Pronto estaremos en un sitio soleado y daremos paseos por la playa...

Lucy pestañeó y ella experimentó una oleada de felicidad. ¿Por fin se había calmado? Ya era hora. Oírla llorar durante dos días había sido aterrador.

Mientras la niña dormía en sus brazos, miró por la ventana, pensando en el mar turquesa de las Bahamas...

Pronto, se prometió a sí misma.

El móvil que había dejado sobre la mesilla empezó a vibrar, interrumpiendo sus felices pensamientos, y se lo llevó a la oreja antes de que la vibración despertase a Lucy.

–Ya era hora. Dijiste que llamarías esta mañana.

–Lo siento –se disculpó alguien al otro lado–. Tenía cosas que solucionar.

–Espero que te refieras a los billetes, porque estoy empezando a hartarme de este sitio. Y Lucy también.

–Estoy haciendo lo que puedo, pero el secuestro está en las noticias día y noche. Tienes que esperar ahí un poco más.

Ella frunció el ceño.

–¿Cuánto tiempo?

–Hasta que la gente se olvide del asunto. Hasta que puedas salir con ella en público sin despertar sospechas.

–Pero tú estás haciendo planes para sacarnos de aquí.

–Pues claro, todo está controlado. No te muevas de ahí, te llamaré mañana.

Ella cortó la comunicación y apretó a la niña contra su pecho, el calor de su cuerpecito le transmitió una oleada de felicidad.

–Pronto nos iremos de aquí, cariño –murmuró–. Iremos a un sitio muy lejano y nadie podrá apartarte de mí.

11

A Sarah le daba vueltas la cabeza, pero no tenía nada que ver con el mareo de antes, sino con que Finn había dicho que la quería.

Una parte de ella hubiera deseado echarse en sus brazos y no soltarlo nunca, pero esa era la antigua Sarah, la que había estado locamente enamorada de Finn y había soñado con un futuro en pareja.

La nueva Sarah era más madura, más sensata. Sabía que Finn era el pasado y había aceptado que, sencillamente, no había futuro para ellos. Lo habían intentado cuatro años antes y fue un fracaso.

Cuando un cruel golpe del destino destrozó sus vidas habían tenido dos opciones: nadar juntos o ahogarse solos.

Sarah había llegado hasta el fondo del abismo. Se había ahogado en una depresión, moviendo los brazos frenéticamente con la esperanza de que Finn la sacara de aquel sitio horrible. Pero Finn no había estado a su lado.

No tenía intención de ahogarse otra vez y eso era lo que significaba tener una relación con Finn.

—¿Me has oído? —le preguntó él.

—Te he oído —murmuró Sarah.

–¿Y no tienes nada que decir?

Suspirando, ella juntó las manos sobre las rodillas.

–Estoy segura de que lo dices de corazón, pero...

–Pues claro que lo digo de corazón. Te quiero, Sarah. Te he querido desde que nos encontramos aquel día, en el lago.

Ella tuvo que contener una oleada de nostalgia.

–Eso fue hace mucho tiempo.

–Tal vez, pero mis sentimientos por ti no han cambiado.

Finn se acercó un poco más, su muslo rozó los pies de Sarah. Ella habría querido apartarse, pero estaba inmóvil, irremisiblemente atraída por la apasionada mirada masculina.

–Ahora soy un hombre diferente, cariño –insistió él–. Entonces no fui lo bastante fuerte como para lidiar con lo que pasó. Me marché porque no tuve valor para arreglar las cosas y es algo que lamentaré toda mi vida.

–No podemos seguir hablando de esto una y otra vez –dijo Sarah–. Te creo, de verdad. Y veo que has cambiado, que eres más maduro, más sereno.

–¿Entonces por qué no me das otra oportunidad?

–Porque también yo he cambiado.

Finn la miró, sorprendido.

–¿Qué quieres decir?

–Que ya no soy la chica de veintitrés años que enterró a su hijo. Sufrí un colapso nervioso y me pasé años en terapia intentando rehacer mi vida. También yo he cambiado.

–Precisamente por eso –insistió Finn–. Deja que te demuestre que esta vez será diferente, que voy a estar a tu lado, que puedo cuidar de ti.

–¿Cuidar de mí? ¡Pero si me has detenido! –exclamó ella–. Además, yo puedo cuidar de mí misma.

–Sé que puedes hacerlo, no quería decir eso. Solo digo que quiero otra oportunidad.

–Y yo te digo que no creo que deba dártela.

Sarah vio que sus ojos se oscurecían, pero ya que estaban hablando a corazón abierto, lo mejor sería llegar hasta el final.

–No confío en ti, Finn, ya te lo dije. Y no soy tan optimista como tú. Sé que en la vida siempre hay obstáculos y si retomásemos nuestra relación habría problemas, desacuerdos –le dijo, tragando saliva–. Y no confío en que te quedes conmigo.

–Nunca lo sabrás si no me das una oportunidad.

–Tal vez si no tuviera a Lucy podría hacerlo, pero ahora soy madre y lo más importante es darle estabilidad a mi hija.

–¿Crees que yo no puedo dársela?

–¿Y si Lucy se encariña contigo y tú te marchas cuando las cosas se pongan difíciles? No, no puedo arriesgarme.

Finn se echó hacia atrás, como si lo hubiera abofeteado.

–No voy a rendirme, Sarah. Haré que vuelvas a confiar en mí.

Ella estuvo a punto de sonreír. La determinación que había en sus ojos le resultaba tan familiar... Le recordaba al chico malo decidido a conquistarla cuatro años antes. Durante su primera cita insistió en una segunda, durante la segunda en una tercera...

Y cuando ella no se atrevía a mudarse a su casa, Finn la había seducido enviándole flores, invitándola a cenar y haciéndole perder la cabeza en la cama hasta que, por fin, tuvo que aceptar.

Aunque no había sido difícil precisamente. Entonces habría dado cualquier cosa por estar con él. Nadie la conocía mejor que Finn, se entendían y se contaban cosas que no le habían contado a nadie más. Y eso había creado un lazo entre ellos que Sarah creía indestructible.

Pero no lo había sido. Finn había cortado ese lazo cuando se marchó.

Tal vez las cosas podrían haber sido diferentes si no tuviera a Lucy. Tal vez se habría atrevido a arriesgar su corazón una vez más si estuviera sola, pero no arriesgaría el corazón de su hija. Nunca.

El móvil de Finn la devolvió a la realidad. Salvada por la sirena, pensó.

Él miró la pantalla y masculló una palabrota.

–¿Es sobre Lucy?

–No, es el fiscal del distrito –murmuró Finn, llevándose el teléfono a la oreja–. Dígame.

Sarah lo observó, preocupada, mientras hablaba con Jonas Gregory. Lo oyó decir: «de acuerdo» y «muy bien» varias veces, pero no parecía contento.

–¿Qué ha dicho? –le preguntó cuando cortó la comunicación–. ¿Era algo sobre el caso?

–Sí.

–¿Y qué ha dicho?

–Quiere que le envíe un informe sobre las pruebas que tenemos contra ti. Va a pedir una acusación formal.

Sarah se quedó sin aire.

–¿Qué significa eso?

–Que el caso irá a juicio y el juez decidirá cuáles son los cargos de los que se te acusa.

–Pero también podría decidir que no hay pruebas suficientes, ¿verdad?

–Es posible, pero poco probable.

Sarah asintió con la cabeza.

–¿Cuándo hablará con el juez?

–El próximo lunes.

De modo que tenían cinco días. Cinco días para encontrar a Lucy y al verdadero asesino de Teresa, pensó Sarah.

Afortunadamente, Finn parecía tranquilo.

–¿Qué crees que va a pasar?

–No lo sé, pero cuando dije que te sacaría de este

aprieto lo dije en serio. No voy a dejar que vayas a la cárcel por algo que no has hecho.

–¿Y si me declarasen culpable? –preguntó ella con voz temblorosa.

Finn apretó los dientes.

–No irás a la cárcel. Aunque tenga que sacarte del país, te juro que no irás a la cárcel.

¿Había oído bien? ¿Finn acababa de admitir que cometería un delito para evitar que la encarcelasen?

Por un segundo, sintió la tentación de retirar todo lo que había dicho unos minutos antes. Tal vez sí podía volver a confiar en él. Tal vez podía dar un salto de fe.

Finn adoraba su trabajo y se sentía orgulloso de ser el comisario de Serenade. Y si estaba dispuesto a dejarlo todo solo para ayudarla, tal vez de verdad había cambiado. Lo suficiente como para merecer una segunda oportunidad.

De nuevo, empezó a darle vueltas la cabeza. Habían ocurrido tantas cosas últimamente que no podía seguir pensando en ello. Lo más importante era Lucy, lo único importante.

Todo lo demás, su conflictiva relación con Patrick Finnegan, sus miedos, sus dudas, incluso la posibilidad de acabar en la cárcel por un crimen que no había cometido... todo eso carecía de importancia hasta que encontrase a su hija sana y salva.

Sarah entró en el cuarto de estar a la mañana siguiente y se encontró a Finn tirado en el sofá, profundamente dormido.

Y no llevaba más que unos calzoncillos negros que no podían ocultar el impresionante bulto bajo la tela. Sin aliento, admiró sus pectorales, el vello oscuro que llegaba hasta su ombligo y se perdía bajo el elástico del calzoncillo.

Su corazón empezó a latir con fuerza al mirar los fuertes muslos, las largas piernas colgando del sofá. Era el hombre más atractivo que había visto nunca, todo músculo, nervio y piel dorada.

No pudo evitar una sonrisa al ver que tenía un brazo echado hacia atrás, rozando la pared. Finn tenía la costumbre de estirarse mientras dormía... no podría contar las veces que se había despertado hecha un ovillo en una esquina de la cama mientras él monopolizaba todo el espacio.

Decidida a no despertarlo, Sarah fue a la cocina para hacer un café... pero su sonrisa desapareció al ver la trona vacía de Lucy.

¿Por qué no la habían encontrado todavía?, se preguntó, con el corazón encogido. Finn le había asegurado que Parsons y los otros agentes estaban haciendo todo lo posible y que el FBI había repartido la fotografía de la niña por los aeropuertos y las estaciones de autobuses.

Pero, aparte de la pista errónea de Grayden, no tenían nada.

Y ella quería recuperar a su hija lo antes posible.

Al mirar la pulsera electrónica de su tobillo, Sarah experimentó una oleada de furia. Ni siquiera podía buscar a Lucy fuera de Serenade y nunca se había sentido tan inútil desde que perdió a Jason...

Oyó el móvil de Finn en el cuarto de estar y, unos minutos después, él apareció en la puerta de la cocina con los vaqueros y la sudadera gris que llevaba el día anterior.

–Buenos días.

–Jamie y Cole vienen hacia aquí.

–¿Por qué? ¿El detective de Cole ha descubierto algo?

–No lo sé, Jamie no me lo ha dicho. Solo me ha dicho que venían hacia aquí.

–Entonces iré a ducharme.

Sarah subió a su habitación y, después de ducharse, se puso un pantalón de chándal y un jersey verde. ¿Para qué iban allí Jamie y Cole? ¿Qué habrían descubierto?

¿Y si Teresa era la madre biológica de Lucy?

Ella detestaba a Teresa Donovan, la mujer más cruel que había conocido nunca. Una mujer odiosa que se acostaba con los maridos de otras y que se burlaba de todo el mundo. Ella siempre había creído que todos los seres humanos tenían algo bueno, alguna cualidad, pero Teresa no las tenía.

En realidad, Teresa Donovan había sido un monstruo.

Sarah se miró al espejo, buscando valor para hacerse la pregunta que había intentado evitar desde que Jamie y Cole fueron a contarle sus sospechas.

¿Querría del mismo modo a Lucy si Teresa fuera su madre biológica?

Por supuesto que sí. Claro que querría a Lucy del mismo modo. Era una revelación liberadora.

Lucy era su hija y daba igual quién fuera su madre biológica. Era suya.

Irguiendo los hombros, Sarah bajó al primer piso.

Cole y Jamie estaban en la cocina con Finn. Y también el agente Parsons, que la saludó con un esbozo de sonrisa.

—Buenos días, señorita Connelly.

—Buenos días —respondió ella—. ¿Han encontrado alguna pista?

—Yo me preguntaba lo mismo —dijo el agente del FBI, mirando a Finn con el ceño fruncido—. Veo que lleva la investigación por su cuenta y no me gusta que me dejen a un lado.

—Relájate, Mark —intervino Jamie—. Finn no tiene nada que ver con esto. Cole y yo estamos investigando por nuestra cuenta.

—¿Por qué? Si no recuerdo mal, has pedido la exce-

276 - ELLE KENNEDY

dencia, de modo que no tienes por qué interferir en este caso.

Sarah hizo una mueca. La animosidad entre Jamie y Parsons era palpable. No lo había notado antes, pero tan hostil reacción reafirmaba su opinión sobre el agente del FBI. Jamie Crawford era una persona muy centrada y si no le gustaba Parsons debía de haber alguna razón.

–¿Por qué no te tomas un café y dejas que Cole cuente lo que ha descubierto?

Parsons apretó los dientes.

–Muy bien, adelante.

–Mi investigador privado visitó ayer la agencia de adopción –empezó a contar Cole–. Pero, como esperaba, se negaron a darle ninguna información sin tener una orden judicial. Tal vez usted podría hacer algo al respecto, Parsons.

–Por supuesto.

–En fin, después de eso fue a varios hospitales de la zona y descubrió que Teresa estuvo ingresada en el hospital St. Mary el día 23 de junio –Cole hizo una pausa, incómodo–. Y dio a luz a una niña.

Sarah tuvo que apoyarse en la encimera. El día 23 de junio... esa era la fecha del nacimiento de Lucy.

«Entonces es verdad».

–Uso su apellido de soltera, Matthews, y su nombre aparecía en la partida de nacimiento. Pero las visitas al ginecólogo y a la clínica las hizo bajo el nombre de su hermana: Valerie Matthews.

–¿Entonces sabemos con seguridad que la madre es Teresa? Podría haber sido Valerie –sugirió Finn.

–No, no es posible. Valerie estuvo en el pueblo todo ese tiempo y no estaba embarazada. Yo me la encontré en varias ocasiones y sé con certeza que no estaba embarazada.

–Sí, tienes razón.

–¿Está diciendo que Teresa Donovan era la madre biológica de Lucy? –exclamó Parsons.

–Sí, Mark, eso es lo que está diciendo –intervino Jamie.

El agente del FBI se volvió hacia Sarah.

–¿Es por eso por lo que la mató?

–¿Qué?

Finn se había levantado de la silla y parecía a punto de darle un puñetazo.

–¿Cómo se atreve...?

El agente dio un paso atrás.

–¿Se dan cuenta de que esto implica aún más a la señorita Connelly?

–¿De qué estás hablando?

–Ahora tenemos un móvil –respondió Parsons, mirando a Sarah–. Descubrió usted que la señora Donovan era la madre biológica de su hija, ¿verdad? ¿Lamentaba haberla dado en adopción? ¿Quería recuperar a su bebé?

Sarah sintió como si alguien la hubiese abofeteado.

–¡No!

–¿La mató porque amenazó con quitarle a su hija? Sabemos que ha tenido usted problemas de salud mental y probablemente perdió los nervios, ¿fue así? Teresa quería recuperar a su hija y usted le disparó...

–¡Ya está bien!

El rugido de Finn dejó a todos en silencio. Antes de que nadie pudiese hacer nada, agarró a Parsons por la pechera de la camisa y lo empujó contra la pared.

–¡Tenga cuidado con lo que dice! –lo amenazó–. Sarah no ha matado a nadie.

Parsons, que se había puesto de color púrpura, no parecía capaz de respirar. Con las manos sobre el torso de Finn, lo miraba con los ojos fuera de las órbitas.

–¡Haré que le retiren la placa! ¿Cómo se atreve a ponerme las manos encima?

–Se ha pasado, Parsons.

–¿Porque se acuesta con ella? –le espetó él–. Esa es otra razón para quitarle la placa. No puede acostarse con una sospechosa.

Finn parecía a punto de aplastarle la nariz de un puñetazo, pero Sarah decidió evitarlo. Había sentido cierta satisfacción al ver que la defendía tan apasionadamente, pero no iba a dejar que tirase su carrera por la borda.

–Para, por favor –le pidió–. No quiero una pelea en mi casa. ¡Mi hija ha desaparecido y lo importante es encontrarla!

Los dos hombres la miraron, avergonzados. Aunque ninguno le pidió disculpas.

–Tienes razón –dijo Finn–. Lo único que importa es Lucy. Tenemos que seguir buscando.

–Y yo creo tener una idea sobre quién puede haberla secuestrado –intervino Jamie.

–¿Quién? –exclamó Sarah.

Jamie se volvió hacia el agente Parsons.

–Tú mismo lo dijiste, Mark, en los casos de secuestro de un niño el responsable suele ser alguien de la familia.

–¿Estás diciendo que podría haber sido el padre de Lucy?

–Podría ser, pero no lo creo –Jamie se encogió de hombros–. Además, Teresa tuvo más amantes que Hugh Hefner y dudo mucho que supiera quién era el padre. No, yo estaba pensando en otro miembro de la familia.

Sarah contuvo el aliento.

–¿Tú crees...?

–Creo que lo hizo Valerie Matthews, la hermana de Teresa.

12

–No responde –dijo Finn mientras se dirigía al jeep, donde lo esperaba Anna.

Había aparcado frente a la casa de Valerie Matthews, en una zona residencial a unas manzanas de la calle principal de Serenade, pero nadie había abierto la puerta cuando llamó al timbre y, por el correo acumulado en el buzón, estaba claro que llevaba algunos días fuera de casa.

Según el bufete en el que trabajaba como secretaria, Valerie había pedido unos meses de excedencia por cuestiones personales. Le había contado a su jefe que tenía intención de viajar a Europa, pero Finn no lo creía.

Valerie se había llevado a Lucy. No tenía pruebas, pero el instinto no le fallaba nunca y todo señalaba a Valerie Matthews como la autora del secuestro.

–¿Crees que se ha ido del pueblo? –le preguntó Anna.

–Estoy seguro.

Los dos se quedaron callados un momento y, por fin, él se aclaró la garganta.

–Anna, quiero...

–¿Disculparte? –lo interrumpió ella.

–No sé cómo decirte cuánto siento lo que pasó. Jamás pensé que tú pudieras tener algo que ver con el secuestro de Lucy.

La joven suspiró.

–Estabas cubriendo todos los ángulos, jefe. No te preocupes, no te lo tendré en cuenta. Aunque no puedo decir que no me doliese un poco.

Finn asintió con la cabeza, sintiéndose culpable. Estaba enfadando a todo el pueblo, pensó.

–Estás teniendo mala suerte –dijo Anna, como si le hubiera leído el pensamiento–. Primero Cole, luego Sarah y, por fin, yo.

–Mala suerte es decir poco.

–Una mujer ha sido asesinada y han secuestrado a un bebé... en un pueblo en el que nunca había pasado nada. Sé que tienes un trabajo que hacer y no puedes cerrar los ojos cuando hay una pista.

Que fuese tan generosa lo tranquilizó un poco. Necesitaba escuchar eso. Había trabajado tanto para llegar donde estaba...

Cuando fue elegido comisario de Serenade se había sentido más orgulloso que nunca en toda su vida. Durante años había sido un joven solitario, furioso con todo el mundo porque la persona con la que estaba furioso de verdad, su madre, era demasiado frágil, una víctima de algo que la pobre no podía controlar.

Pero él había encauzado toda esa rabia y ese resentimiento para convertirse en lo que era. Y ser el comisario de Serenade le daba una gran satisfacción.

Aunque no lo hacía tan feliz como estar con Sarah.

Sarah era otra clase de amor. Ella alegraba su vida como nadie, lo hacía sentirse feliz por completo. Era tan inteligente, tan amable y paciente... Podía iluminar una habitación con una sonrisa y cuando era feliz, esa felicidad lo hacía sentirse como si lo acariciase un rayo de sol.

Y estaba decidido a recuperar su amor.

Ahora que conocía la razón por la que temía retomar su relación, el miedo a que la abandonase, estaba decidido a demostrarle que no debía temer nada.

–¿Qué hacemos ahora? –le preguntó Anna–. ¿Cómo vamos a encontrar a Valerie?

El móvil de Finn sonó en ese momento y cuando miró la pantalla dejó escapar un suspiro de satisfacción.

–Con un poco de suerte, esto nos llevará en la dirección adecuada –murmuró–. Dime, Cole.

–Mi detective acaba de salir de la agencia de adopción de Raleigh.

–¿Y?

–Valerie conocía la existencia de Lucy.

–¿Estás seguro?

–Por completo. Le enseñó la fotografía de Valerie a la directora y esta vez lo dejó entrar. Aparentemente, se dio cuenta de que hay cosas más importantes que la burocracia.

–¿Y qué ha dicho?

–Que ella solo le ha entregado el informe de Lucy a la policía, pero mi detective sospecha de un empleado del archivo. Habló con él y ha admitido que dejó entrar a Valerie en la oficina un mes después de que matasen a Teresa. Valerie sedujo al pobre chico...

–¿Cómo lo sabes?

–Él mismo se lo contó. Por lo visto, salió de la oficina durante cinco minutos y cuando volvió, Valerie había desaparecido. No puede asegurar que ella hubiera estado hurgando en los archivos, pero yo me inclino a pensar que sí.

–Yo también –dijo Finn–. De modo que descubrió quién había adoptado a la hija de Teresa y decidió secuestrarla.

–Tal vez no lo hizo sola –sugirió Cole–. Jamie no

pudo ver a la persona que la atacó, pero debía de ser muy fuerte para dejarla inconsciente. Tal vez haya un hombre ayudándola.

–Tal vez, pero en este momento lo único que sabemos con seguridad es que Valerie tiene a la niña. ¿Tu detective está haciendo algo para localizarla?

–Está investigando los movimientos de su tarjeta de crédito, pero no espera encontrar nada. Valerie no es tan tonta como para dejar rastro.

–Nunca se sabe. Otro rasgo de las hermanas Matthews: actúan primero y piensan después. Pero tendremos que rezar para que se le haya escapado algo.

–Te llamaré si me entero de algo más.

Finn cortó la comunicación y se guardó el móvil en el bolsillo.

–Valerie, ¿verdad? –le preguntó Anna.

Él asintió con la cabeza.

–Voy a dejarte en la comisaría y luego iré a casa de Sarah. Te llamaré en cuanto Cole vuelva a llamarme. Si descubrimos dónde está Valerie, quiero que Max y tú vayáis conmigo.

–¿De verdad?

–Ya te lo he dicho, pero volveré a decirlo: ni Sarah ni yo pensábamos que tú hubieras secuestrado a la niña. Eres una alguacil estupenda, Anna, y me siento más seguro sabiendo que tú me cubres la espalda.

–Gracias, jefe –dijo ella.

Al menos una mujer era capaz de perdonarlo.

Ahora solo tenía que recuperar a Sarah.

–¿Cómo que tengo que quedarme aquí? –exclamó Sarah cuando le contó dónde iba.

Finn contuvo un suspiro. Habían recibido más noticias del detective de Cole diez minutos antes: Valerie Matthews había comprado comida dieciocho horas antes en una estación de servicio en Holliday, un pueblo cercano a Serenade. Tal vez solo había comprado comida antes de seguir adelante, pero debían investigar.

Holliday era un pueblo muy pequeño con cabañas en medio del bosque donde vivían leñadores o ermitaños; el sitio ideal para vivir rodeado de naturaleza y escapar del mundo. Y un escondite perfecto porque las cabañas estaban aisladas, tanto que los vecinos no podrían oír el llanto de un bebé.

Y Finn sabía que muchas de las cabañas eran alquiladas por Internet. Usando un nombre y una tarjeta de crédito falsos tenías un sitio en el que esconderte unas semanas.

Según el detective, Valerie no había alquilado la propiedad usando su tarjeta de crédito, pero eso no significaba que no estuviera en Holliday.

Había sido capaz de seducir a un empleado de la agencia de adopción y sin la menor duda encontraría la forma de pagar por la cabaña sin dejar rastro.

—No puedes venir con nosotros —repitió Finn.

—No me lo puedo creer. Estás intentando evitar que yo...

—No puedes irte de Serenade —la interrumpió él, señalando la pulsera del tobillo.

Sarah bajó la mirada, apretando los dientes al ver el monitor electrónico.

—Maldita sea.

—Sé que quieres estar allí —dijo Fin, acariciándole el pelo—. Y te juro que me encantaría que pudieras hacerlo, pero si esa pulsera empieza a pitar, te meterán en la cárcel. Y no le servirás de nada a Lucy entre rejas, cariño.

—Tienes razón —asintió ella—. ¿Crees que estará en Holliday?

—No lo sé, pero tengo que ir a buscarla. Tal vez sea

una pista falsa, tal vez alguien ha robado la tarjeta de crédito de Valerie o la ha usado ella y luego ha seguido adelante. Pero si Lucy está allí, la encontraré.

Parsons seguramente lo mataría por no decirle nada, pero no tenía intención de involucrar al agente del FBI.

Había hablado con Jamie al respecto y ella estaba de acuerdo. Anna y él irían en un coche, Jamie y Max en otro. Holliday era un pueblo minúsculo que ni siquiera aparecía en el mapa. Solo había unas cuarenta casas, de modo que podrían ir allí y volver a Serenade en unas horas.

Finn rezaba para que no fuera otra pista falsa. Y si Lucy estaba en Holliday, iba a encontrarla.

–¿Me llamarás en cuanto sepas algo? –le preguntó Sarah.

–En cuanto sepa algo –respondió él, mirándola a los ojos.

–Vas a traerme a mi hija, ¿verdad?

–Aunque tenga que morir en el intento, cariño.

Sarah se puso de puntillas para darle un beso en los labios; un beso tan apasionado que Finn se quedó sin aliento. Sabía a café, a azúcar... y a ella.

Su corazón latía como loco cuando por fin se apartó.

–No –murmuró Sarah.

–¿No qué?

–No mueras en el intento –dijo ella, suspirando–. Quiero recuperar a Lucy, pero no quiero que te pase nada. Prométeme que tendrás cuidado.

–Te lo prometo –murmuró Finn, después de tragar saliva–. Tengo que irme. Te llamaré en cuanto sepa algo.

Le temblaban los labios mientras subía al jeep.

Había tardado cuatro años en darse cuenta de su error. Cuatro años en crecer y convertirse en el hombre que Sarah había querido que fuera.

Pero ahora que él estaba preparado, ella no lo estaba y no sabía cómo hacerla cambiar de opinión.

«Encuentra a su hija y luego te preocuparás del resto».

Anna estaba esperándolo en el aparcamiento de la comisaría. Le había pedido que lo esperase allí por si acaso Parsons estaba mirando por la ventana.

Según Max, el agente del FBI estaba en el despacho de Finn, preparando un comunicado para la prensa sobre la investigación.

–Jamie y Max van en dirección a Holliday –le informó Anna mientras subía al jeep, sacando un mapa del bolsillo–. Jamie dice que ellos buscarán en las casas marcadas en azul, nosotros en las que están marcadas en rojo.

Finn miró el mapa y luego su reloj. Eran poco más de las doce y tardarían cuarenta y cinco minutos en llegar a Holliday, pero luego tendrían todo el día para investigar.

Había dejado de llover y el sol era tan fuerte que se puso sus gafas de aviador antes de arrancar. Tal vez estaba depositando demasiadas esperanzas en aquella pista, pero su instinto rara vez se equivocaba.

No hablaron mucho durante el viaje, tal vez porque estaba demasiado tenso. No podía dejar de ver el rostro angustiado de Sarah...

Le habría gustado que hubiese podido ir con él. De hecho, llevaba cuatro años deseando estar con ella a todas horas.

Cuando llegaron a Holliday vieron una casa entre los árboles. En el jardín había cinco niños jugando y una mujer con un sombrero regando las flores...

–No creo que vayamos a encontrar a Lucy aquí –dijo Anna.

Finn estaba de acuerdo, pero tenía que investigar, de modo que bajó del jeep y, después de charlar durante cinco minutos con la mujer, retomaron la búsqueda.

Fueron a la siguiente casa marcada en el mapa y luego a otra...

Eran casi las tres cuando Anna tachó otra de las casas marcadas en rojo. Habían estado en trece casas y no había ni rastro de Valerie y Lucy. Jamie y Max tampoco habían encontrado nada por el momento y cada llamada al móvil era una desilusión más.

–Tal vez solo pasaba por aquí –dijo Anna.

–Sí, me temo que podría ser –asintió Finn.

–Gira a la izquierda.

Él siguió sus instrucciones y poco después llegaron a un camino de tierra que daba varias vueltas antes de terminar abruptamente frente a una verja de hierro con un cartel de *No Pasar*. Al otro lado, el camino de tierra se convertía en un camino de hierba flanqueado por unos árboles tan altos que no dejaban entrar el sol.

–Parece que a partir de aquí tendremos que ir caminando.

–Espero que no nos encontremos con un loco apuntándonos con una escopeta –murmuró Anna–. El tipo de la última casa me ha dado un susto de muerte.

–Tú habrías podido con él –bromeó Finn.

–Ah, ya. ¿Es por eso por lo que te escondiste detrás de mí?

–No, es que se me ha olvidado traer el chaleco antibalas.

Riendo, Anna lo siguió entre los árboles.

Finn puso una mano en la culata de su Beretta, aunque sabía que probablemente no se encontrarían con ninguna amenaza. Por el momento, todas las visitas habían sido amables, salvo la del hombre de la escopeta de la última casa.

El problema allí era el calor. El sol apenas se colaba entre las ramas de los árboles, pero la humedad hizo que su frente se cubriera de sudor.

Caminaron a buen paso, apartándose de la hiedra

venenosa y saltando sobre algún tronco caído hasta llegar al borde de un claro en el que había una cabaña hecha de troncos...

Y, de repente, Finn sintió que se le erizaba el vello de la nuca.

–Quédate detrás de mí, Anna.

–Sí, jefe.

Finn guiñó los ojos para mirar la cabaña, a unos cincuenta metros de ellos. Tenía un porche diminuto y viejos muebles de exterior descoloridos por el sol. El balancín del porche se movía con la brisa...

Parecía un sitio abandonado y, sin ningún coche a la vista, dudaba que Valerie hubiese elegido aquella cabaña como escondite. ¿Caminar por el bosque con una niña de tres meses en brazos? No la imaginaba teniendo la paciencia que haría falta para eso y estaba a punto de decírselo a Anna cuando la vio contener el aliento.

–Hay alguien en la ventana, jefe.

Él siguió la dirección de su mirada y vio un rostro pálido en una de las ventanas, irreconocible desde allí.

–No hagas ruido.

Avanzaron hacia la cabaña paso a paso y cuanto más se acercaban, más tenso se sentía. Definitivamente, había alguien en el interior. Una mujer, a juzgar por el largo cabello oscuro.

Como el de Valerie.

Pero no podían avanzar más sin salir de entre los árboles. Tendrían que llegar al claro y entonces serían visibles...

Finn estaba a punto de salir corriendo hacia el porche cuando oyó el grito de un bebé.

–Lucy –murmuró Anna.

Él masculló una palabrota, poniendo la mano sobre la culata de su Beretta. Pero no se atrevía a sacar el arma. ¿Y si Valerie también estaba armada? ¿Y si se asustaba al verlos y le hacía daño a la niña?

–¿Qué hacemos? –preguntó Anna en voz baja–. ¿Tiramos la puerta abajo?

–No sé cuál sería la reacción de Valerie –respondió él–. Espera, vamos a ir despacio.

Finn sacó el arma de la funda mientras salía al claro y, de inmediato, vio un movimiento en la ventana.

–¡Valerie, soy Finn! ¡Solo he venido a hablar! –le gritó–. Vamos a dejar las armas, ¿de acuerdo? No vamos armados –repitió, dejando su pistola en el suelo y haciéndole un gesto a Anna para que hiciese lo mismo–. ¡Valerie, sal de la cabaña! Solo queremos hablar.

Entonces volvieron a escuchar el llanto de la niña y Finn se lanzó hacia el porche. Estaba dispuesto a tirar la puerta de una patada, pero cuando empujó el picaporte comprobó que no estaba cerrada con llave.

En el salón no había nadie, pero Lucy seguía llorando en algún sitio... al fondo de la cabaña.

Se dirigió hacia el pasillo, con sus pesadas botas resonando sobre el suelo de madera, y entonces vio a Valerie Matthews frente a una cuna blanca, apretando a la hija de Sarah contra su pecho.

–¡No voy a dejar que me la quites!

Finn dio un paso adelante, pero se detuvo al ver que Valerie apretaba a la niña con más fuerza.

–Val, mírame.

–No puedes llevártela, Finn.

Sorprendido, vio que sus ojos estaban llenos de lágrimas. ¿Valerie Matthews estaba llorando?

Lucy lanzó un alarido y ella miró a la niña como si no entendiese por qué lloraba.

–Siempre está llorando –murmuró–. ¿Crees que sabe que yo no soy su madre?

Finn no sabía qué decir. Por el rabillo del ojo vio a Anna entrando en el pasillo y le hizo un gesto con la cabeza para que no avanzase.

La situación era demasiado peligrosa. Valerie no

parecía querer hacerle daño a la niña, pero estaba muy alterada. De hecho, estaba temblando mientras Lucy lloraba en sus brazos.

–¿Por qué no dejas a la niña en la cuna? Así podremos hablar tranquilamente.

–¿Crees que soy tonta? En cuanto la deje en la cuna me dispararás.

–No voy a dispararte –Finn abrió los brazos–. ¿Lo ves? No voy armado. No quiero que nadie salga herido, especialmente Lucy.

–Debes de pensar que estoy loca, pero tenía que llevármela. Hay tantas cosas que no sabes...

–Sé que Teresa era su madre biológica.

Valerie lo miró, sorprendida.

–¿Lo sabes?

–Sí, lo sé.

–¡Entonces entenderás por qué tenía que hacerlo! Lucy es mía. Yo soy su tía. Mi hermana habría querido que cuidase de su hija. Lo entiendes, ¿verdad?

Finn tragó saliva.

–Lo entiendo, pero Lucy es la hija adoptiva de Sarah.

–¡Ella se la robó a Teresa!

–Eso no es verdad y tú lo sabes.

Aquella mujer no solo estaba disgustada, sino enajenada. Y Lucy seguía llorando de tal forma que tanto Valerie como Finn se sobresaltaron.

–¡Esa loca sabía que Teresa era su madre biológica! –insistió–. Por eso la mató. Para que Teresa no pudiera recuperar a su hija.

–Sarah no mató a tu hermana –dijo Finn–. Y no robó a Lucy. Teresa renunció a sus derechos legales sobre la niña. Tu hermana dio a Lucy en adopción.

Valerie negó con la cabeza mientras le acariciaba la espalda al bebé.

–Por favor, deja de llorar –le suplicó–. Deja de llorar. Estás a salvo, cariño...

Finn aprovechó la momentánea distracción de Valerie para ponerse en acción. De una sola zancada entró en el cuarto y le quitó a Lucy de un tirón por el que la niña protestó ruidosamente...

–¡Devuélvemela!

Finn puso a Lucy en los brazos de Anna.

–¡Vuelve al jeep!

Anna se dio la vuelta sin decir una palabra mientras Valerie se lanzaba sobre Finn con los puños levantados, llorando y gritando incoherencias.

–¿Cómo puedes hacerme esto? ¿Cómo puedes...? La niña es mía.

Finn sujetó sus manos con una de las suyas. Las lágrimas de Valerie eran auténticas y, en ese momento, vio a la verdadera Valerie Matthews, la hija del borracho del pueblo, una mujer insegura y sola que había perdido a su hermana y cuya única pariente en el mundo le había sido arrebatada.

–¿Cómo puedes hacerme esto...? –susurró, sollozando.

Suspirando, Finn la abrazó para intentar consolarla.

13

A Sarah le pareció escuchar el llanto de un bebé. E incluso en sueños reconoció el llanto de Lucy, con esos hipos que le encogían el corazón.

«Ya voy, cariño», gritó, en silencio. «Voy a buscarte, Lucy».

Los gritos sonaban cada vez más cerca y, asustada, Sarah abrió los ojos de golpe, intentando llevar aire a sus pulmones mientras miraba alrededor, desorientada.

Estaba en su dormitorio y la luz del sol entraba por las cortinas abiertas. Eran casi las cuatro de la tarde, según el reloj de la mesilla.

Finn se había ido varias horas antes y, por alguna razón, tal vez por el pánico que llevaba días intentando disimular, se había quedado dormida.

—Solo ha sido un sueño —murmuró, frotándose los ojos.

¿Entonces por qué seguía escuchando el llanto de su hija?

Conteniendo las lágrimas, se levantó de la cama para envolverse en un chal. Tenía tanto frío y tanto miedo... El llanto de Lucy la volvía loca.

–¿Sarah?

Era la voz de Finn.

Sarah se quedó inmóvil. Ni siquiera lo había oído entrar.

Y el llanto de Lucy seguía sonando en su cabeza... ¡No, no era en su cabeza, sonaba en el piso de abajo!

Sarah salió de la habitación como una tromba. ¡No estaba imaginándoselo, era el llanto de Lucy!

–¡Dios mío! –gritó al ver a la niña en los brazos de Finn–. ¡La has encontrado!

Sarah apretó a Lucy contra su corazón, respirando el dulce aroma de su champú, y la niña le echó los bracitos al cuello.

–Lucy... –temía hacerle daño, pero no podía apartarse ni un centímetro, le explotaba el corazón de alegría–. Mi niña... –susurró, secándose las lágrimas con el dorso de la mano.

Finn observaba la escena con una sonrisa en los labios. Parecía tan aliviado que, sin pensar, Sarah lo incluyó en el abrazo.

–Gracias –le dijo, de todo corazón–. Gracias por traerla a casa.

–Ha sido un placer –murmuró él.

–¿Era Valerie?

Finn asintió con la cabeza.

–Estaba escondida en una cabaña en Holliday. Max y Anna la han llevado a la comisaría... vamos a acusarla de secuestro.

Sarah no sentía la menor simpatía por aquella mujer. Valerie Matthews le había robado a su hija y si Finn no la hubiese encontrado... no, nunca le perdonaría lo que le había hecho pasar.

–¿Crees que ella mató a Teresa?

–No, no lo creo –respondió él–. Tiene una coartada, pero además creo que está sinceramente destrozada por la muerte de su hermana. Teresa era la única familia que tenía, por eso se llevó a Lucy, porque se había quedado sola. Parsons está con ella, ya que el secuestro es «su caso», como no deja de repetir. Pero cuando hablé con él por teléfono para darle la noticia, me recordó que sigues acusada de asesinato, de modo que tengo que ponerme a trabajar.

—Has traído a mi hija a casa. ¿No puedes descansar un rato?

—No, no puedo. Ahora tengo que asegurarme de que Lucy se queda en casa con su madre.

Sus miradas se encontraron y Sarah experimentó una oleada de anhelo. Deseaba tanto echarse en sus brazos y besarlo de nuevo.

Evidentemente, era por el alivio que sentía al tener a Lucy en sus brazos de nuevo. Finn había cumplido su promesa y le había devuelto a su hija. Pero Lucy seguía siendo su prioridad.

—Tengo que darle un baño y meterla en la cuna.

—Y yo tengo que irme a la comisaría. Quiero estar allí cuando Parsons interrogue a Valerie.

Sarah tenía la impresión de que no quería marcharse y ella no quería que se fuera, pero sabía que era lo mejor. Se sentía tremendamente agradecida y sí, también estaban esas chispas de anhelo, pero en aquel momento tenía que atender a su hija. Más tarde lidiaría con sus conflictivas emociones.

—¿Me contarás qué ha dicho Valerie?

—Sí, pasaré luego por aquí.

—¿Quieres venir a cenar? —le preguntó Sarah.

Finn, que iba a abrir la puerta, se quedó inmóvil.

—¿Tú quieres que venga?

—Sí.

—¿A qué hora?

—Tendrá que ser un poco tarde... no sé, ¿a las ocho y media te parece bien?

—Claro.

–Haré algo de pasta. Sé que te gusta la carne, pero no he tenido tiempo de ir al supermercado.

–La pasta me parece bien –dijo él, mirando a Lucy–. Me alegro mucho de que esté de vuelta en casa.

–Yo también.

Cuando Finn se marchó, Sarah cerró con llave antes de subir a su habitación. Lucy se había quedado dormida en sus brazos y experimentó una oleada de ternura al mirar a su hija.

Lucy estaba en casa.

Finn la había llevado a casa.

Finn pasó por su casa para ducharse y cambiarse de ropa después de salir de la comisaría, pero no se molestó en afeitarse. A Sarah le gustaba ese aspecto un poco desaliñado y necesitaba todas las armas que tuviese a mano para ganársela.

Sarah empezaba a convencerse de que podía haber un futuro para ellos. Lo había visto en sus ojos cuando lo invitó a cenar.

Claro que seguramente tendría más posibilidades si descubriera al asesino de Teresa Donovan. Mientras Sarah siguiese acusada del asesinato no estaría abierta a la idea de retomar la relación. ¿Cómo iba a hacerlo si la llevaban a la cárcel?

Había esperado que Valerie pudiese aclararles algo, pero se negaba a hablar. Parsons y él habían intentado interrogarla, pero la mujer que había llorado en sus brazos unas horas antes había desaparecido y en su lugar estaba la antigua Valerie Matthews, tan engreída y dañina como siempre.

Después de decirles que su abogado la sacaría de allí, se había cruzado de brazos exigiendo un café y algo de comer, como una moderna María Antonieta, y no había dicho una palabra.

Finn pensaba hablar con ella a solas al día siguiente, tal vez después de que su abogado la hubiese hecho entrar en razón. No iba a salir de aquello como si no hubiera pasado nada. Había secuestrado a una niña.

Tal vez cuando su abogado le metiese en la cabeza que estaba en un serio aprieto se mostraría más colaboradora. Naturalmente, no esperaba que supiera quién había matado a su hermana, pero en aquel momento necesitaba toda la ayuda posible y cualquier cosa que pudiera contarles le sería de gran ayuda.

Pero ya pensaría en eso al día siguiente; en aquel momento solo podía pensar en la cena con Sarah... y pensaba convencerla para que le diese una segunda oportunidad.

Después de ponerse unos vaqueros limpios y un jersey negro que Sarah le había regalado años antes, Finn salió de su dormitorio y bajó al primer piso, notando por primera vez en mucho tiempo la falta de muebles y objetos decorativos en su granja.

Había vendido años antes la casa que compartió con su madre, pero aquella granja lo hacía sentirse tan solo como cuando era niño. La había comprado pensando que viviría allí con Sarah y cuando ella se mudó por fin tenían tantas ideas sobre cómo reformarla y decorarla...

Pero unos meses después, Sarah se quedó embarazada y la única habitación en la que pensaba era en la del niño.

Seguía allí, frente al dormitorio principal. Ni siquiera la había limpiado en esos cuatro años. Sencillamente, había cerrado la puerta, haciendo un esfuerzo por olvidar lo que había dentro: la cuna de Jason, el papel pintado de color azul y las estanterías llenas de muñecos de peluche. Todo estaba allí, igual que cuatro años antes, pero Finn no quería pensar en ello.

Sin embargo, una burbuja de esperanza se abrió

paso al recordar la habitación que Sarah y él habían de-
corado juntos. Y cuando se imaginó a Lucy en la cuna
se le encogió el corazón.

«Un poco prematuro, amigo».

Sí, desde luego. No debería adelantarse a los acon-
tecimientos. Sarah ni siquiera había aceptado salir con
él y mucho menos mudarse a su casa.

Aun así, Finn iba silbando mientras subía al jeep.

Las luces del piso de abajo estaban encendidas cuando llamó a la puerta con los nudillos, pero Sarah no
respondió.

Pensó en pulsar el timbre, pero no quería despertar
a Lucy, de modo que la llamó en voz baja.

De nuevo no hubo respuesta, pero sabía que estaba
en casa porque podía ver las llaves de su coche sobre
la mesita del pasillo.

Siendo el comisario de Serenade, estaba obligado a
controlar a la persona a la que custodiaba y tenía una
llave de la casa, de modo que abrió la puerta y subió
a la habitación de Lucy.

La habitación estaba a oscuras, salvo por una lucecita
de seguridad en forma de Cenicienta y, en la penumbra,
vio a Sarah frente a la cuna, con su larga melena oscura
cayendo sobre su cara mientras miraba a la niña.

–Sarah –murmuró.

Ella se sobresaltó.

–¿Cómo has entrado?

–Tengo una copia de la llave. Tuve que hacerla porque... en fin, ya sabes.

–Habla bajito, Lucy está dormida.

De puntillas, Finn se acercó a la cuna. Lucy estaba
tumbada de espaldas, preciosa con un pijamita de color rosa.

–Es muy guapa.

–No puedo dejar de mirarla. Te juro que llevo aquí
dos horas... ¡ay, la cena!

La niña se movió al escuchar el grito de su madre y Sarah bajó la voz de inmediato:

–Aún no he empezado a hacer la cena. Estaba...

–Mirando a tu hija –terminó Finn la frase por ella–. No te preocupes, haremos algo juntos.

Aunque no tenía apetito. De hecho, tenía el estómago encogido desde que Sarah lo invitó a cenar. Probablemente no era una reacción muy masculina, pero no podía librarse de las malditas mariposas que revoloteaban en su estómago.

Estaban más cerca que nunca en esos cuatro años y una parte de él temía estropearlo a última hora.

Sarah acarició la carita de su hija por última vez.

–Bueno, vamos a la cocina...

Un pitido interrumpió la frase, seguido de otros pitidos más urgentes.

Sarah cerró la puerta de la habitación y se miró el tobillo.

–¡Se me ha olvidado cambiar las pilas de la pulsera! –exclamó.

El monitor electrónico le recordaba que había otro obstáculo en su camino y Finn tuvo que hacer un esfuerzo para no dar un puñetazo en la pared.

Maldita fuera, ella no se merecía eso. Estar sujeta con una correa mientras el verdadero asesino de Teresa seguía libre...

Intentando contener su rabia, Finn la tomó del brazo para llevarla al dormitorio.

–¿Sigues guardando las pilas en el cajón de la mesilla?

–¿Te acuerdas de eso?

Él ya estaba abriendo el cajón.

–Antes lo guardabas todo aquí: las pilas, una copia de las llaves, lápices, tiritas... nunca entendí por qué necesitabas tenerlo todo a mano. Para eso están los armarios.

–Una mesilla es tan buen sitio como cualquier otro –protestó Sarah.

–Lo que tú digas, cariño –Finn sonrió mientras sacaba las pilas del cajón–. Siéntate, voy a cambiarlas.

Sarah se dejó caer sobre el edredón y él se agachó para levantar su pie. Se había puesto un pantalón negro y un jersey verde que casi le llegaba a las rodillas. Pero al ver sus uñas de color rosa pálido tuvo que tragar saliva. Como al ver sus torneadas pantorrillas y sus delicados pies.

Cuando puso el pie sobre su rodilla, Sarah contuvo el aliento.

–¿Tengo las manos frías?

–No, no.

Finn tuvo que disimular su nerviosismo mientras cambiaba las pilas de la pulsera. En cuanto volvió a cerrar la tapa, el dispositivo dejó de pitar y la lucecita roja se apagó.

Pero no podía soltar su pie. Su piel era tan suave...

Y cuando levantó la mirada notó que sus pezones se marcaban bajo el jersey.

Era evidente que no llevaba sujetador y su boca se convirtió en un desierto.

Incapaz de contenerse, empezó a acariciarle el empeine.

–¿Qué haces?

Sin decir nada, él continuó subiendo la mano hasta su rodilla, su muslo, su cintura, su estómago plano...

Podía ver el pulso latiendo en su cuello, pero la expresión de Sarah no lo desanimaba, al contrario.

Finn siguió subiendo la mano hasta dejarla bajo sus pechos. Y entonces esperó, mirándola a los ojos, para ver si le daba permiso. Y, como no dijo nada, empezó a acariciarla hasta que ella dejó escapar un suspiro.

–Finn...

–Dime que pare. Dilo y me iré de esta habitación.

Sarah abrió la boca para decir algo y Finn espero, rezando para que no lo dijese.

–Tócame –susurró Sarah.

Antes de que pudiese cambiar de opinión, Finn enredó los dedos en su pelo y buscó sus labios en un beso que contenía todo el deseo de esos cuatro años. La oyó gemir y relajarse mientras abría los labios para que pudiese explorarla a placer...

Con todos los músculos de su cuerpo tensos, excitado como nunca, con la erección empujando contra la cremallera del pantalón, Finn se entregó al beso.

Había estado con algunas mujeres desde que se separó de Sarah, pero ninguna le había inspirado una reacción tan primitiva. Ninguna había hecho que su corazón latiese como si quisiera salirse de su pecho. Sarah era la única que le hacía eso, la única que podía satisfacer su apetito.

Mientras sus lenguas danzaban, Finn le quitó el jersey. Sus pechos desnudos brillaban a la luz de la luna que entraba por la ventana y se mareó durante un segundo, perdido en la increíble visión de los pezones rosados que suplicaban su atención.

Inclinó la cabeza para tomar uno entre los labios, haciendo círculos alrededor de la aureola con la punta de la lengua, chupando y lamiendo mientras metía una mano entre sus piernas para acariciarla por encima del pantalón.

Ella arqueó la espalda y Finn apretó la palma de la mano contra su centro...

–Quítate la ropa –murmuró, tirando hacia abajo del elástico del pantalón.

Se quitaron la ropa el uno al otro con manos ansiosas y cuando estuvieron desnudos cayeron sobre la cama.

Finn se colocó sobre ella, suspirando de felicidad al sentir las suaves curvas, los rosados pezones rozando su torso.

Hundiendo la cara en su cuello, besó su garganta y deslizó la boca por sus clavículas y sus pechos mientras Sarah clavaba las uñas en sus hombros, enredando las piernas en su cintura.

–Te he echado de menos –susurró.

–Yo también –dijo Finn con voz ronca.

Chupó un pezón y luego sopló sobre él, sintiéndola temblar. Y cuando deslizó una mano entre sus cuerpos para acariciarla entre las piernas la encontró húmeda de deseo.

Finn siguió explorándola lentamente antes de introducir un dedo en su interior y estuvo a punto de perder el control al notar que sus músculos internos se cerraban sobre él.

Podría estar tocándola durante días, meses. Y nunca se cansaría de ella.

Inclinó la cabeza para besarla de nuevo y mientras pasaba la lengua por sus labios dejó escapar un gemido ronco. Sabía sin la menor duda que allí era donde debía estar; aquel era su sitio, con Sarah. Siempre había sido así.

–Me estás haciendo sufrir –murmuró ella.

–¿Te estás quejando?

–No, solo pensando en mi venganza.

–¿Venganza?

Antes de que pudiese seguir hablando, Sarah lo empujó para colocarse sobre él a horcajadas. Se inclinó hacia delante, su largo pelo cayó en cascada sobre uno de sus hombros, haciéndole cosquillas en el torso. Cuando buscó sus labios, Finn estuvo a punto de perder la cabeza. Respirando por la nariz, apretó los puños para no moverse.

Las manos de Sarah y su traviesa lengua hacían que no pudiera pensar. Ella besaba su torso, acariciando sus tetillas con la punta de la lengua...

El mundo empezó a dar vueltas y se olvidó de respirar cuando empezó a moverse hacia abajo, acercándose peligrosamente a su erección y haciéndolo temer que aquel encuentro acabase avergonzándolo.

Finn tuvo que apretar los dientes cuando pasó la lengua por su miembro una vez, dos... y luego tiró de su pelo suavemente para obligarla a apartarse.

–Estoy demasiado cerca, cariño –murmuró.

Sarah esbozó una sonrisa.

–¿Qué ha sido del famoso aguante de Finnegan?

Él tuvo que contener la risa.

–Solo he tenido que mirarte y ha desaparecido.

La risa de Sarah lo excitó aún más. Le encantaba su risa, ese sonido melódico, ronco. Había pasado tanto tiempo desde que vio ese brillo en sus ojos.

Ella saltó de la cama entonces y Finn la miró, perplejo.

–¿Qué haces?

Entonces vio que estaba abriendo el cajón de la mesilla para sacar un preservativo. Le temblaban las manos mientras abría el paquetito y se lo ponía. Se sentía como un adolescente sin control, temiendo meter la pata.

Pero Sarah no se quejó cuando se colocó sobre ella y la penetró con una poderosa embestida. Gimiendo, enredó las piernas en su cintura, clavando los talones en sus nalgas mientras se movía dentro de ella.

Era tan estrecha que Finn lanzó un gemido de desesperación. Pero no era suficiente, necesitaba más. Lo necesitaba todo.

Sin dejar de besarla, con sus lenguas enredándose la una con la otra, aumentó el ritmo de las embestidas... cada vez más deprisa, con más fuerza, hasta que Sarah gritó su nombre. Y cuando murmuró un ferviente: «sí», Finn se dejó ir.

El placer hizo que se marease. Era como una descarga eléctrica que empezaba en la espina dorsal y lo recorría entero...

Finn dejó que el placer lo envolviese, aquella increíble sensación que lo hacía temblar.

Cuando por fin bajó a la Tierra y oyó a Sarah riendo de nuevo, el precioso sonido era como una caricia en su corazón, abrió los ojos.

–¿De qué te ríes?

–De nada. Es que me parece asombroso –respondió ella, abrazándolo.

Sin soltarla, Finn se tumbó de espaldas y Sarah apoyó la cara en su torso.

Pero mientras la abrazaba, saciado y emocionado, no pudo evitar hacerle una pregunta:

–¿Me darás otra oportunidad?

14

Sarah se incorporó para apoyarse en el cabecero de la cama, el placer que había sentido unos segundos antes se había convertido en tristeza. ¿Por qué tenía que insistir?

Había pensado que el sexo sería suficiente, pero Finn no era capaz de conformarse con una parte, siempre lo quería todo.

Aunque no se había acostado con él para hacer que olvidase el deseo de retomar la relación. Se había acostado con él porque lo deseaba y no podía negar que aquel hombre tenía un increíble poder sobre ella. La hacía sentirse viva, feliz.

Pero también tenía el poder de destruirla.

—¿Me has oído? —le preguntó.

—Sí, te he oído —Sarah suspiró—. Pero no sé qué decir.

Finn se levantó para tomar sus calzoncillos del suelo y Sarah no pudo apartar la mirada de su cuerpo: las musculosas piernas, el estómago plano, el vello oscuro que se perdía bajo el elástico del calzoncillo.

Con el cabello despeinado y la sombra de barba tenía un aspecto sexy e increíblemente atractivo. Siempre le había gustado esa pinta de chico malo.

–Podrías decir que sí –sugirió él–. Podrías darme otra oportunidad.

–Ya te he dicho que tengo que pensar en Lucy.

–¿Crees que yo le haría daño?

–No intencionadamente –respondió Sarah–. Pero no quiero que se encariñe contigo para que luego te marches si las cosas no funcionan entre nosotros.

Finn se acercó a los pies de la cama.

–¿Quién dice que no va a funcionar? No recuerdo que antes fueras tan pesimista.

–Soy realista –dijo ella, saltando de la cama para buscar sus bragas. Estaban bajo la cama y eso la irritó aún más. Siempre perdía el control cuando estaba con Finn...

–Estás asustada y entiendo por qué. Sé que no confías en mí, pero solo puedo demostrarte que he cambiado si me das otra oportunidad. Si das un salto de fe y me abres tu corazón otra vez.

–No sé si puedo hacerlo.

–¿Entonces por qué estoy aquí? –le preguntó Finn, enfadado.

Sarah lo miró a los ojos. Tenía razón. ¿Por qué estaba allí? ¿Por qué había dejado que le hiciese el amor? ¿Por qué estaba dispuesta a entregarle su cuerpo pero no su corazón?

«Porque ya te lo rompió una vez».

–Te quiero, Sarah.

–Finn...

–Y quiero estar contigo –siguió él, con voz ronca–. Pero no como un amante ocasional, alguien con quien te acuestas cuando te apetece. Quiero tener una relación contigo.

Los ojos de Sarah se llenaron de lágrimas. Por un lado, le hubiera gustado echarse en sus brazos y decir que lo quería, pero no era capaz de hacerlo. No podía dejar de recordar la última vez que había pronunciado esas palabras, sentada en el suelo de la cocina, rogándole que se quedara.

–No sé si puedo darte lo que quieres –susurró–. No puedo tomar esa decisión ahora mismo. Necesito tiempo.

–¿Tiempo para qué? ¿Quieres encontrar razones para no estar juntos? No puedo quedarme sentado esperando que decidas si merezco tu amor. O me quieres o no. O quieres intentarlo otra vez o no quieres.

–Eso no es justo –protestó ella–. ¿Por qué todo tiene que ser cuando tú quieras, en tus términos?

–Porque estoy enamorado de ti, cariño. Porque quiero estar contigo y he cambiado, de modo que o te arriesgas o no.

Si quería que hubiese una oportunidad para ellos tendría que arriesgarse, pensó Sarah. Pero, por mucho que lo intentase, no podía controlar el pánico.

–Ven a vivir conmigo –insistió Finn.

–¿Qué?

–Vamos a empezar otra vez. En mi casa, juntos. Incluso hay una habitación para Lucy.

Sarah apretó los labios.

–No, no puedo. Es demasiado rápido. No puedo tomar esa decisión ahora mismo.

–Porque te da miedo.

–¿Y crees que darme un ultimátum es la mejor manera de que no tenga miedo? Solo te estoy pidiendo un poco de tiempo, Finn. ¿Por qué todo tiene que ser cuando tú digas?

–Porque ya he perdido demasiado tiempo –respondió él–. Porque te quiero y deseo estar contigo. La cuestión es si tú quieres estar conmigo.

–Yo...

Finn contuvo el aliento cuando no terminó la frase.

–Entiendo que eso es un «no».

–No seas así, espera un poco.

–Lo siento, Sarah, pero no voy a esperar a que tú decidas si me quieres o no –dijo él mientras terminaba de vestirse.

Sarah suspiró.

¿Por qué se ponía tan difícil? Su problema no tenía nada que ver con el amor y él lo sabía. Era una cuestión de confianza y sí, de miedo. ¿Cómo podía no entenderlo después de lo que había pasado la última vez?, se preguntó, irritada.

Muy bien, si quería ser un idiota, que lo fuera.

–Entonces, vete. Porque no tiene sentido que te quedes, ¿no?

Finn la miró, indeciso durante un segundo.

–No, parece que no –dijo por fin.

Y luego se dio la vuelta y salió de la habitación.

A las once de la mañana, Finn consiguió hablar con Valerie Matthews a solas. Había estado con su abogado, un hombre del bufete en el que trabajaba, durante las últimas dos horas. Él había estado esperando en el pasillo y por fin, cuando el abogado decidió salir a comer, aprovechó la oportunidad.

Finn entró en la sala de interrogatorios y Valerie torció el gesto al verlo.

–No tengo nada que decir, Finnegan.

–No, ya me lo imagino. Pero yo sí tengo algo que decirte –Finn se sentó frente a ella y, por un momento, no vio a Valerie, sino a Sarah.

Recordaba lo angustiada que había estado cuando la interrogó y esa imagen casi derritió el hielo en el que había envuelto su corazón desde que salió de su casa por la noche.

Probablemente no debería haberle dado un ultimátum. Ahora lo lamentaba, pero en ese momento estaba demasiado enfadado como para pensar con claridad.

Ni siquiera el sexo, un sexo increíble, había logrado convencerla para que le diese otra oportunidad.

Había salvado a su hija y estaba intentando encontrar al asesino de Teresa Donovan para limpiar su nombre. No sabía qué más podía hacer para demostrarle que la amaba, que había cambiado de verdad.

Intentando olvidarse de Sarah, Finn se concentró en Valerie.

—Vas a ir a la cárcel, Val. No sé qué te habrá dicho tu abogado, pero haga lo que haga no va a poder sacarte de este aprieto.

—¿Qué sabes tú? No eres más que un comisario de pueblo.

—Sé lo que permite la ley y lo que castiga —replicó él—. Y ningún jurado se va a tragar como eximente la locura temporal o lo que te haya ofrecido tu abogado. Tú planeaste muy bien el secuestro, lo tenías todo preparado. Mis alguaciles me han dicho que había biberones y ropa de bebé en la cabaña y eso se llama premeditación. Vas a ir a la cárcel, Valerie.

—Eso no es verdad.

—Sí lo es —Finn se echó hacia atrás en la silla como si tuviera todo el tiempo del mundo, cuando en realidad no lo tenía. Gregory pensaba llevar el caso de Sarah a juicio en cuatro días, a menos que él pudiese detenerlo—. Pero la sentencia podría ser reducida si colaborases con nosotros.

Ella enarcó una ceja.

—¿Cooperar cómo? ¿Qué información puedo daros?

—Puedes decirme quién mató a Teresa, para empezar.

—¿Y cómo voy a saber yo quién mató a mi hermana?

Como había sospechado, Valerie no sabía quién era el asesino. Pero tal vez podría darle alguna pista.

—Teresa y tú teníais una relación muy cercana y me imagino que te contaría con quién se acostaba. Sabemos lo de Ian Macintosh y Parker Smith, pero también sabemos que hubo otros.

Valerie apartó la mirada y Finn tuvo que contener una exclamación de triunfo. Sabía algo, estaba seguro.

–Mi hermana era una persona a la que nadie entendía –empezó a decir–. Solo engañó a Cole porque la dejó abandonada. Nunca estaba con ella.

–No estoy interesado en los motivos, solo en los nombres. Dame un nombre, Valerie.

Ella tragó saliva.

–No sé con quién se relacionaba mi hermana.

–Eso es mentira, Teresa te lo contaba todo.

–No todo.

–Pero me imagino que te pondrías furiosa al descubrir que había tenido una hija y la había dado en adopción. ¿Cuándo te lo contó?

–No me lo contó –respondió Valerie. Y luego cerró la boca al darse cuenta de lo que había dicho.

–¿No te lo contó? ¿Entonces cómo descubriste la identidad de Lucy?

Ella suspiró, derrotada.

–Me llegó una factura del hospital de Raleigh por correo –admitió por fin–. Era la factura de unas pruebas que no cubría el seguro. Como yo no me había hecho ninguna prueba llamé al hospital y fui informada de que había tenido una hija –Valerie sacudió la cabeza, incrédula–. De inmediato sumé dos y dos y me di cuenta de lo que había pasado.

–Y sedujiste al pobre chico del laboratorio para ver quién había adoptado a tu sobrina –dijo Finn–. ¿Qué más cosas descubriste?

–¿Qué quieres decir?

–¿Sabes quién es el padre de la niña?

Valerie volvió a apartar la mirada y él supo que había dado en el clavo.

–Lo sabes, ¿verdad? ¿Quién es, Val?

–No sé de qué estás hablando.

–No juegues conmigo –dijo Finn entonces, enfadado–. Te prometo que si me das esa información, haré todo lo posible para que la condena sea menor. Incluso hablaré con el juez.

La reticencia de Valerie era palpable, pero en sus ojos vio un brillo de esperanza. Ella sabía que era un hombre de palabra, lo había demostrado trabajando sin descanso para encontrar al asesino de su hermana, por mucho que odiase a Teresa.

–Lo hablaré con mi abogado –dijo Valerie por fin.

–Muy bien. Espero que luego hables conmigo. No podemos perder el tiempo, Val. No podré resolver el asesinato de tu hermana a menos que pueda atar todos los cabos.

–Ya lo has resuelto –dijo ella–. Sarah Connelly mató a mi hermana y espero que se pudra en el infierno.

–Sarah no ha matado a nadie y tú lo sabes –replicó Finn–. De modo que sigue habiendo un asesino suelto y si quieres vengar la muerte de tu hermana, te sugiero que ayudes en la investigación.

Estaba levantándose de la silla cuando Max asomó la cabeza en la sala.

–He traído un café para la señorita Matthews.

Finn contuvo un suspiro. No le sorprendería que Valerie estuviese enviando a su alguacil a hacer recados.

Cuando entró en su despacho, su irritación aumentó al ver a Parsons detrás de su escritorio, leyendo el informe que Anna había redactado sobre el rescate de Lucy.

–Pensé que había dejado claro que el caso del secuestro lo llevaba yo.

–No había tiempo –dijo Finn–. El detective de Cole Donovan encontró una pista y usted estaba entrevistando a los compañeros de trabajo de Valerie. Había que hacer algo rápidamente y lo hice.

–Decidió ponerse una medalla, querrá decir –protestó Parsons–. Estoy harto de esa actitud tan poco profesional, Finnegan. Y, para su información, estoy en contacto con el alcalde y le he dejado bien claro lo que pienso de usted.

–Dígale lo que quiera al alcalde. La gente de Serenade sabe por quién han votado –replicó él–. Y ahora, si me perdona, tengo trabajo que hacer y está usted en mi silla.

Parsons se levantó, airado.

–Estaré trabajando en la mesa del alguacil Patton. Voy a redactar un informe sobre el rescate para mi supervisor.

–No olvide mencionar que fui yo quien encontró a Lucy.

Parsons salió sin decir una palabra más y Finn sonrió para sí mismo. Un poco infantil, desde luego, pero aquel hombre lo sacaba de quicio.

Una vez sentado frente a su escritorio, sacó del cajón la carpeta con los interrogatorios que sus alguaciles y él habían hecho tras la muerte de Teresa. El primero era el de Parker Smith, el joven camarero con el que Teresa se acostaba, el único cuyo nombre había revelado a Cole.

Cinco minutos después, buscó el siguiente interrogatorio y leyó cada uno cuidadosamente, intentando encontrar algo que no hubiera visto antes. Pero cuando cerró la carpeta no sabía nada nuevo. Todo el mundo decía que Teresa se jactaba de sus amantes, pero nadie podía darle un nombre.

Sin embargo, Finn estaba seguro de que uno de esos hombres era el asesino. Estaba particularmente interesado en el padre biológico de Lucy, pero a menos que Teresa se levantase de la tumba para darles esa información, no sabía cómo averiguar su identidad.

Al mirar el reloj en la pantalla del ordenador vio

que eran más de las doce. Llevaba una hora leyendo informes y su estómago empezaba a protestar.

No había comido nada en todo el día. Cuando se despertó por la mañana no tenía apetito... era como si tuviera una piedra en el estómago desde que salió de la casa de Sarah.

Cuatro años antes, ella le había suplicado que se quedase...

La noche anterior, le había dicho que se fuera.

Y, como un idiota, él se había ido por segunda vez. ¿Por qué no se había quedado? ¿Por qué no había intentado hacerle ver que era sincero?

«Está demasiado asustada como para verlo».

Finn dejó escapar un suspiro. Sí, así era; Sarah temía volver a sufrir por su culpa y herir a Lucy en el proceso. Finn adoraba a la niña y estaba loco por la madre.

Pero desearía que Sarah confiase en él...

—¡Que alguien llame a una ambulancia!

Ese grito interrumpió sus pensamientos.

¿Qué demonios...?

Cuando salió del despacho, chocó contra Parsons en el pasillo.

—¿Qué ocurre?

—No lo sé...

Anna y Max estaban en la puerta de la sala de interrogatorios y Finn se quedó inmóvil al ver a Valerie en el suelo y a Robert McNeil, su abogado, intentando reanimarla. El hombre levantó la cabeza, angustiado.

—¡Llamen a una ambulancia! —repitió—. No respira. Volví de comer y la encontré en el suelo... ¿Por qué no había nadie vigilándola?

Valerie tenía los ojos cerrados, su rostro más pálido que la nieve contrastaba con el pelo negro extendido por el suelo. Era como ver el cadáver de Teresa otra vez, salvo que no había sangre; ninguna explicación de lo que había pasado.

Finn sintió un escalofrío en la espina dorsal mientras ponía dos dedos en su cuello para tomarle el pulso...

Nada.

No había pulso.

Valerie estaba muerta.

15

Finn no podía creerlo. Valerie estaba muerta... pero ¿cómo? ¿Y por qué? Había hablado con ella una hora antes y no había visto ninguna señal de que... en fin, de que fuese a morir pronto. ¿Qué había sido, un infarto fulminante?

Estaba dándole vueltas a todas las posibilidades cuando salió al pasillo, donde Parsons, Max y Anna esperaban, tan sorprendidos como él.

–¿Qué ocurre? –preguntó Anna.

–Valerie ha muerto.

Anna y Max lo miraron, perplejos.

–¿Cómo que ha muerto? –exclamó Parsons–. Hablé con ella hace una hora.

–Y yo también –dijo Finn, pasándose una mano por el pelo–. Pero ahora está muerta. Anna, llama al forense y dile que venga de inmediato. Tenemos que descubrir qué le ha pasado.

Anna chocó contra la agente Andrews, que salía en ese momento del despacho con un papel en la mano.

–Agente Parsons...

–Ahora no, Charlene –la interrumpió él–. ¿Quién la vio además de nosotros?

Finn torció el gesto.

–¿Cree que ha sido asesinada?

–No lo sé, pero no podemos descartarlo. Es muy sospechoso que haya aparecido muerta una hora después de ser acusada de tener un cómplice en el secuestro.

¿Parsons la había acusado de tener un cómplice?

Sí, era posible que estuviese conchabada con alguien, tal vez el amante de su hermana...

Finn volvió a mirar hacia la sala de interrogatorios y vio a McNeil intentando reanimar a Valerie. El hombre parecía absolutamente aturdido... en fin, no debía de ser muy habitual que tu cliente muriese en una sala de interrogatorios y Finn sospechaba que McNeil se encontraba en estado de shock.

Pero también estaba destruyendo pruebas sin darse cuenta.

–Ha muerto –le dijo, poniendo una mano sobre su hombro–. Tiene que apartarse, McNeil, el forense llegará enseguida. ¿Por qué no se toma una taza de café?

El abogado se levantó y salió de la sala, aturdido.

Finn se volvió hacia Parsons.

–Muy bien, los dos hemos hablado con Valerie y Anna le llevó un vaso de agua esta mañana.

–Y yo una taza de café –dijo Max.

–¿Alguien más entró en la sala?

–Agente Parsons... –empezó a decir la agente Andrews–. Tengo que decirle algo...

–Ahora no, Andrews –volvió a interrumpirla él–. ¿Quién más ha entrado en la sala?

–Nadie –respondió Finn.

–Supongo que el doctor Bennett podría haber entrado... –empezó a decir Max.

–¿El doctor Bennett ha estado aquí?

–Lo vi en el vestíbulo y me dijo que venía a hablar con usted, así que le pedí que esperase en el despacho –respondió el alguacil.

–Yo no he visto al doctor Bennett.

–Pero me dijo...

–¿Pueden hacerme caso, por favor? –escucharon entonces una voz femenina.

Todos se volvieron hacia la agente Andrews, que estaba muy pálida y sujetaba un papel como si contuviera secretos de Estado.

–¿Qué ocurre, Charlene? –preguntó Parsons.

–He estado hablando con Walter Brown como me pidió –Andrews se volvió hacia Finn–. El hombre que organizó una fiesta en Grayden y a quien le robaron la pistola.

–Sí, lo sé. ¿Qué ha descubierto?

–Me ha dado una lista de los vecinos de Serenade que estuvieron en la fiesta. La mayoría eran hombres mayores que habían trabajado en la fábrica de papel con él, pero miren esto...

Finn miró el papel y se quedó sorprendido al ver el nombre de Travis Bennett.

–¿El doctor Bennett estuvo en la fiesta?

–Y no solo eso. Brown le mostró la pistola y Bennett dijo que le gustaría tener una igual.

–Será canalla... –murmuró Finn.

Había estado en la fiesta de Brown y también en la comisaría poco antes de la muerte de Valerie.

–¿Quién es ese Bennett? –preguntó Parsons.

–El médico que lleva la clínica de Serenade. Seguramente lo habrá visto cuando fue al laboratorio, están en el mismo edificio.

La clínica y el laboratorio estaban en el mismo edificio...

–¡Él la inculpó! –exclamó Finn entonces–. Cambió los resultados de las pruebas forenses y puso una huella de Sarah. Debió de entrar en el ordenador de Tom, el técnico del laboratorio, y cambió el resultado de las pruebas de ADN.

–¿De qué está hablando? –exclamó Parsons.

–Bennett ha inculpado a Sarah del asesinato de Teresa. Él debía de ser uno de sus amantes.

–Eso es suponer demasiado.

–Es lo más lógico. Bennett tuvo acceso a la escena del crimen, de modo que pudo alterar los resultados. Y también tuvo la oportunidad de robarle la pistola a Brown –Finn masculló una palabrota–. Y creo que está en lo cierto: Valerie tenía un cómplice en el secuestro de Lucy: Bennett. Y él la ha matado para que no hablase.

–A menos que muriese por causas naturales –dijo Parsons.

–No ha muerto por causas naturales –oyeron una voz tras ellos.

Len Kirsch, el forense, salía de la sala de interrogatorios quitándose unos guantes quirúrgicos. Finn no lo había visto entrar porque estaba distraído.

–Creo que la señorita Matthews ha muerto por asfixia –anunció, guardando los guantes en su maletín–. He encontrado hemorragias petequiales en sus ojos, lo cual es un signo de...

–¿Qué?

–Hemorragias –repitió el forense–. Son pequeños corpúsculos de sangre que se producen cuando hay un sangrado y, normalmente, son provocados por la asfixia.

Finn frunció el ceño.

–¿Valerie ha sido asfixiada?

–Tengo que hacer las pruebas en el laboratorio, pero parece una asfixia interna, tal vez inducida por una droga.

–Pero Valerie no tomaba drogas.

–He encontrado un pinchazo en el cuello, de modo que tal vez le inyectaron algo. Seguramente fenobarbital. Los médicos lo usan para las eutanasias porque detiene el reflejo respiratorio y provoca la muerte por asfixia.

La palabra «médico» puso a Finn en alerta. Bennett tenía acceso a todo tipo de medicamentos y había estado allí menos de una hora antes.

–Maldita sea, Finnegan, creo que tiene razón –dijo Parsons, volviéndose hacia la agente Andrews–. Ve a la clínica de Bennett e intenta traerlo aquí. Dile que necesitamos hacerle unas preguntas...

–No estará allí –lo interrumpió Finn.

–¿Cree que ya se habrá ido del pueblo?

–No –respondió él, corriendo hacia la puerta–. Creo que va en busca de Sarah.

Cuando sonó el timbre, Sarah experimentó una oleada de alegría y angustia a la vez. Debía de ser Finn, para contarle qué había dicho Valerie durante el interrogatorio, pero tenía miedo de mirarlo a los ojos y ver la fría expresión que había visto el día anterior.

Sabía que le había hecho daño negándose a retomar su relación inmediatamente, pero no podía olvidar que la había abandonado en el peor momento de su vida.

Finn la había acusado de tener miedo... pues claro que tenía miedo. Y no solo de que le rompiera el corazón otra vez, sino de que desapareciera de sus vidas cuando Lucy se hubiese acostumbrado a estar con él.

Suspirando, tomó el monitor de la cocina y se dirigió a la puerta. Lucy estaba dormida en su habitación después de jugar largo rato en el jardín. Habían disfrutado del sol mientras la niña movía las piernecitas sobre una manta...

El timbre sonó de nuevo y Sarah apresuró el paso, pero cuando abrió la puerta se quedó sorprendida al ver a Travis Bennett en el porche.

–Hola, Travis. Entra.

Entonces vio que llevaba en la mano una lata metálica.

–¿Qué es eso? ¿Una lata de gasolina?

Travis no respondió y Sarah empezó a alarmarse.

–¿Qué ocurre? ¿Qué haces aquí?

–He venido a buscar a mi hija.

Ella lo miró, boquiabierta.

–¿Qué?

–He venido a buscar a mi hija, Lucy.

Sarah se llevó una mano al corazón. ¿Qué estaba diciendo? ¿Y por qué llevaba una lata de gasolina?

Antes de que pudiese decir nada, Travis se lanzó sobre ella y la empujó contra la pared, apoyando el antebrazo en su garganta de tal forma que apenas podía respirar.

–No tengo mucho tiempo, Sarah. Por favor, no me lo pongas más difícil. Solo quiero a mi hija.

–¿Tu... hija? –repitió ella–. Lucy es mía, la he adoptado legalmente.

–¡Porque esa zorra no quería saber nada de ella! –gritó Travis–. No me dijo que estuviera embarazada, de haberlo sabido nunca habría aceptado que la diese en adopción.

Sarah intentó apartarse, pero él hizo presión con el antebrazo.

–Teresa no me dio ninguna opción, pero ahora la tengo y quiero ser el padre de esa niña.

Ella no se podía creer lo que estaba oyendo. ¿Travis había tenido una relación con Teresa Donovan? ¿Travis era el padre de Lucy?

Y entonces se le ocurrió algo mucho más horrible.

–Tú la mataste –murmuró.

Él asintió con la cabeza.

–Eso fue un error.

–¿La disparaste al corazón por error?

–Solo llevé la pistola para amenazarla, para que me dijera qué había hecho con mi hija. Le di la oportunidad de enmendar su error, pero Teresa se jactaba de haberse librado de la niña, así que le disparé.

El Travis Bennett al que ella conocía había desaparecido, convirtiéndose en un extraño. Podía imaginar su conversación con Teresa... y a ella burlándose como hacía siempre. Travis había perdido a su esposa y sus hijos y descubrir que tenía una hija que había sido dada en adopción sin contar con él debió de destrozarlo tanto como la muerte de su familia en el incendio...

El incendio.

Sarah miró la lata de gasolina que tenía en la otra mano. ¿Pensaba incendiar su casa con Lucy dentro?

No, Travis quería a Lucy, él mismo lo había dicho.

En ese momento, escuchó el llanto de Lucy por el monitor, que seguía llevando en la mano.

–¿Es ella? ¿Es mi hija?

–Es mi hija –respondió Sarah.

–¡No! –gritó Travis–. Nadie va a quitármela, ni siquiera tú. Valerie y yo habíamos acordado criar juntos a la niña, pero ahora que Valerie ya no está...

–¿Qué?

–Iba a contarle a la policía que yo era su cómplice en el secuestro de Lucy y yo no podía dejar que lo hiciera.

–¿Erais cómplices? ¿Valerie se unió a ti aun sabiendo que habías matado a su hermana?

–Ella no lo sabía. Nadie lo sabía. Pero ahora tú lo sabes y me imagino que el comisario lo habrá averiguado –Travis la agarró por el cuello de la camisa para apartarla de la pared.

–¿Qué haces?

Sarah vio, aterrorizada, que empezaba a echar gasolina por el suelo y las paredes mientras la empujaba hacia la escalera.

En ese momento decidió soltarse y correr escaleras arriba, pero Travis la agarró del cuello como si le hubiera leído el pensamiento.

–Ni se te ocurra –le advirtió–. Te dejaré en un charco de gasolina si intentas escapar. Vamos, sube.

Debería luchar, darle una patada en la entrepierna, pero Travis era un hombre más alto y más fuerte que ella y si la dejaba inconsciente... mientras cooperase no pasaría nada, se dijo. No prendería fuego a la casa hasta que hubiera salido con la niña, pero temía que se asustase si lo atacaba y acabara matándolas a las dos.

Respirando profundamente, Sarah empezó a subir la escalera, mirándolo de soslayo.

–Me inculpaste del asesinato de Teresa.

–Tuve que hacerlo –dijo él–. Intenté inculpar a Donovan, pero no salió bien y cuando me dijiste que habías amenazado a Teresa en el supermercado me imaginé que podría usar eso.

–¿Para ocultar que eres un asesino?

–Soy un padre engañado. Soy la víctima. Esa zorra pensó que podía robarme a mi hija aun sabiendo lo que había sufrido al perder a mi familia. Merecía morir.

–¿Y yo qué? ¿Yo también merezco morir?

Habían llegado al segundo piso y Travis negó con la cabeza.

–No, tú no mereces morir. Pero es la única manera.

–No tiene por qué ser así. ¿Y si te dejase ver a Lucy? Podríamos llegar a un acuerdo sobre derechos de visita...

–¿Dejarme verla? –repitió Travis–. Es mi hija, no la tuya. Nunca ha sido tuya. ¿Dónde está?

Sarah iba a mentir señalando otra habitación, pero entonces Lucy empezó a llorar...

–No...

Travis la metió de un empujón en el baño pequeño, frente al cuarto de la niña, y cerró la puerta a toda prisa.

–¡Travis!

Sarah empujó el picaporte, pero no se movía. Él estaba sujetándolo desde el otro lado. Y luego escuchó un ruido, como si estuviera arrastrando algo por el suelo... estaba colocando una barricada frente a la puerta.

–¡Travis! –gritó–. ¡Déjame salir! ¡No tienes que hacer esto!

Pero no hubo respuesta, solo el llanto de Lucy. Sarah dio un par de pasos hacia atrás y luego se lanzó contra la puerta, golpeándola con el hombro. Pero la puerta no se movió.

Y ya no podía oír el llanto de Lucy.

Siguió lanzándose contra la puerta a pesar del dolor del hombro, pero Travis la había bloqueado. Aterrada, volvió a gritar:

–¡Travis! ¡Sácame de aquí!

Sus ruegos no fueron atendidos y no podía oír nada. Ni pasos, ni el llanto de su hija, nada.

Y entonces empezó a oler a humo.

16

Finn no podía creer lo que veía cuando detuvo el jeep.

La casa de Sarah estaba ardiendo.

Horrorizado, miró las llamaradas que consumían las cortinas del segundo piso. El humo salía por las ventanas, llevado por la brisa...

–¿Qué demonios está pasando aquí? –exclamó Parsons, saltando del jeep.

Finn saltó tras él, atónito. Y más aún al ver un Lexus aparcado a unos metros de la puerta. Le había sorprendido tanto el fuego que no había visto el coche. No era el de Sarah, ella tenía el suyo en el garaje.

Bennett.

–Está aquí –dijo, sacando el móvil del bolsillo para tirárselo a Parsons–. Marque el seis, es el número de los bomberos. ¡Y dígales que vengan enseguida!

Luego se lanzó hacia el porche, justo en el momento en el que Travis Bennett abría la puerta con Lucy en brazos. La niña dejó escapar un grito al verlo, pero Bennett entró en la casa de nuevo y cuando Finn se lanzó hacia la puerta ya había cerrado con llave.

–¡Travis! –gritó–. ¡Abre la puerta!

Parsons se acercó en ese momento.

–¡Por la parte de atrás! –le gritó–. Puede que intente salir por allí.

Parsons salió corriendo mientras sacaba su pistola de la funda y Finn golpeó la puerta con el hombro una y otra vez. Cuando sintió que cedía le dio una patada y entró en el vestíbulo como una tromba.

El humo lo cegó por un momento y, cubriéndose la cara con el faldón de la camisa, corrió por el pasillo siguiendo el llanto de Lucy.

La cocina, Bennett estaba en la cocina. Pero ¿dónde estaba Sarah? La llamó a gritos, pero no obtuvo respuesta. Notó entonces el olor a gasolina y vio que la alfombra que había al pie de la escalera estaba empapada...

Cuando las llamas llegasen allí todo saltaría por los aires.

Después de un segundo de indecisión, se dirigió a la cocina y vio a Bennett intentando salir al jardín.

–¡Travis, no te muevas!

Bennett no le hizo caso, sujetando a la niña con una mano mientras buscaba el picaporte con la otra. Acababa de abrir la puerta cuando Parsons apareció, encañonándolo con la pistola.

Bennett se dio la vuelta, pero se encontró frente al cañón de otra pistola y Finn vio un brillo de pánico en sus ojos.

–No hay salida –le advirtió–. Dame a la niña.

–¡Es mi hija, Finnegan! ¡No pienso dártela ni a ti ni a nadie!

El fuego debía de estar empezando a llegar al piso de abajo y el calor era insoportable. Finn estaba sudando y Bennett también.

–Si te importa tu hija, se la entregarás al agente Parsons. Este humo es malo para la niña y tú lo sabes mejor que nadie. Eres médico.

Bennett se puso pálido. Él sabía perfectamente que la inhalación de humo podía ser mortal y, por cómo respiraba Lucy entre hipos, ese humo estaba entrando en sus pulmones.

—Dios santo —murmuró, como si de repente hubiese recuperado la cordura—. ¿Qué estoy haciendo?

Finn no sentía la menor simpatía por él. O no quería sentirla, pero así era. Porque en ese momento se dio cuenta de que Bennett no era un monstruo; sencillamente había perdido la cabeza.

—¿Qué me está pasando? Yo soy médico, hice el juramento de salvar vidas...

—Tenemos que sacar a Lucy de la casa ahora mismo.

Anna, Max y Jamie estaban en el jardín, con Parsons, y Finn vio que Jamie señalaba el piso de arriba. El fuego debía de estar consumiendo toda la planta.

—Quiero que te des la vuelta y salgas al jardín, Travis —le dijo—. ¿Recuerdas a Jamie Crawford, la agente del FBI a la que dejaste inconsciente para secuestrar a Lucy? Dale a ella la niña —Finn intentaba encontrar paciencia, pero le costaba trabajo—. Jamie cuidará bien de ella, te lo prometo.

Bennett cubrió la cabeza de Lucy con la mano, como intentando evitar que respirase el humo.

—Yo no quería que pasara esto —empezó a decir—. No quería matarla, pero no podía perder otro hijo.

—Lo sé y créeme que lo entiendo. Sarah y yo perdimos un hijo hace cuatro años y fue terrible para los dos.

—No hay excusa para lo que he hecho —estaba diciendo Travis—. Merezco ser castigado, merezco ir a la cárcel.

—Primero, saca a tu hija de esta casa. Te preocuparás de eso más tarde.

Bennett puso la mano en el picaporte, pero de repente se dio la vuelta.

—¡Sarah! —exclamó—. ¡La encerré arriba!

—¿Qué?

El hombre se lanzó hacia delante, pero Finn se puso en su camino, haciéndole un gesto al grupo para que entrase.

—Cuida de Lucy, Jamie, yo voy a buscar a Sarah.

Finn no se quedó para ver si Parsons detenía al médico, sencillamente corrió con todas sus fuerzas hasta llegar a la escalera... pero cuando iba a poner el pie en el primer escalón, una viga del techo cedió de repente.

Sudando, el calor de las llamas era insoportable, Finn miró aterrorizado el muro de fuego que se interponía entre Sarah y él.

Sarah no podía respirar. El humo hacía que le llorasen los ojos y después de cinco minutos golpeando la puerta con el hombro, por fin se había rendido.

Se negaba a sucumbir al pánico, pero empezaba a pensar que iba a morir en aquel baño. Por debajo de la puerta podía ver el brillo de las llamas y la aterrorizaba pensar lo que podía haber al otro lado.

Al menos moriría sabiendo que Lucy estaba a salvo, pensó. Porque estaba segura de que Travis ya habría sacado a la niña de la casa.

Enterrando la cara en la manga del jersey, intentó respirar un poco.

No sabía qué era peor, morir abrasada o por inhalación de humo.

Probablemente morir abrasada porque al menos con el humo antes quedaría inconsciente.

«No vas a morir».

Sarah miró el ventanuco situado sobre el inodoro. No era muy grande y no sabía si podría salir por él, pero tenía que intentarlo.

Subió al asiento del inodoro, pero tuvo que agarrarse a la pared, mareada. Apenas podía respirar.

¿Había abierto aquel ventanuco alguna vez en todos esos años?

Corrió el cerrojo y tiró del marco de la ventana... y suspiró, aliviada, al ver que se abría. Sacó la cabeza para buscar aire, jadeando cuando por fin recibió un poco de oxígeno. Pero entonces se dio cuenta con tristeza de que el suelo estaba a más de diez metros. Si saltaba se rompería las piernas.

O se mataría.

Sarah miró hacia la puerta, tragando saliva cuando el humo empezó a colarse por la ranura. Y la madera parecía estar astillándose...

Dios santo, la pintura blanca se había vuelto negra.

Intentando controlar el pánico, sacó la cabeza por el ventanuco una vez más. No podía creer que el sol estuviera brillando y pudiese escuchar el canto de los pájaros...

Cuando volvió a mirar hacia la puerta vio que empezaba a resquebrajarse.

–¡Socorro! –gritó con todas sus fuerzas, que no eran muchas–. ¡Socorro!

No esperaba una respuesta pero, para su sorpresa, enseguida escuchó la voz de Finn:

–¿Sarah?

–¡Estoy aquí, en el baño de arriba!

–No puedo subir, ha caído una viga sobre la escalera...

–¿Y Lucy?

–La niña está bien, no te preocupes.

–¡Tienes que sacarme de aquí!

–Los bomberos llegarán en cinco minutos. ¿Estás bien?

–No puedo respirar y... –Sarah volvió a mirar hacia atrás y vio que las llamas estaban devorando la puerta–. ¡El baño está ardiendo!

Incluso desde arriba podía ver la expresión asustada de Finn.

–Entonces no tenemos tiempo, cariño. Vas a tener que saltar.

–¡No puedo! ¡Está demasiado alto!

–Sarah, escúchame. Quiero que te agarres al antepecho de la ventana...

–¡No puedo!

–Sí puedes –le aseguró él–. Agárrate al antepecho con las dos manos y suéltate cuando yo te lo diga.

El calor de las llamas hacía que el papel pintado empezase a pelarse...

Finn tenía razón: no tenía más remedio que saltar si quería salvar la vida.

Intentando controlar el pánico, Sarah logró sacar el cuerpo por el ventanuco y agarrarse al antepecho, con las piernas colgando. No quería mirar hacia abajo porque siempre le habían dado miedo las alturas. ¡Ni siquiera tenía una escalera en casa, por el amor de Dios!

–Suéltate –dijo Finn entonces.

¿Soltarse?

–No...

–Yo te agarraré.

Sarah respiró profundamente. ¿Y si no lograba agarrarla? ¿Y si se rompía el cuello al caer? Su corazón latía como loco y no pudo evitar mirar hacia abajo para localizarlo.

Sorprendida, vio que Finn parecía tranquilo.

–No tengas miedo –le dijo con voz ronca, abriendo los brazos–. Da un salto de fe, cariño. Prometo que no te pasará nada.

Estaba hablando de algo más que el salto, pensó ella. Era el momento, la hora de la verdad. Debía decidir de una vez por todas si estaba dispuesta a amar y confiar en Finn.

«¿Cuándo has dejado de amarlo?».

Ese pensamiento apareció en su cabeza de repente. Nunca había dejado de amarlo, tuvo que reconocer.

«Da un salto de fe, cariño».

–Finn, voy a soltarme.

–Vamos, no tengas miedo.

Y entonces, de repente, estaba volando por el aire, hundiéndose... y un segundo después estaba en los brazos de Finn, a salvo.

Pero en lugar de dejarla en el suelo, Finn la apretó contra su pecho y Sarah le echó los brazos al cuello, llorando.

–Me has salvado –murmuró.

Él inclinó la cabeza para mirarla a los ojos.

–Por supuesto que sí, te dije que lo haría. Te quiero, Sarah –murmuró–. Te quiero más que a nada en el mundo.

Ella abrió la boca, pero Finn le puso un dedo sobre los labios.

–Y pienso darte el tiempo que necesites. No debería haberte presionado para que tomases una decisión. Estaba siendo tan cabezota como siempre, pero me doy cuenta de que no es justo para ninguno de los dos. Si quieres estar conmigo, será tu decisión y no por un ultimátum...

–Te quiero.

–¿Qué?

–Que te quiero, Finn. Y ya no tengo miedo.

Él tragó saliva.

–¿Qué estás diciendo?

–Que no necesito tiempo –respondió Sarah–. Estoy diciendo que quiero estar contigo. Quiero que Lucy, tú y yo seamos una familia... ¡Lucy!

–Jamie la ha llevado al hospital de Grayden, pero estaba bien cuando se la llevó, tranquila. Travis nos la entregó y Parsons se lo ha llevado a la comisaría.

Sarah casi no se atrevía a preguntar, pero tenía que hacerlo:

–¿Entonces todo ha terminado?

–Todo ha terminado –asintió Finn, acariciándole la cara–. Bennett ha confesado que mató a Teresa y el fiscal del distrito no tendrá más remedio que retirar los cargos contra ti.

Dejando escapar un grito de alegría, Sarah volvió a echarle los brazos al cuello. Podría haberse quedado así para siempre, pero al oír la sirena de los bomberos los dos se volvieron para mirar el camión, que subía por el camino.

Recordando que su casa estaba ardiendo, Sarah miró hacia arriba y vio que la segunda planta estaba envuelta en llamas.

–Mi casa... –murmuró, exhalando un suspiro–. En fin, creo que tendremos que vivir en la tuya.

Él arrugó el ceño.

–No tienes que hacer nada con lo que no te sientas cómoda.

–No tengo que hacerlo, quiero hacerlo –dijo ella.

La sonrisa de Finn iluminaba toda su cara.

–¿Estás segura?

–Completamente.

Finn la dejó en el suelo y tomó su mano mientras los bomberos de Serenade se ponían en acción.

Pero ellos siguieron caminando sin mirar atrás. Cuando llegaron al jeep, Sarah lo abrazó y se puso de puntillas para darle un beso en los labios.

–Vamos al hospital a ver a nuestra hija, Patrick.

Él inclinó la cabeza para besarla una vez más y, tomando su mano de nuevo, murmuró:

–No se me ocurre nada mejor que hacer.

EPÍLOGO

Dos semanas después

–¿De verdad no te importa que Lucy venga con nosotros de luna de miel?

Sarah contuvo el aliento mientras esperaba la respuesta de su marido.

–Lucy es parte de la familia –respondió Finn, con un brillo de total sinceridad en los ojos–. Por supuesto que irá con nosotros.

Sarah sonrió, contenta, girando la cabeza para mirar a Cole y Jamie, que jugaban con Lucy en los escalones del porche. La pareja parecía encantada; Jamie arreglando el bajo del vestido blanco mientras Cole le hacía cosquillas en la tripita.

–Se van a llevar una desilusión. Cole y ella esperaban poder practicar mientras nos íbamos de luna de miel. Piensan tener un montón de hijos.

–Yo también –dijo Finn.

Sarah, emocionada, se preguntó cómo podía ser tan afortunada. Con Travis Bennett detenido por el asesinato de Teresa Donovan, Serenade había vuelto a ser el pueblo tranquilo de siempre y Finn tenía tiempo para ella y para Lucy. Las llenaba de cariño y atenciones durante el día y durante la noche...

Sarah se puso colorada al recordar las apasionadas noches que compartía con él. El chico malo del que se había enamorado cuatro años antes reaparecía en la cama y era incluso mejor que antes.

Miró luego la sencilla alianza que llevaba en el dedo. Su marido. Habían tardado cuatro años en reunirse y le daban ganas de llorar al pensar en el tiempo que habían perdido.

Pero enseguida apartó de sí tales pensamientos. Finn y ella estaban casados. Acababan de intercambiar las promesas matrimoniales en una sencilla ceremonia en el jardín de la granja y tenían el resto de sus vidas para compensar el tiempo perdido.

—Si quieres tener más hijos, definitivamente deberíamos empezar en Aruba —Sarah arqueó una ceja—. Hacer niños requiere tiempo.

Finn esbozó una sonrisa.

—Ah, entonces tendré que soportar las aburridas sesiones de sexo...

Sarah soltó una carcajada.

—Pobrecito. Pero no te preocupes, no será doloroso. Por cierto, ¿te he dicho que estás muy guapo con ese traje?

—No tanto como tú con ese vestido.

Sarah miró su vestido blanco de corte imperio con un lacito negro bajo el pecho. Jamie y ella lo habían encontrado en una boutique de la ciudad y, por el brillo de sus ojos, el precio había merecido la pena. Le encantaba que la mirase de ese modo, como si fuera la criatura más bella del planeta.

—En serio, me gusta mucho cómo te queda el vestido —repitió Finn—. Pero quedaría mejor en el suelo de la habitación.

Ella le dio un golpe en el brazo.

—Si piensas conquistarme así, te equivocas.

—¿No ha funcionado?

Sarah miró a su marido, guapísimo con un traje de chaqueta oscuro que destacaba sus anchos hombros, y experimentó una sana dosis de deseo.

–¿Ahora mismo? No. Pero dímelo en Aruba, cuando Lucy se haya dormido, y obtendrás una respuesta diferente.

–Cuento con ello –Finn sonrió mientras apretaba su mano–. Vamos, señora Finnegan. Tenemos que despedirnos de nuestros invitados.

–¿Por qué tanta prisa?

–Estoy deseando empezar nuestra nueva vida –respondió él, con voz ronca–. ¿Algún problema?

Sarah se puso de puntillas para darle un beso.

–Ninguno. No tengo ni un solo problema.

–Estupendo.

Sin dejar de sonreír, Finn la llevó hacia el porche, donde su hija y su futuro los esperaban.

SU ÁNGEL VENGADOR

ELLE KENNEDY

1

—No me gusta que me hagan ir a un sitio sin motivo —Quinn se apoyó en el marco de la puerta y le lanzó una mirada fulminadora al hombre de cabello gris que tenía enfrente.

—A mí tampoco me gusta haberte hecho venir. Ni me gusta tener que pedirte ayuda —Edward Kerr puso cara de dolor, como si fuera una verdadera tortura tener que admitirlo.

Quinn entró al despacho, intrigado, pero no ocupó la única silla que había frente a la mesa de Kerr. No pensaba quedarse mucho tiempo. De hecho, aún no sabía muy bien ni por qué había ido. Dos años antes había hecho la promesa de no volver a ver a ese hombre, ni a su hija, nunca más. Y seguía sin comprender por qué había roto dicha promesa.

Observó el rostro del hombre que tenía delante y, al ver la preocupación que había en sus ojos azules, se sintió un poco más intrigado. Mostrar sus debilidades no era propio de Edward Kerr. Su reputación profesional estaba basada en su carácter implacable y su capacidad para mantener la frialdad y el control en cualquier situación.

Lo que le hizo preguntarse qué era lo que le tenía tan preocupado.

O quizá la pregunta fuera quién y no qué.

–Morgan tiene un problema –anunció Kerr, directo al grano.

Quinn sintió algo parecido a la preocupación en la boca del estómago, pero se las arregló para adoptar un gesto de indiferencia.

–¿Y?

–¿Esa es tu respuesta? ¿Y? –preguntó el otro hombre sin ocultar su perplejidad–. ¿Es que no te preocupa?

–Si me preocupara, significaría que me importa algo cómo esté Morgan –esbozó una fría sonrisa–. Y no es así.

–Mientes.

Quinn cruzó los brazos sobre el pecho.

–¿Para eso me has llamado? ¿Para informarme de que tu hija tiene un problema? Si es así, ha sido una pérdida de tiempo.

–Necesito que la ayudes –respondió Kerr con un cierto tono de súplica.

Él meneó la cabeza antes de dar dos pasos hacia atrás en dirección a la puerta.

–Adiós, Edward.

–¡Maldita sea, Quinn! ¡Mi hija está en peligro!

Otro paso más hacia la puerta. «No lo mires», le advirtió una vocecilla. «Está jugando contigo. Los dos están jugando contigo».

–Ha desaparecido, Quinn.

Notó una ligera sensación de alarma. «No hagas caso, sigue andando». Un paso más y estaría fuera. Lejos de Edward Kerr. Lejos de Morgan. Y lejos del torbellino de emociones que lo invadía en cuanto escuchaba su nombre.

–La semana pasada intentó suicidarse.

Esas últimas palabras lo dejaron paralizado. Antes de que pudiera impedirlo apareció en su mente el hermoso rostro de Morgan, su cabello rubio ondulado, siempre a punto de caerle sobre la frente. Esos ojos azules tan perspicaces que le daban un aire exótico. La obstinada barbilla, los delicados lóbulos de las orejas que se había negado a agujerearse. Y entonces oyó su voz, con ese tono descarado y sensato, ese timbre casi ronco que hacía pensar que siempre estaba resfriada.

Recordó también su determinación, su impresionante fuerza de voluntad.

Se volvió muy despacio hacia el padre de la mujer que en otro tiempo había amado desesperadamente.

–Qué tontería –dijo–. A ella nunca se le ocurriría intentar quitarse la vida.

–No te estoy mintiendo –aseguró Kerr con absoluta convicción.

Pero Kerr siempre había sido un mentiroso muy convincente. Llevaba años manipulando a la prensa con ese rollo de su pobre hija con problemas mentales que todos se tragaban sin dudarlo.

Pero Morgan no estaba loca. Nunca lo había estado. De hecho, era la mujer más fuerte que había conocido y se valoraba a sí misma, y su vida, demasiado como para tirarlo todo por la borda. Tenía miedo de preguntarle qué había hecho exactamente.

–Se tiró de un puente con el coche –le explicó Kerr como si le hubiera leído el pensamiento.

–¿Qué? –miró de nuevo a esos ojos sin expresión.

–Lo sé, a mí también me costó creerlo cuando me llamó la policía después de sacar su coche del río. Parece ser que estaba borracha; hay por lo menos media docena de testigos que la vieron tomar varias copas antes de meterse en el coche. Su hermano estaba con ella y dice que estaba muy disgustada.

–¿Por qué?

–La semana pasada encontraron el cuerpo de Layla Simms.

Quinn reconoció el nombre de inmediato. Layla Simms era la joven que llevaba desaparecida casi diez años, la mejor amiga de Morgan en el instituto.

–¿Dónde lo encontraron? –preguntó Quinn.

–En Autumn –respondió Kerr con un suspiro–. Esa pobre familia. Había oído que Wendy y Mort Simms nunca habían perdido la esperanza de que su hija estuviese viva. Ha debido de ser un golpe muy duro para ellos.

Quinn se tomó unos segundos para asimilar la información. Autumn era el pueblo de Morgan, que prácticamente pertenecía por completo a la familia Kerr ya antes de que Edward fuese elegido como senador de los Estados Unidos y toda la familia se fuese del pueblo. Los Kerr se habían trasladado a la ciudad de Washington unos años después de la desaparición de Layla Simms. Morgan siempre había estado convencida de que su amiga había sido asesinada y que su cuerpo estaba escondido en algún lugar del idílico pueblo en el que habían crecido ambas. Volvía allí al menos una vez al año para mover unos cuantos matorrales y tratar de encontrar alguna respuesta, pero nunca conseguía nada. Una vez, Quinn le había preguntado por qué seguía buscando algo que quizá nunca lograse encontrar y ella le respondió: «Está allí, Quinn. Lo sé».

Parecía que no se había equivocado.

Sintió un sorprendente orgullo por el hecho de que Morgan hubiese sabido la verdad desde el principio, pero lo acalló de inmediato y trató de concentrarse en otros factores igualmente sorprendentes.

–¿Morgan volvió al pueblo cuando se enteró de que habían encontrado el cuerpo? –preguntó bruscamente.

Kerr resopló con frustración.

–Ya la conoces, es tan obstinada con todo lo relacionado con ese viejo caso. Fue al funeral y luego se quedó a investigar.

Quinn se puso en tensión al oír la condescendencia con la que hablaba de su hija el senador.

–Los dos sabemos que es una magnífica periodista –le recordó–. Es más que capaz de resolver el caso.

¿Por qué la defendía? Automáticamente cambió de actitud y adoptó un gesto distante antes de preguntar:

–¿Encontró alguna pista?

–Nos estamos apartando del tema –protestó Edward, que de repente parecía agotado–. No he venido a hablar de la chica de los Simms, sino del intento de suicidio de Morgan.

Lo último con lo que habría podido relacionar a Morgan habría sido con el suicidio. ¿Tanto había cambiado en los dos años que hacía desde que la había dejado? De pronto sintió una punzada de culpa.

«Ella te traicionó».

Se aferró a esas palabras para no sentirse culpable. No sabía cómo había estado Morgan esos últimos dos años, lo que sí sabía era de que él no tenía la culpa de lo que hubiera podido ocurrirle. Había tenido un buen motivo para dejarla.

–Estaba en observación psiquiátrica en una clínica privada a las afueras de la ciudad –prosiguió Kerr–. Hasta que anoche...

–¿La internaste en un hospital psiquiátrico?

–... se escapó –terminó el otro hombre sin hacer el menor caso a la interrupción de Quinn.

–¿Cómo que se escapó? Por Dios, no me digas que no podía salir libremente.

–Era por su propio bien –replicó Kerr–. Supone un peligro para sí misma. No podría perdonarme que le ocurriera algo a mi única hija.

Quinn resopló.

–Ya, porque tu máxima prioridad siempre ha sido hacer lo que fuera mejor para ella.

–Siempre he intentado protegerla –respondió Kerr–.

Especialmente de sí misma. Ya sabes cómo es; no deja de meterse en líos. Las fotos de la prensa sensacionalista, el arresto... mis relaciones públicas se han vuelto locos para intentar mejorar su imagen pública.

–Era una adolescente que acababa de perder a su madre, es lógico que se comportase así. ¿Qué esperabas que hiciera, que se quedara en casa tejiendo?

El senador lo miró con los ojos llenos de indignación.

–Esperaba que actuase con sensatez.

Dios, ¿por qué seguía allí? Oyéndole decir las mismas tonterías de siempre sobre su problemática hija, Quinn sentía la tentación de largarse sin más. Pero había algo que se lo impedía.

–¿Dónde está ahora? –le preguntó.

–No lo sé –dijo Kerr–. Necesito que la encuentres. No confío en nadie más.

Quinn esbozó una fría sonrisa.

–Qué curioso. Es la primera vez que confías en mí.

Kerr golpeó la mesa con la palma de la mano, un gesto que no era propio de él.

–Esto no tiene nada que ver con el pasado, maldita sea. Tienes que encontrarla.

–Lo pensaré –sabía que parecía un ser insensible y cruel, pero no podía controlar la rabia y la amargura que sentía. Aquel hombre era el culpable de que hubiera perdido a la mujer que amaba.

–Comprendo que estés enfadado, pero tienes que encontrarla, Adam –insistió Kerr.

Mierda. Hacía años que nadie lo llamaba Adam.

–Puedes decir lo que quieras, pero los dos sabemos que aún te preocupas por ella –prosiguió el senador–. Es posible que seas un cretino, pero jamás te irías de aquí sabiendo que Morgan podría estar en peligro.

Quinn maldijo entre dientes. Cómo detestaba a aquel hombre.

Odiaba su arrogancia, su habilidad para manipular a los demás y ese empeño en hacer que se sintiera culpable cada vez que le convenía.

Pero el muy bastardo tenía razón.

Por muy despechado y defraudado que estuviese, no sería capaz de pasar por alto el que Morgan pudiese estar en peligro.

Jamás.

Morgan Kerr entró en la casa vacía y envuelta en la más absoluta oscuridad. Era una suerte que conociera tan bien el lugar y que supiese que había una llave escondida en el porche. De camino allí se había preguntado si aquella pequeña cabaña en medio del bosque seguiría igual. La respuesta era sí. Seguía teniendo los mismos muebles y la misma chimenea de piedra.

Pero lo que sentía allí dentro era muy distinto.

Se respiraba el polvo y el abandono en el ambiente. Era obvio que Quinn no había vuelto por allí desde que se habían separado y eso se reflejaba en cada rincón de la cabaña. Igual que en su corazón.

Una parte de ella había albergado la esperanza de encontrarlo allí, tumbado en el sofá, con el pelo alborotado y esos ojos tan azules llenos de amor y de deseo.

Dios, cuánto lo echaba de menos.

«Olvídate de Quinn. Tienes cosas más importantes de las que preocuparte».

Se dejó caer sobre el sofá y no pudo contener una risa histérica. Desde luego que tenía preocupaciones más importantes. Como que todo el mundo pensase que era una loca suicida.

Respiró hondo y apretó las rodillas contra el pecho. No le importaba lo que dijese su padre, o Tony, o todos esos médicos. No había tirado el coche por el puente deliberadamente.

Alguien la había sacado de la carretera.

El dolor la atenazó por dentro al recordar lo que le había dicho su padre cuando le había contado lo que había ocurrido realmente. «Lo imaginaste todo. Estabas borracha y disgustada, no pensabas con claridad. Nadie ha intentado matarte, Morgan».

El dolor se transformó en rabia al pensar en el personal del hospital psiquiátrico en el que la había encerrado su padre.

Las miradas de compasión de las enfermeras, el tono condescendiente de los médicos. Y las palabras de su padre, hablando con uno de esos médicos:

«Mi hija está... enferma. Lleva toda la vida sufriendo delirios y cambios de humor repentinos».

Y un cuerno delirios y cambios de humor. Había sido una adolescente algo rebelde, pero eso no significaba que estuviese loca. ¿Acaso era culpa suya que la prensa hubiese decidido dar una imagen errónea de ella? *La salvaje hija del senador. La hija del senador consume cocaína. La hija loca del senador.*

El recuerdo de aquellos titulares le hizo apretar los puños de furia. Todo lo que habían dicho de ella era mentira, pero no había podido quitarse la reputación que le habían dado. Llevaba diez años intentando librarse de semejante estigma.

Y parecía haberlo conseguido. No había aparecido en los periódicos desde hacía años, había conseguido un buen empleo en una revista respetable y firmaba sus trabajos con un pseudónimo para hacerse con una buena reputación como escritora.

Pero ahora, de repente, se había venido todo abajo.

La frustración la hizo ponerse en pie de un salto. Necesitaba un plan.

No podía quedarse allí escondida, a pesar de lo segura que se sentía en esa casa. Y lo cerca que se sentía de Quinn.

Si pretendía encontrar respuestas, tendría que volver a la escena del crimen.

A Autumn. Allí era donde había empezado todo.

Y allí debía ir.

La decisión la llenó de fuerza y le disparó la adrenalina.

No estaba loca, ni había intentado suicidarse.

Aquella noche había habido otro coche en el puente. Había visto las luces por el retrovisor y había sentido el impacto por detrás.

Lo que quería decir que alguien había intentado matarla.

La única razón por la que podrían querer hacer algo así era la desaparición de Layla. Llevaba casi diez años investigando y, justo cuando aparecían los restos, ¿alguien la tiraba por un puente? Era demasiada coincidencia. Más bien parecía una tapadera.

No había podido recuperar su teléfono móvil, que había desaparecido misteriosamente de su bolso cuando lo había sacado de la mesilla de noche de la habitación del hospital.

Tendría que ir a la gasolinera que había en la carretera y llamar desde allí a un taxi.

Decidió que lo haría por la mañana. No tenía ninguna gana de andar por ahí en medio de la oscuridad, por muy bien que recordase aquel bosque.

De pronto se quedó helada.

¿Eso eran pasos?

Tragó saliva y se concentró en el ruido procedente del exterior. Seguramente era un animal, una ardilla o quizá un coyote.

El ruido sonaba cada vez más cerca. Alguien o algo estaba subiendo los escalones del porche.

El corazón le golpeaba el pecho con tanta fuerza que apenas podía respirar y mucho menos pensar.

Necesitaba algo con lo que defenderse. Miró a su alrededor y vio el atizador de la chimenea justo cuando comenzó a abrirse la puerta.

Dio un solo paso hacia la chimenea, pero no tuvo tiempo de nada más. Alguien la agarró por detrás.

–Suéltame –gritó, forcejeando para liberarse de unos brazos muy fuertes que la sujetaban. Lanzó un codazo que hizo protestar a su atacante.

–Maldita sea, Morgan. Soy yo.

Se quedó inmóvil al oír aquella voz.

No.

No podía ser él.

2

Dios, cuánto le gustaba volver a estrecharla en sus brazos. El calor recorrió el cuerpo de Quinn y se le aceleró el pulso solo con sentir la calidez de Morgan, sus manos delicadas en los hombros. Sin darse cuenta, inhaló su aroma a lavanda que olía mejor de lo que habría deseado.

–Gracias a Dios que estás aquí –susurró ella, acariciándole el cuello con la respiración.

Fue su voz lo que lo sacó de la locura. Se puso rígido, apartó las manos de su cintura y dio un paso atrás, aunque las oleadas de calor seguían recorriéndole el cuerpo.

Quinn dominó la traicionera reacción y se concentró en el rostro de Morgan, en esos preciosos ojos llenos de alivio. Habría deseado que no estuviera tan guapa, pero realmente tampoco había esperado nada distinto porque Morgan siempre había sido una mujer despampanante. Incluso en ese momento, más delgada y pálida de lo habitual, su belleza era capaz de cortarle la respiración. Llevaba el cabello, color miel, recogido en una coleta que hacía que aparentara menos de los veintiocho años que tenía. Iba vestida con unos pantalones anchos y un suéter de punto sin forma alguna, pero él sabía que bajo aquella ropa se ocultaban unas curvas deliciosas, cuyo recuerdo bastó para volver a acelerarle el pulso, una reacción que no agradeció precisamente.

–¿Estás bien? –le preguntó en tono brusco, mirándola a los ojos.

–No –admitió al tiempo que meneaba la cabeza para dar aún más énfasis a su respuesta.

Era obvio que seguía siendo tan sincera como siempre y la contestación que lo confirmaba le hizo sonreír sin querer.

–Me he enterado de lo del accidente.

En sus ojos apareció un brillo de furia.

–¿Te lo ha contado mi padre?

Quinn asintió.

–Déjame que lo adivine. Está fuera en el coche, esperando a que me saques de aquí y podáis llevarme otra vez al hospital, donde no podré causarme ningún daño.

Sus palabras estaban cargadas de dolor e ironía. Y ese mismo dolor se reflejaba también en su rostro. En el instante que vio la expresión de su cara, Quinn supo que no se había equivocado. Morgan jamás habría intentado suicidarse. No le importaba lo que dijera el senador; como de costumbre, no tenía ninguna razón.

–Tu padre no está fuera. He venido solo.

Morgan se quedó callada un momento antes de lanzarle una mirada de desconfianza.

–Pero te ha pedido que vinieras.

–Sí.

Meneó la cabeza mientras se dirigía a sentarse en el sofá.

–Me habría encantado oírle suplicarte que lo ayudaras.

Quinn no pudo evitar echarse a reír.

–La verdad es que fue algo memorable.

Morgan se rio también.

–Estoy segura.

Bueno, lo cierto era que estaba siendo más sencillo de lo que habría pensado. Allí estaban, hablando y riéndose, sin silencios incómodos, sin ten... ¿A quién quería engañar? En realidad era tremendamente difícil para él volver a ver a Morgan después de dos años separados.

Respiró hondo y fue a sentarse junto a ella.

–Cuéntame lo del accidente –le dijo por fin.

Morgan lo miró enarcando una ceja.

–Hace dos años que no nos vemos –le recordó ella con dolor–. Y la última vez que nos vimos me dijiste que no querías volver a verme.

Intentó no encogerse. La verdad era que oyéndoselo decir a ella, sonaba más duro de lo que recordaba. Cuando había dicho esas palabras, él también estaba muy dolido.

–Probablemente podría haber sido más diplomático –admitió, arrepentido.

Ella tragó saliva.

–No. Me merecía todo lo que me dijiste.

Como hacía siempre que estaba nerviosa, Morgan se mordisqueó el labio inferior. La última vez que se lo había visto hacer, acababa de decirle que quería posponer la boda.

–Veo que tienes esto un poco abandonado –dijo Morgan mirando a su alrededor, lo que hacía pensar que tampoco ella quería hablar del pasado.

–He estado fuera del país –respondió él encogiéndose de hombros.

Clavó la mirada en sus manos para no mirar a su alrededor como estaba haciendo ella. Aquel lugar había sido su refugio, donde iban a hacer el amor, donde Morgan podía huir de la constante vigilancia que conllevaba el ser hija de un senador.

De hecho, había sido exactamente allí, en ese sofá, donde Morgan le había dicho por primera vez que lo amaba. Él le había respondido lo mismo, sin dudar. Dios, cuánto la había amado... y después habían hecho el amor apasionadamente. Toda la noche.

El recuerdo de aquella noche le encogió el estómago. No solía permitirse pensar en aquella época. No quería recordar lo que sentía al besarla o cuando le hacía el amor. Ni las sonrisas que ella le dedicaba cuando despertaba entre sus brazos, ni que jamás se echaba atrás cuando creía en algo.

Se tragó el nudo de amargura que tenía en la garganta. En realidad sí que se había echado atrás una vez. En algo que importaba de verdad. Había permitido que su padre la convenciese de no casarse con él.

–¿Qué tal va el trabajo? –le preguntó con voz suave.

–Bien. Parece que últimamente secuestran a todo el mundo. Tuvimos que liberar a tres personas solo el mes pasado.

–La maravillosa vida del mercenario –respondió con ironía.

Se hizo un breve silencio que Quinn aprovechó para reunir un poco de valor. Sabía qué debía hacer y sabía cómo iba a reaccionar Morgan, pero no estaba en condiciones de enfrentarse a ella. Volver a verla había abierto una herida que aún era muy dolorosa.

–¿Quinn?

La miró a los ojos.

–¿Sí?

–¿Qué te tiene tan preocupado?

Se pasó la mano por el pelo y se preparó para la pelea.

–Solo intentaba decidir si era mejor salir ahora o esperar hasta mañana.

La vio apretar los puños.

–¿Hacia dónde se supone que vamos a salir?

–No sé. Supongo que a casa de tu padre, o a tu apartamento si lo prefieres. En cualquier caso, voy a llevarte a la ciudad.

–¡No! –exclamó de inmediato–. Si lo haces, mi padre volverá a encerrarme en el psiquiátrico.

Quinn apretó los dientes. Tenía razón, por supuesto. Edward volvería a encerrarla en cuanto pudiera.

Pero ¿qué se suponía que debía hacer él? Había prometido encontrar a Morgan y había cumplido con su palabra. Allí estaría a salvo, lo que quería decir que tenían que irse cuanto antes porque los recuerdos iban a acabar con él.

–Por favor, Quinn, no llames a mi padre –le suplicó–. Dame un poco de tiempo para averiguar qué está pasando.

–Te has escapado del hospital, el senador no va a permitir que te pasees por ahí libremente para investigar.

–Claro, porque volvería a perjudicar su imagen una vez más –respondió Morgan con rabia–. Pero resulta que soy periodista, Quinn, y voy a seguir investigando diga lo que diga mi padre.

No le gustaba la obstinación que había en su mirada porque, cuando Morgan se empeñaba en algo, pobre de aquel que se interpusiera en su camino.

Abrió la boca para protestar, pero ella lo sorprendió dando un puñetazo en el sofá.

–¡Han intentado matarme, maldita sea! –exclamó.

–¿De qué estás hablando? –le preguntó él, alarmado.

–La noche del accidente, alguien me sacó del puente.

–¿Estás segura? –la idea de que alguien hubiese querido hacerle daño despertó dentro de él un inesperado deseo de protegerla.

–Claro que estoy segura –dijo, a la defensiva–. Vi las luces del coche por el retrovisor y de pronto noté que me golpeaban por detrás. El que conducía estaba loco,

Quinn. No dejó de embestirme hasta que consiguió que mi coche cayera del puente.

–¿Se lo contaste al senador?

–No me creyó –se limitó a decir, pero su mirada estaba llena de dolor–. Me dijo que lo había imaginado.

–El muy cretino. Prefiere que la gente piense que has intentado suicidarte antes que tener que enfrentarse a un posible escándalo –respiró hondo para calmar la ira que sentía–. ¿Qué recuerdas del otro coche?

Morgan lo miró con sorpresa.

–¿Entonces me crees?

–Por supuesto –contestó suavemente–. Podría creer muchas cosas de ti, Morgan, pero no que intentaras suicidarte.

Morgan sintió un profundo alivio que le inundaba el pecho. ¡Quinn la creía! Después de tantos días viendo a su padre y a su hermana mirarla con lástima, por fin había encontrado a alguien que no pensaba que estaba completamente loca. En realidad no debería sorprenderla porque Quinn siempre había tenido absoluta fe en ella. Nada más conocerse, se había reído de todas las historias que contaba la prensa sensacionalista y le había dicho que no se creía una palabra de lo que leía sobre ella.

Resultaba increíblemente reconfortante y liberador saber que no había perdido la fe en ella, especialmente cuando era dolorosamente obvio que lo último que quería era estar allí con ella.

Desde que se habían sentado había visto pasar por sus profundos ojos verdes tal cantidad de emociones que no sabía qué pensar.

Lo primero que había encontrado en su mirada había sido amargura, después una ráfaga de ternura y algo parecido a la tristeza, pero al añadir la nostalgia, la rabia y el deseo, se convertía en una mezcla de lo más desconcertante.

Quería preguntarle si la odiaba, pero no tenía valor para hacerlo. Además, ¿realmente quería saberlo?

–¿De verdad no piensas que intenté suicidarme? –le preguntó en lugar de lo otro.

–No –respondió con absoluta convicción.

–Entonces no le digas a mi padre que me has encontrado.

–No puedo hacer eso, Morgan.

Algo le encogió el estómago. Debían de ser los nervios, y la desesperación quizá. Y la rabia, porque estaba harta de que todo el mundo quisiera decidir por ella. Desde el accidente, no, en realidad desde mucho antes, su padre era el que tomaba las decisiones. Solo se había sentido libre estando con Quinn, pero su padre se las había arreglado para arrebatarle eso también.

–¿Por qué no? –le preguntó–. Solo tienes que meterte en el coche y olvidar que me has visto. O, mejor aún, ayúdame a descubrir qué demonios ocurrió en Autumn.

No tenía la menor idea de dónde había salido aquella idea. Era una periodista con experiencia, perfectamente capaz de llevar a cabo la investigación sin ayuda. El problema era que no podía quitarse esa sensación de estar en peligro de la boca del estómago; era como si algo la acechara en todo momento. Quinn era mercenario. Nadie mejor que él para protegerla.

Lo miró al pecho, a la camiseta que se estiraba sobre sus músculos, y sintió un escalofrío muy familiar. Porque recordaba con absoluta claridad lo que era acariciar ese pecho y el sonido de placer que hacía él cuando ella apretaba los labios contra su...

No. Mejor no pensar en eso.

Aunque, a juzgar por el calor que había invadido todo su cuerpo, estaba claro que aquel hombre seguía teniendo el poder de despertar en ella un deseo animal y primitivo. Siempre lo había hecho, solo con estar en la misma habitación.

Ajeno a su dolorosa excitación, Quinn arrugó la frente.

–Tienes intención de ir a Autumn.

–Sí.

–No es buena idea.

–¿Por qué? –le preguntó, haciéndose la inocente.

–Alguien te tiró por un puente con el coche. Si te pones a investigar, podrías acabar haciendo preguntas a la persona equivocada.

–Entonces ven conmigo –soltó una carcajada burlona–. Así podrás mantenerme a raya.

Él también se echó a reír y lo hizo con verdaderas ganas.

–¿Mantenerte a raya a ti? Olvídalo, Morgan. No voy a ir a Autumn contigo.

–Entonces me iré sola.

Lo vio negar con la cabeza.

–El único sitio al que vas a ir es a casa. Lo otro es demasiado peligroso.

Sintió una profunda decepción, pero en lugar de seguir discutiendo, cerró la boca. Conocía bien esa mirada; Quinn no solo no iba a ayudarla, sino que seguramente la llevaría a la ciudad aunque tuviese que hacerlo a rastras.

–De hecho –siguió él–. Nos vamos ahora mismo.

–¿No podemos por lo menos esperar hasta mañana?

Vio algo en su mirada que no supo identificar porque enseguida apartó la vista de ella y carraspeó.

–No. No tengo tiempo para pasarme toda la noche aquí sentado contigo. Nos vamos ahora mismo.

–Muy bien.

Él la miró con desconfianza.

–¿Muy bien?

–Sí –se puso en pie y fue hasta la mesita donde había dejado el bolso–. ¿No es eso lo que quieres?

Él también se puso en pie.

–Sí, pero tú no. ¿Por qué te rindes tan fácilmente?

Se encogió de hombros y se colgó el bolso.

–Los dos sabemos que iré a Autumn; esto no es más que un pequeño obstáculo. Ya me escapé una vez, podré volver a hacerlo.

–¿Ese es tu plan? ¿Vas a volver conmigo y luego volverás a escaparte?

–Así es.

Quinn resopló con frustración.

–Eres la persona más testa... –se detuvo en seco y frunció el ceño–. Olvídalo. Así me será más fácil hacer mi trabajo. Una vez que estés en casa, lo que hagas será asunto del senador, no mío.

Su repentina hostilidad fue un tremendo golpe para ella, pero tampoco lo culpaba por ello. Sabía que le había hecho mucho daño al cancelar la boda. No, en realidad había sido él el que la había cancelado, ella solo le había pedido que la retrasaran, pero con Quinn no existía el gris. Todo era blanco o negro. Casarse o no casarse. Él había elegido lo segundo.

–Ponte el abrigo –le ordenó Quinn al tiempo que se acercaba a la puerta–. Hace bastante frío.

–No tengo abrigo.

Él la miró con los ojos abiertos de par en par.

–¿Has venido hasta aquí sin abrigo?

–Estaba concentrada en escapar sin que me vieran, no tuve tiempo de pensar en si haría frío.

Le oyó farfullar algo antes de salir al porche.

Esperó detrás de él mientras cerraba la puerta con llave, momento que aprovechó para mirar a su alrededor una vez más. El corazón le dio un vuelco al posar los ojos en una maceta de cerámica. No era demasiado grande, pero sería suficiente.

No tenía intención de volver a la ciudad de Washington esa noche y no creía que pudiera escapar de él mientras caminaban hasta el coche, pero si ganaba un poco de ventaja en esos momentos...

–No olvides volver a esconder esto –le dijo y, cuando se dio la vuelta, le dio la llave con la que había abierto ella. La luz de la luna se reflejó en el metal.

Él la agarró sin decir una palabra y bajó los escalones. Morgan lo siguió después de agarrar disimuladamente la maceta vacía y escondérsela a la espalda. Esperó hasta que Quinn se pusiese de rodillas para esconder la llave debajo de la piedra de siempre.

Respiró hondo. Era ahora o nunca.

Mientras luchaba contra el sentimiento de culpa, levantó los brazos y murmuró:

–Lo siento.

Quinn giró ligeramente la cabeza, pero no tuvo tiempo de reaccionar antes de que el tiesto lo golpeara.

3

Morgan salió corriendo.

No se atrevía a darse la vuelta para comprobar si Quinn la seguía, pero sabía que no lo había dejado inconsciente como esperaba. No le extrañaba. Siempre había tenido la cabeza muy dura. Al menos había conseguido sorprenderlo.

No pudo evitar seguir sintiéndose terriblemente culpable mientras corría por el bosque sin dejar de ver la imagen del cuerpo de Quinn cayendo al suelo. Dios, esperaba no haberle hecho mucho daño. Ella no era una persona violenta, al menos normalmente.

Pero tampoco estaba loca y no iba a dejar que volvieran a encerrarla en esa clínica.

Se resbaló varias veces al pisar las hojas de los árboles que cubrían el suelo, pero no se detuvo, ni siquiera cuando estuvo a punto de chocar con un tronco caído. Intentaba mirar a su alrededor para orientarse, pero lo cierto era que no tenía la menor idea de adónde iba. Si se paraba un momento y buscaba las huellas que había dejado antes, podría volver sin problema a la carretera, pero no podía correr semejante riesgo. Seguramente Quinn estaría muy cerca ya.

«No te detengas», se ordenó a sí misma. «Sigue. Sigue. Si...». De pronto sintió que algo la agarraba del suéter y tiraba de ella hacia atrás.

–¡Maldita sea! –exclamó la voz furiosa de Quinn.

La agarró por los hombros y le dio la vuelta. Su mirada la dejó helada. Nunca lo había visto así. Jamás había visto ese brillo amenazador en sus ojos, ni esa mueca de furia en sus labios. Tragó saliva al ver la herida que tenía en la sien, de la que manaba un hilito de sangre. La maceta le había hecho un buen corte. No era de extrañar que estuviese tan furioso.

Tuvo la impresión de que se enfadó aún más al ver su cara.

–¡No! –le dijo–. Ni se te ocurra tenerme miedo.

–Yo...

–Puede que hayan cambiado mucho las cosas en estos dos años, pero eso no. Yo nunca te haría daño. Nunca.

Sintió los latidos del corazón golpeándole el pecho.

–Lo siento –murmuró.

–¿Qué es lo que sientes? –replicó él–. ¿Haberme golpeado la cabeza como si fuera una piñata o haber pensado que iba a pegarte?

Morgan se estremeció.

–Las dos cosas.

Quinn meneó la cabeza. Estaba enfadado, pero era obvio que estaba haciendo un verdadero esfuerzo por controlarse.

–Maldita sea, Morgan. ¿Tú crees que a mí me gusta perseguirte por el bosque en medio de la noche?

–Entonces deja que me vaya –le pidió.

–No puedo.

Percibió el dolor que escondían sus palabras y cuando levantó la cara para mirarlo a los ojos, se le cortó la respiración. Había en su mirada todo un caleidoscopio de emociones y la que destacaba más de todas ellas era la tristeza. Entonces él bajó los ojos hasta su boca y apareció también el deseo entre tantas emociones.

Ella lo miró, paralizada, mientras le recorría el cuerpo una ráfaga de placer. Aún la deseaba. Dios, seguía deseándola. La felicidad que le provocó el descubrimiento fue tan intensa que prácticamente la hizo tambalearse. Durante dos años había añorado a aquel hombre noche y día, se había despertado buscando su cuerpo cálido y fuerte en la cama. Y en esos dos años él no se había puesto en contacto con ella. Ni siquiera una vez. Morgan se había convencido de que la había olvidado, que había conseguido superar de algún modo la increíble atracción que siempre había habido entre ellos.

Por eso resultaba tan gratificante ver que no era así, que no era ella la única que seguía sintiendo deseo.

–Maldita sea –repitió él con la voz ronca.

–Quinn... –comenzó a decir.

Pero él no la dejó terminar. Aún tenía su nombre en los labios cuando sintió su boca bebiéndose los sonidos. La besó con tanta intensidad que de pronto se olvidó de todos sus pensamientos. También se olvidó del sentido común mientras lo besaba con la misma ansiedad. Sus labios eran firmes, su lengua ardiente e impetuosa mientras exploraba su boca como si le perteneciera. Porque le pertenecía.

Morgan se recostó contra él y ladeó la cabeza para facilitarle las cosas y sumergirse en aquella sensación que tan bien conocía. Con las bocas y las lenguas unidas, se dio cuenta de que jamás podría haber otro hombre. Era solo suya.

«Cuánto te he echado de menos».

Sintió que las palabras se le acercaban a los labios, así que lo besó aún con más fuerza para impedir que salieran. Pero era cierto, había echado tanto de menos el sabor de su boca, el roce áspero de la incipiente barba en la mejilla.

–Maldita sea.

Aquella protesta la sobresaltó y disipó bruscamente la nube de pasión que la había rodeado. Al sentir que se apartaba, Morgan lo miró con los ojos muy abiertos, tratando de volver a pensar con cierta lógica.

La miraba con horror, como si no pudiera creer lo que había hecho.

–Dios –murmuró al tiempo que apartaba las manos de ella–. Lo siento. No debería haberlo hecho.

Morgan intentó recuperar un ritmo de respiración normal, pero no le resultaba fácil, temblando como estaba por culpa del beso.

–¿Entonces por qué lo has hecho? –susurró.

Él se quedó callado, frunciendo el ceño.

–No puedo permitir que vuelvas sola a Autumn –dijo en lugar de responder a su pregunta–. Podrías estar en peligro. Tienes que volver a tu casa, allí podrá protegerte tu padre.

–Mi padre solo quiere protegerse a sí mismo –se frotó la sien con frustración–. Me ingresó en un hospital psiquiátrico a pesar de que le aseguré que no me había tirado por el puente.

Quinn no dijo nada, simplemente siguió arrugando el entrecejo.

–Necesito saber la verdad –siguió diciendo ella–. Llevo diez años tratando de descubrir lo que le ocurrió a Layla, no puedo parar ahora.

–Layla está muerta –respondió él con énfasis.

–Lo sé, y alguien intentó matarme también a mí después de que apareciera su cuerpo –sentía las lágrimas agolpándosele en los ojos–. Cuando desapareció yo sabía que estaba muerta. Y tenía razón.

–Sí. ¿Por qué no puedes olvidarlo ya? –gruñó con frustración–. En realidad ya sé por qué no puedes olvidarlo, porque eres Morgan Kerr.

Esbozó una ligera sonrisa.

–Esa soy yo, Morgan la problemática.

Quinn no sonrió.

–Vamos, déjame que te lleve a casa.

–No.

Quinn respiró hondo, pero no tuvo ocasión de hablar.

–Mira, sé que no me debes ningún favor; si acaso, sería yo la que te debería algo a ti –le tembló un poco la voz–. Aun así, quiero pedirte que vengas a Autumn conmigo.

Lo oyó maldecir entre dientes.

–Ya te he dicho que no.

–Lo sé, pero intento hacerte cambiar de opinión porque creo que sería mucho mejor tenerte a mi lado –intentó no pensar en el beso–. Eres mercenario, nadie podría protegerme mejor que tú. Los dos estamos de acuerdo en que pasó algo raro en el puente y que es posible que esté en peligro.

Se quedó en silencio mientras una ráfaga de viento frío le alborotaba el pelo. Morgan se fijó en que había dejado de sangrarle la herida que le había hecho en la sien. Tuvo la tentación de alargar el brazo y tocársela, pero se contuvo de hacerlo. Ya le limpiaría la herida más tarde. Cuando accediera a acompañarla, cosa que haría. Podía verlo en sus ojos.

Decidió darle un último empujón.

–Una vez me dijiste que siempre cuidarías de mí –inclinó la cabeza a un lado–. ¿Y si fuera sola y me pasara algo? ¿Podrías vivir sabiendo que te pedí que me protegieras y te negaste a hacerlo?

Quinn soltó una fría carcajada.

–Preciosa, eso es un golpe muy bajo incluso para ti.

Morgan se encogió de hombros.

–Pero ¿ha funcionado?

Quinn soltó un suspiro de resignación.

–¿Tú qué crees?

***

De todas las estupideces que Quinn había hecho en sus treinta y dos años de vida, aquella se llevaba el premio. ¿Cómo había podido acceder a llevar a Morgan a Autumn? Se había hecho la pregunta durante todo el paseo hasta el coche, pero no había conseguido encontrar una respuesta.

Lo único que se le ocurría era que el golpe de la maceta le había aflojado unos cuantos tornillos.

–Gracias –le dijo Morgan nada más ocupar el asiento del copiloto.

Mientras ponía el motor en marcha pensó que no podría hacerlo. El simple hecho de estar al lado de aquella mujer era una tortura. Se moría por ella y se debatía entre estrecharla en sus brazos o apartarla lo más posible de su vida.

Apretó los dientes y le lanzó una rápida mirada.

–Abróchate el cinturón.

Puso la mano sobre la palanca de cambios y de pronto sintió la de ella. Tenía los dedos helados, pero solo con sentir el contacto de su piel, notó una oleada de calor en la entrepierna. No pudo evitar recordar el beso que se habían dado en el bosque.

Volvió a preguntárselo, ¿cómo se le ocurría? Había sido una tontería besarla. Estaba mal, no tenía sentido y era... increíble. En cuanto había notado sus labios, se había visto transportado en el tiempo. La misma excitación, la misma sensación de estar donde debía estar. Había sido como si nunca se hubieran separado.

Le apartó la mano bruscamente, enfadado consigo mismo. Por increíble que hubiera sido, aquel beso no cambiaba nada. Morgan y él se habían separado. Ella había apartado de su lado al hombre que se suponía que amaba solo para no perjudicar a la reputación de su querido padre.

–Antes déjame que te limpie la herida –le pidió ella con voz suave, ajena al torbellino de pensamientos que lo atormentaba.

–No es necesario –gruñó él.

–Vamos, hazlo por mí.

Volvió a apretar los dientes mientras ella se sacaba del bolso un paquete de pañuelos de papel y un gel desinfectante para las manos.

–Con esto bastará –dijo ella–. Acércate.

Él no se movió. No pensaba acercarse a ella. La última vez que lo había hecho, había acabado con la lengua metida en su boca.

Morgan meneó la cabeza antes de acercarse ella y ponerle el pañuelo en la sien.

Quinn se quedó inmóvil, sin hacer el menor caso al dolor y al aroma a miel y a flores que lo envolvió de pronto. No quería sentirlo, pero estaba muy cerca. Demasiado y... ¿por qué le pasaba la mano por el pelo?

Respiró hondo y notó que ella dejaba de mover la mano.

–Tienes trozos de cerámica en el pelo –le explicó.

Le agarró la muñeca y se apartó la mano.

–Ya me lo quito yo –dijo sin mirarla–. ¿Puedes ponerte ya el cinturón?

Pasaron unos segundos en silencio mientras se incorporaban a la carretera.

–Supongo que debería llamar a mi padre –admitió Morgan–. ¿Me dejas tu teléfono?

–Aquí no hay cobertura –respondió él con sequedad.

El senador iba a ponerse muy furioso cuando se enterara de lo que iban a hacer y no le iba a hacer ninguna gracia que Quinn hubiese decidido ayudarla.

–Tony también debe de estar preocupado –siguió diciendo Morgan–. Recuérdame que lo llame también.

–¿Qué tal está tu hermano?

Siempre había sentido mucha simpatía por el hermano mayor de Morgan, con su constante sonrisa y esa capacidad de vivir el presente que resultaba tan contagiosa.

–Le va bien –respondió Morgan, sonriendo–. Sigue trabajando en esa empresa de publicidad y tiene novia. Parece que por fin ha superado el miedo a comprometerse.

Quinn sabía mucho de ese miedo. De hecho, lo último que había buscado al conocer a Morgan había sido una relación. Para un huérfano al que había abandonado todo el mundo, la idea de estar unido a alguien era tan atrayente como que le depilaran las piernas con cera.

Sin embargo, Morgan se las había arreglado para derribar todas esas barreras. Se había ido abriendo camino hasta su corazón y le había hecho creer que quizá los finales felices no existieran solo en los cuentos de hadas.

Obviamente, no debería haber cambiado de opinión.

–Creo que lo primero que deberíamos hacer es hablar con el forense –anunció Morgan, apartándolo de sus pensamientos–. Yo estaba en el pueblo el día que encontraron el cuerpo de Layla, pero el forense no podía recibirme hasta el día siguiente y esa misma noche acabé en el río con coche y todo, así que no llegué a verlo.

–¿La enterraron o la incineraron?

–Ninguna de las dos cosas. El forense aún tenía que examinar los restos, así que se celebró un funeral en la iglesia del pueblo con la idea de enterrarla unas semanas después.

–Tienes que tener mucho cuidado con quién hablas –le advirtió Quinn–. Aún no sabemos quién intentó matarte, pero es probable que fuera alguien del pueblo.

–¿Y si vuelven a intentarlo?

Podía sentir los preciosos ojos de Morgan clavados en

él y, cuando se volvió a mirarla, vio la ansiedad que había en su rostro, una expresión muy parecida a la que había tenido la semana antes de la boda, cuando le había preguntado si le importaba que la pospusieran hasta después de la campaña de reelección de su padre.

Claro que le había importado. Tanto, que le había lanzado un ultimátum al que ella había respondido con otro.

–¿Quinn?

Sabía que buscaba que la tranquilizase de algún modo, que le prometiera que iba a estar a su lado durante aquella peligrosa investigación.

Sintió la tentación de mandarla al infierno.

Pero al abrir la boca, lo que salió fue:

–Mientras no te separes de mí, no te pasará nada, Morgan.

Lástima que no pudiera decirse nada parecido a sí mismo.

4

Estaban a unos cuarenta minutos de Autumn cuando Quinn se detuvo en una gasolinera. No necesitaba repostar, ni ir al servicio. El problema era que la última media hora de largos silencios, rotos tan solo por los intentos de Morgan de entablar conversación, había podido con él.

Una vez en el aparcamiento, paró el motor y sacó el teléfono móvil de la guantera.

–¿Vamos a llamar a mi padre? –le preguntó Morgan con un sorprendente rencor.

Ya iba siendo hora de que hablara de su padre de ese modo. Dios sabía que él había sentido ese mismo rencor hacia el senador cientos de veces. Nunca había dicho lo mucho que detestaba a aquel hombre, pero siempre se había preguntado cómo era posible que Morgan estuviese tan ciega y no se diera cuenta de las constantes maquinaciones del senador Kerr, al que ella había defendido con fervor.

Las continuas intromisiones del senador habían sido, cuando menos, molestas. Si Quinn reservaba una mesa en un restaurante para los tres, Edward la cancelaba y hacía otra en otro lugar más de su gusto. En otra ocasión habían tenido que anular un viaje a Fiyi para celebrar el cumpleaños de Morgan porque su padre había insistido en que asistiera a una fiesta de gala a la que, por supuesto, Quinn no había estado invitado. Parecía que un soldado mercenario no era lo bastante bueno para su hija, aunque en realidad al senador nunca le había preocupado de verdad el bienestar de Morgan.

Quinn lo había tolerado todo sin decir jamás lo que opinaba de Edward Kerr, hasta que había llegado la gota que había colmado el vaso: la insistencia del senador para que retrasaran la boda. No había podido seguir controlándose y, durante una desagradable discusión con Morgan, había dicho en voz alta todo lo que pensaba sobre su padre.

–Voy a llamarlo yo –matizó y levantó la mano al ver que Morgan se disponía a protestar–. No me lleves la contraria. Los dos sabemos lo fácil que le resulta a tu padre hacerte cambiar de opinión. Si de verdad quieres ir a Autumn, seré yo el que haga la llamada.

Se bajó del coche sin darle ocasión de responder. Agradeció el aire frío de la noche porque siempre que estaba junto a Morgan parecía arder.

Marcó el número del senador en cuanto se hubo alejado un poco del coche y la brusca respuesta no se hizo esperar.

–¿La has encontrado?

–Sí –contestó.

–Gracias a Dios. Sabía que lo conseguirías. ¿Venís hacia aquí?

Sin duda, Kerr ya contaba aquello como un nuevo éxito.

Quinn lamentó no poder verle la cara mientras le decía que no iba a poder volver a encerrar a su hija, pero se conformaría con oír su furia.

–No –esbozó una sonrisa que no pudo controlar,

pues llevaba años soñando con poder hacerle algo así a aquel cretino–. No voy a llevarla a casa.

Hubo un momento de tenso silencio seguido por una maldición.

–¿Qué demonios estás diciendo? ¿Por qué no vas a traerla?

–Porque no quiere volver –dijo sencillamente.

–Malnacido. Ese no era el trato.

–No hicimos ningún trato. Te dije que la encontraría y lo hice, pero nunca dije que te la llevaría.

Aunque sí había sido esa su intención. Había pensado llevarla a Washington y dejarla en casa de su padre, pero eso había sido antes de que ella le contara lo que de verdad había ocurrido en el puente. Por mucho que deseara, y necesitara, alejarse de ella, no podía abandonarla si estaba en peligro. ¿Quién cuidaría de ella si él se iba?

–Quinn, te juro que si no te subes al coche ahora mismo y la traes al hospital, que es donde tiene que estar, haré que te busquen todos los policías de la ciudad.

–¿Y me acusarás de secuestro? Ya me imaginaba que me amenazarías con eso, pero no lo harás –añadió con una amplia sonrisa en los labios.

–Claro que lo haré.

–No –insistió fríamente–. No lo harás porque, si lo haces, te echaré encima a la prensa. Les contaré que te inventaste los problemas mentales de Morgan solo para tenerla controlada. Pero no me detendré ahí; si lo considero oportuno, puede que añada un par de cosas más sobre ti, como por ejemplo que financias tus campañas de manera ilegal, o que has recibido sobornos. Seguro que consigo despertar su curiosidad.

El senador Kerr parecía haberse quedado mudo.

–Yo no he hecho nada de eso –respondió por fin.

–Pero la prensa no lo sabe, ¿verdad? El caso es que, lo hayas hecho o no, tu reputación quedará en entredicho.

Hubo otro momento de silencio.

–¿Por qué me haces esto?

–Porque la semana pasada alguien intentó matar a tu hija y, al contrario que a ti, me preocupa.

–Nadie ha intentado matarla –aseguró el senador con evidente frustración–. Morgan estaba alucinando.

–Cuéntale todas esas mentiras a otro. No me importa que la creas o no, solo te estoy explicando las razones por las que he decidido ayudarla y advertirte que, si intentas que me arresten, habrá consecuencias que no serán de tu agrado.

–Eres un sinvergüenza, Adam.

–Supongo que lo reconoces porque es precisamente lo que eres tú, ¿verdad, Edward? Ahora, si me disculpas, Morgan y yo debemos ir a un lugar.

El senador colgó directamente y Quinn sintió una profunda alegría. Hacía tanto tiempo que deseaba tener esa confrontación con el padre de Morgan. Y sabía que la amenaza que le había hecho surtiría efecto; el senador no llamaría a la policía. Preferiría soportar la frustración sin arriesgarse a provocar un escándalo.

Se dio media vuelta para volver al coche, pero se detuvo en seco al ver que Morgan estaba fuera del vehículo, apoyada en el capó.

–¿Has oído la conversación? –le preguntó.

Ella asintió.

Quinn se preparó para lo que se avecinaba.

–De acuerdo, me he enfrentado a tu querido padre. Me he excedido, sí –al ver que ella no respondía, arqueó una ceja, extrañado–. ¿Dónde está el famoso temperamento de los Kerr?

Morgan se pasó una mano por el pelo.

–No estoy enfadada contigo. Has hecho bien.

Aunque era poco habitual en él, Quinn se quedó sin palabras.

–Me imagino lo que habrá dicho él –siguió diciendo

Morgan, meneando la cabeza con rabia–. Quiere que vuelva al hospital, ¿verdad? Pues no voy a hacerlo. No puedo culparte de que hayas tenido que amenazarlo para evitar que vuelva a ese ese lugar.

Ahí estaba otra vez esa amargura. Deseaba preguntarle por qué abría los ojos ahora, por qué no se había dado cuenta antes de cómo era su padre realmente, por qué no lo había hecho dos años antes, cuando aún habría podido cambiarlo todo. Controló la rabia que sentía, pero sí tuvo que preguntarle algo:

–¿A qué viene esto ahora?

Morgan lo miró a los ojos.

–No me creyó –se limitó a decir ella antes de volver a meterse en el coche.

Quinn se había puesto de su lado. Aunque eso no significaba que la hubiera perdonado y mucho menos que le estuviera dando la bienvenida a su vida con los brazos abiertos, Morgan no pudo evitar la pequeña oleada de emoción que le recorrió el cuerpo al pensarlo. Su padre tenía la molesta costumbre de avasallar y presionar a todos los hombres que se acercaban a ella, pero Quinn no se había dejado. Él había amenazado a su padre, a todo un senador. Por ella.

Lo miró de reojo mientras ponía el motor en marcha. Dios, cuánto deseaba abrazarlo. Quería darle las gracias por lo que acababa de hacer, por seguir creyendo en ella a pesar de cómo habían acabado las cosas entre los dos.

El recuerdo de la ruptura despertó en ella una incómoda sensación de arrepentimiento. No, no quería pensar en aquella despedida que le había roto el corazón. En esos momentos, estando al lado del hombre que acababa de defenderla, prefería pensar en el comienzo, no en el final.

–¿Te acuerdas del día que nos conocimos? –le preguntó de pronto, sin poder contener las palabras.

Quinn se volvió a mirarla con sorpresa, una sorpresa que pronto se convirtió en cautela.

–Claro que lo recuerdo –respondió con brusquedad.

Pero, además de la cautela, en su voz había cierta ternura. Al conocerlo, jamás habría imaginado que un hombre como Adam Quinn poseyera ni un ápice de ternura. Aquel día su mente había estado completamente concentrada en el trabajo. Vestido con pantalones de camuflaje y camiseta verde, había recorrido el campo de refugiados dando órdenes a sus hombres... y a ella.

–Me pareciste un cretino –admitió Morgan con una sonrisa en los labios–. No dejabas de ordenarme que me subiera al maldito helicóptero.

–Y tú te negabas a obedecer –le recordó él.

–No había terminado el artículo y no me parecía que el peligro fuera inminente.

Pero sí que lo había sido. Quinn había acudido con sus hombres a evacuar del campo de refugiados a todos los trabajadores y periodistas extranjeros después de que se supiera que un grupo rebelde tenía intención de atacarlo. Morgan había aguantado hasta el final y había salido del Congo en el último helicóptero. Doce horas después, los rebeldes habían acabado con la mitad de los ocupantes del campo.

–Cuánto me habría gustar haber podido ayudar a esa gente –lamentó.

–Era imposible –admitió Quinn.

Morgan tragó saliva y trató de apartar de su mente las imágenes de la masacre que había visto después, horrorizada por la muerte de tantos inocentes. Pero, en medio del caos y la tragedia, se había enamorado de Quinn, el duro mercenario que, por algún motivo, también se había enamorado de ella.

–No sé qué viste en mí –confesó Morgan, mirándolo

370 - ELLE KENNEDY

a los ojos–. Estaba hecha un desastre, con la ropa sucia y el pelo alborotado. Cuando aterrizamos en Washington me llamaste «guapa» –se le hizo un nudo en la garganta al recordarlo.

El gesto de Quinn se suavizó.

–Lo estabas –aseguró, casi sonriendo–. También eras testaruda, irritante, exigente... no paraste hasta que conseguiste que te concediera una entrevista.

–Una entrevista que al final no me diste –le recordó.

No, no habían llegado a llevar a cabo esa entrevista. Unas copas en el hotel acabaron en cena, lo que condujo a una última copa que dio lugar a una noche de pasión espontánea que los había dejado a ambos sorprendidos y exhaustos. Ella había creído que sería una aventura de una noche, pero dos años más tarde se habían prometido.

–Esa primera noche –siguió diciendo ella con una voz que le salió algo temblorosa–. Fue la mejor de mi vida, ¿te lo había dicho?

Volvieron a mirarse a los ojos y Morgan sintió la atracción en el aire. Antes de que pudiera impedirlo, su mente se llenó de imágenes de aquella primera noche juntos. Sus pechos desnudos contra el fuerte torso de Quinn, el peso de su cuerpo sobre ella, su erección deslizándose suavemente dentro de ella. La primera vez que la había poseído había sentido que todo era perfecto.

A juzgar por el brillo lujurioso que había en su mirada, él estaba pensando lo mismo que ella, lo perfecto que había sido todo. Lo increíblemente bien que habían encajado.

Dios, cuánto deseaba recuperarlo. Tanto que le dolía no poder decirle que lo amaba, que lo añoraba y que no podía vivir sin él.

Pero antes de que pudiera abrir los labios para hablar, desapareció el brillo de sus ojos para dejar paso a una frialdad heladora. Le vio apretar los dientes y las manos en el volante.

–No vayas por ahí, Morgan –le dijo con la misma frialdad con que la miraba–. Esto no es un viaje al pasado, solo tenemos que descubrir quién intentó matarte.

Morgan respiró hondo.

–Lo sé. No pretendía...

–Claro que lo pretendías –Quinn volvió a mirarla con dureza–. Por mucho que me recuerdes el día que nos conocimos no voy a olvidar el día que nos separamos.

–Lo sé. Yo...

–Déjate de jueguecitos, Morgan. No tengo ningún interés en retomar nuestra aventura.

–¿Aventura? –repitió con un dolor que la atenazaba el estómago–. Me parece que los dos años que pasamos juntos van más allá de una simple aventura.

–Yo también lo creía –respondió bruscamente–. Pero con la perspectiva del tiempo, cambié de opinión. Dejaste muy claro cuáles eran tus prioridades y que nuestra «relación» no estaba entre ellas.

–Eso no es cierto –protestó–. Yo no quería romper contigo, solo...

–Vamos a dejarlo –la interrumpió con una mirada fulminadora–. Lo hecho, hecho está. Ya no estamos juntos y no tengo intención de que volvamos a estarlo en el futuro.

Cada una de sus palabras era como una puñalada en el corazón. ¿Era posible que las palabras hicieran tanto daño? Evidentemente, sí. Le dolía todo el cuerpo, el pecho, el estómago, incluso tenía náuseas. ¿Cuándo se había vuelto tan cruel? El corazón se le estremeció de nuevo al pensar que probablemente fuera ella la que había provocado el cambio. Dios, ¿por qué habría elegido a su padre antes que a Quinn?

Ahora se daba cuenta de que había dejado que su

padre controlase gran parte de su relación con Quinn. Siempre había cedido a sus exigencias, a pesar de saber que lo que estaba haciendo no estaba bien. ¿Por qué no habría actuado de otro modo?

«No te separes de tu padre. Ayúdalo cuando te lo pida porque le cuesta mucho pedir ayuda».

Por eso lo había hecho. Porque era lo que le había pedido su madre antes de morir.

Pero eso no hacía que fuera más fácil. Había sabido que estaba haciendo daño a Quinn, pero no imaginaba hasta qué punto.

—Gracias por aclararlo —le dijo por fin, con tanta tensión en la voz como en los hombros—. No volveré a hablar del pasado si te hace sentir tan incómodo.

Esas palabras pusieron fin bruscamente a la conversación. Morgan perdió la mirada en el paisaje, en la frondosa vegetación que anunciaba que estaba ya cerca de Autumn, y recordó los felices veranos que habían pasado Tony y ella corriendo por aquellos bosques.

Layla los había acompañado algunas veces, pero no muy a menudo porque Tony tenía la mala costumbre de meterse con su mejor amiga, que finalmente había decidido huir de él siempre que le fuera posible.

Layla. Solo con pensar en su amiga sintió una nueva punzada de dolor. Habían encontrado sus huesos en ese bosque, pero lejos de la casa de los Kerr. Su asesino la había enterrado allí, para dejar que se pudriera.

Su amiga no había merecido semejante final.

—Hemos llegado —anunció Quinn, rompiendo el largo silencio.

Como le sucedía cada vez que volvía a casa esos últimos años, a Morgan se le aceleró el pulso al ver el cartel de Bienvenidos a Autumn. Y, después de lo sucedido en la última visita, los nervios esa vez eran aún mayores.

Era casi la una de la mañana, por lo que el pueblo estaba sumido en la oscuridad, pero aun así resultaba encantador, con sus pequeños edificios de ladrillo, sus pintorescas tiendas y las aceras de adoquines. En la calle principal, un enorme cartel amarillo anunciaba el festival de invierno que se celebraba cada mes de noviembre en el pueblo.

—¿Qué son los *sapsicles*? —le preguntó Quinn.

—Helados de jarabe de arce —respondió ella, tratando de no reírse—. El viejo señor McMurty los vende todos los años en el festival.

—Espero que haya un buen dentista en el pueblo porque eso debe de provocar muchas caries.

—Veo que sigues sin comer dulces —comentó ella secamente.

Quinn la miró enarcando una ceja.

—Tengo treinta y dos años y ni una sola caries. ¿Puedes decir lo mismo tú?

Morgan disimuló otra sonrisa, pero enseguida se enfadó consigo misma por tener ganas de reírse con él después de cómo le había hablado. ¿Qué más daba que siguiera evitando los dulces, o todas las bromas que le había hecho al respecto en el pasado? El pasado era pasado, como él le había recordado tan amablemente. Y no tenían ningún futuro en común.

Se le llenaron los ojos de lágrimas, las cuales espantó tan rápido como pudo. Por suerte, Quinn no se dio cuenta del estado en el que se encontraba mientras seguía sus indicaciones.

Morgan nunca lo había llevado a su casa y, al entrar al camino que conducía a la propiedad de los Kerr, Morgan se preguntó cómo reaccionaría. Siempre había tenido mucho cuidado de no hablar demasiado sobre la fortuna de su familia pues era algo de lo que se sentía culpable estando con un hombre que había ido de un hogar de acogida a otro durante toda su infancia.

Llegaron ante las enormes puertas de hierro forjado, que se abrían con un código, pero Morgan se puso en tensión al comprobar que las puertas estaban abiertas de par en par.

–¿Qué demonios...? –dijo al ver el coche que había aparcado frente a la mansión.

Quinn aparcó junto al otro vehículo y la miró con gesto irónico.

–¿De verdad te sorprende? –le preguntó–. Tu padre es muy listo; sabía perfectamente dónde querías ir.

–No me lo puedo creer –Morgan miró a Quinn frunciendo el ceño y luego volvió a mirar el coche de policía que tenían al lado.

5

El sheriff Jake Wilkinson salió del coche patrulla preparado para pelear. Morgan lo miró a través del parabrisas y volvió a maravillarse de que siguiera teniendo el mismo aspecto que en el instituto. Por lo que le habían contado, seguía buscando pelea a la menor oportunidad, con la diferencia de que ahora tenía una placa de sheriff que lo respaldaba.

Morgan no sentía mucha simpatía por él. No le había gustado cuando era el capitán del equipo de fútbol del instituto, ni le gustaba ahora.

—El sheriff, supongo —murmuró Quinn.

—Sí —respondió ella—. Mi padre debió de llamarlo en cuanto terminó de hablar contigo. Tienes razón, sabía perfectamente adónde iríamos.

Quinn se quedó pensando un segundo.

—El sheriff salió con ella, ¿verdad?

—Sí.

Observó fijamente al tipo que iba hacia ellos.

—Normalmente, la persona más cercana a la víctima es el principal sospechoso, ¿no?

—Sí —dijo Morgan con un suspiro—. Vamos, acabemos con esto cuanto antes.

Al salir del coche, se dio cuenta de que Quinn se había cuadrado, lo que indicaba que también él estaba preparado para cualquier confrontación y, si se daba, no tenía ninguna duda de que vencería al sheriff sin demasiado esfuerzo.

Jake la miró brevemente antes de examinar a Quinn como si fuera a competir con él. Morgan se contuvo de resoplar.

–Hola, Jake.

–Morgan –respondió él con un movimiento de cabeza–. Adam Quinn, ¿verdad?

Quinn asintió también y esbozó una fría sonrisa.

–¿Qué podemos hacer por usted, sheriff, a las... –echó un vistazo al reloj– a la una y treinta y ocho minutos de la mañana?

Jake se pasó la mano por el pelo para luego dejarla sobre la pistola que llevaba a la cintura; parecía un gesto inocente, pero era obvio que pretendía intimidarlos.

–Tu padre me dijo que veníais hacia aquí, así que decidí venir a ver qué tal estabas –dijo–. La última vez que te vi tuve que sacar tu coche del río.

Morgan apretó los puños al oír sus palabras. Aquella noche le había contado a Jake que la había empujado otro coche, pero, al igual que su padre, el sheriff no había querido creerla.

–Estoy muy bien, gracias –se limitó a responder.

–Ya –dijo el sheriff en un tono que delataba lo que pensaba de ella: que había intentado suicidarse y que se empeñaba en negarlo.

–Supongo que no habrás identificado el coche que iba detrás de mí esa noche.

Jake la miró fijamente a los ojos.

–Estuve investigando, pero no encontré nada que indicara que hubiera un segundo coche en el puente.

–Claro –respondió ella, llena de sarcasmo.

El sheriff prefirió no hacer caso al tono.

–¿Cuánto tiempo pensáis quedaros? –le preguntó, lanzando una mirada de desconfianza a Quinn.

–¿Acaso importa? –dijo Quinn con falsa amabilidad–. Morgan creció aquí y esta casa sigue perteneciendo a su familia, así que supongo que podrá quedarse todo el tiempo que quiera, ¿no es así?

–Por supuesto, siempre y cuando no interfiera en mi investigación.

El enfado se disparó dentro de Morgan.

–¿Te refieres a la investigación sobre la muerte de Layla? ¿La misma que supone un importante conflicto de intereses para ti, puesto que salías con ella?

Jake apretó la mano con la que agarraba la pistola.

–Sabes perfectamente que Layla y yo rompimos antes de que desapareciera.

–Eso no significa que no pudieras matarla –respondió ella dulcemente.

Abrió la boca para decir algo más, pero de pronto sintió la mano de Quinn en la cintura, lanzándole el claro mensaje de que se calmara. A pesar de que sabía que solo era una manera de advertirla, Morgan agradeció el contacto y el roce de sus dedos le provocó un escalofrío.

Pero se olvidó de la intensa reacción y se concentró en la dura mirada del sheriff.

–Soy periodista, Jake –le dijo con más suavidad–. Y Layla era mi mejor amiga, así que tengo motivos de sobra para querer averiguar qué le ocurrió.

–Eso es algo que le corresponde hacer a la policía. Es mi trabajo –aclaró él.

–¿Tienes alguna pista?

–No.

–¿Algún sospechoso?

–No, pero...

Morgan no le dejó continuar.

–¿Entonces qué mal puede hacer que alguien más intente resolver el misterio?

Jake clavó en ella una mirada de irritación.

–Te lo advierto, Morgan, no metas las narices en mi investigación.

Ella hizo caso omiso a la amenaza y dijo:

–Quiero ver la escena del crimen y los restos de Layla.

–De eso nada –dijo él de inmediato y luego resopló con frustración–. Tu padre me avisó de que intentarías entrometerte. Voy a dejar las cosas claras desde este momento: si metes las narices en el caso, te acusaré de obstrucción.

Morgan se tragó el enfado, consciente de que no le sería de ninguna ayuda enfrentarse a Jake, a pesar de lo mucho que deseaba dejarse llevar. Pero lo que hizo fue respirar hondo y hablar con calma:

–Soy buena periodista, podría ayudar...

–Eres una persona mentalmente inestable –la interrumpió Jake en un tono helador–. He leído los periódicos, sé lo de los delirios y lo del comportamiento temerario.

La furia que había estado conteniendo se apoderó de ella.

–¡Yo no...!

Volvió a sentir los dedos de Quinn en la cintura.

–Está bien, sheriff, ya lo hemos oído –intervino después de un largo silencio–. Ni Morgan ni yo interferiremos en la investigación –siguió diciendo en un tono que no dejaba lugar a dudas de lo poco que le gustaba la actitud del sheriff–. La he traído aquí para que pueda recuperarse del accidente lejos de la prensa, así que no queremos llamar la atención.

Eso mitigó ligeramente la desconfianza del sheriff.

–De acuerdo –dijo por fin, asintiendo–. No os interpongáis en mi camino y así no tendremos problemas –apartó la mano de la pistola–. Que paséis buena noche.

Morgan lo vio alejarse de allí sin poder dejar de

apretar los dientes y, en cuanto desapareció en la oscuridad de la noche, se quitó la mano de Quinn de la cintura y se giró para mirarlo.

–Yo voy a seguir investigando el asesinato de mi mejor amiga.

Por un instante, Quinn la miró como si estuviera a punto de sonreír.

–Claro que sí. ¿Quién ha dicho que no vayas a hacerlo?

–Tú. Acabas de decirle a Jake...

–Le he mentido. ¿De verdad crees que iba a traerte aquí para obligarte a quedarte en casa, cruzada de brazos?

Aquellas palabras hicieron que sintiera un profundo alivio, aunque no duró mucho.

–Pero no nos va a dejar ver la escena del crimen y estoy segura de que le pedirá a todos los implicados en el caso que no hablen con nosotros, incluyendo al forense, lo que significa que tampoco podremos ver los restos.

Volvió a aparecer en sus ojos el brillo de una sonrisa que no llegó a esbozar.

–¿Se te ha olvidado cómo me gano la vida? Soy mercenario, preciosa. Estoy acostumbrado a trabajar en secreto. No te preocupes, podrás ver todo lo que quieras.

Debería seguir enfadada con él por cómo le había hablado antes, pero no pudo evitar sentirse reconfortada por sus palabras. Lo miró a los ojos, se humedeció los labios con la lengua y le dijo:

–Gracias.

La conversación con el cretino del sheriff le había impedido echar un vistazo a su alrededor, pero cuando por fin tuvo ocasión de hacerlo, Quinn se quedó mudo. Sabía que la familia de Morgan era rica, pero aquella casa... ni siquiera podía describirla como una simple casa.

La mansión de tres plantas de estilo colonial que tenía delante recordaba a la Casa Blanca, con sus enormes columnas de piedra y los escalones de mármol que conducían a la puerta de madera labrada. El interior era tan impresionante como la fachada, casi se sentía culpable de pisar aquellos suelos inmaculados con sus burdas botas negras. Morgan, sin embargo, no tuvo el menor reparo en pasar con las zapatillas de deporte y dejar tras de sí un rastro de barro.

–No te preocupes por manchar el suelo –le dijo Morgan al ver que titubeaba–. Lo limpiaré por la mañana.

Por fin se atrevió a dar un par de pasos, momento en el que vio una habitación contigua al vestíbulo en la que había no uno, sino dos pianos.

–No sabía que alguno de vosotros tocara el piano –comentó cuando por fin recuperó el habla.

–Y no lo hacemos –admitió Morgan, meneando la cabeza–. Pero mi padre dice que todas las casas deben tener una sala de música.

Quinn se contuvo de decirle que dicha sala era igual de grande que su apartamento. El vestíbulo era más grande que la mayoría de las casas.

No le extrañaba que Morgan nunca lo hubiera llevado allí. Conociéndola, seguro que se avergonzaba de tanta ostentación. Otra razón para que no lo hubiera invitado a ir era que su padre pasaba allí la mayoría de los fines de semana. Y a él no le había importado; habría preferido cortarse un brazo que pasar su tiempo libre con el senador Kerr.

–¿Quieres que te enseñe la casa? –le preguntó Morgan–. ¿O prefieres ir directamente a la cama?

Quinn tuvo que hacer un esfuerzo para no sonreír. Dios, no debería ni pronunciar la palabra «cama». Después de escapar del hospital psiquiátrico, de correr por el bosque y de dos horas en coche, estaba tan guapa como siempre. Se le habían soltado un par de mechones rubios que le caían a los lados de la cara, de las mejillas sonrojadas, lo que le daba un aspecto increíblemente sexy.

De pronto, sintió una presión en la entrepierna que le obligó a recordarse lo que le había dicho en el coche: no estaba allí para retomar su relación. No iba a permitírselo.

–Estaría bien hacer una visita rápida –sugirió, pensando que sería mejor retrasar el momento de irse a la cama.

–No sé si va a ser posible –admitió ella con una ligera sonrisa en los labios–. ¿Has visto el tamaño que tiene esta casa? Pero, bueno, lo intentaré.

Quinn no habló demasiado mientras paseaban por la planta baja, llena de salones, salas de estar, despachos y una biblioteca con más de cinco mil ejemplares.

La siguió después a la segunda planta, pero se detuvo nada más subir la escalera. El pasillo estaba lleno de retratos, pero hubo uno que le llamó la atención especialmente, el de una preciosa mujer rubia con unos impresionantes ojos azules y unos rasgos muy delicados.

–Mi madre –aclaró Morgan con voz suave.

La explicación no habría sido necesaria porque el parecido era innegable, pero Patricia Kerr tenía un aspecto mucho más frágil que el de su hija y su rostro carecía del brillo de obstinación y de genio que Morgan tenía a raudales.

–Era muy... frágil –dijo Morgan, utilizando exactamente el mismo adjetivo en el que había pensado él.

Al mirarla, Quinn vio la tristeza que había en sus ojos.

–Odiaba cualquier tipo de confrontación –siguió diciendo Morgan–. La ponían enferma las discusiones, era muy sensible. Si alguien le hablaba mal por algún motivo, se pasaba días sin salir de su habitación.

–Era... –dejó la frase a medias porque la palabra que se le había ocurrido era «débil» y no quería decírsela a una hija que hablaba de su madre con tanto amor. Pero Morgan lo conocía demasiado.

–¿Débil? –adivinó–. Supongo que en cierto sentido sí lo era –su gesto se suavizó y de pronto se pareció mucho más a la mujer del retrato–. También era muy dulce. Nos quería muchísimo a mi hermano y a mí. Pasaba mucho tiempo con nosotros cuando éramos niños, no como mi padre. Era muy buena madre, Quinn.

–No lo dudo –se aclaró la garganta–. Vamos, enséñame la segunda planta.

Esa segunda parte de la visita fue más rápida. Cada uno de los miembros de la familia tenía un conjunto de habitaciones decorados con su propio estilo. En el ala del senador predominaban los colores negro y oro, en la de Patricia Kerr, los tonos amarillos y crema, en la de Tony, el azul y el verde. Y la de Morgan era...

–¿Rosa? –preguntó Quinn, enarcando ambas cejas.

Morgan se detuvo en la puerta de su dormitorio de la infancia.

–Lo eligieron mis padres –reconoció–. Supongo que pensaban que les ayudaría a aplacar mi lado salvaje –lo miró y se encogió de hombros–. Yo habría elegido el rojo.

–Claro –comentó él, sin contener una sonrisa.

Después lo llevó a la última planta, donde estaban las habitaciones de juegos y las de los invitados, una de las cuales podía utilizar.

–Gracias por ayudarme con Jake –le dijo Morgan una vez acabada la visita–. Cuando has intervenido estaba a punto de perder los nervios.

–No hay de qué. Aunque no sé si ha sido buena idea decirle que lo consideras sospechoso de la muerte de Layla.

–Tienes razón –reconoció ella con un suspiro–. No he podido evitarlo. Jake siempre ha tenido la facultad de sacarme de mis casillas.

–No me extraña. Es un cretino –dijo Quinn al tiempo que se sentaba en la cama. Empezó a desabrocharse las botas, cubiertas de barro–. ¿Crees que lo hizo?

–Sinceramente, no lo sé, pero sí que le creo capaz de hacerlo –se apoyó en el marco de la puerta–. Siempre tuvo muy mal genio y se peleaba con cualquier chico que se atreviera a mirar a Layla.

Quinn dejó las botas a un lado.

–¿Quién rompió, ella o él?

–Ella y sé que Jake no se lo tomó nada bien, por eso... –Morgan se quedó callada a medias y se le sonrojaron las mejillas.

Tardó unos segundos en percatarse de la razón de tal rubor. Mientras la escuchaba, había empezado a quitarse la camisa sin pensarlo, pero al ver su reacción, volvió a ponerse la prenda en su sitio. Le molestaba mucho haber recuperado las viejas costumbres sin siquiera darse cuenta. Eso era lo que había hecho cada noche cuando vivían juntos; se desnudaba mientras ella le contaba las novedades sobre el artículo en el que estaba trabajando y... bueno, cuando había terminado de quitarse la ropa, normalmente no hablaban mucho más.

«Hasta que ella te traicionó».

Solo fue necesario recordar ese pequeño detalle. Quinn se puso en pie de un salto. Realmente no quería recordar el pasado.

–Es tarde –dijo bruscamente–. Seguiremos hablando mañana y pensaremos qué debemos hacer a continuación.

Morgan siguió mirándolo, titubeante. Abrió la boca como si quisiera decir algo, pero después de unos segundos, dejó caer los hombros y su rostro adoptó un gesto de resignación.

–Tienes razón. Hablaremos por la mañana. Buenas noches, Quinn.

–Buenas noches, Morgan.

La vio marcharse y luego se acercó a cerrar la puerta, aunque no echó el cerrojo porque sabía que no serviría para aplacar el deseo que sentía por ella. La había deseado desde el momento en que había vuelto a verla en la cabaña después de llevar dos años intentando olvidarla. La deseaba tanto que no sabía cómo había podido ocultarlo tanto tiempo.

A juzgar por lo que veía en su entrepierna, ya no podía ocultarlo más.

«Te traicionó», se recordó de nuevo y, con esas dos palabras en mente, terminó de desvestirse y se metió en la cama.

6

Quinn se despertó a la mañana siguiente completamente helado. En algún momento de la noche, había retirado la ropa de cama y el viento que entraba por la ventana, que él mismo había dejado abierta, le había congelado el cuerpo. Eran las ocho, lo que quería decir que solo había dormido cinco horas, pero estaba acostumbrado a funcionar con pocas horas de sueño. En su última misión había tenido que pasar días sin dormir.

Se puso la misma ropa del día anterior aunque, por suerte, llevaba algo más en el coche. «Siempre listo», como decían los Boy Scouts. Él no lo había aprendido en campamentos infantiles sino teniendo que defenderse de los abusos de sus padres adoptivos y sin saber nunca cuándo volvería a comer algo.

La casa estaba a oscuras y en silencio, pero volvió a sorprenderle y a desconcertarle tanta opulencia. Salió al coche a buscar su ropa y volvió enseguida para darse una ducha rápida. Mientras se vestía, oyó ruido de agua en el piso de abajo y, aunque intentó no imaginar a Morgan en la ducha, no lo consiguió. Era tan fácil ver su cuerpo desnudo bajo el agua caliente.

Para distraerse comprobó los mensajes que tenía

en el teléfono móvil. Había uno de la CIA y otro de su compañero Murphy. Ni siquiera escuchó el de la CIA porque no pensaba aceptar más encargos suyos por un tiempo para descansar un poco de tanta burocracia. Así pues, llamó directamente a su mano derecha. Darius Murphy era un antiguo soldado de marina, siempre serio y eficiente.

–He recibido una llamada del presidente de una empresa farmacéutica –le explicó Murphy sin entretenerse–. Han secuestrado a su hija en Caracas. Parece ser que han sido unos tipos que están enfadados con el señor director por haber utilizado a gente de allí para probar unas vacunas.

–¿Y quiere que liberemos a la chica? –le preguntó Quinn mientras hacía la cama, siguiendo sus costumbres de militar.

–Sí, señor –después de cinco años trabajando juntos, Murphy seguía dirigiéndose así a él por mucho que Quinn le pidiera que no lo hiciera.

–¿Crees que podréis hacerlo sin mí?

–Sí, señor.

–Yo todavía estoy ocupado aquí y no podré ir en unos días, pero no creo que el señor director esté dispuesto a esperar, ¿verdad?

–No, señor –Murphy hizo una pausa antes de volver a hablar–. ¿Qué tal está Morgan?

Había tardado mucho en preguntárselo.

–Está bien, teniendo en cuenta que han intentado matarla.

–¿Ha encontrado ya al bastardo que lo hizo?

A Quinn no le sorprendió la vehemencia de su compañero, pues nunca había ocultado la simpatía que sentía por Morgan. Murphy llevaba dos años insistiéndole en que no fuera tan testarudo y la perdonara de una vez. Lo que ocurría era que él no podría entender nunca el motivo que lo había llevado a separarse de

Morgan porque tenía una esposa que lo adoraba y que lo esperaba pacientemente mientras él arriesgaba su vida en los lugares más peligrosos del mundo. Si Elena Murphy tuviera que elegir entre su marido y otra persona, no lo dudaría ni un instante.

Morgan, sin embargo, había elegido a quien no debía.

–Aún no, pero lo haré –le respondió.

–¿Y luego?

–Me reuniré con vosotros.

–Señor... –Murphy titubeó un instante–. ¿No quiere quedarse un poco más y arreglar las cosas?

–No hay nada que arreglar –dijo tajantemente y entonces oyó pasos al otro lado de la puerta–. Tengo que dejarte. Mantenme informado.

–Sí, señor –otro momento de duda–. Salude a Morgan de mi parte.

Quinn colgó el teléfono justo en el momento en que llamaron a la puerta suavemente.

–Pasa –dijo, casi como un ladrido.

Se abrió la puerta y apareció Morgan con lo que él siempre llamaba su atuendo de hija de senador: blusa de seda negra, pantalones anchos y zapatos negros de tacón alto que le añadían unos cuantos centímetros de altura. Sí, tenía un aspecto muy sofisticado, pero a él seguía sin gustarle ese estilo; siempre había pensado que estaba mucho más guapa con unos vaqueros gastados y una camiseta ceñida.

Morgan no tardó en notar lo que estaba mirando.

–Parezco muy estirada, lo sé. Es la única ropa que tenía aquí –explicó y luego cambió de tema antes de que él pudiera decir nada–. ¿Qué planes hay para hoy? ¿Vamos al bosque donde encontraron el cuerpo de Layla?

Quinn meneó la cabeza.

–Eso vamos a dejarlo para esta noche.

La vio esbozar una sensual sonrisa.

–Es verdad, lo había olvidado. Siempre necesitas la protección de la oscuridad.

No pudo evitar sonreír también.

–Es mi manera de trabajar. Había pensado ir al pueblo, desayunar algo y escuchar lo que dice la gente sobre que hayan encontrado el cuerpo de Layla. Quizá oigamos algo interesante que nos dé alguna pista –se guardó el teléfono en el bolsillo–. Por cierto, Murphy te manda saludos.

–¿Qué tal está?

–Bien.

Morgan volvió a sonreír, haciendo que apareciera el hoyuelo que le salía en la barbilla.

–¿Sigue llamándote señor?

–Sí.

Ella apartó la mirada un momento y la clavó en el cuadro que había en la pared frente a la cama. Cuando volvió a mirarlo, había en sus ojos un brillo nostálgico.

–Lo echo de menos. Salúdalo también de mi parte, ¿de acuerdo?

–Claro.

Hubo unos segundos de silencio que Morgan rompió aclarándose la garganta antes de hablar.

–Mientras estamos en el pueblo, podríamos hacerle una visita al forense, Frank Davidson. Espero que nos permita ver los restos de Layla.

–No creo que lo haga si Jake Wilkinson puede hacer algo para impedírselo –aseguró Quinn–. Seguro que el bueno del sheriff ya le ha ordenado que no hable con nosotros.

Morgan se encogió de hombros.

–Entonces nos pasaremos por su oficina esta noche, después de la excursión por el bosque –sugirió con malicia–. ¿Sigues teniendo el kit para forzar cerraduras?

Quinn le lanzó una mirada de reprobación.

–Ya sabes que esas cosas son ilegales. Ni se me ocurriría tenerlo.

Ella soltó una suave carcajada.

–¿Hacer algo ilegal tú? ¡Dios te libre! –volvió a la puerta, pero antes de salir, se giró para mirarlo–. Por suerte yo sí tengo uno.

Quinn esbozó una nueva sonrisa a su pesar. Afortunadamente, ella no pudo verla porque ya había salido. Maldijo entre dientes. No podía disfrutar de estar con ella. Ya no eran amantes, ni siquiera eran amigos. Estaba allí por obligación, nada más. Ella misma lo había explicado, no podría vivir si algo le sucediera a ella habiendo podido evitarlo. No lo hacía porque aún sintiera nada por ella. Era su obligación, un favor que le hacía a una mujer por la que había sentido algo, eso era todo.

Respiró hondo y salió de la habitación.

El restaurante Jessie's estaba en pleno centro de Autumn y tenían los mejores desayunos del pueblo.

A Morgan no le extrañó encontrar el local prácticamente lleno, ni tampoco que la mayoría de los presentes se quedaran mirándola al entrar y luego cuchichearan los unos con los otros. La última vez que había estado en el pueblo había acabado en el río; para un lugar en el que pasaban pocas cosas, su chapuzón había sido una gran noticia y parecía que seguía siéndolo.

–Prepárate para que te miren boquiabiertos durante la próxima hora –le advirtió a Quinn, a quien no parecía afectarle demasiado el interés de los habitantes de Autumn.

Estaban ocupadas prácticamente todas las mesas, pero Morgan encontró una con asientos corridos al fondo del local y fue hasta allí tratando de pasar por alto las miradas y los susurros de los demás clientes.

Incluso sonrió a un par de personas que conocía.

Ninguna de ellas le sonrió, pero al menos una la saludó con la mano.

–Todo el mundo piensa que me tiré del puente intencionadamente –le dijo a Quinn en cuanto estuvieron sentados.

–¿Qué más da lo que piensen? Tú sabes la verdad y eso es lo importante.

Se quitó el abrigo con las manos temblorosas mientras deseaba poder mantener la calma tan bien como Quinn. Era algo que siempre había admirado en él. Por supuesto que a veces estaba más susceptible o de mal humor, especialmente si tenía hambre, pero en los dos años que habían estado juntos, solo lo había visto realmente enfadado una vez.

El día que le había pedido que retrasaran la boda.

–No puedo evitar que me moleste –reconoció en voz baja–. He crecido con esta gente, con algunos fui al colegio y he estado en sus casas. Pero entonces...

Entonces murió su madre y todo cambió. Su padre siempre había sido muy exigente y controlador, pero después de que su madre perdiera la batalla contra el cáncer, se había vuelto aún peor. Había decidido presentarse al senado, por lo que se había empeñado en que Morgan diese una imagen impecable en público y cuidase al máximo las apariencias. No le hablaba si no era para criticarla, pero cuando estaban en público fingía ser el padre perfecto, actuando como si fueran amigos.

Ella se había rebelado. Se había teñido el pelo de negro y se había hecho amiga de los más salvajes del pueblo, con los que había empezado a fumar. Y cuando su padre había olvidado su décimo séptimo cumpleaños por culpa de la maldita campaña electoral, Cooper Hamm y ella se habían ido a dar una vuelta en coche... en el coche que le habían robado al padre de él.

Su padre, completamente atónito, la había llevado

a un psicólogo y, unos días después, había dado una entrevista en la que había dicho que su hija sufría algunos problemas mentales. Durante los siguientes diez años, había repetido tanto la misma historia que había llegado un punto en el que ella misma había llegado a creérselo.

Entonces había conocido a Quinn, que había hecho que se diera cuenta de que no estaba loca y que sus rebeldías de adolescente no era más que eso, rebeldías de adolescente. Cuando había vuelto a escuchar la misma cantinela durante la siguiente campaña electoral, presentándose como un padre preocupado que podría ayudar a otros a afrontar los problemas que les ocasionaban sus hijos, había descubierto que para su padre ella no era más que una herramienta para ganar votos.

Pero le había prometido a su madre que siempre apoyaría a su padre, y eso había hecho.

Aunque significara perder a Quinn.

Se tragó el nudo de amargura que tenía en la garganta y trató de concentrarse en la carta del restaurante. Debía olvidar el pasado.

Estaba repitiéndose esa frase a modo de mantra cuando llegó la camarera. La reconoció de inmediato. Era Beth Greenwood, otra compañera de clase. Una pelirroja de enormes pechos que había sido la jefa de animadoras del instituto y, nada más graduarse, se había casado con el capitán del equipo de fútbol, claro. Seguía teniendo el tipazo de siempre a pesar de haber tenido tres hijos y, por lo visto, seguía engañando a su marido constantemente con los turistas guapos que pasaban por el pueblo.

–Hola, Morgan –le dijo Beth con una voz dulce que no encajaba con la frialdad de su mirada.

Beth y ella nunca se habían llevado bien.

–Hola, Beth. ¿Qué tal los niños?

La camarera apretó ligeramente la libreta que tenía

en la mano. No era ningún secreto que no prestaba demasiada atención a sus hijos.

–Bien. ¿Y tú? Veo que estás recuperada del... accidente.

Morgan se tensó al oír el modo en que había pronunciado la última palabra, pero se las arregló para esbozar una sonrisa tan falsa como la de la otra.

–Estoy muy bien.

Beth miró a Quinn de arriba abajo, sin molestarse en disimular un gesto claramente lascivo.

–Ya veo ya. Este debe de ser el famoso Adam Quinn.

–El mismo –confirmó él sin apenas apartar los ojos de la carta.

–Ahora comprendo que no lo hayas traído nunca al pueblo. Lo querías para ti solita, ¿eh, Morgan? –añadió con la mirada de un carroñero que acababa de descubrir un delicioso cadáver.

–¿Podemos pedir? –le preguntó, como si la camarera no hubiera dicho nada y tratando de luchar contra el ataque de celos que había sufrido al ver el modo en que miraba a Quinn.

Apenas hubo tomado nota de lo que querían, Beth volvió a la barra y no perdió un momento en comentar la jugada con las otras camareras, que enseguida se quedaron mirando a Quinn con ojos de deseo.

–Parece que ya tienes club de admiradoras –comentó Morgan, más celosa de lo que le habría gustado.

Era lógico que lo miraran así, Quinn era el hombre con el que fantasearía cualquier mujer. Pero para ella había sido algo más que una fantasía durante dos largos años y, como una tonta, lo había tirado todo por la borda.

Quizá sí que estuviera loca.

–No pongas esa cara de preocupación –le dijo Quinn, creyendo que su malestar se debía de verdad a las miradas de deseo de las camareras–. No me interesa ese club, ni ninguna de sus integrantes.

–¿No? No me digas que en estos dos años nadie ha conseguido despertar tu interés –dijo, tratando de parecer despreocupada.

–Si me estás preguntando si salgo con alguien, la respuesta es «no». Ya no me interesan las relaciones.

Dios, dos años antes había estado dispuesto a casarse con ella y ahora ni siquiera quería salir con nadie. La idea de ser la causante de dicho cambio hacía que se sintiera terriblemente culpable.

Abrió la boca para decirle que no debía rechazar a todas las mujeres por culpa suya, pero él puso fin a la conversación de inmediato con su siguiente pregunta:

–¿Qué tal va el trabajo?

–Bien. Al menos hasta la semana pasada. No me extrañaría que Patrick me despidiera por haber desaparecido.

Patrick Garrison, director de la revista para la que trabajaba, le había hecho un enorme favor al contratarla basándose en su currículum y en su estilo como escritora, dejando de lado su negativa presencia en los medios. Lo único que le había pedido a cambio había sido que trabajara y que no llamara la atención. Por suerte, la prensa no se había enterado de su ingreso en el hospital psiquiátrico, pero sabía que a Patrick no le haría ninguna gracia que llevara días sin dar señales de vida.

–Recuérdame que lo llame luego –le pidió a Quinn–. ¿Qué te parece si nos concentramos en hacer lo que hemos venido a hacer? A ver si oímos algo interesante.

Estuvieron en silencio el resto del tiempo, lo que les sirvió para enterarse de que la señora Hertz se había roto la cadera, que el marido de Beth se había emborrachado hacía un par de noches y había acabado a puñetazos con el sheriff y que Margaret Hanson estaba otra vez embarazada. Nadie dijo ni una palabra sobre Layla. Era como si a nadie le interesara lo más mínimo que se hubiesen encontrado sus restos. Claro que quizá después de diez años la gente ya no pensára demasiado en su desaparición.

–Vámonos –dijo Quinn en cuanto terminaron de desayunar–. Parece que a esta gente le da igual que mataran a una de sus vecinas, o quizá simplemente solo se preocupan por sí mismos.

–Me inclino por eso último –murmuró ella.

Apenas habían llegado a la puerta del restaurante cuando se toparon de frente con Jackson Hamm, al que su hijo Cooper y ella le habían robado el coche aquella noche por diversión.

Morgan lo saludó con una sonrisa en los labios, pero él no reaccionó con tanta amabilidad.

–¿No le da vergüenza aparecer por aquí, señorita Kerr? Solo ocasionas problemas al pueblo –siguió diciendo, sin importarle el gesto de dolor y sorpresa de Morgan–. Haznos un favor a todos y márchate antes de que vuelvas a hacer una de las tuyas.

Morgan sintió la tensión de Quinn a su lado, pero trató de seguir siendo amable.

–Siento que piense eso, señor Hamm. Puedo asegurarle que no he venido a ocasionar problemas. Solo quería un lugar tranquilo donde recuperarme del accidente.

Hamm resopló al oír aquello.

–¿Accidente? ¿A quién quieres engañar? Todo el mundo sabe que intentaste quitarte la vida. No sé cómo aún puede contigo el senador Kerr.

–Lamento mucho oírle decir eso –respondió ella, con lágrimas en los ojos. Pero no iba a llorar delante de aquel viejo resentido.

–Vamos –intervino Quinn sin siquiera mirar al señor Hamm.

–Y no se te ocurra acercarte a mi hijo –añadió cuando ya habían echado a andar.

En cuanto salieron a la calle, le cayeron dos enormes lágrimas de los ojos. Maldito fuera aquel pueblo. La única razón por la que había vuelto en aquellos diez años había sido para descubrir la verdad sobre la desaparición de su amiga, nada más. Aquella gente no le importaba nada y no iba a dejar que sus ataques, sus chismorreos y sus miradas hicieran mella en ella.

—¿Estás bien? —le preguntó Quinn.

Se secó las últimas lágrimas antes de volverse a mirarlo.

—Sí. Solo está resentido porque su hijo Cooper y yo le robamos el coche una noche hace años y no lo tratamos demasiado bien. Debería haberle dicho que la idea fue de su hijo, no mía.

—No malgastes energía en ese cretino —le recomendó Quinn—. En ocasiones como esta me alegro de no haber vivido en un sitio así, donde todo el mundo te conoce.

—Y te juzga —añadió ella con un suspiro y luego hizo una pausa—. Mi padre me dijo que había ocultado a la prensa lo del accidente.

Quinn miró a un lado y apretó los labios.

—Pues parece que te mintió.

Morgan se volvió a mirar donde él tenía puesta la vista. Había un puesto de periódicos y en uno de ellos destacaba un titular que la dejó helada.

La hija del senador se recupera del intento de suicidio.

7

Al llegar a la propiedad de los Kerr, el estado de ánimo de Morgan estaba por los suelos. El artículo del *Washington Post* había supuesto un duro golpe y la visita al forense solo había empeorado las cosas. El doctor Frank Davidson no había tenido más remedio que admitir que el sheriff le había ordenado que no los ayudara y no había habido manera de convencerlo para que les dejara ver los restos de Layla.

Quinn y ella tenían pocos ánimos y menos pistas, pero les quedaba la esperanza de conseguir algo esa noche en el bosque, en el depósito de cadáveres o en la oficina del sheriff. Quinn estaba convencido de que Jake ocultaba algo y pretendía descubrir de qué se trataba. Así pues, iba a ser una noche muy ajetreada.

Pero aún quedaban muchas horas para eso, horas que tendría que pasar con Quinn tratando de no pensar en el pasado, de no hablar del futuro y, lo que era aún más difícil, resistir la necesidad de besarlo.

Cuando pensaba que el día no podría ir peor, sonó el teléfono del despacho, adonde había ido a buscar todo lo que tenía sobre la desaparición de Layla.

—Hola, Tony —respondió al ver que era su hermano.

–¿Qué estás haciendo en Autumn? –fueron sus amables palabras.

–Supongo que ya te lo habrá dicho papá. He venido a averiguar qué le pasó a Layla, y a mí, la noche del puente.

Lo oyó maldecir en voz baja.

–Escucha, sé que estás convencida de que alguien te sacó del puente, pero no hay ninguna prueba que respalde tal hipótesis.

–No es una hipótesis, es lo que ocurrió. Había un coche detrás de mí en el puente, Tony.

–Sé que estás convencida de que es así –insistió su hermano–. Pero creo que lo imaginaste, Mor.

–Yo no lo...

–Estabas muy alterada, Morgan –la interrumpió–. Yo te vi después del funeral y sé lo afectada que estabas. Bebiste mucho y tu estado de ánimo no era el más adecuado.

–¿El más adecuado para qué? –le preguntó en tono sarcástico–. ¿De verdad crees que intenté suicidarme?

–Creo que estabas disgustada –reiteró e hizo una nueva pausa–. Morgan, quizá deberías considerar la idea de tomar algún tipo de medicación.

Estuvo a punto de caérsele el teléfono de la mano.

–¿Lo dices en serio?

–No actúas de un modo normal –le dijo su hermano con la calma y la condescendencia que se solía utilizar para hablar con los niños o los locos–. Sabes que siempre estoy de tu parte cuando papá intenta controlarte, pero esta vez creo que tiene algo de razón. Llevas años culpando a los demás de tu comportamiento destructivo. Y ese asunto de las drogas...

–Yo no he consumido drogas en toda mi vida –declaró sin dejarle terminar–. El dueño del club en el que había estado con unos amigos aprovechó la oportunidad para ganarse unos dólares diciendo que yo había estado esnifando coca en su local. Pero no era cierto y tú dijiste que me creías.

–Lo sé y lo dije de verdad –respiró hondo–. Ya no sé qué creer, Morgan. Solo sé que mi hermana pequeña acabó con el coche en un río y que ahora está intentando investigar una muerte por su cuenta, a pesar de que le han ordenado claramente que no lo haga. Déjaselo a la policía, Morgan.

–Claro, tú estarías encantado de que hiciera eso, ¿verdad? A ti nunca te gustó Layla y te da igual saber quién la mató.

–¿Lo ves? Son estas cosas a las que me refiero. Explotas en cuanto alguien te lleva la contraria.

Morgan trató de respirar hondo y calmarse.

–No, exploto porque todo el mundo cree que estoy loca y que he intentado suicidarme.

Su hermano volvió a maldecir al otro lado de la línea.

–¿Quieres que vaya, Morgan?

–No te molestes. Quinn está conmigo. Él me mantendrá a raya –añadió amargamente.

–Ya, otra cosa que no me parece demasiado bien. ¿Volvéis a estar juntos?

–No, no estamos juntos. Solo me está ayudando –no pudo controlar el siguiente comentario–: A diferencia de papá y de ti, él sí cree que pueda estar en peligro.

–Por el amor de Dios, Morgan. Tú no estás en peligro, lo que tienes que hacer es... –dejó la frase a medias y soltó un gruñido–. Maldita sea, tengo que dejarte. Voy a cenar con Caroline y ya llego tarde.

A pesar de la rabia y la frustración que le había provocado la conversación, le llamó la atención que su hermano mencionara a su novia porque Tony nunca había tenido una relación que durara más de unos días, así que aquello era extraordinario.

–¿Sigues con Caroline?

–Sí, o eso espero, porque no creo que le haga ninguna gracia que llegue tan tarde.

–Échale la culpa a la loca suicida de tu hermana –bromeó ella.

–No tiene gracia, Morgan. Escucha, mañana te llamo, pero hasta entonces prométeme que no te vas a entrometer en la investigación de Jake Wilkinson.

Morgan titubeó ligeramente.

–Te lo prometo. ¿Contento?

–Sí.

No se sintió culpable por mentir a su hermano porque en realidad no era del todo mentira. No pensaba entrometerse en la investigación del sheriff, sino llevar a cabo otra muy distinta.

Pero las palabras de su hermano volvieron enseguida a su cabeza.

Dios. ¿Tendría razón Tony? ¿De verdad estaba loca? Las lágrimas que llevaba todo el día conteniendo comenzaron a desbordársele de los ojos.

No, no podía ser. Aquellas luces no habían sido imaginaciones suyas, ni tampoco había imaginado el golpe que le había dado aquel coche que la había sacado del puente. Recordó la aterradora sensación de vértigo que había sentido al precipitarse al vacío. El río Grace no era demasiado profundo, pero sí lo suficiente para que quedara sumergido todo el coche.

Aún recordaba el terror que se había apoderado de ella mientras intentaba, en vano, abrir la puerta del conductor. Podría haber muerto. Habría muerto de no ser por Colin Kincaid, el ayudante del sheriff que había visto la barandilla del puente rota y, al asomarse, se había dado cuenta de lo ocurrido y se había tirado al agua para sacarla del coche.

¿Cómo podía pensar nadie que haría algo así intencionadamente?

Se le escapó un sollozo.

–¿Morgan?

Al levantar la cabeza y ver a Quinn en la puerta, le pidió que se fuera. En lugar de marcharse, él cruzó la habitación y se arrodilló frente a la silla en la que estaba sentada ella.

–¿Qué ocurre? –le preguntó, poniéndole una mano en la mejilla.

–Nada. Solo soy yo con mis locuras y mis alucinaciones.

Quinn se echó a reír.

–Vamos, preciosa, la autocompasión no es propia de ti.

No intentó quitarse la mano de la cara porque había empezado a acariciarla y lo cierto era que resultaba muy reconfortante. Estaba tan cerca que podía sentir su aroma. Todo su cuerpo reaccionó con una explosión de sensaciones.

«Te echo de menos», deseaba decirle.

Pero no lo hizo.

–He hablado con Tony. También él piensa que no había nadie más en el puente y que estaba tan borracha y disgustada que decidí tirarme –tragó saliva con esfuerzo–. Ah, y también cree que debería empezar a medicarme.

–Eso es absurdo –le puso la mano en la barbilla y la obligó a mirarlo a los ojos–. Tú no estás loca, Morgan.

–Puede que sí. Puede que me imaginara aquel coche.

–¿De verdad crees que es posible?

–No –reconoció enseguida–. Pero los locos no se dan cuenta de que están locos.

–Ni tampoco se lo plantean siquiera –replicó él–. Vamos, preciosa, eres la persona más cuerda que conozco. Si hay algún loco aquí, soy yo, que me meto en la selva y me arriesgo a que me disparen.

La hizo sonreír.

–Eso no es locura, es valentía.

–Tú también eres valiente –sus ojos verdes se posaron en ella con tanta dulzura que tuvo ganas de echarle los brazos al cuello y no volver a soltarlo. No era habitual ver tanta ternura en su mirada–. Llevas años sin dejar que puedan contigo ni la prensa ni las acusaciones. No dejes que puedan contigo ahora.

–Es que ahora es mi propio hermano el que piensa que estoy loca, Quinn.

–Solo está preocupado por ti. Tony te quiere mucho, pero el senador ejerce mucha influencia en él.

–¿Y en quién no? –respondió con pesar.

Sus miradas se encontraron de pronto. Quinn seguía acariciándole la cara, provocándole escalofríos. Le pareció que inclinaba la cabeza hacia ella. ¿Iba a besarla? Ansiaba tanto sentir el roce de sus labios, el placer y el amor que la invadían cada vez que se besaban.

Vio que bajaba la mirada hasta su boca y que entreabría los labios. Ella cerró los ojos, a la espera del beso.

Un beso que no llegó.

Abrió los ojos bruscamente al oírlo carraspear. Lo vio ponerse en pie.

–¿Por qué no traes todos esos papeles al salón? Te espero allí –le dijo a toda prisa–. Quiero saberlo todo del caso antes de que salgamos.

Salió del despacho sin decir nada más, dejándola allí sola, lamentando con todo su corazón que no la hubiera besado.

Quinn agradeció que Morgan no lo mirara a los ojos al volver al salón. No quería ver la decepción y el dolor que sin duda habría en ellos. Había estado a punto de volver a besarla. Pero había conseguido detenerse justo a tiempo. No podía caer en la tentación por atrayente que le pareciera, por muy vulnerable que pareciera Morgan con las mejillas manchadas por las lágrimas y los ojos llenos de frustración.

Dios, tenía que poner fin a aquella locura. No podría salir bien. Ya lo habían comprobado la primera vez y no pensaba volver a intentarlo. Ya no era el muchacho solitario y enfadado con el mundo que no comprendía por qué todos lo abandonaban. A sus treinta y dos años, sabía perfectamente que no podía confiar en nadie excepto en sí mismo, no podía depender de nada excepto de su propia voluntad y su perseverancia.

Por muy atraído que siguiera sintiéndose por Morgan, no iba a dejar que volviera a cautivarlo.

Lo primero que sacó de la carpeta de documentos fue una foto de Layla Simms. Ya la había visto antes, pero volvió a llamarle la atención la belleza de aquella joven de pelo castaño, ojos color avellana y luminosa sonrisa.

Había también un informe médico que prefería no saber cómo había llegado a manos de Morgan y la declaración de Jake Wilkinson.

–Colin Kincaid, el ayudante del sheriff que me sacó del río, me dio unas cuantas copias de documentos cuando empecé a investigar, antes de que Jake fuese el sheriff –le explicó Morgan al tiempo que se sentaba junto a él en el sofá a una distancia prudencial.

Quinn leyó por encima el documento.

–¿Jake fue el último que la vio con vida?

–Por eso es mi principal sospechoso. Dice que la vio en el campo que hay detrás del instituto.

Por lo que leyó, también dijo que parecía nerviosa, como si algo la tuviera preocupada y que luego se había marchado por el camino que conducía al bosque. Por lo visto, el profesor de Educación Física solía hacerlos correr por allí, por lo que a Jake no le había extrañado que se fuera sola.

–¿Crees que iba a reunirse con alguien en el bosque? –le preguntó a Morgan.

–Es posible. También puede que simplemente hubiera salido a correr. Jake dijo que llevaba puesta ropa de deporte. Solíamos ir a correr por allí juntas.

–¿Qué piensas entonces? ¿Que Jake la siguió hasta el bosque con la esperanza de volver con ella, discutieron y él la mató?

–Es posible –dijo antes de resoplar con frustración–. Necesitamos ver el informe de la autopsia para saber cómo murió. Eso podría cambiarlo todo.

–¿Por qué?

–Porque si la apuñalaron o le dispararon, no creo que lo hiciera Jake. Pero si murió como consecuencia de una paliza, sí que podría haber sido él. Siempre estaba peleándose con todo el mundo y estaba acostumbrado a utilizar los puños más que el cerebro.

–Esta misma noche vamos a conseguir ese informe –le recordó. Pero ella no dijo nada, se quedó mirando al suelo con cara de incertidumbre–. ¿Qué ocurre?

–¿Y si no descubrimos la verdad? –preguntó ella, arrugando el ceño–. Llevo diez años con esto y no sé cuánto más voy a aguantar.

–Vas a ver cómo descubrimos lo que ocurrió.

–¿De verdad lo crees?

La esperanza que invadió sus ojos de pronto despertó en él una repentina determinación. Cuando lo miraba con esa fe y esa desesperación, era capaz de prometerle cualquier cosa. A Morgan no le gustaba mostrarse vulnerable, pero cuando lo hacía, conseguía derretirle el corazón.

Volvió a clavar la mirada en los papeles, molesto consigo mismo por permitir que Morgan siguiese teniendo tanto poder sobre él. Pero sentía sus ojos clavados en él, ansiosa por que le diera una razón para tener esperanza.

Habría sido un tonto de no hacerlo.

Así pues, levantó la mirada y le dijo con absoluta certeza:

–Vamos a descubrir la verdad, Morgan. Te lo prometo.

8

Toda vestida de negro y con el cabello oculto bajo un gorro de lana también negro, Morgan parecía exactamente lo que todo el pueblo de Autumn la consideraba, una mujer problemática.

–Qué frío hace –protestó mientras caminaba hacia el bosque junto a Quinn–. Tengo la piel de gallina hasta en el trasero.

Quinn le lanzó una mirada.

–Gracias por darme tanta información.

Su respuesta consiguió levantarle el ánimo. No era el «¿puedo verlo?» que le habría dado hacía unos años, pero tampoco le había pedido que se callara. Desde el casi beso del despacho, no había podido dejar de pensar lo mucho que deseaba que no se quedara en «casi». Apenas podía concentrarse en otra cosa que no fuera su boca.

Antes de conocer a Quinn, había salido con algunos hombres, pero ninguno podía compararse con él. Su intensidad, sus escasas sonrisas, su árido sentido del humor y su fuerza... Todo en él la volvía loca, pero lo más importante era que sentía por él un profundo respeto. En Washington era muy difícil encontrar un hombre que no estuviese obsesionado por las apariencias y por la ambición, sin embargo, a Quinn no le importaba lo que pensaran de él. Era un hombre duro y sereno. Nada le afectaba.

«Tú sí», le dijo una vocecilla.

Sí, lo cierto era que había conseguido afectarle en más de un sentido. Según había admitido él mismo, era la única mujer a la que había amado.

Y le había roto el corazón.

—Aquí empieza el camino —señaló, tratando de apartar aquellos incómodos pensamientos de su mente.

Sintió una extraña aprensión al comenzar a recorrer aquel sendero mientras se lamentaba de no haber llevado una linterna. Por suerte, el experimentado Boy Scout que tenía al lado sacó una, la encendió e iluminó sus pasos.

No tardaron en llegar a la zona donde se encontraba la escena del crimen, acordonada por la policía. Habían sacado el cuerpo después de que el perro de un chico que estaba corriendo por allí desenterrara la calavera de Layla. Morgan sintió un escalofrío al recordarlo.

—Pobre Layla —susurró junto a la triste tumba de su amiga y luego se volvió hacia Quinn—. No merecía acabar así.

—Por supuesto que no —respondió él.

Morgan se coló en la zona acordonada y se arrodilló junto al agujero donde había estado enterrado el cuerpo. No podía imaginar cómo alguien podía haber hecho algo así a Layla. En aquella zona había muchos zorros y coyotes que podrían haber encontrado los huesos de su amiga, la idea le daba náuseas.

Tragó la bilis que empezaba a subirle por la garganta y se puso en pie bruscamente.

—Aquí no hay nada —dijo con desesperación.

—Han pasado diez años —le recordó Quinn—. Probablemente, si ese perro no se hubiese puesto a escarbar, el cuerpo habría seguido ahí enterrado.

Morgan se acercó a él meneando la cabeza con rabia.

–Tengo que averiguar quién lo hizo, Quinn. Se lo debo a Layla y a su familia.

–Y lo vas a averiguar –aseguró él.

–Eso espero –apartó la mirada de la tumba de su amiga y respiró hondo–. Venga, vamos a la oficina de Davidson.

No hablaron nada durante el camino de vuelta. Morgan no dejaba de pensar en Layla, en sus ojos pícaros y su sonrisa luminosa. Era la única amiga de verdad que había tenido. Las demás chicas de Autumn odiaban a Morgan, seguramente porque su padre era el dueño de casi todo el pueblo, y nunca les faltaba algo desagradable que decir sobre ella. Si se ponía algo nuevo, decían que era una ricachona presumida, si tenía una cita, la llamaban abusona, si estaba distraída y no saludaba a alguien, decían que era una esnob.

Pero Layla no había sido así. A ella nunca le había importado que su familia fuera rica, ni tampoco la había envidiado, como las otras. Eso era lo que más le había gustado de ella, que le daban igual cosas tan triviales como la popularidad, la envidia o los celos. Layla había sido una gran amiga.

Aparcaron el coche detrás del centro médico donde se encontraba la oficina del forense. En Autumn todo estaba cerca, excepto la propiedad de los Kerr, que se encontraba a quince minutos en coche del centro del pueblo. Morgan siempre había sospechado que la habían construido allí para no estar demasiado cerca de la plebe de Autumn, lo cual resultaba irónico porque todos los políticos que había habido en la familia, incluyendo a su padre, presumían de ser personas del pueblo, accesibles y cercanas.

–¿Te has traído el kit para forzar cerraduras? –le preguntó Quinn, sonriendo por primera vez en la noche.

Ella abrió la guantera y sacó un pequeño estuche de cuero.

–Por supuesto.

–Muy bien, veamos si recuerdas lo que te enseñé.

Eso la hizo sonreír. Recordaba perfectamente aquella noche en la que Quinn le había enseñado unas cuantas cosas fundamentales sobre su oficio y le había hecho forzar la cerradura de su propia casa.

–Debió de ser nuestra primera cita, ¿verdad? –le dijo–. No creo que fuera muy adecuado enseñar a la chica con la que sales a comportarse como una delincuente.

–Es algo que todo el mundo debería saber –respondió él–. Por si alguna vez se queda fuera de casa sin llaves.

–A mí jamás se me ocurriría pensar eso –admitió con un suspiro.

–No me extraña. Tu peor defecto es que eres muy impulsiva –se quedó pensativo un momento antes de añadir–: Aunque también es tu mejor cualidad.

Tuvo que apartar la mirada de él antes de que descubriera la cálida sensación que habían provocado esas últimas palabras. No le gustaba ser reiterativa, pero cuánto lo echaba de menos, no podía dejar de pensarlo. En los dos últimos años no había habido un solo día en que no hubiera pensado en él y ahora que lo tenía delante, no podía controlar lo que sentía. Su simple presencia le devolvía todas aquellas sensaciones de amor y ternura, cosas que echaba mucho de menos, sí.

A medida que se acercaban a la puerta trasera de la oficina se le iba acelerando el corazón más y más. Quinn se quedó a su espalda mientras se ponía manos a la obra con la cerradura, de manera que no se la viera si pasaba alguien por allí. Consiguió abrir tan rápido que no pudo evitar volverse a mirar a Quinn con una sonrisa enorme en los labios.

–Buen trabajo, Kerr –reconoció él, casi sonriendo.

Apenas pusieron un pie en el interior se oyó el suave pitido de la alarma, lo que quería decir que tenían diez segundos para marcar el código antes de que comenzara a sonar la sirena y la oyera todo el pueblo.

–Ahora me toca a mí –murmuró Quinn.

Se acercó al panel, sacó unas pinzas y cortó unos cuantos cables que hicieron que dejara de sonar el pitido.

–¿Cómo sabes cuáles debes cortar?

–Es el modelo más barato del mercado –explicó–. Es la primera alarma que aprendí a inutilizar.

–¿Qué hiciste, buscar en Internet «Cómo inutilizar alarmas»?

–No, compré un libro que se llama *Alarmas para inútiles* –respondió con elocuencia.

Morgan meneó la cabeza.

–Eso es el depósito, el despacho de Davidson está en el piso de arriba.

Fueron primero al depósito, donde Quinn no tardó en encontrar los restos de Layla. No era la primera vez que Morgan visitaba un depósito de cadáveres, sin embargo, estuvo a punto de vomitar al ver los huesos de su amiga.

–¿Estás bien?

–Sí –consiguió decir después de tragar saliva y respirar hondo.

Dio un paso adelante y observó el cuerpo que había sobre el frío metal. Intentó imaginar que estaba en una clase de ciencias, observando unos huesos que no pertenecían a nadie conocido. Una simple lección de anatomía. Los huesos se conservaban en tan buen estado que resultaba sorprendente; a excepción de la marca de unos dientes de algún animal hambriento, el esqueleto no parecía haber sufrido mayores daños. Daños naturales, claro.

Quinn silbó suavemente.

–Creo que ya sabemos la causa de la muerte.

Fue hasta su lado y se quedó boquiabierta al ver el hundimiento que presentaba el cráneo de Layla.

–Aquí hay dos fracturas –dijo él, señalándole los lugares–. ¿Ves esta parte completamente derrumbada? Creo que murió de un golpe en la cabeza, o de varios. Deberíamos echar un vistazo a los informes de Davidson, a ver si nos lo confirman, pero la verdad es que no parece que haya nada más.

Morgan se quedó mirando el cráneo fracturado de su amiga, a la cuenca de unos ojos que parecían lanzarle una mirada feroz.

Cuando sentía que el miedo la invadía con la fuerza de un tsunami, se dio media vuelta.

–Entonces la mataron a golpes –concluyó–. Algo de lo que veo muy capaz a Jake.

–Vamos a comprobar si tenemos razón –Quinn cerró el cajón donde estaban los huesos y luego la agarró del brazo.

Pero Morgan se quedó inmóvil, con la mirada clavada en la puerta metálica del cajón.

–No podemos dejarla aquí –dijo mirando a Quinn, angustiada.

–Claro que podemos –respondió él al tiempo que la llevaba lentamente hacia la puerta–. Esa ya no es Layla, Morgan. Solo son sus huesos.

Sabía que tenía razón, pero le espantaba la idea de que su amiga estuviese metida en ese frío cajón. No obstante, siguió a Quinn hasta el despacho de Davidson y, unos minutos después, él ya tenía el informe de Layla.

–Hematoma subdural –confirmó Quinn mientras leía el documento–. Aquí dice que sospecha que la golpearon numerosas veces con un objeto romo, una roca, quizá.

Morgan sintió un nudo de ira en la garganta.

—Le rompieron la cabeza. ¿Cómo es posible que alguien pueda hacer algo así?

Quinn volvió a dejar el informe en el archivador.

—Preciosa, en este mundo hay gente con muchos problemas. Tú lo sabes mejor que nadie.

Pero, por muchas personas enfermas con las que se hubiera topado en su trabajo de periodista, no podría dejar de sentir el dolor que en ese momento sentía.

—Tenemos que ir a la oficina de Jack —decidió de pronto.

Quinn no parecía muy convencido.

—Sigo pensando que no es buena idea. ¿Qué esperas encontrar, una confesión firmada? No creo que el sheriff guardara en su despacho algo que pudiera incriminarlo.

—Podría ser —replicó ella—. Jake no es demasiado listo. Puede que encontremos algo.

Quinn accedió a ir aunque sin demasiadas expectativas. No había nadie detenido en la pequeña comisaría de policía de Autumn porque en el pueblo no había muchos criminales... a excepción del asesino de una muchacha de diecisiete años que seguía por ahí suelto.

El despacho de Jake estaba en el segundo piso, adonde se escabulleron silenciosamente para no llamar la atención de los policías que había abajo. Encontraron la puerta abierta.

—Si escondiera algo aquí, cerraría con llave —dedujo Quinn.

Morgan entró de todos modos y fue directa a la mesa. Los cajones tampoco estaban cerrados con llave y, lamentablemente, no había en ellos nada de interés. Fue hasta el archivador, que Jake sí se había molestado en cerrar con llave. Tardó apenas unos segundos en forzar el cerrojo y unos cuantos más en encontrar el archivo marcado con el nombre de Layla.

–No puedo creerlo –protestó–. Es lo mismo que tengo yo en casa, los documentos que me dio Kincaid hace diez años. ¡Nadie ha vuelto a tocar el caso desde entonces! Lo único que ha hecho Jake es añadir el informe de la autopsia.

–¿Te sorprende? Seguramente Wilkinson solo se haya limitado a meter ahí el informe del forense.

–Claro, porque seguramente sea el asesino –murmuró ella–. ¿Por qué molestarse en investigar un asesinato que cometió él?

Quinn resopló.

–Creo que sería más fructífero tratar de descubrir quién estaba detrás de ti en el puente –propuso–. Este caso es muy antiguo y ya no quedan pruebas, pero puede que, si averiguamos quién intentó matarte, sea más fácil... –se quedó callado bruscamente e inclinó la cabeza.

Morgan oyó los pasos al otro lado de la puerta.

–Maldita sea. Tenemos que escondernos.

Apenas había pronunciado la última palabra cuando Quinn ya la había colocado contra la pared.

Su proximidad le aceleró el pulso y le cortó la respiración. El aroma la mareó y excitó.

–No hagas ruido –le dijo él al oído.

No iba a hacer ruido. Solo tenía que olvidarse de la agradable presión de su pecho y de...

–Solo tengo que recoger un informe –se oyó la voz de Jake, que entró al despacho. Se oyó ruido de papeles mientras parecía estar hablando por teléfono–. Te dije que te llamaría cuando llegase a casa. No hacía falta que me dejaras siete mensajes en el contestador, maldita sea –hubo una pausa y luego varias maldiciones–. Ya te he dicho que tienes que preocuparte por Morgan –se tensó al oír su nombre y miró a Quinn, que frunció el ceño–. No va a descubrir nada. Solo va a estar unos días en el pueblo, el senador prometió que, si se quedaba demasiado tiempo, encontraría la manera de obligarla a marcharse. Llevamos años guardando el secreto y podremos seguir haciéndolo unos días más.

Jake hizo una nueva pausa.

–No, no es buena idea. Es tarde. Levantarías sospechas –otra pausa más breve–. Está bien, mañana por la noche, a las diez en la cabaña de Grady. Hablaremos tranquilamente, ¿de acuerdo?

A la otra persona debió de parecerle bien porque no siguieron discutiendo, pero antes de poner fin a la conversación, Jake repitió las palabras que le helaron la sangre a Morgan:

–No va a descubrir nada. Yo me encargo.

9

–Tenemos que ir a esa reunión –anunció Morgan al entrar en el salón al día siguiente. Quinn levantó la vista del libro que estaba leyendo y le lanzó una severa mirada.

–Creía que ya habíamos quedado en que no era buena idea seguir al sheriff.

Le había soltado el mismo discurso tres veces, una la noche anterior y dos ese mismo día. Habían llegado a casa a las tres de la mañana y Morgan había dormido hasta las doce del mediodía, cuando se había despertado alertada y decidida a seguir a Jake a su reunión con la persona con la que lo habían oído hablar por teléfono. Quinn no estaba tan entusiasmado con el plan.

–No me fío de ese tipo –dijo él.

–Yo tampoco, precisamente por eso tenemos que seguirlo. Ya escuchaste lo que dijo anoche; es evidente que fue él quien mató a Layla.

–¿Y crees que tiene un cómplice? –preguntó con gesto de duda–. Todas las pruebas indican que no fue un asesinato preparado. Da la impresión de que el asesino perdió el control y la golpeó hasta matarla. No parece lógico que fueran dos personas.

–Puede que Jake se emborrachara una noche y se lo confesara a alguien o quizá sí que hubo dos asesinos. No podremos saberlo a menos que lo sigamos.

–Podría ser una trampa.

–Jake no es tan listo como para preparar algo así –aseguró Morgan con desprecio al tiempo que se sentaba en el sofá junto a él–. ¿*La historia de Panamá*? Qué aburrimiento.

–Lo he sacado de la biblioteca, así que alguien debió de leerlo en tu familia, alguien tan aburrido como yo –añadió en tono defensivo antes de darle una explicación–. Puede que tenga que viajar pronto a Panamá y pensé que me vendría bien saber algo sobre el país.

Eso despertó su curiosidad.

–¿Por qué vas a tener que ir a Panamá?

–Es posible que tengamos que rescatar a alguien que está en peligro.

Intentó no preocuparse por ello, pero lo cierto era que las misiones de Quinn siempre le ponían los pelos de punta. Siempre que se había ido de viaje mientras habían vivido juntos, Morgan había tenido un nudo en el estómago desde que salía por la puerta hasta que regresaba. Había rezado tanto para que no le pasara nada y volviera a su lado...

Pero, al mismo tiempo... sí, sentía cierta envidia además de preocupación. La última vez que la revista la había enviado a hacer un reportaje al extranjero había sido cuando había conocido a Quinn en el Congo y lo cierto era que echaba de menos un poco de emoción.

De pronto, se dio cuenta de algo y se echó a reír.

–¿Me he perdido algo?

–No, es que estaba pensando que tengo ganas de hacer algún reportaje peligroso que dé algo de emoción a mi vida y entonces me he acordado de que hace solo una semana alguien intentó matarme. Como si eso no fuera suficiente peligro para tenerme satisfecha.

En el rostro de Quinn apareció un gesto indefinible.

–¿Qué? –le preguntó.

Él se encogió de hombros y apartó la mirada.

–Nada, solo pensaba que es muy difícil tenerte satisfecha.

Morgan se puso en tensión, repentinamente incómoda.

–¿Qué quiere decir eso?

Quinn la miró por fin y en sus ojos había mucha amargura.

–Quiere decir exactamente eso, que eres una mujer difícil de satisfacer. Yo lo intenté con todas mis ganas y fracasé.

–Tú no fracasaste –protestó ella, confusa–. Fui yo. La culpa de que te fueras fue mía, Quinn.

–Me fui porque estaba claro que no era suficiente para ti. No te bastaba conmigo o con la vida que teníamos juntos.

–Claro que me bastaba –tuvo que parpadear para no derramar las lágrimas que se le agolpaban en los ojos–. Me encantaba la vida que teníamos.

–No lo bastante –lo vio respirar hondo, con cierta agitación–. Porque decidiste ser la hija del senador a ser la mujer de Adam Quinn.

El dolor que transmitían sus palabras la hizo estremecer. Aunque también sentía rabia porque seguía sin querer comprender por qué había tenido que hacer lo que su padre le había pedido. No había pospuesto la boda porque no quisiera a Quinn, sino porque le había prometido a su madre que ayudaría a su padre cuando él lo necesitara, pero por más que se lo había explicado el día que le había sugerido que retrasaran la boda hasta después de las elecciones, no había podido hacérselo entender.

–Yo quería casarme contigo –susurró–. Solo quería esperar unos meses.

Quinn meneó la cabeza con irritación.

–Sabes que ese no fue el único motivo por el que me marché. Tu padre llevaba mucho tiempo entrometiéndose en nuestras cosas –le recordó.

–Yo intenté pararle los pies, pero ya sabes cómo es; siempre tiene que salirse con la suya... –dejó de hablar al ver que Quinn no quería escuchar sus excusas–. Me equivoqué –reconoció entonces con profundo dolor–. Y lo he lamentado todos los días durante los últimos dos años –él no dijo nada, pero la expresión de su rostro se suavizó un poco, lo que le dio valor para continuar–. Te he echado de menos –le confesó–. No he dejado de pensar en ti ni un momento, Quinn.

La miró aún con más suavidad, a lo que ella respondió levantando la mano hasta su rostro y acariciándole la mejilla con dedos temblorosos. Él cerró los ojos un instante, como si le doliera, pero no se apartó. Morgan se dio cuenta de que en su interior se estaba librando toda una batalla. El deseo y la rabia. El dolor y la impaciencia.

Dios, era maravilloso poder tocarlo. Disfrutó del tacto de su incipiente barba, de sus labios carnosos. El corazón le latía tan fuerte que él también debía de sentirlo. Bajó la mano por su cuello y de ahí al pecho, donde comprobó que él tenía el corazón igual de acelerado.

–No deberías seguir –le dijo entonces él, poniéndole una mano sobre la de ella.

–¿Por qué? No puedes decir que no te gusta que te toque porque sabes que me has echado de menos tanto como yo a ti.

Abrió los ojos de par en par.

–Maldita sea, Morgan. No quiero andarme con jueguecitos con...

Lo besó antes de que pudiera terminar la frase. Y él le devolvió el beso con la misma pasión. El sentir sus labios y su lengua era como volver a casa después de un largo viaje, y sin embargo había algo diferente en él, cierta dureza que la preocupaba tanto como la excitaba.

El aire se volvió más denso, cargado por la atracción sexual que desprendían sus cuerpos.

Sumergió los dedos en su pelo, le acarició la nuca y la mandíbula con desesperación. Él también la exploraba con las manos hasta que una de ellas aterrizó en uno de sus senos, el calor de sus dedos hizo que se le endureciera el pezón de inmediato. De sus labios salió un gemido.

Pero no le bastaba con eso. Se movió con inquietud entre sus brazos, para acercarse más a él y frotarse contra su pierna.

—Te necesito —susurró—. Dios, Quinn, no sabes cuánto te necesito.

De pronto él se quedó inmóvil y, al abrir los ojos, vio que algo había cambiado en su mirada. Supo que había dicho algo malo, pero Quinn no le dio tiempo a pensar qué había provocado tal cambio de actitud.

Su mano abandonó bruscamente el pecho y fue a buscar la de ella y, sin apartar la mirada de sus ojos, se la condujo hasta la cinturilla del pantalón, allí se la soltó solo el tiempo necesario para desabrocharle los botones del pantalón y quitárselo rápidamente. En braguitas sobre el sofá, Morgan lo miró con sorpresa al ver que volvía a tomarle la mano y se la ponía directamente sobre el sexo.

Eso la hizo gemir a pesar de que era su propia mano la que sentía, pero era él quien la dirigía.

—Ves, no me necesitas —le dijo con voz áspera al tiempo que empezaba a moverle la mano.

Morgan percibió a lo lejos la señal de alarma, se dio cuenta de que estaba jugando con ella para intentar demostrar algo, pero el movimiento de su mano y las sensaciones que le estaba provocando fueron más fuertes que cualquier preocupación.

–Veamos cuánto me necesitas ahora –murmuró mientras le ponía un dedo sobre el clítoris.

Siguió dirigiendo los movimientos de su mano sobre las braguitas mojadas mientras Morgan tenía que hacer un esfuerzo por respirar. Quería apartarlo y decirle que se dejara de juegos, pero no tuvo fuerzas para hacerlo. Sentía cómo se acercaba al clímax y no podía parar. Hacía tanto tiempo. Demasiado. Aunque fuera su propia mano la que la tocaba, era la presencia de Quinn, su olor y su respiración lo que estaban volviéndola loca. El éxtasis estalló en su interior y la sacudió hasta dejarla derrumbada sobre el sofá de cuero, tratando de recuperar el aliento.

Quinn apartó la mano lentamente y se puso en pie, pero Morgan tuvo tiempo de ver el bulto delatador que tenía en la entrepierna.

Él no dijo nada sobre su excitación, se limitó a mirarla con tristeza.

–No me necesitas –dijo una vez más–. La próxima vez que se pase por la cabeza, acuérdate de que eres perfectamente capaz de hacerte sentir bien a ti misma. Ya has visto que no me necesitas para eso.

Dicho eso, salió de la habitación sin mirar atrás.

–¡Eh, cretino arrogante!

Quinn se detuvo a los pies de la majestuosa escalera y suspiró. Sabía que Morgan no tardaría en reaccionar con furia. En realidad tenía todo el derecho del mundo a enfadarse porque se había comportado como un desalmado y no se sentía orgulloso de ello. Pero al oírla decir que lo necesitaba, en su interior se había desatado una verdadera tormenta que no había sabido controlar.

Dos años antes Morgan le había demostrado que no lo necesitaba y había querido recordárselo, pero quizá no había elegido la menor manera para hacerlo. Pero la realidad seguía estando ahí. Morgan lo había apartado de su vida y porque ahora hubiera decidido que quería volver a estar con él Quinn no iba a estrecharla en sus brazos como si no hubiese pasado nada.

–¿A qué ha venido eso? –le preguntó, ya frente a él–. No creas que has demostrado nada con lo que has hecho.

Intentó no fijarse en lo bella que estaba, furiosa y sonrojada aún por la intensidad del clímax.

–Te he demostrado que no me necesitas.

–¿Por qué he tenido un orgasmo? Mira, Quinn, te recuerdo que has sido tú quien has hecho que lo tuviera. He tenido un orgasmo porque tú estabas conmigo.

Dios, ¿por qué tenía que ser tan explícita? Ahí estaba de nuevo la dolorosa erección que había intentado controlar. Se moría por ella y se odiaba a sí mismo por desearla de esa forma. Había tenido dos años para olvidarse de Morgan y había creído conseguirlo... hasta que había vuelto a verla, desde entonces estaba permanentemente excitado.

–¿Qué es lo que quieres de mí, Morgan? –le preguntó, mirándola a los ojos.

–Quiero... –titubeó un momento, como si no supiera qué decir, pero entonces se aclaró la garganta y continuó–: Te quiero a ti.

–Morgan...

–Quiero que me perdones –añadió ella y apartó la mirada, pero no pudo ocultar la tristeza que inundaba sus ojos.

–Hace mucho que te perdoné.

–¿Entonces por qué...? –volvió a vacilar–. ¿Por qué luchas contra la atracción que sientes?

–Porque no quiero volver a tener ninguna relación, ni contigo, ni con nadie.

–Eso es absurdo, Quinn –le dijo con suavidad–. ¿Vas a apartarte de todo el mundo el resto de tu vida?

Él se encogió de hombros.

–Tengo mi trabajo y mis amigos. No necesito nada más.

–Jamás habría pensado que fueras tan cobarde.

–No es cobardía –se defendió–. Sencillamente he decidido que prefiero estar solo.

–Solo porque yo te hice daño has decidido volver a como eras antes de conocernos, alguien que no abría su corazón a nadie.

Meneó la cabeza, molesto.

–No me psicoanalices, Morgan. Lo que yo haga con mi vida ya no es asunto tuyo. He venido a ayudarte a averiguar quién intentó matarte y qué le ocurrió a tu amiga. Eso es todo lo que estoy preparado para hacer.

Ella bajó la mirada hasta su entrepierna, donde la erección seguía siendo más que evidente.

–Parece que estás preparado para algo más.

–¿Qué es lo que pretendes, que te lleve a la cama? –espetó con furia.

–Sí –dijo ella sin rodeos.

–¿Por qué? Te acabo de decir que no quiero tener una relación.

–Pero no has dicho nada de una aventura.

Quinn se echó a reír sin querer.

–¿De verdad piensas que podríamos tener una aventura sin importancia después de todo lo que ha pasado entre nosotros?

–Si es lo que los dos deseamos.

Se quedó de piedra al darse cuenta de que de verdad se estaba planteando aquella locura, cosa que atribuyó a los dos largos años que llevaba sin acostarse con nadie.

Sí, era posible que necesitara un poco de sexo.

Pero no con Morgan.

¿Cómo iba a tener solo sexo con ella después de haberle hecho el amor tantas veces?

–Olvídalo –le dijo.

Morgan lo miró con cara de decepción.

–No tiene nada de malo que nos dejemos llevar por la atracción que sentimos el uno por el otro.

–Tiene mucho de malo –dijo con un suspiro–. Dejémoslo ya, ¿de acuerdo? ¿Sigues queriendo seguir al sheriff esta noche?

El repentino cambio de tema la despistó por un momento, pero enseguida se recuperó.

–Sí.

–Muy bien. Entonces despiértame a las nueve y media. Voy a dormir un rato.

Morgan volvió a ponerse delante de él, impidiéndole que subiera.

–¿Eso es todo? ¿Vas a hacer como si no hubiera pasado nada en el salón?

Él asintió, la echó a un lado y comenzó a subir los escalones.

–Eso es precisamente lo que voy a hacer –dijo.

Quinn no llegó a dormir, pero al menos estuvo unas horas apartado de ella. Estaba realmente loca, pero no como creía su padre. ¿Cómo podía ocurrírsele que pudieran tener una aventura sin importancia? Entre ellos había demasiada pasión, demasiadas emociones y demasiados recuerdos.

Aunque seguía pensando que no era buena idea seguir al sheriff, no tenía elección porque sabía que Morgan iría con o sin él, así que prefería acompañarla.

Se presentó con pantalones vaqueros y botas de montaña.

–¿Piensas subir alguna montaña? –le preguntó al verla.

–La casa de Grady está en medio del bosque, no puedo ir con tacones.

–Espera, ¿sabes dónde vamos?

–Claro –sonrió–. Solo hay un Grady en el pueblo y resulta que es amigo de Jake.

Ninguno de los dos habló de lo ocurrido en el salón durante el camino hasta el coche, pero Quinn sabía que Morgan volvería a hablar de ello tarde o temprano porque cuando se proponía algo, no dejaba de intentarlo hasta conseguirlo.

Y parecía que ahora se había propuesto estar con él.

De lo que sí hablaron fue de ese tal Grady, que parecía ser un tipo bastante raro. Según le contó Morgan, Grady Parker nunca había tenido demasiados amigos, por lo que era aún más extraño que Jake y él se llevaran tan bien ya desde el instituto. Parecía ser que ya entonces Grady se había pasado el día escribiendo en su libreta negra, como si hubiese estado planeando algo. No había ido a la universidad, trabajaba en la fábrica de madera que había en el pueblo de al lado y seguía sin tener amigos.

Quinn siguió sus indicaciones para llegar a la finca donde vivía en medio del bosque. A unos cientos de metros de la casa principal, había una pequeña cabaña y, al ver el lugar, llegó a la conclusión de que aquel tipo debía de estar metido en algo ilegal.

No tardaron en encontrarse con un cartel que advertía: *NO ENTRE SI NO QUIERE QUE LE DISPAREN*. La gente normal no ponía ese tipo de carteles, sin embargo, los que cultivaban marihuana, por ejemplo, sí lo hacían. A Morgan no le extrañó su teoría.

Después del tercer cartel, paró el coche y siguieron andando.

Eran ya las diez y cuarto de la noche. Habían llegado tarde intencionadamente para que Jake estuviera allí.

–Bueno, acabemos con esto –farfulló Quinn.

El suelo estaba lleno de ramitas y de hojas secas, pero Quinn no hacía el menor ruido al caminar, los años de soldado y después de mercenario le habían enseñado a fundirse con el paisaje y a pasar completamente inadvertido. Morgan, por el contrario, no dejaba de charlar y de contarle cosas sobre su infancia.

–Calla un momento –le pidió suavemente.

Morgan se quedó muda en un instante.

Los años de experiencia también le habían enseñado a descubrir cualquier señal de peligro por lo que enseguida sintió que alguien los observaba. Al mirar a su alrededor vio una luz a lo lejos que procedía de la cabaña de la que le había hablado Morgan.

Pero el peligro que sentía no venía de allí. No, había alguien entre los árboles, cerca de ellos. No se oía absolutamente nada, excepto el rumor del viento entre las ramas, pero Quinn sintió un escalofrío en la nuca que le confirmó que no estaban solos.

Apenas había abierto la boca para decirle a Quinn que se agachara cuando oyó el ruido de un rifle. Sin dudar un momento, se lanzó sobre Morgan y la tiró al suelo. La bala les pasó rozándoles la cabeza.

10

El temor se mezcló a la repentina descarga de adrenalina que invadió el cuerpo de Morgan al oír el disparo. Se pegó al suelo bajo el peso del cuerpo de Quinn que la reconfortaba y la aterrorizaba al mismo tiempo. ¡Alguien les había disparado! De hecho seguía haciéndolo, pensó al oír un segundo disparo que dio en un árbol cercano y le arrancó una pequeña rama.

Cerró los ojos con fuerza y se tapó la cabeza con los brazos mientras rezaba para que cesaran los disparos. Por fin lo hicieron unos segundos después y el bosque quedó en completo silencio.

–No te muevas –le susurró Quinn al oído–. No creo que se haya ido.

Tenía razón. Aunque habían dejado de sonar las balas, de pronto se oyó el sonido de unos pasos.

Tenía el corazón en la garganta. El que les había disparado iba hacia ellos y el pánico se apoderó de ella. Un pánico que desapareció bruscamente al oír una voz áspera que decía:

–Salgan de mi propiedad.

Reconoció de inmediato la voz de Grady Parker. El temor desapareció dejando paso a la irritación.

–¿Cómo se te ocurre dispararme, Grady? –le preguntó mientras se quitaba de encima a Quinn para poder ponerse en pie.

Su antiguo compañero de clase la miró con asombro.

–¿Morgan?

–Sí.

Quinn se levantó también y observó al otro hombre con lógica desconfianza. Grady Parker no era la clase de persona de la que uno se fiaba instintivamente; tenía unos rasgos angulosos que le daba un aspecto casi feroz. Sin embargo la expresión de su rostro en ese momento era de arrepentimiento.

–No sabía que eras tú.

–¿Es que disparas a cualquiera que entre en tu propiedad?

–Para eso están los carteles. No me gusta que entre nadie sin mi permiso.

A diferencia de la mayoría de los habitantes de Autumn, Grady no se dirigía a ella como si fuese una enferma mental y, aunque en el instituto no habían sido amigos, Morgan siempre había sido amable con aquel muchacho excéntrico y solitario, algo que él no había olvidado.

–Quizá debieras comprobar de quién se trata antes de disparar –le sugirió–. Podrías habernos matado.

–¿Qué haces aquí? –le preguntó Grady antes de mirar a Quinn–. ¿Y quién es ese?

–Es Quinn, mi... –titubeó y después dijo–: Un amigo. Hemos venido a ver a Jake.

Grady frunció el ceño.

–¿Sabía que ibais a venir?

–Claro –Morgan no miró a Quinn para no ver su gesto de desaprobación–. Aunque no sé por qué dijo que viniéramos aquí. ¿Utiliza mucho tu cabaña?

En el rostro de Grady apareció algo parecido a una sonrisa.

–Bastante –hizo una breve pausa–. ¿Estás segura de que os dijo que vinierais aquí?

–Sí –respondió.

–Bueno, está bien. Entonces os acompañaré.

Cuando Grady echó a andar y se disponía a seguirlo, Quinn la agarró del brazo y la retuvo.

–¿Qué demonios estás haciendo? –le susurró–. Jake no sabe que estás aquí y no le va a hacer ninguna gracia que lo hayas seguido.

–No podía decirle que estábamos espiando al sheriff –respondió ella–. Tú sígueme la corriente.

Quinn no dijo nada, pero lo siguió, aunque estaba segura que no lo hacía de buena gana.

–¿Qué tal estás? –le preguntó Grady, volviéndose hacia ellos–. Me enteré de lo de tu accidente.

–Estoy bien –dijo, encogiéndose de hombros.

Grady volvió a mirarla con más dulzura.

–El funeral de Layla fue duro, ¿verdad?

–Sí que lo fue, sí –admitió.

–Era una chica estupenda. Espero que descubran quién fue el bastardo que la mató.

«A eso he venido», pensó, pero se limitó a asentir.

Por fin llegaron a un pequeño claro del bosque en el que se encontraba la cabaña de madera. Había luz en el interior y la puerta estaba abierta, allí estaba el sheriff de Autumn, que debía de haber oído los disparos y había salido a ver qué ocurría.

–¿Qué demonios hacéis aquí? –preguntó al verlos, lanzándoles a Quinn y a ella una mirada fulminadora.

Grady se volvió a mirarla.

–¿No decías que os esperaba?

Morgan esbozó una sonrisa de inocencia.

–Puede que haya exagerado un poco.

A Grady no pareció molestarle demasiado que le hubiera mentido. De hecho, se despidió de ellos y se largó de allí para que resolvieran sus asuntos a solas, así que Quinn y ella se quedaron frente a frente con la ira de Jake.

El sheriff estaba furioso, sí, pero también parecía avergonzado, quizá por su atuendo, o más bien por la falta de ello.

Estaba desnudo de cintura para arriba.

No parecía el aspecto más adecuado para reunirse con un cómplice.

Entonces apareció por la puerta una figura femenina que lo aclaró todo.

–No puede ser –murmuró Morgan.

–¿Qué ocurre? –allí estaba Beth Greenwood con una diminuta combinación rosa–. ¿Qué hace esta aquí? –dijo al ver a Morgan.

–Eso mismo querría saber yo –respondió Jake–. ¿Y bien?

–Te hemos seguido –anunció Morgan sin rodeos, en lugar de admitir que se habían colado en su despacho y habían escuchado una llamada telefónica que habían malinterpretado por completo.

–Podría arrestaros por esto –amenazó el sheriff.

–Pero no vas a hacerlo –aseguró ella con certeza–. Si lo haces, saldrá a la luz lo que estabas haciendo aquí y no creo que quieras que ocurra eso –se aventuró a decir, echando un vistazo al cuerpo medio desnudo de Beth.

–¿Se puede saber qué te pasa? –le preguntó Beth, poniéndose las manos en las caderas–. ¿Por qué tienes que ser tan entrometida?

Morgan no se inmutó.

–Solo intento averiguar quién mató a mi amiga. ¿Tan difícil de entender es?

–De eso me encargo yo –replicó Jake.

–Pues no lo estás haciendo nada bien –le recordó Morgan–. En lugar de investigar, estás aquí retozando con una mujer casada. ¿Está enterado Travis?

Beth se quedó pálida al oír el nombre de su marido.

–No, no lo sabe –reconoció–. Y, si le dices una sola palabra, te mato.

Jake la hizo callar con una simple mirada.

–No tiene sentido que nos amenacemos los unos a los otros –la voz del sheriff sonaba crispada–. ¿Qué es lo que quieres, Morgan?

–Quiero descubrir la verdad –aclaró con sencillez–. Y no quiero que te interpongas.

Jake frunció el ceño.

–Y supongo que, si tratara de impedírtelo, le dirás a todo el mundo lo que has visto esta noche.

Lo vio mirar a Beth y le asombró ver la ternura con que lo hacía. Vaya. ¿De verdad estaba enamorado de ella? ¿No sabría que seguramente para ella no era más que otra conquista más?

Jake debió de ver la compasión con que lo observaba porque al volver a mirarla soltó un suspiro de resignación.

–Llevamos cinco años juntos.

La confesión la dejó atónita.

–Travis no sabe nada –siguió diciendo el sheriff–, y queremos que siga siendo así.

Para su sorpresa, a Beth se le llenaron los ojos de lágrimas.

–Mi marido tiene un problema cardiaco y esto acabaría con él –tuvo que tragar saliva varias veces para no echarse a llorar–. Hace unos años empezó a sospechar, así que intenté despistarle propagando rumores sobre mí y... otros hombres. Era todo tan ridículo que no se los creyó y dio por hecho que lo de Travis también era mentira.

–¿Tú misma extendiste el rumor de que te acostabas con todos los turistas que pasaban por el pueblo? –preguntó Morgan, incrédula.

Su antigua compañera de clase asintió con tristeza.

–Tenemos tres hijos en común, pero hace mucho

tiempo que no estamos enamorados –Beth miró al she-riff con verdadera adoración–. El único hombre al que quiero es a Jake.

Morgan se sintió terriblemente culpable. Quinn ha-bía tenido razón al no querer ir allí a espiar al sheriff. Ahora que veía a Jake tan enamorado de Beth no le pa-recía un asesino.

Respiró hondo antes de volver a hablar.

–¿Mataste tú a Layla? –le preguntó directamente.

El sheriff la miró a los ojos durante un largo rato.

–No, yo no la maté..

Habló con tal convicción que Morgan supo que no estaba mintiendo; Jake Wilkinson no era el asesino de su mejor amiga. El secreto al que se había referido du-rante la conversación por teléfono era su historia con Beth, no su intervención en la muerte de Layla.

–¿Me dejarás investigar para intentar averiguar quién lo hizo?

Jake soltó una bocanada de aire.

–Morgan, te aseguro que he estado investigando, pero no hay nada que descubrir. Ha pasado demasiado tiempo y no hay sospechosos, ni pruebas. Nada.

–Es posible, pero me gustaría intentarlo.

Jake bajó el brazo para agarrarle la mano a Beth.

–Si te doy mi palabra, ¿mantendrás esto en secreto?

Lo habría hecho de todos modos, pero asintió.

–Sí, te lo prometo.

–Está bien. Investiga todo lo que quieras, pero no creo que sepamos nunca quién la mató.

–Ya veremos.

Se hizo un intenso silencio durante el que Morgan se dio cuenta de que empezaba a hacerse tarde, por lo que le dijo a Quinn que debían irse.

–Siento mucho haberos interrumpido –les dijo a Jake y a Beth–. Layla era... muy importante para mí y necesito saber qué le pasó.

Para su asombro, Beth se acercó a ella y le puso una mano en el brazo.

–Lo sabrás –le aseguró la pelirroja con una inesperada amabilidad.

Morgan la miró a los ojos.

–Gracias, Beth. No te preocupes, vuestro secreto está a salvo conmigo –se dirigió a Jake–. Si te llama mi padre...

–Le diré que no estás entrometiéndote en la investigación y que no hay motivo para que tengas que volver a Washington.

Esas palabras le hicieron sentir un profundo alivio.

–Gracias.

–No creo que matara a Layla –reconoció Quinn en el camino de vuelta a casa.

–Yo tampoco. Lo que significa que tenemos que encontrar otro sospechoso. ¿Qué te parece si volvemos a repasar todo lo que tenemos cuando lleguemos?

–Claro –dijo sin apartar la mirada de la carretera–. También podríamos hablar de lo descuidada que eres con tu propia seguridad.

Solo pretendía hacer un comentario despreocupado, pero en cuanto pronunció las palabras recordó lo que había pasado en el bosque y lo que había sentido al tener debajo el cuerpo frágil y vulnerable de Morgan. Ese tipo podría haberla matado.

El temor le hizo apretar los labios con tensión. Dios. Precisamente eso era por lo que debería haber mandado a paseo al senador cuando le había pedido que le ayudara. No quería preocuparse por Morgan. Era demasiado impulsiva, siempre dispuesta a aceptar el reportaje más arriesgado.

Sabía que en parte lo hacía para demostrar que era capaz de todo; llevaba años intentando demostrar a sus

jefes que era algo más que la hija frívola de un senador.
Siempre se arriesgaba al máximo.

–¿Y si Grady te hubiera dado? –le dijo con repentina
rabia–. Te dije que no era buena idea seguir a Jake, pero
en lugar de hacerme caso, te lanzaste sin pensar y conseguiste que nos dispararan.

Morgan no parecía inmutarse por la reprimenda.

–Grady no pretendía matarnos, solo asustarnos –
entonces hizo una pausa y lo miró con sorpresa–. Estabas preocupado por mí –dijo, maravillada.

–Sí, ¿y qué? –rugió él.

La risa de Morgan inundó el coche de alegría.

–Que es muy agradable. Te has comportado como
un cretino desde que volvimos a encontrarnos, así que
me gusta saber que sigo importándote, aunque sea un
poco.

¿Un poco? Dios, ojalá fuera solo eso, pero tenía la
impresión de que lo que sentía por Morgan iba mucho
más allá. Solo llevaba dos días en su vida y ya le había
hecho perder la cabeza de nuevo.

–Tú a mí también me importas –añadió ella suavemente.

Aparte de sus compañeros de equipo, había poca
gente a la que le importara. Tampoco era algo que le
importara, pues hacía tiempo que había llegado a la
conclusión de que estaba mejor así.

–He pensado mucho en ti estos dos años –siguió diciendo–. Y me he preocupado por ti.

Quinn clavó la mirada en el asfalto porque, si la miraba, sabía que vería en sus ojos un millón de emociones para las que no estaba preparado. Y seguramente
no lo estaría nunca.

–No tenías por qué –gruñó–. Ya sabes que sé cui-
darme.

–¿Como te cuidaste en Johannesburgo?

¿Cómo demonios sabía eso?

–Murphy me llamó –le aclaró ella sin necesidad de preguntárselo.

Quinn apretó las manos alrededor del volante.

–Ese entrometido hijo de...

–No te enfades con él.

De pronto le puso la mano sobre la suya. Quinn estuvo a punto de soltar el volante apartarse de ella, pero mantuvo la calma. También podría habérsela apartado al parar el coche frente a la mansión de los Kerr, pero no lo hizo. Que Dios lo ayudara, pero le gustaba sentir su mano.

–Me llamó cuando estabas en el hospital –le explicó mientras le acariciaba los nudillos–. Me contó que te habían disparado mientras rescatabas a la hija del embajador y que habías perdido mucha sangre. Quería que fuera.

Se volvió lentamente hacia ella. Le conmovió la preocupación que vio en sus ojos.

–Pero no lo hiciste.

–No. Pensé hacerlo, pero sabía que a ti no te gustaría. Me habías dicho que saliera de tu vida y eso fue lo que hice.

Sintió una punzada de culpa al oír aquello, pero no tenía ningún sentido. Había tenido todo el derecho del mundo para decirle lo que le había dicho aquel día. ¿Entonces por qué le dolía tanto el haberle hecho daño?

–No fue nada, Morgan. No pongas esa cara.

Ella le apretó las manos.

–¿Qué ocurre?

–Debería haber ido –susurró–. Pasé horas angustiada. Llegué a hacer la reserva de un billete de avión, pero al final me acobardé. No soportaba la idea de que volvieras a mirarme de ese modo.

–¿De qué modo? –le preguntó e inmediatamente se arrepintió de haberlo hecho.

–Como si me odiaras.

–Yo nunca te odié. Te amaba, incluso cuando rompimos, seguía amándote –meneó la cabeza con tristeza–. Tardé dos años en olvidarte.

Le temblaban las manos y durante un rato simplemente lo miró a los ojos, hasta que apartó la vista de él.

–¿Me olvidaste?

La miró a los ojos y dijo:

–Sí.

Era mentira. En los últimos dos días había podido comprobar que no la había olvidado, ni mucho menos. Seguía deseándola con todas sus fuerzas, pero de nada serviría decirle la verdad. No le había mentido cuando le había dicho que no quería volver a tener una relación seria. Le gustaba la vida solitaria que había llevado esos dos años. Además, las relaciones siempre habían sido algo difíciles para él, incluso con Morgan; en todo momento había sentido que no estaba hecho para ello, pero Morgan lo había conquistado con su inteligencia, su alegría y su espontaneidad, hasta el punto de llegar a creer que podría tener un matrimonio feliz.

Pero cuando ella había cancelado la boda, se había dado cuenta de la realidad.

Su infancia le había causado un daño irreparable. Siempre esperaría demasiado de cualquier relación, nadie podría cumplir sus expectativas.

En cierto modo, Morgan le había hecho un favor al hacerle ver que estaba mejor solo.

–Creo que no estás diciendo la verdad.

La tristeza que transmitían las palabras de Morgan lo sacó de su ensimismamiento.

–Lo que ocurre es que no quieres creerlo.

Volvió a mirarlo fijamente a los ojos y durante un rato se quedaron así, mirándose el uno al otro, hasta que Morgan meneó la cabeza y apartó la mirada.

–Vamos –dijo ella sin expresión alguna.

No importaba si le creía o si realmente la había olvidado o no. No tenían ningún futuro y eso era lo único que importaba.

Salió del coche y la siguió hasta la puerta de la casa, donde Morgan se detuvo en seco antes de llegar a meter la llave en la cerradura.

–¿Eso estaba antes ahí?

Quinn miró al lugar donde ella estaba señalando. En el suelo del porche había un sobre sin sello, ni remitente, ni destinatario.

–No, no estaba –lo agarró por una esquina–. Ábrelo.

Morgan miró el sobre como si fuera una bomba.

–Hazlo tú.

–Sí, señora –dijo él con una tenue sonrisa.

Ninguno de los dos dijo nada mientras sacaba la única hoja que había dentro, agarrándola de una punta por si había la posibilidad de encontrar alguna huella en el papel.

Solo había tres palabras en la hoja, cada una de ellas formada por letras recortadas de algún periódico y pegadas en el papel como si fuera el mensaje de un asesino en serie. Tres únicas palabras que sin embargo decían mucho y que le provocaron un escalofrío a Quinn.

Vete del pueblo.

–¿Qué pone? –preguntó Morgan.

Quinn le dio le nota sin decir una palabra. Aquellas tres palabras desataron su temor y su rabia.

–¿Qué es esto? ¿Querrá decir «vete o te mato», o solo es un aviso amable, algo así como «vete porque esto te queda grande y te recomiendo que te vayas», solo para ayudarte?

Eso casi lo hizo sonreír.

–Dudo mucho de que alguien se tomara la molestia de recortar todas esas letras solo para ayudarte.

–Entonces es una amenaza. ¿Quién crees que la envía?

–Supongo que la persona que mató a Layla. No sabemos si fue un hombre o una mujer, pero el tipo de asesinato hace pensar que fue alguien fuerte y, antes de que me digas que también hay mujeres fuertes, te diré que normalmente son hombres los que matan así.

–Lo sé y estoy de acuerdo –admitió mientras se quitaban los abrigos y las botas en el vestíbulo–. Tengo que tener más cuidado. ¿Te has dado cuenta de que la persona que dejó aquí el sobre tuvo que pasar las puertas de seguridad y marcar el código?

es hoy en día forzar cualquier

[...]an fácil como me resultó a mí

[...] oficina de Davidson.

[...]nos el interior de la casa estaba

[...] más sofisticadas.

[...]ridad de la casa es bueno –le aseguré, [...] [...]samiento–. Sería muy difícil que
alguien consigu[...] entrar.

–Pero no imposible –matizó ella, atemorizada.

–No, no imposible –reconoció con una sonrisa con
la que pretendía tranquilizarla–. No te preocupes. Si alguien consiguiese entrar, no podría conmigo.

–¿No? Pues Grady sí que ha podido.

–Yo sabía que nos estaban siguiendo.

–¿De verdad?

–Por supuesto.

–¿Entonces por qué hemos acabado con la cara contra el suelo? Ni siquiera ibas armado.

–¿Por qué estás tan segura? –le preguntó, sonriendo
al tiempo que se levantaba la camiseta para dejarle ver
la pistola que llevaba en la cinturilla del pantalón.

A pesar de la siniestra imagen del arma, Morgan
sintió una oleada de calor al ver la piel suave y bronceada de su vientre. Dios, cuánto deseaba tocarlo. Recordaba
el tacto de aquella piel bajo los dedos. No tenía ni un
gramo de grasa, solo músculo.

Tragó saliva y trató de concentrarse en lo que tenía
entre manos.

–Voy a descubrir quién la mató, Quinn. No me importa lo que diga Jake. Ahora mismo vamos a repasar
toda la documentación hasta que encuentre algo.

–Vas a hacerlo tú –dijo él secamente.

–¿No vas a ayudarme?

–Esta noche no. Voy a darme una ducha y a acostarme. Miraré la documentación por la mañana.

–Como quieras. Yo me quedo –dijo con determinación.

–Como quieras –repitió él y luego la miró con dulzura–. Pero no te quedes toda la noche. Layla seguirá muerta por la mañana.

–Lo sé –admitió con profundo dolor.

Lo vio subir la escalera y, cuando desapareció de su vista, se dirigió al despacho.

Así que la había olvidado.

Ya. Había vivido dos años con ese hombre, tiempo suficiente para darse cuenta de cuándo mentía, por eso sabía que había mentido al decirle que la había olvidado. Seguía deseándola.

Con un suspiro echó mano a la carpeta de documentos sobre el caso, pero justo en ese momento sonó el teléfono del despacho y reconoció el número del apartamento de su padre. Respiró hondo antes de responder.

–¿Vas a olvidarte de una vez de esta locura para volver a casa? –le dijo su padre después de un rápido saludo.

–¿A qué locura te refieres? ¿A que intente averiguar quién quiso matarme o a que quiera saber quién asesinó a mi mejor amiga? –meneó la cabeza con frustración–. No entiendo que ninguna de esas cosas te parezca una locura.

Su padre siguió a lo suyo, como si ella no hubiese dicho nada.

–La prensa ha sacado a la luz lo de tu intento de suicidio y mis relaciones públicas llevan esquivando llamadas desde ayer.

–Ya deberían estar acostumbrados a resolver mis desaguisados –le dijo con sarcasmo y cierta hostilidad.

–¿Es que no te cansas de humillar a la familia?

–Todo esto es culpa tuya, papá. Si me hubieras creído en lugar de encerrarme, los de la prensa no estarían ahora como buitres.

–No voy a seguirte tus locuras, jovencita –lo oyó

maldecir, algo muy poco habitual en él–. Quiero que vuelvas a casa, Morgan.

–Lo siento, pero no voy a hacerlo.

–No vas a conseguir nada haciendo preguntas por ahí. La chica de los Simms está muerta, es horrible pero es así y hace ya muchos años. Hasta Mort y Wendy han conseguido superarlo.

No iba a dejarse engañar por la repentina suavidad de su padre. Él siempre hacía las cosas por algo. Por primera vez desde la muerte de su madre, no iba a ceder.

–No voy a irme de Autumn hasta que haga lo que he venido a hacer –anunció con voz tranquila.

La amabilidad desapareció bruscamente y, como de costumbre, se sacó el as que tenía en la manga.

–Tu madre estaría muy decepcionada contigo, Morgan.

Tampoco se dejó derrumbar por el dolor que le ocasionaba el que mencionara a su madre.

–No, papá, estaría decepcionada contigo –tenía un nudo en la garganta–. Ella me habría creído cuando dije que habían intentado matarme.

–Tu madre siempre fue muy ingenua –respondió secamente–. Y parece que nuestro amigo Adam también lo es.

–Quinn sabe que no estoy loca –volvió a tragar saliva–. ¿Por qué tienes tan poca fe en mí?

Su padre se quedó callado un momento, pero en lugar de responder a su pregunta, dijo:

–Si no estás en casa dentro de una semana, me encargaré de esto personalmente.

–Estupendo, papá, amenázame. Supongo que mandarás a alguien con bata blanca a que me encierren.

–Una semana, Morgan –repitió antes de colgar sin decir adiós.

A pesar de los esfuerzos que hizo, se le escaparon varias lágrimas. Maldito fuera. ¿Qué le costaría mostrar un poco de compasión por ella? Era su hija, pero la trataba como si fuera un simple instrumento para conseguir sus propósitos.

Soltó el teléfono con manos temblorosas. Después de la conversación, no estaba en condiciones para estudiar los documentos del caso y buscar pistas, así que apagó la luz y salió del despacho. Ya en el segundo piso, se detuvo un instante frente a la puerta de la habitación de Quinn, la tentación era tan fuerte que le hormigueaban las piernas. Se obligó a seguir andando. Quizá siguiera deseándola, al menos físicamente, pero sabía que no había mentido cuando le había dicho que no quería volver a tener ninguna relación. Le había hecho tanto daño que le había hecho volver a sentirse el niño abandonado de antes y, con lo testarudo que era, no se echaría atrás por nada del mundo.

Lo cual era una lástima porque nunca había necesitado tanto a nadie.

Después de una ducha rápida, se metió en la cama ansiosa por que el sueño le hiciese olvidar. A Quinn, a su padre, a su hermano, a Layla, incluso a Jake y Beth... solo quería olvidarse de todo.

Pero ese sueño no llegó. Por más vueltas que dio, no consiguió dormir. Era más de medianoche. Quinn estaría dormido, tumbado boca abajo en la cama de la habitación de invitados, su increíble cuerpo tapado hasta la cintura.

Dios. Se moría de deseo por él. Solo con imaginarlo en la cama sentía una cálida humedad entre las piernas y se le endurecían los pezones. No había estado con otro hombre desde Quinn. No había deseado a nadie que no fuera él.

Como si su cuerpo actuara por voluntad propia, Morgan se dio cuenta de que había apartado las sábanas y se había levantado de la cama. No se detuvo a ponerse las zapatillas, solo podía pensar en llegar hasta Quinn.

Mientras caminaba por el pasillo pensaba lo absurdo que era presionarlo a tener una aventura sin futuro. Pero en ese momento le daba igual lo que sucediera, solo quería estar con él. Nadie la había trato nunca como Quinn. Él la respetaba, confiaba en ella y hacía que se sintiera alguien especial, apreciada y querida. Quizá por la mañana le negara dicho amor, pero qué más daba.

Quinn estaba completamente despierto cuando oyó entrar a Morgan. No había podido conciliar el sueño, llevaba horas allí tumbado, preguntándose qué demonios estaba haciendo en la casa familiar de Morgan. Y en su complicada vida.

En cuanto se abrió la puerta, supo cuál era la respuesta a esa pregunta.

Estaba allí por ella.

—¿Estás despierto? —murmuró ella.

—Sí.

Su primer impulso fue salir corriendo antes de perder el control, pero no tuvo valor de hacerlo. Lo que hizo fue sentarse en la cama, apoyando la espalda en el cabecero. La vio en la oscuridad, el cabello rubio le caía libremente sobre los hombros. Lo tenía alborotado como si acabara de despertarse, pero tenía los ojos tan en alerta que estaba claro que tampoco ella había dormido todavía.

Estaba tan hermosa que se le estremeció el corazón.

—¿Qué haces aquí?

—¿Ya lo sabes? —susurró ella.

Un segundo después estaba en la cama, encima de él.

Se le aceleró el pulso al sentir sus muslos sobre el vientre. La erección fue instantánea. Morgan emitió un suave gemido al notarla, luego se aclaró la garganta y dijo:

–Vamos a dejar algo claro. Antes me has mentido. No me has olvidado, igual que yo no te he olvidado a ti.

–Morgan.

–No voy a presionarte, ni a pedirte una relación –dijo, interrumpiéndolo–. Prometo no presionarte, ni siquiera te voy a pedir nada más que esta noche.

Comenzó a levantarse la camiseta de algodón que llevaba a modo de pijama, pero se detuvo antes de mostrarle los pechos.

–Pero necesito que digas que me deseas –tenía la voz temblorosa–. Tienes que decirlo.

Se miraron el uno al otro y por un momento Quinn se quedó atrapado en lo que vio en su rostro. Estaba lleno de amor, esperanza y dolor, un mar de emociones que no dejaba de sorprenderlo y cautivarlo. No era habitual ver a Morgan tan vulnerable. Deseaba estrecharla en sus brazos y no soltarla nunca más.

–Dilo, por favor.

Tragó el nudo que tenía en la garganta.

–Te deseo, Morgan.

Aquello debería haber hecho que se sintiera débil, pero no fue así, lo que sintió fue una maravillosa liberación. Llevaba dos años acallando cualquier sentimiento por ella, apartando su recuerdo y borrándola de su corazón. Pero seguía todo allí. Toda la pasión.

Le puso las manos en las caderas y la apretó contra sí. Sus bocas se fundieron en un beso tan intenso que le temblaron los labios. No podía controlarlo, no podía impedir que su lengua buscara la de ella.

Morgan lo besaba con la misma impaciencia, inundándolo con su sabor, con su aroma y sus gemidos. Pero entonces se apartó y lo miró con los ojos llenos de deseo.

–He echado esto de menos –confesó.

–Yo también –respondió él mientras ella le acariciaba el pecho.

Su mano se movía suavemente sobre él, como si recordara cada milímetro de su piel y supiera qué hacer para volverlo loco, pero también había algo nuevo en sus caricias, como si estuviera redescubriéndolo.

Intentó tocarla también, pero ella se apartó.

–Túmbate y deja que me divierta un poco –le dijo con una mirada traviesa.

¿Divertirse? Más bien parecía querer torturarlo. Prácticamente dejó de respirar al sentir su boca bajando por el pecho, dejando un rastro de excitación con la lengua.

–Quítate la ropa –le pidió, desesperado.

Ella esbozó una sonrisa y levantó un dedo.

–De eso nada. Aún no he terminado contigo.

12

El corazón le dio un vuelco al ver la excitación que ardía en los ojos verdes de Quinn y el modo en que le latía el pulso en el cuello le decía que estaba disfrutando de la seducción tanto como ella. Bajó la mirada hasta su increíble pecho, duro y suave y salpicado con vello de color castaño claro.

Le pasó las uñas por los pectorales, lo que arrancó un gemido de los labios de Quinn. Le ardía la piel y ella también tuvo la sensación de estar a punto de entrar en combustión, especialmente cuando vio la erección que ocultaba su ropa interior.

Se humedeció los labios con la lengua y volvió a recorrer su pecho a besos, bajando lentamente hasta la cinturilla de los calzoncillos, por donde coló las manos para deshacerse de la molesta prenda. Su excitación quedó libre y ella no pudo evitar tocarla inmediatamente.

Agarró su miembro y lo apretó con suavidad. Quinn gimió de placer al tiempo que salía de él una ligera humedad. Bajó la cabeza y lo rozó con los labios antes de metérselo en la boca.

Quinn hundió los dedos en su cabello mientras la

llenaba con su impresionante longitud. Lo provocó un poco con lametazos tentadores hasta que se retorció sobre la cama, agarrándose a las sábanas.

–Me estás matando –dijo con voz ahogada.

Lo miró y sonrió. El gesto de desesperación de su rostro confirmaba que, efectivamente, lo estaba matando y sin embargo nunca lo había visto tan lleno de vida. Desde que habían vuelto a encontrarse había intentado parecer distante, escondiendo sus emociones, pero en aquel momento, llevaba escrito en la cara todo lo que sentía.

Le dio un último beso antes de sentarse en la cama y quitarse la camiseta, lo mismo que hizo con el pantalón y las braguitas, que también acabaron en el suelo.

–Eres preciosa –susurró Quinn, paseando la mirada por su cuerpo–. ¿Me toca a mí ahora divertirme?

Aquellas palabras prometían tanto que su cuerpo reaccionó de inmediato.

–Está bien –dijo con fingida indiferencia.

Él esbozó una sonrisa y, cuando Morgan quiso darse cuenta, estaba tumbada con él encima y su erección apretada contra el vientre, pero cuando alargó la mano para tocarlo, él se la apartó.

–Me toca a mí –le recordó.

No le llevó la contraria. Un escalofrío sacudió su cuerpo al sentir el roce de su lengua en el pezón. Recorrió toda la aureola, luego agarró el pezón entre los dientes y lo chupó. Buscó su erección con las piernas, suplicándole que terminara con aquella tortura, pero él le negó lo que tanto deseaba.

El placer crecía con cada roce de su lengua, primero en un pezón y luego en el otro, lamiéndola y chupándola. Cuando por fin bajó la mano hasta su sexo, Morgan estaba a punto de explotar y su excitación no disminuyó precisamente cuando él introdujo un dedo en su humedad.

Se mordió el labio inferior para intentar frenar el clímax. No sirvió de nada. Quinn sumergió más el dedo y luego lo retiró un instante antes de volver a meterlo y todo estalló en una marea cálida que la arrastró. Él volvió a meterse el pezón en la boca, acompañándola en su orgasmo con la sabiduría de sus dedos.

Cuando por fin volvió al planeta tierra, vio que Quinn estaba poniéndose un preservativo.

–¿De dónde ha salido eso? –le preguntó con un hilo de voz.

–De mi cartera –dijo él, sonriendo–. Ya sabes que siempre estoy preparado.

Lo sabía y se alegraba porque ella había dejado de tomar la píldora después de separarse de él. Sin embargo, al vérselo puesto, casi lamentó que lo tuviera porque habría sido bonito que esa noche fuera el comienzo de un bebé, así tendría algo cuando él volviera a dejarla.

Echó a un lado tan inquietante idea y le echó los brazos alrededor del cuello para besarlo con todas sus ganas. Sus lenguas se unieron mientras él se sumergía en ella y la llenaba hasta hacerla gemir de placer.

–¿Estás bien? –le preguntó, apoyando la mejilla en su hombro y zambulléndose en ella hasta lo más profundo.

–Hace mucho tiempo –admitió.

Quinn alzó la cabeza para mirarla.

–¿Cuánto?

–Dos años –no fue necesario que diera más explicaciones. No había habido otro hombre después de Quinn.

–Igual que yo.

Se quedó asombrada, pero no tuvo tiempo para digerir la información porque él empezó a moverse con urgencia y cada embestida la acercaba más y más al precipicio. Le pasó las manos por la espalda, empapada en sudor, y cerró los ojos para dejar que todas aquellas sensaciones la consumieran.

Se movieron juntos en perfecta sincronía, como si aquellos dos años de separación hubieran dejado de existir. El temblor comenzó en su vientre y desde ahí fue invadiendo su cuerpo, desde el sexo hasta los pezones hasta derretirla por completo.

Gritó de placer, hundiendo la cara en su pecho y dejándose llevar mientras él siguió moviéndose hasta alcanzarla en la cima.

Necesitaron unos minutos para regresar los dos del lugar hasta el que se habían visto transportados por la intensidad del encuentro. Morgan tenía la respiración agitada, igual que él, que por fin levantó la mirada y sonrió.

–Bueno, está claro que se nos sigue dando muy bien.

Ella se echó a reír.

–Desde luego.

Quinn se levantó a tirar el preservativo y ella aprovechó para tumbarse. De repente se sentía insegura.

Quizá le pidiera que se fuera, quizá se arrepintiera de lo que acababan de hacer.

No hizo ninguna de las dos cosas. Volvió a la cama, se tumbó a su lado y la apretó contra sí. Ella se acurrucó en su pecho y de pronto sintió ganas de llorar. Era maravilloso volver a estar entre sus brazos. Necesitaba decirle que lo amaba, que siempre lo amaría, pero tenía miedo de estropear el momento.

Así pues, lo que hizo fue quedarse allí mientras él lo abrazaba. Se quedó dormida escuchando su respiración y disfrutando de sus caricias.

Al abrir los ojos a la mañana siguiente, Quinn se encontró con el cuerpo desnudo de Morgan tendido a su lado, con el cabello desparramado sobre la almohada.

No pudo evitar sonreír. Parecía tan frágil e inocente mientras dormía. Debería estar de mal humor después de lo que había hecho. ¿En qué había estado pensando para dejarse seducir de ese modo?

Lo que había ocurrido era precisamente eso, que no había pensado.

Solo había sentido. Sus labios, su cuerpo, su interior húmedo apretándolo...

Intentó reconducir sus pensamientos, pero era demasiado tarde. El recuerdo ya le había provocado una erección que lo obligó a cambiar de postura, lo que despertó a Morgan.

–Buenos días –murmuró nada más abrir los ojos.

Otra vez no pudo evitar sonreír, ni tampoco pudo evitar tocarla. Le acarició el hombro.

–Me gusta –susurró al tiempo que volvía a cerrar los ojos–. No pares.

Aunque el sentido común le decía que hiciera precisamente eso, parar, sus manos hicieron justo lo contrario. Le pasó los dedos por la espalda, dejando un rastro de escalofríos en su piel.

Le encantaba su cuerpo, sus curvas delicadas y los músculos ligeramente definidos. Bajó la mano hasta el trasero y, al apretarle las nalgas, ella gimió y lo miró a los ojos.

–Si sigues así, voy a tener que responder del mismo modo.

–A lo mejor es eso lo que quiero.

Ella se echó a reír, encantada. Otra cosa que había echado de menos era que Morgan siempre estuviese deseando desnudarlo, siempre le había resultado muy gratificante que no se cansara nunca de él. Siempre estaba dispuesta a entregarse. En los dos años que habían estado juntos, no se habían cansado el uno del otro; en realidad su pasión había aumentado cada vez que hacían el amor.

Pero eso no era lo que estaban haciendo ahora. Aquello era solo sexo, se recordó.

No podía olvidarlo. Lo de ahora no tenía nada que ver con el amor. No importaba lo que sintieran el uno por el otro. Era solo una aventura, nada más.

Ella arqueó la espalda, levantando los pechos de la manera más tentadora. Le había dejado manchitas rojas con la barba.

Quizá fuera algo primitivo, pero le gustó ver que había dejado una marca en ella.

—En serio, Quinn, si no haces nada, me voy a hacer café.

—¿Me abandonarías por un café? —le preguntó, burlón.

—Sí.

—No puedo permitir que ocurra algo así, ¿no te parece?

Antes de que pudiera responder, se había levantado de la cama para agarrar un preservativo y había vuelto a su lado.

—Veo que no soy la única que está impaciente —comentó ella con fingida arrogancia.

Lo cierto era que los dos años de separación hacían que le resultara imposible tener paciencia. Le preocupaba sentir tal deseo por ella, pero no podía controlarlo; esa mujer lo excitaba como no lo había hecho ninguna otra en su vida, así que no tardó en sumergirse en su cuerpo y arrastrarla con sus movimientos.

La agarró de las nalgas y le levantó el trasero para llegar aún más adentro. Quería hundirse dentro de ella y no volver a salir de allí. Intentó ir despacio, pero entonces ella le echó las piernas alrededor de la cintura y no pudo resistirse.

Sus gemidos se fundieron igual que sus cuerpos y, cuando la oyó gritar, se lanzó tras ella a aquel delicioso vacío en un orgasmo tan intenso que le cortó la respiración.

Hundió el rostro en su cuello y su olor le dio aún más placer mientras la tensión de su interior lo exprimía hasta dejarlo seco.

Dios. ¿Qué acababa de suceder? El sexo siempre había sido genial entre ellos, pero aquello... aquello era maravillosamente desconcertante. Intentó achacarlo a que llevaba dos años sin acostarse con nadie, pero en el fondo sabía que era mucho más que eso.

Era Morgan.

Siempre había sido ella y siempre lo sería.

–¿Por qué no has estado con nadie desde que rompimos? –su voz suave se abrió paso entre sus pensamientos.

No tenía poderes, simplemente mucha intuición, demasiada para él.

–No he tenido tiempo –se limitó a decirle.

Pero ella lo miró de un modo inquietante.

–Otra vez estás mintiendo.

Quinn se encogió de hombros.

–Supongo que no he conocido a nadie que me interesara lo suficiente –le dio la vuelta a la pregunta en cuanto pudo–. ¿Por qué no has estado tú con ningún otro hombre?

–Porque no deseo a ningún otro hombre –dijo sencillamente, mirándolo a los ojos–. Nunca he deseado a otro que no fueras tú, Quinn.

Se le quedó la boca seca al oír eso. Iba a decirle que entre ellos no iba a volver a haber nada, pero lo que dijo fue algo muy distinto.

–Nunca me llamas Adam.

–¿Qué? –preguntó ella, despistada.

–Nunca me llamas por mi nombre. Tu padre sí que me llama Adam, pero siempre en un tono condescendiente. Pero tú nunca me llamas así.

Morgan se puso un mechón de pelo detrás de la oreja y lo miró con absoluta franqueza.

–Cuando nos conocimos me dijiste que no te gustaba que la gente te llamara Adam.

«Tú no eres como los demás», habría querido decirle, pero se mordió la lengua. No sabía por qué le había preguntado eso. La única persona que le había llamado Adam había sido su madre, la mujer que lo había abandonado delante de un banco con solo cinco años. Su padre, que los había dejado un año antes, lo había llamado «muchacho». Después de eso, todo el mundo le había llamado Quinn. «Deja de pelearte, Quinn. Limpia tu habitación, Quinn». Sus padres de acogida nunca le habían llamado por su nombre y, con el paso de los años, se había acostumbrado.

–Es una lástima que odies tanto tu nombre –lamentó Morgan, acariciándole el brazo–. Es muy bonito.

–Me trae malos recuerdos.

–¿Quieres que deje de llamarte Quinn?

De pronto se sintió incómodo y sintió la necesidad de levantarse de la cama.

–No, olvídalo. Me parece que aún estoy medio dormido.

Podía sentir su mirada clavada en él mientras se ponía los calzoncillos y los pantalones, pero no dijo nada más.

–Vamos a preparar ese café –sugirió.

Morgan se levantó también y se puso la camiseta y los diminutos pantalones con los que había llegado allí la noche anterior.

Él no se molestó en ponerse la camiseta, ni siquiera se abrochó los pantalones antes de seguirla por el pasillo. Sabía que seguía pensando en lo que le había dicho, intentando comprender a qué había venido.

Se acercó a ella y la sorprendió, tanto como a sí mismo, agarrándola de la mano. Morgan lo miró, asombrada, y luego entrelazó los dedos con los suyos. Bajaron la escalera sin hablar, en un agradable silencio.

Pero al llegar abajo, una sonora exclamación rompió dicho silencio.

Quinn levantó la mirada y vio aparecer en el vestíbulo al hermano de Morgan. Sus ojos azules, iguales a los de su hermana, se abrieron de par en par al verlos.

Tony clavó la mirada en el torso desnudo de Quinn y después en la escasa indumentaria de Morgan y dijo:

–¿Qué diablos está pasando aquí?

13

Morgan intentó parecer tranquila al enfrentarse a la mirada de su hermano, pero en solo unos segundos, el gesto de desaprobación de Tony la hizo sonrojarse. Por mucho que se recordara a sí misma que era una mujer adulta, cuando su hermano la miraba de ese modo volvía a sentirse una niña pequeña.

–¿Qué haces aquí? –le preguntó al tiempo que le soltaba la mano a Quinn.

–He venido a ver qué tal estabas. Estaba muy preocupado –respondió su hermano, sin embargo, su mirada era terriblemente fría–. Pero ya veo que estás muy bien.

Se acercó a él, descalza sobre el mármol helado del suelo. Quinn la siguió y le tendió la mano al recién llegado.

–Me alegro de verte, Tony.

Tony aceptó la mano con evidente desgana, tenía esa actitud de hermano mayor que resultaba casi cómica con ese cuerpo larguirucho y poco musculado que tanto contrastaba con el aspecto letal de Quinn.

–Veo que interrumpo –dijo, incómodo.

Morgan esbozó una sonrisa.

–No, en absoluto. Íbamos a hacer café.

–Mejor lo hago yo mientras vosotros os vestís.

–Buena idea –reconoció ella.

Mientras se daba una ducha rápida para borrar cualquier rastro de la pasión mañanera, Morgan pensaba que la visita de Tony no iba a ser divertida. Estaba claro que lo había enviado su padre a controlarla y Tony siempre estaba dispuesto a cumplir los deseos del senador. A veces se preguntaba cómo era posible que estuviesen tan unidos. De pequeños, Tony había sentido verdadera adoración por su madre y, si bien ella los quería a los dos, lo cierto era que el primogénito siempre había sido su ojito derecho. Tras su muerte, Tony había caído en un pozo de tristeza del que había tardado mucho tiempo en salir; se había alejado de sus amigos, había descuidado sus estudios y no había dejado de decir lo solo que estaba desde que su madre lo había abandonado. Por lo visto el senador lo había ayudado a recuperarse y entonces Tony había traspasado todo su amor a su padre.

Como de costumbre, Morgan había vuelto a estar de sobra. Obstinada, apasionada y liberal, era completamente distinta a los demás integrantes de la familia, incluyendo a su madre.

Una vez vestida con unos pantalones negros y un suéter gris con cuello de pico, bajó a la cocina, donde encontró a su hermano con una taza de café en la mano y otras dos servidas sobre la mesa.

–Lo he hecho como a ti te gusta.

–Gracias –dijo ella, disfrutando del aroma recién hecho–. No sé cómo podría vivir sin cafeína –comentó después del primer sorbo.

Por primera vez desde que había llegado, Tony sonrió de verdad.

–Deberías beber menos café.

–Es posible que lo haga algún día –respondió ella–.

Me estaba acordando de cuando espiábamos a papá por el interfono.

Tony se echó a reír.

–Es verdad, qué divertido era. Hasta que lo descubrió y se acabó la diversión –hizo una breve pausa y la miró fijamente–. Bueno, ¿qué pasa entre Quinn y tú?

Morgan tragó saliva para intentar hacer desaparecer el nudo que se le había formado en la garganta.

–Nada serio –se limitó a decir.

–No era eso lo que parecía cuando os he visto bajar.

Morgan miró a su hermano.

–¿A qué has venido en realidad, Tony?

–A ver si estabas bien –repitió con gesto de sinceridad–. Y también quería ver si podía ayudarte a averiguar qué le ocurrió a Layla.

Morgan enarcó ambas cejas.

–¿Desde cuándo te importa el caso?

–No me gustó eso que dijiste de que yo odiaba a Layla –admitió con tristeza–. Es posible que me pusiera un poco nervioso cuando éramos pequeños, pero yo no la odiaba. Para mí era la molesta amiga de mi hermanita. Siento mucho que la mataran, Morgan.

–Lo sé –reconoció con cierta culpa–. No pretendía acusarte de odiarla. Lo pagué contigo sin motivo.

–Te lo dije –respondió Tony, sonriendo.

–Pero te lo merecías.

En ese momento apareció Quinn y Morgan experimentó una descarga de deseo instantánea al verlo con esos vaqueros, esa camisa negra y el pelo mojado. No se había afeitado, lo que le recordó lo maravilloso que era sentir el roce de su barba en la piel.

Bajó la cabeza para que no viera el rubor de sus mejillas, pero a Quinn no se le escapaba nada y la mirada de excitación que le devolvió hizo que se le atragantara el café.

–¿Estás bien? –le preguntó él, como si nada.

–Sí, sí. Se me ha ido por donde no era –mintió.

***

Quinn contuvo una sonrisa, pues sabía perfectamente la naturaleza de los pensamientos de Morgan. Estaba sonrojada y encantadora, pero se recuperó rápido. Él tuvo que dejar de mirarla antes de que se notara el modo en que reaccionaba su cuerpo a ese rubor.

De pronto descubrió que Tony estaba mirándolo.

–Siento haberme comportado como un imbécil antes, Quinn –se disculpó–. Es el instinto protector de hermano mayor.

–No te preocupes –respondió él.

–Decidme, ¿habéis avanzado algo con el caso?

–No –reconoció Morgan y le contó la visita a la oficina del forense.

–No es mucho, la verdad –dijo Tony, pensativo–. ¿Estáis seguros de que no fue Jake? Fue el último que la vio con vida.

–Lo sé, pero no creo que fuera él. Es cierto que se exalta con facilidad, pero no tenía motivos para hacerlo. Layla y él habían roto y, si no recuerdo mal, ninguno de los dos parecía muy afectado por ello.

–Puede que él lo estuviera, pero no lo demostrara –sugirió Tony y miró a Quinn–. ¿Tú qué crees?

–Estoy de acuerdo con tu hermana. Vi cómo lo negó anoche y no me hizo sospechar nada.

–Quinn y yo íbamos a repasar de nuevo toda la documentación que tenemos, a ver si encontramos algo –le contó Morgan–. Si quieres, puedes ayudarnos.

–Claro –aceptó él.

Morgan no tardó en volver con los papeles y, al dejarlos sobre la enorme mesa de madera de cedro de la cocina, le lanzó una mirada a su hermano.

–¿Qué tal está Caroline?

–Muy bien –no pudo contener una sonrisa al responder.

Tony les contó unas cuantas cosas sobre su novia sin dejar de sonreír mientras hablaba de ella.

—Me alegro de que tengas una relación —afirmó Morgan con cariño.

—Yo me alegro de tenerla —reconoció Tony antes de ponerse con el caso.

Pasaron la siguiente hora repasando una y otra vez los mismos papeles, hasta que a Quinn empezaron a escocerle los ojos de leer aquella letra tan pequeña. Analizaron a fondo el informe de la autopsia, la declaración de los padres de Layla y la de Jake sin encontrar nada. A pesar de la falta de pistas, Quinn no podía evitar pensar que había algo extraño.

El problema era que no conseguía saber qué era.

—Hay algo que no encaja, pero no sé decir qué.

Morgan miró el documento que tenía en la mano.

—¿En la declaración de los padres de Layla?

Quinn asintió.

—La última vez que vieron a su hija fue esa mañana, antes de que se fuera al instituto. Yo hablé con ellos y creo que de verdad no saben lo que ocurrió.

—Sí, pero... —Quinn fijó la mirada en el papel.

—¿Te importa si echo un vistazo? —le preguntó Tony—. Aún no lo he leído.

Le dio el papel mientras Morgan lo miraba arrugando el ceño.

—¿Cómo es posible que no encontremos ni una sola pista? —le preguntó con frustración.

—Porque aquí no hay nada —reconoció Quinn—. Lo único que sabemos es que hace diez años Layla fue al bosque a reunirse con alguien o a correr y no volvió. La policía examinó el terreno minuciosamente y no encontraron nada. Hablaron con todo el mundo y tampoco encontraron nada.

—Tiene razón, aquí no hay nada —confirmó Tony después de leer el informe y miró a su hermana con cariño–. No creo que vayas a poder resolver este caso, Morgan.

–Tengo que hacerlo. Se lo debo a Layla.

Ninguno de los dos dijo nada a eso hasta que Quinn resopló y dijo por fin:

–Como ya he dicho antes, creo que debemos concentrarnos en averiguar quién te sacó del puente.

–Entonces vamos al puente –sugirió ella poniéndose en pie con determinación.

–¿Ahora?

–Sí.

Morgan tenía esa mirada que hacía pensar que nada ni nadie podría detenerla.

–Entonces no hay más que hablar –dijo Quinn mirando a Tony, que parecía entretenido con la escena.

Quinn se quedó a cierta distancia de Morgan, observándola mientras miraba al río con frustración. El río estaba al otro lado del pueblo, sobre el río Grace, un pequeño afluente sin demasiada corriente. Era un puente ancho con barandillas de madera. Habría sido mejor que fueran de acero, pensó Quinn, eso habría impedido que el coche de Morgan cayera al río. Sin embargo la madera se había roto.

Estaba todo arreglado ya, por lo que enseguida se dieron cuenta de que allí tampoco iban a encontrar nada. Quinn apretó los dientes al mirar hacia abajo. Había agua suficiente para que un coche quedara sumergido. Imaginó a Morgan allí abajo, hundiéndose lentamente y la rabia le atenazó el estómago. Podría haber muerto.

–Debería irme –dijo Tony con voz tranquila, acercándose a él–. Aquí no vamos a descubrir nada –auguró a continuación.

Ella seguía mirando el agua lejos de ellos, con los

hombros tensos por la insatisfacción que suponía no encontrar ninguna pista.

–¿No te quedas a dormir? –le preguntó Quinn.

–No, esta noche tengo planes con Caroline y le prometí que volvería por la tarde –titubeó un instante–. ¿Puedo serte sincero?

Quinn asintió.

–Me ha enviado el senador –admitió Tony, hablando bajo para que Morgan no lo oyera–. Quería que la llevara a casa.

–No va a volver hasta que esté preparada.

–Lo sé, por eso no voy a presionarla. Es obvio que no va a poder descubrir lo que le ocurrió a Layla, supongo que acabará dándose cuenta y se marchará voluntariamente dentro de unos días.

Mejor así que llevársela a la fuerza, como quería el sinvergüenza de su padre.

–¿Por qué eres tan leal con él? –no pudo evitar preguntarle a Tony.

Y a él no le ofendió que lo hiciera.

–Es mi padre –dijo sencillamente–. Desde que murió mi madre, él es lo único que tenemos. No veo que tenga nada de malo hacer lo que me pide, dentro de lo razonable.

–¿Y te parece razonable que encerrara a tu hermana en un hospital psiquiátrico?

–Si te soy franco, aún no estoy del todo seguro de que no se tirara del puente intencionadamente. Yo estuve con ella en el funeral, Quinn. Estaba destrozada.

–Morgan jamás intentaría suicidarse.

–No lo sé –dijo, mirando a su hermana–. Escucha, no sé qué hay entre vosotros, pero tienes que intentar que deje un caso que no va a poder resolver. El senador empieza a impacientarse.

–¿Por qué? –Quinn meneó la cabeza, perplejo–. ¿Por qué le importa tanto que investigue?

–No lo sé, pero está empeñado en que vuelva a casa –explicó en voz baja–. Dice que hará lo que sea necesario para hacerla volver.

Quinn apretó los dientes.

–¿Incluso enviar a gente del hospital?

–Es posible –Tony soltó un suspiro–. Ya sabes cómo es mi padre. Le gusta tenerlo todo controlado. Lo que más le importa es dar buena imagen y, por desgracia, mi hermana tiene la mala costumbre de dejarlo en mal lugar. No le gusta no poder controlarla.

–Pues más le vale irse acostumbrando –advirtió Quinn riéndose–. Porque no es fácil controlar a Morgan.

Tony sonrió con tristeza.

–No lo es, no –echó un vistazo al carísimo Rolex que llevaba en la muñeca–. Tengo que irme.

Quinn asintió y fue a buscar a Morgan, que al oírlo llegar, se volvió a mirarlo con tanta tristeza que le rompió el corazón.

–Aquí no hay absolutamente nada –murmuró–. Ni marcas de ruedas de otro coche, ni restos de pintura; nada que indique que había otro coche.

–Lo sé, por eso es mejor que nos vayamos. Además, Tony quiere volver a Washington.

Volvieron a la residencia de los Kerr en completo silencio y, al llegar allí, Tony se despidió de ambos y se marchó.

Parecía decepcionado por no haber descubierto nada, pero Quinn habría jurado que también se alegraba. Sin duda iría directo a contarle a su padre la noticia de que Morgan no dejaba de darse contra un muro y que no tardaría en volver a casa. El senador Kerr estaría encantado.

Durante la tarde, Morgan pasó de la tristeza a la furia y de nuevo a la tristeza. Quinn y ella estuvieron leyendo de nuevo los informes, pero una vez más, no dieron con nada. Finalmente decidieron tomarse un descanso y acabaron jugando al Scrabble. Debería haber sido divertido, como lo había sido tantas veces mientras habían estado juntos, pero ni siquiera eso pudo levantarles el ánimo.

Se sentía un fracaso. Llevaba diez años volviendo a Autumn cada cierto tiempo, haciendo preguntas, leyendo informes y siempre terminaba volviendo con las manos vacías. Layla había desaparecido y una década más tarde habían encontrado su cuerpo. Eso era todo lo que sabían y parecía que nunca sabrían más.

Por mucho que odiara admitirlo, quizá hubiera llegado el momento de rendirse. Llevaba toda la tarde planteándoselo, luchando contra su propia naturaleza porque no estaba acostumbrada a rendirse, pero no sabía cuánto más tiempo podría aguantarlo.

Quinn tuvo el detalle de no decir nada mientras ella cavilaba. Se levantó a preparar unos espaguetis que comieron en silencio y luego Morgan se retiró al despacho, donde estuvo dos horas intentando decidir qué debía hacer.

Al final decidió no hacer nada. Por lo menos esa noche. Se iría a dormir, dejaría descansar a su cerebro y ya lo pensaría por la mañana.

Acababa de levantarse de la silla cuando sonó el teléfono. Era su hermano.

—Otra vez tú —le dijo, bromeando.

—Siento molestarte, Mor, pero antes me olvidé de decirte algo. La semana que viene es el cumpleaños de Caroline y voy a hacerle una fiesta sorpresa —parecía un adolescente enamorado—. Me gustaría que vinieras. Me parece que os llevaríais muy bien las dos.

Le conmovió que su hermano quisiera invitarla porque no habían pasado mucho tiempo juntos desde la muerte de su madre.

–Encantada –dijo–. ¿Has tenido buen viaje de vuelta a la ciudad?

–Sí, casi no había tráfico. Acabo de dejar a Caroline en su casa y me voy a la mía.

–Conduce con cuidado –le dijo–. Y gracias por la invitación.

–Hablaremos pronto –aseguró antes de colgar.

Morgan colgó el teléfono y salió del despacho cerrando la puerta tras de sí. Se detuvo a los pies en la cabeza. ¿Debería ir a la habitación de Quinn o a la suya? Después de todas las decepciones del día, se moría de ganas de refugiarse en sus brazos y hacer el amor con él, pero no estaba segura de si él querría que lo de la noche anterior se quedara en eso.

Al final se fue a su habitación, pues seguía sin saber lo que quería Quinn y no tendría fuerzas para afrontar que la rechazara.

Se puso el pijama, apagó la luz y se metió en la cama creyendo que le costaría conciliar el sueño, pero el cansancio pudo más que cualquier preocupación. Estaba en ese estado intermedio entre el sueño y la vigilia cuando llamaron a la puerta suavemente.

–Pasa –dijo, adormilada.

Al abrirse la puerta, la luz del pasillo inundó la habitación y pudo ver la silueta de Quinn.

–¿Te he despertado?

–No, aún estaba despierta.

–No lo parece.

A pesar de la oscuridad, podía ver el brillo de sus ojos verdes.

–¿Qué quieres, Quinn?

–Solo quería decirte que me voy a dar una ducha antes de acostarme, así que buenas noches.

–Buenas noches –respondió con tristeza. Había hecho bien en no ir a su habitación porque era evidente que no tenía intención de repetir lo de la noche anterior.

–¿Quieres que venga cuando salga de la ducha?

El corazón le dio un vuelco. Parecía que se había equivocado. Levantó la cabeza de la almohada y lo miró a los ojos, donde encontró una mezcla de incertidumbre y excitación.

–Sí –susurró.

–También puedes ducharte aquí –le dijo.

–Tengo que cargar el teléfono y agarrar unos calzoncillos –esbozó una sonrisa–. No te preocupes, volveré enseguida.

Cerró la puerta suavemente y el dormitorio volvió a quedar a oscuras. Con la alegría en el cuerpo, Morgan volvió a acomodarse y a dejarse llevar por el sueño a la espera de que volviera. Lo imaginó tumbándose a su lado y rodeándola con un brazo. Cuánto había añorado el dormir con él.

La puerta volvió a abrirse, parecía demasiado pronto. Estaba tan adormilada que no se molestó en abrir los ojos, simplemente murmuró:

–¿Ya estás aquí?

Quinn no respondió, pero se oyeron sus pasos sobre la alfombra. Morgan sonrió y se arropó bien. En lugar de meterse con ella bajo las mantas, las retiró y eso la sorprendió. Al abrir los ojos se encontró con un rostro cubierto por unas enormes gafas de esquí.

Y luego una mano le tapó la boca.

14

El pánico golpeó a Morgan con la fuerza de un puñetazo. Intentó gritar, pero tenía aquella mano en la
boca y sus protestas se estrellaban contra el guante de
cuero, así que utilizó los dientes en lugar de las palabras, pero tampoco consiguió traspasar los guantes.

El atacante la levantó en brazos y la sacó de la cama,
cayó sobre la alfombra y por un momento tuvo la boca
libre. Se disponía a gritar con todas sus fuerzas para
avisar a Quinn cuando la mano volvió a su lugar. No le
dijo ni palabra mientras la arrastraba por el suelo, sin
importarle que pataleara o se revolviera. El miedo se
apoderó de ella. No podía permitir que la sacara de allí,
tenía que hacer algo para que Quinn la oyera.

Y no había duda de que el plan de aquel intruso era
sacarla de allí. No comprendía cómo había entrado en
la casa sin que saltaran las alarmas, pero sus intenciones estaban muy claras. No dejó de patalear e intentar
morderle, pero fuera quien fuera aquel tipo, era muy
fuerte. Las clases de defensa personal a las que había
ido no le bastaban para zafarse de él. O eso pensaba.
Cuando llegaron a la puerta, se le escurrió la mano un
instante y Morgan aprovechó para chillar a todo lo que

le daban los pulmones. El atacante se quedó inmóvil y, para su sorpresa, la soltó, lo hizo con tal fuerza, que cayó al suelo.

El atacante salió corriendo escaleras abajo como si hubiese decidido no llevar a cabo la misión. Se puso en pie, confundida.

Oyó cerrarse la puerta principal con un golpe y luego un silencio absoluto. No se oyó ningún motor, ni ruedas que derraparan en el suelo. Estaba claro que no había llegado allí en coche.

Incapaz de comprender lo que acababa de ocurrir, Morgan salió corriendo hasta la habitación de invitados. Dentro seguía sonando el agua de la ducha. Habían estado a punto de raptarla y su aguerrido mercenario seguía en la ducha.

Le temblaban las manos al abrir la puerta del baño y ni siquiera la imagen del cuerpo desnudo y mojado de Quinn pudo mitigar el miedo y la furia que sentía.

Quinn abrió los ojos de par en par al verla allí, cerró el grifo y abrió la puerta de la mampara.

–¿Qué ocurre?

–Alguien ha entrado en mi habitación –dijo sin dudarlo.

Quinn salió de la ducha y la estrechó en sus brazos, empapándole el pijama.

–Llevaba unas gafas de esquiar... al principio pensé que eras tú... intentó sacarme a rastras de la habitación, pero yo... Me puse a gritar y mi soltó. No he oído ningún coche, así que es posible que se haya marchado corriendo.

Quinn la soltó y la llevó al dormitorio, donde lo observó mientras se ponía unos pantalones de deporte grises. Agarró la pistola que tenía en la mesita de noche y del armario sacó otra arma que le dio a ella.

–¿Te acuerdas de cómo disparar?

Ella asintió.

–Bien –se dirigió hacia la puerta–. Enciérrate en el baño y no abras a nadie excepto a mí.

Lo vio salir. Iba tras el atacante, por lo que rezó para que no le pasara nada. El instinto le decía que fuera detrás de él, pero sus órdenes habían sido muy claras, así que se encerró en el baño con la pistola entre las manos, apuntando hacia la puerta. Y esperó.

Esperó y esperó.

Habían pasado por lo menos treinta minutos cuando volvió Quinn. Llamó a la puerta y le pidió que le abriera, cosa que ella hizo de inmediato.

–¿Y bien? –le preguntó sin soltar la pistola.

Volvía a estar mojado, pero ahora de sudor, y su respiración indicaba que había corrido bastante. Parecía desconcertado.

–No he visto a nadie –anunció.

Morgan sintió una mezcla de alivio y confusión. Se sentó al volver de la cama y dejó la pistola sobre el colchón.

–¿No lo has encontrado?

Quinn la miraba con un gesto extraño.

–No. En realidad no he visto nada que indicara que haya entrado nadie en la casa. La puerta principal estaba cerrada con llave, Morgan. Y la alarma activada.

Eso le provocó un escalofrío.

–He rodeado la casa –siguió diciendo él, observándola con esa expresión indefinible–. He buscado pisadas en el jardín y en la entrada del bosque, pero no he encontrado ni una huella.

–Entonces es bueno –murmuró ella.

Quinn no respondió y su silencio hizo saltar la señal de alarma en su interior. Cuando levantó la cara para mirarlo a los ojos, comprendió por fin el motivo de su extraña expresión.

Era duda.

No la creía.

Sintió un dolor en el pecho como si le hubiera caído encima una tonelada.

–¿Piensas que me lo he inventado? –le preguntó, con la voz rota.

Quinn frunció el ceño.

–No, no pienso que lo hayas inventado, más bien me inclino a pensar que ha sido una pesadilla.

–¿Qué? –dijo, indignada–. ¿Crees que no sé distinguir si he tenido una pesadilla o de verdad ha venido un hombre que me ha sacado a rastras de la cama?

–Es que no tiene sentido –admitió con tristeza–. ¿Por qué iba a sacarte de la cama para después salir corriendo como un conejillo asustado? ¿Cómo ha podido entrar en la casa? ¿Y por qué sigue la puerta cerrada y la alarma encendida?

Morgan cerró los puños y le lanzó una mirada envenenada.

–No lo he soñado, Quinn. Ni lo he imaginado –dijo entre dientes–. Y se me ocurre una explicación para cómo ha entrado. Lo envió mi padre –se levantó de la cama y fue hasta la puerta–. Probablemente tenía el código de seguridad de la puerta y estoy segura de que mi padre le dijo cómo entrar en la casa por el barranco.

Quinn maldijo entre dientes.

–No pretendía secuestrarte, solo asustarte lo suficiente para que te marcharas del pueblo.

–Es posible –dijo ella y le lanzó una mirada heladora–. Claro que también puede ser que lo haya soñado.

Sin decir nada más, Morgan salió de la habitación de invitados con el corazón a punto de escapársele por la boca. Quinn había dudado de ella. Después de todo lo que habían vivido juntos, después de todas las veces que le había confesado sus inseguridades y lo mucho que le dolía que la acusaran de estar loca... después de todo eso, había dudado de ella.

Apenas había salido al pasillo cuando Quinn la alcanzó y la agarró del brazo, obligándola a detenerse.

–Vamos, Morgan. Mírame –al ver que seguía con la vista clavada en la alfombra–. Le agarró la barbilla y le levantó la cara.

–No me has creído –murmuró, incapaz de ocultar el dolor que empapaba sus palabras.

–Lo siento –tenía los ojos llenos de arrepentimiento–. Piénsalo desde mi perspectiva. Estaba en la ducha y no oí nada, y me he pasado media hora peinando el terreno sin encontrar nada. No tenía ningún sentido.

–¿Así que diste por hecho que lo había imaginado? –le preguntó con sarcasmo.

Le soltó la barbilla, pero no se apartó de ella, sino que le puso las dos manos en la cintura.

–Lo siento. Al oírte mencionar a tu padre me he acordado de «hacer lo que sea necesario».

–¿Qué?

–Fueron las palabras que utilizó Tony. No te enfades, pero admitió que lo había enviado tu padre para llevarte a casa.

–¡Lo sabía!

–Y que el senador había dicho que iba a hacer lo que fuera necesario para hacerte volver –Quinn esbozó una cínica sonrisa–. Supongo que se refería a algo así.

Morgan sintió una profunda tristeza. ¿Qué clase de hombre le haría algo así a su propia hija? Siempre había sabido que su padre era un egoísta, pero aquello era demasiado. La había encerrado en un hospital psiquiátrico y ahora parecía que le había enviado a un matón para asustarla. ¿Quién era capaz de algo así?

¿Y por qué?

–¿Por qué? –dijo en voz alta–. ¿Por qué tiene tanto empeño en que vuelva a casa? ¿A quién perjudico al investigar la muerte de Layla?

–A él, al menos indirectamente –dedujo Quinn, aca-

riciándola–. La última vez que viniste a investigar saliste de aquí en ambulancia, lo que no tardó en salir en la
prensa y ambos sabemos que tu padre no quiere que se
le asocie a nada negativo.

–Pues que se vaya al infierno –farfulló, con los ojos
llenos de lágrimas–. Llevo toda la vida intentando com-
placerle. Lo hacía por mi madre y sigo haciéndolo por
ella, porque le prometí que lo apoyaría pasara lo que
pasara –meneó la cabeza con amargura–. Incluso re-
nuncié al hombre al que amo por él.

El gesto de Quinn se endureció y Morgan lamentó
haber dicho aquello. Pero era cierto. Le había hecho
una promesa a su madre y la había cumplido a pesar de
todas las veces que había sentido la tentación de man-
dar a su padre a paseo. Y el senador nunca se lo había
agradecido.

–No deberías haberme perdonado –susurró, mirándolo a los ojos–. No me lo merezco. Lo elegí a él en vez
de a ti a pesar de que en el fondo sabía que era un error
–sintió un sabor amargo en la boca–. Te aparté de mi
lado como si no merecieras nada mejor.

Quinn parecía desconcertado.

Le notaba el pulso en el cuello y los dedos temblorosos.

–Olvídalo –murmuró–. Eso es el pasado.

Le apartó las manos y volvió a mirarlo a los ojos entre lágrimas.

–No puedo olvidarlo. Y tampoco puedo seguir con
esto, se acabó la investigación, Quinn. En estos momentos, me da igual quién matara a Layla.

Por la expresión de Quinn, sabía que no lo decía en
serio, que le importaba y mucho.

–No te rindas –le pidió.

Una sola lágrima le cayó por la mejilla. Él se la quitó con el dedo, en una caricia suave e increíblemente
tierna. Y sus labios la rozaron con la misma suavidad al

besarla. Sintió su lengua, el sabor ardiente y masculino que la volvía loca.

Estuvieron allí besándose en el pasillo durante una eternidad y, en ese tiempo, Quinn logró hacer desaparecer la tensión de su cuerpo.

Cuando dejó de besarla, la miró con los ojos llenos de ánimo.

—Mañana volveremos a mirar la documentación, ¿de acuerdo?

—De acuerdo —respondió.

—Bien —volvió a acariciarle la mejilla, luego la agarró de la mano y le dijo—: ¿Nos vamos a la cama?

Morgan lo miró a los ojos, invadida por un cúmulo de emociones que acabó simplificándose en la más intensa, el amor que sentía por él.

—Sí —dijo sin dejar de mirarlo.

Tal como había prometido, Morgan volvió a examinar toda la documentación a la mañana siguiente. Quinn y ella se habían levantado temprano y, tras un delicioso aunque rápido desayuno, llevaron el café recién hecho a la mesa de la cocina y se pusieron a trabajar. Media hora después, Morgan se había rendido oficialmente. Quinn seguía repasando los informes, pero ella los había leído tantas veces que se le nublaba la vista y, a esas alturas, le parecía imposible poder encontrar algo nuevo. Así pues, se puso a hacer el crucigrama del periódico local.

—Necesito un sinónimo de «desalojo», de nueve letras —dijo.

—Los robos —farfulló Quinn.

Morgan lo miró y frunció el ceño.

—Eso no tiene sentido. Creo que es «desahucio», pero entonces el seis vertical está mal porque...

—No estoy hablando del crucigrama —la interrumpió él–. Acabo de descubrir lo que me parecía extraño de la declaración de los padres de Layla –anunció, victorioso–. Aquí dice que unos días después de la desaparición hubo varios robos en su calle.

–Sí, ¿y?

–¿No te resultó extraño que les robaran solo unos días después de que desapareciera su hija?

–Sí, y lo investigué –se apresuró a aclarar con orgullo–. Pero no encontré ninguna conexión entre los robos y la desaparición. Entraron a seis casas de la misma calle, de las que se llevaron joyas y dinero. Yo misma hablé con todas las víctimas.

–¿Y se llevaron algo de casa de los Simms?

–Sí, algunas joyas de Wendy y unos anillos de la habitación de Layla.

Quinn se recostó sobre el respaldo de la silla y se frotó la barbilla.

–¿La primera casa que robaron fue la de Layla?

–No, creo que fue la cuarta. El sheriff de entonces pensó que sería alguien del instituto que se aprovechó de que la policía estaba centrada en la desaparición y prestaba poca atención a todo lo demás –esbozó una sonrisa–. Creo que incluso interrogaron a Grady Parker.

–¿Y si no fue un ladrón? –preguntó Quinn de pronto–. ¿Y si esos robos solo eran una pista falsa para despistar? ¿Y si el asesino...?

–¿... quería algo de Layla? –terminó de decir ella–. Sí, yo también lo pensé. Que Layla pudiera tener algo que incriminara al asesino y por eso entraron en unas cuantas casas, aunque solo les interesaba la de ella. Seguramente entró en su habitación, encontró lo que buscaba y se largó.

–¿Y si no lo encontró? –sugirió Quinn–. ¿Y si Layla tenía algo que lo incriminara y aún sigue allí? ¿Alguna vez registraste su habitación?

–No –reconoció Morgan–. Cuando me puse a investigar en serio, los padres de Layla se habían deshecho de la mayoría de sus cosas y habían convertido la habitación en un despacho. Miré las cajas que tenían en el desván, pero no encontré nada.

–¿Y la habitación en sí?

–No –hizo una breve pausa–. ¿Crees que deberíamos hacerlo?

–Sí, tengo un presentimiento. Me dice el instinto que Layla tenía algo que pertenecía al asesino o que, al menos, podría conducirnos hasta él.

–A menos que lo encontrara entonces.

Quinn meneó la cabeza.

–No creo que lo hiciera. Alguien intentó matarte, lo que quiere decir que todavía hay una pista que podía llevarte hasta él. Si lo hubiese encontrado, no le preocuparía –se quedó pensando un instante–. Creo que Layla conocía al asesino y lo conocía bien. ¿Estás segura de que no estaba saliendo con nadie?

–Desde luego a mí no me lo dijo.

–Creo que iba a reunirse con alguien en el bosque y, por la intensidad de las emociones que debieron de dar lugar a tanta brutalidad, ese alguien tenía una relación con ella.

Morgan trató de asimilar toda aquella información. Todo tenía sentido. Siempre había pensado que la había matado alguien conocido.

Su instinto también se puso en funcionamiento de inmediato. Era cierto que ya entonces había sospechado que aquellos robos pudieran tener algo que ver con el asesinato, pero no los había investigado a fondo. De pronto tenía la certeza de que encontrarían algo en el dormitorio de Layla que resolvería el caso.

–Vamos ahora mismo –propuso al tiempo que se ponía en pie–. El señor Simms estará en el trabajo, pero seguro que Wendy está en casa.

La casa de Layla estaba a unos diez minutos en coche de la propiedad de los Kerr. En el camino no hablaron demasiado, pero a Morgan ya no le importaba el silencio. De pronto se sentía impaciente, ansiosa. Quizá solo le esperara una nueva decepción, pero era la primera vez que tenía una pista y rezó para que fuera otro callejón sin salida.

A juzgar por el coche beis que había aparcado en la puerta, que pertenecía a los Simms desde hacía siglos, Wendy estaba en casa.

Ya en la puerta principal, Morgan llamó al timbre con esperanza e impaciencia.

Al otro lado apareció enseguida Wendy Simms, una mujer de mediana edad, bajita y con el pelo corto que sonrió nada más verla.

–¡Cuánto me alegro de verte, querida! –exclamó al tiempo que le daba un cálido abrazo–. ¿Qué tal estás? Me preocupé mucho por ti cuando oí lo del accidente.

Wendy era la primera persona del pueblo que decía la palabra «accidente» sin ningún tipo de connotación o doble sentido. Morgan sintió mucho cariño y gratitud por la madre de Layla.

–Estoy bien –dijo y señaló a Quinn–. Este es Quinn, un amigo. ¿Podemos pasar?

–Por supuesto.

Sentados en el salón, Morgan le explicó por qué estaban allí, lo que ensombreció de pronto el rostro de aquella mujer. Pero Wendy no parecía molesta con la visita, solo con las condiciones que la habían provocado.

–No sé a qué se dedica el sheriff Wilkinson –protestó con resentimiento–. A veces pienso que tú eres la única, aparte de Mort y yo, a la que le preocupa que asesinaran a nuestra hija. No creo que encontréis nada en su habitación –les dijo a continuación, con evidente tristeza–. Pero podéis subir a mirar tranquilamente.

Les dejó subir solos con la excusa de tener que vigilar lo que tenía en la cocina.

Al abrir la puerta le sorprendió comprobar que la habitación de su amiga se había transformado en un despacho y donde había estado la cama ahora había en escritorio de cedro.

–¿Por dónde empezamos? –le preguntó Morgan a Quinn.

–Por el suelo. Si escondió algo, seguramente estará en el suelo.

–Muy bien.

Morgan se sintió un poco ridícula examinando el suelo a cuatro patas. Quinn hacía lo mismo a unos metros de distancia, pero después de un rato de golpear maderitas, llegaron a la conclusión de que no había nada.

–¿Probamos en las paredes? –sugirió ella al ver que la primera idea había fracasado.

Tampoco allí encontraron ningún hueco y, al terminar, los dos clavaron la mirada en el armario.

–Nuestra última esperanza –murmuró Morgan, yendo ya hacia él.

Se metió en el interior del mueble y examinó primero las paredes, de nuevo sin éxito. Pero al pasar la mano por el suelo, algo atrajo su atención. Los tablones del rincón estaban levantados y, debajo de uno de ellos, Morgan tocó algo metálico.

–Aquí hay algo –anunció.

–¿Qué es?

–Espera un momento –movió los dedos hasta agarrar por fin el objeto. Una caja. La sacó de allí con verdaderas ansias.

Se puso en pie y se la dio a Quinn. Era del tamaño de un libro de bolsillo, de metal y sin cerradura. Llevaba escondida en ese suelo toda una década, con la solución al misterio de la muerte de Layla, quizá.

–Ábrela –dijo él.

Con el corazón en la garganta, Morgan levantó la

tapa. Dentro había unas cuantas fotos de Layla y Jake. Las sacó para verlas mejor, debajo de ellas había unos doscientos dólares en billetes pequeños, probablemente lo que había ganado en propinas trabajando en el restaurante de Jessie. Debajo del dinero había un par de entradas de cine, algunas tarjetas de cumpleaños y una chapa de «amiga del año» que le había regalado Morgan. Al agarrar las tarjetas, se fijó en otro objeto.

Se le heló la sangre en las venas.

–Dios mío –susurró.

15

Quinn supo de inmediato que algo no iba bien. Morgan se había quedado completamente lívida y el horror de su mirada hacía pensar que había visto algo que iba a provocar un cataclismo. Empezaron a temblarle las manos de tal modo que pensó que era mejor quitarle la caja.

Buscó entre las cosas hasta dar con lo que creyó que había provocado semejante reacción en ella. Se trataba de un precioso colgante con un rubí y una cadena de plata. La piedra roja estaba rodeada de diamantes. Parecía increíblemente cara, completamente fuera de lugar en esa cajita de recuerdos infantiles.

–Deduzco que lo reconoces –susurró Quinn.

Morgan lo miró con angustia.

–Era de mi madre.

Dios. Por su cabeza pasaron cientos de ideas, la mayoría inquietantes, pero no dijo ninguna en voz alta, sino que se concentró en la que le pareció menos terrible.

–¿Hay alguna posibilidad de que Layla lo robara?

Morgan meneó la cabeza.

–No, todas las joyas de mamá están en la caja de se-

guridad que hay en el despacho de mi padre. Ni siquiera yo conozco la combinación con la que se abre.

–¿Quién la conoce?

–Solo mi padre.

Esas tres palabras le provocaron un escalofrío. Era
precisamente lo que había temido.

–¿Y Tony?

–Solo mi padre –repitió, casi sin fuerza.

Se hizo un breve silencio. Lo cierto era que jamás lo
habría imaginado. El senador Kerr era un cretino, desde luego, pero ¿un asesino? Quinn habría sospechado
antes de Jake o incluso de un desconocido, antes de
pensar en Edward Kerr.

–Tuvo que dárselo él –murmuró Morgan–. No hay
otra manera de que pudiera llegar a manos de Layla.
Tuvo que dárselo mi padre.

En sus ojos se reflejaba un sinfín de emociones.
Horror y sorpresa. Rabia y confusión. Dolor. Sabía perfectamente lo que estaba pensando. ¿Por qué iba el senador a matar a Layla? ¿De verdad lo había hecho?

–Vámonos de aquí –ordenó Quinn, metiéndose la
caja en el bolsillo de la chaqueta.

Se despidieron de Wendy y le dieron las gracias
por haberlos dejado entrar, pero ninguno de los dos le
dijo nada sobre la caja. No tenía sentido preocupar a
Wendy sin tener alguna prueba de que el senador había matado a su hija.

Hicieron todo el camino en silencio y Quinn no volvió a hablar hasta que estaban llegando a la residencia
de los Kerr.

–Puede que no fuera él –dijo, tratando de tranquilizarla.

Pero no lo consiguió.

–Nadie excepto él conoce la combinación de su caja
fuerte. Él le dio el colgante –le tembló la voz–. ¿Crees
que había algo entre ellos?

–No lo sé.

–Layla tenía diecisiete años cuando murió, y él cuarenta y tres. Dios, si se acostaba con ella... –dejó la frase a medias, frenada por el asco que sin duda le provocaba la idea.

Quinn le puso una mano sobre las suyas.

–No sabemos nada con certeza –le recordó–. Layla pudo hacerse con el colgante de otra manera.

Morgan le apretó los dedos.

–¿Tú qué crees? –le preguntó.

Tuvo que respirar hondo antes de responder.

–Creo que alguien le dio ese colgante.

–¿Mi padre?

–Probablemente –reconoció.

–Dios mío.

Detuvo el coche frente a la mansión y paró el motor, pero cuando fue a abrir la puerta, Morgan le pidió que se quedaran allí un rato.

–Ahora mismo no puedo entrar ahí –le explicó, con la mirada clavada en la majestuosa casa de su familia–. Todo encaja –reconoció después de un momento de silencio–. Por eso siempre se ha opuesto a que viniera a investigar y me decía una y otra vez que era una pérdida de tiempo –dijo, sacudida por un escalofrío–. Pero no era cierto, lo que ocurría era que no quería que descubriese la verdad.

–¿Qué crees que ocurrió? –le preguntó Quinn, acariciándole la mano suavemente.

–Supongo que se acostaba con ella –admitió con un hilo de voz–. O intentaba hacerlo. Puede que intentara seducirla y ella le dijera que no le interesaba. Ya conoces a mi padre, se pone furioso cuando alguien le lleva la contraria.

–¿Crees que ella lo rechazó y por eso la mató? –le preguntó–. No sé, preciosa, pero eso no me encaja con tu padre; él nunca pierde los estribos.

–Tienes razón. ¿Qué otra explicación encuentras?

De pronto se dio cuenta de algo que le hizo apretar los puños.

–¿Te das cuenta de que, si tu padre es el culpable del asesinato de Layla, también fue él quien preparó el accidente del puente?

Morgan lo miró con pavor.

–No puede ser. La verdad es que no lo veo capaz de intentar matar a su propia hija.

–Yo tampoco –reconoció él.

–Pero lo de anoche... –le recordó–. Sigo pensando que mi padre tuvo algo que ver.

Quinn no podía dejar de dar vueltas a todo aquello. Por un lado, la implicación de Kerr en el asesinato explicaba muchas cosas: su empeño por alejar a su hija del caso y su insistencia en que no fuera a Autumn o su deseo casi irracional de tenerla siempre controlada.

Por otra parte, le costaba imaginar a un hombre tan frío y calculador como Kerr agarrando una piedra y rompiéndole la cabeza a una muchacha de diecisiete años, por muy furioso que estuviese.

De pronto oyó un sollozo y se dio cuenta de que Morgan estaba llorando desconsoladamente. No dudó en desabrocharle el cinturón de seguridad, levantarla en brazos y sentarla sobre su regazo para poder abrazarla mientras lloraba.

–¿Y si es cierto que la mató? –le preguntó entre lágrimas–. ¿Qué voy a hacer? ¿Llamar a la policía y entregar a mi propio padre? –hundió la cabeza en su cuello sin dejar de llorar–. No sé si podría hacerlo a pesar de lo mucho que lo odio a veces.

–Antes de hacer nada de eso, creo que deberíamos volver a la ciudad y hablar con él –propuso Quinn.

–Lo negará todo.

–O puede que nos diga la verdad.

Morgan se llevó la mano a la sien como si le doliera la cabeza.

–No puedo hacerlo –estalló entre sollozos–. No puedo hablar con él, ni verlo. Al menos esta noche.

–Cuanto antes hables con él, antes sabremos si...

–¿Si es el asesino? –lo interrumpió ella con furia–. ¿Si contrató a alguien para que me tirara por el puente? Dios, Quinn, no sé si quiero saber la respuesta.

Le acarició la mejilla.

–Claro que quieres saberla. Necesitas saberla.

–Pero todavía no –insistió ella–. Ahora mismo no puedo hacerlo.

–Morgan...

–Por favor, no quiero pensar más en todo esto. No quiero pensar en nada –la angustia que había en su voz le rompía el corazón–. Ayúdame a olvidar.

No podría negárselo después de lo que acababa de descubrir. Le levantó la barbilla con un dedo y la besó en los labios, bebiéndose su dolor y sus nervios y lamentando no poder librarla de aquel horror. El aire se volvió denso dentro del coche, cargado de impaciencia y desesperación.

En solo unos segundos se habían despojado de los abrigos y Quinn había colado la mano bajo su suéter para tocarle los pechos.

Morgan se desabrochó el pantalón y se lo bajó cuanto pudo.

Sintió el calor de su sexo en el muslo, lo que hizo que su erección aumentara aún más. Se abrió la cremallera de los pantalones y dejó salir su miembro, preparado para ella. La tocó solo unos segundos antes de echar a un lado la braguita y colocar la punta de su sexo contra el de ella. Morgan soltó un gemido y acabó con los prolegómenos metiéndose de lleno su erección.

Quinn rugió de placer mientras la colocaba bien. La respiración había empañado los cristales del coche y había disparado la temperatura que había en el interior del vehículo.

Morgan se movió sobre él con furia, cerrando los ojos y apretándose contra su miembro. Él no se quejaba pues le volvía loco lo que estaba haciendo. El placer comenzó a hacerse irresistible, incontrolable.

–Morgan –le dijo, casi sin voz–. Tienes que acabar. Ya.

No sabía si estaba preparado o si lo había provocado él con sus palabras, el caso fue que, apenas las había dicho, ella soltó un grito primitivo y se entregó a un clímax arrebatador que lo arrastró también a él con la fuerza de un huracán.

Quinn tardó unos segundos en volver a la realidad y, cuando lo hizo, a punto estuvo de echarse a reír al pensar en lo que acababa de ocurrir. Lo habían hecho en el asiento delantero de un coche como un par de adolescentes revolucionados por las hormonas. Aún tenía el pulso acelerado y seguía dentro de ella. Se quedó sin respiración al mirarla a la cara y ver lo increíblemente bella que estaba.

Ella se mordió el labio inferior, lo miró con inseguridad y dijo algo que le arrebató el poco oxígeno que le quedaba en los pulmones.

–Te amo.

Quinn tragó saliva.

–Morgan...

–No, tengo que decírtelo. Te amo, Quinn. Nunca he dejado de quererte.

Resultaba muy difícil concentrarse estando todavía dentro de ella, pero después de un momento, se apartó y se abrochó los pantalones. Morgan hizo lo mismo.

–Di algo –le pidió.

–¿Qué quieres que diga? –enseguida se arrepintió de decirle eso. Sabía perfectamente lo que quería que dijese, pero no podía pronunciar esas palabras por mucho que el corazón le implorase que lo hiciera. No podía. La última vez que lo había hecho, había acabado destrozado y no iba a permitir que ocurriera de nuevo.

–Sé que tú también me amas –dijo ella mirándolo a los ojos y agarrándole la cara con ambas manos para que él también tuviera que mirarla a ella–. Y ya has reconocido que me has perdonado –le temblaba la voz–. Solo tienes que darnos una segunda oportunidad.

–Yo... no puedo.

La vio morderse el labio para no llorar.

–Siento haberlo elegido a él en vez de a ti –dijo por fin–. Me equivoqué. No debería haber dejado que se entrometiera en mi vida, ni que me convenciera para retrasar la boda. Pero me convencí a mí misma de que debía cumplir la promesa que le había hecho a mi madre. Ahora me doy cuenta de que mi padre no era como mi madre creía.

–Morgan...

Continuó hablando como si no la hubiese interrumpido:

–Es probable que matara a mi mejor amiga y no pienso seguir protegiéndolo. Te lo prometo, Quinn, nunca más volveré a ponerlo por delante de ti.

El dolor le apretó el corazón con tal fuerza que temió que se rompiera en mil pedazos. Dios, cuánto había deseado oír esas palabras... hacía dos años.

–Sé que eres sincera –reconoció con cierta brusquedad–. Y te creo, pero...

–No, no lo digas –le imploró–. Danos otra oportunidad, por favor.

La levantó muy despacio de su regazo y volvió a ponerla en el otro asiento.

–No puedo.

–¿Por qué?

–Cuando rompimos me di cuenta de que no estoy hecho para tener una relación. Siempre te exigiría más de la cuenta y querría que todo se hiciese a mi manera –

esbozó una triste sonrisa–. No creo que pudiese instalar-
me en un lugar fijo. Intenté hacerlo cuando estábamos
juntos, pero me he dado cuenta de que me gusta viajar.

–Entonces viajaré contigo –replicó ella–. Estoy harta de Washington, Quinn.

La idea de viajar con ella resultaba muy atractiva,
pero se obligó a rechazarla.

–No puedo estar contigo, Morgan –necesitó toda su
fuerza de voluntad para pronunciar aquellas palabras–.
No puedo ofrecerte la clase de relación que te mereces.

–Siempre me has dado todo lo que necesitaba –aseguró sin ocultar la decepción que sentía.

–No puedo volver a discutirlo, Morgan. Cuando viniste a mi habitación la otra noche, me prometiste que
no me pedirías nada más –la miró a los ojos–. Necesito
que cumplas tu promesa.

Morgan se quedó callada unos segundos, después
volvió a mirarlo con los ojos llenos de brillo, pero esa
vez era un brillo de furia y resentimiento.

–Está bien. Si quieres ser un cobarde, no puedo impedírtelo –abrió la puerta y sacó las piernas del coche–.
Voy a entrar a buscar el bolso y a cerrar la puerta.

–Morgan...

Salió por completo del coche.

–He cambiado de opinión. Quiero volver a la ciudad
lo antes posible. Llamaré a mi padre desde dentro y le
diré que vamos hacia allí. Después de que hablemos
con él, tú y yo seguiremos cada uno nuestro camino –
añadió con amargura–. No tienes de qué preocuparte
porque esta vez me alejaré de ti para siempre.

Dicho eso, cerró la puerta con un golpe y se marchó.

16

El viaje hasta la ciudad fue silencioso y sombrío. Morgan apenas apartó la mirada de la carretera, incapaz de mirar a Quinn por miedo a romper a llorar.

La había rechazado.

Le había entregado su corazón y él lo había rechazado.

Pero lo peor de todo era que no podía culparlo por ello. Tenía razón. Lo había puesto en segundo lugar tantas veces para hacer siempre lo que le exigía su padre. ¿Qué podía esperar que hiciera él? Después del dolor y las traiciones que había sufrido en su infancia, Quinn no debería haber tenido que aguantar algo así de su propia prometida.

Había sido tan tonta. Había permitido que una lealtad mal entendida la apartara del hombre al que amaba y ahora lo había perdido.

Se le encogió el corazón al ver que estaban ya frente al senado. Unos minutos después se encontraban camino del despacho de su padre. Lo encontraron sentado a la mesa, esperándolos con gesto impaciente e inquieto.

Después de un frío intercambio de saludos, Quinn y ella se quedaron de pie frente al enorme escritorio.

–¿A qué viene la visita? –preguntó por fin Edward.

Por mucho que intentara fingir, Morgan conocía lo bastante a su padre para saber que estaba preocupado.

–Quinn y yo tuvimos visita anoche –comenzó diciendo.

–Si te refieres a tu hermano, lo sé. Yo mismo lo envié.

–No, me refiero al tipo enmascarado que me sacó de la cama. ¿Quién era, papá? ¿Un desconocido cualquiera o un profesional?

–No sé de qué estás hablando.

–¿De verdad? Le dijiste a Tony que harías lo que fuese necesario para hacerme volver, así que deduzco que el darme un buen susto era parte del plan.

–No hay ningún plan –el senador frunció el ceño–. Otra vez estás paranoica, Morgan. Solo quería que volvieses porque te veo capaz de hacerte daño.

Eso la hizo resoplar.

–Ahórrate lo del suicidio para la prensa.

–¿Qué haces aquí? Por teléfono me has dicho que tenías algo importante que hablar conmigo, pero lo único que he oído son tus paranoias de siempre.

–¿Quieres oír algo nuevo? De acuerdo. Quinn y yo hemos encontrado algo en Autumn.

Esperó a verlo reaccionar, pero no hubo tal reacción.

Morgan se metió la mano en el bolsillo y sacó el colgante.

Esa vez sí se le escapó algo. Se le abrieron los ojos al ver la piedra, pero enseguida recuperó el autocontrol y adoptó una actitud de desconfianza.

–Eso era de tu madre. ¿De dónde lo has sacado?

–De la habitación de Layla. Estaba escondido en una caja bajo unos tablones.

–Es imposible. Las joyas de tu madre llevan en la caja de seguridad desde que ella murió.

–¿Por qué tendría entonces ese colgante mi mejor amiga?

–Supongo que lo robó –respondió rápidamente.

–O se lo diste tú –intervino Quinn con voz tranquila.

Morgan estaba haciendo un verdadero esfuerzo para controlar su ira, pero su padre parecía tan arrogante haciéndose el inocente.

–¿Qué pretendes decir? –le preguntó el senador a Quinn, con una voz que habría podido helar un océano–. ¿Que le regalé a una menor de edad un collar carísimo que pertenecía a mi difunta esposa? ¿Que tuve algo que ver en su muerte?

–Dínoslo tú –respondió Quinn.

Kerr lo miró con gesto de indignación.

–No sé en qué locura te ha metido mi hija, Adam, pero sé que eres un hombre inteligente. ¿Qué motivo iba a tener yo para matar a la amiga de mi hija?

–Tu hija está aquí mismo –espetó Morgan–. Así que te agradecería mucho que dejaras de comportarte como si no estuviera en la habitación –apretó los puños con fuerza–. ¿Qué le hiciste a Layla, papá?

Su padre volvió a clavar la mirada en ella.

–Yo no le toqué un pelo a esa muchacha y te agradecería mucho, jovencita, que no me acusaras de crímenes que no he cometido.

Morgan dio un paso al frente y dejó el colgante sobre la mesa.

–¿Cómo llegó esto a sus manos, papá?

–No lo sé –respondió con voz tranquila.

–¿Qué pasó aquel día en el bosque?

–Por el amor de Dios, Morgan...

–¿Te enfadaste con ella? ¿Te amenazó con contarle a alguien lo que había entre vosotros? O quizá pretendía romper contigo y no te gustó que...

–¡Ya basta! –exclamó el senador–. Yo no maté a esa chica, ¿me oyes? Y, si no dejas de decirlo ahora mismo, volveré a llevarte al psiquiátrico y haré que te mediquen.

Morgan se echó a temblar. Esperaba que lo negara todo, pero no que la amenazara. La rabia crecía en su interior, a punto de desbordarla. Miró de reojo a Quinn, que seguía allí de pie, observando la escena con una extraña expresión en la cara. Parecía desconcertado, pensativo, pero estaba demasiado furiosa como para plantearse qué estaría pensando Quinn.

–No te atrevas a amenazarme –le advirtió a su padre–. No estoy loca y lo sabes. Si intentas volver a ingresarme, iré a la prensa y haré todo lo que esté en mi mano para destrozar tu reputación.

El senador meneó la cabeza.

–Esto tiene que acabar, Morgan.

–Mírame a los ojos y dime que no tuviste nada que ver con la muerte de Layla.

–Yo no...

–Mírame a los ojos –le ordenó.

Su padre levantó la mirada lentamente y la clavó en sus ojos. No dijo nada.

–¿Tuviste algo que ver con la muerte de Layla? –repitió la pregunta y cada palabra era como una aguja que se le clavaba en el corazón.

–No.

Morgan sintió de pronto que el suelo que tenía bajo los pies estaba a punto de derrumbarse. Lo había visto. Era casi imperceptible, pero estaba tan acostumbrada a observar a su padre que no se le escapaba nada, ni lo más fugaz. Tan fugaz como el gesto de culpa que había visto en su rostro.

–Dios mío –susurró, con el estómago revuelto–. Estás mintiendo.

–¡Ya está bien! –exclamó dando un golpe en la mesa antes de agarrar el teléfono con una maldición en los labios–. Voy a llamar al hospital y...

–No te molestes –lo interrumpió–. Me largo de aquí.

–De eso nada –le advirtió su padre.

–No te preocupes que no voy a hablar con la prensa, pero en estos momentos no puedo ni mirarte a la cara.

–Morgan...

–Cuelga el teléfono, papá, si no quieres que llame a todas las personas que conozco y les diga que mi padre, el senador Edward Kerr, mató a una adolescente hace diez años.

Se dirigió a la puerta y Quinn la siguió. Apenas había dicho una palabra desde que habían llegado y casi se había olvidado de que estaba allí.

–No te atrevas a salir por esa puerta, Morgan –le advirtió su padre, poniéndose en pie.

–Intenta impedírmelo –dijo antes de cruzar el umbral y cerrar con un portazo.

–Respira –le pidió Quinn en cuanto salieron, pero no intentó tocarla.

–Fue él –afirmó Morgan una vez hubo recuperado la respiración.

–Yo no estoy seguro.

–Lo he visto en sus ojos. Estaba mintiendo, Quinn. Sabe lo que le ocurrió a Layla.

–Es posible, pero no sé si fue él quien la mató.

–En cualquier caso, no quiero saber nada más de él –aseguró con los ojos llenos de lágrimas.

Quinn no dijo nada.

–Lo digo en serio –insistió–. No puedo más. Lo único que le importa es su trabajo y estoy harta de intentar ser una buena hija. Que se vaya al infierno –se volvió hacia él con furia–. ¿Y sabes lo que te digo? Vete tú también, Quinn.

–¿A qué viene eso? –preguntó, desconcertado.

–Dijiste que me habías perdonado, pero no es cierto –replicó–. Si lo hubieras hecho, no te horrorizaría tanto la idea de volver conmigo. Así que hemos acabado. Muy bien. Te he pedido disculpas, te he dicho lo mucho que te amo, pero no puedo cambiar el pasado y, si no estás dispuesto a darnos una oportunidad, entonces no merece la pena intentarlo.

Echó a andar, pero él la agarró del brazo.

–¿Adónde vas?

–A mi casa y no quiero que me lleves. Iré en taxi.

Quinn la miró fijamente.

–No deberías estar sola.

–¿Por qué? –dijo con un nudo en la garganta–. Llevo sola dos años. Gracias por ayudarme, pero tienes razón, ya es hora de que sigamos cada uno con lo nuestro.

–¿Qué vas a hacer con tu padre y con el caso?

–Mañana llamaré a Jake y se lo contaré todo –esbozó una triste sonrisa–. Aunque no servirá de nada. Si mi padre mató a Layla, no tendrá que pagar por ello. Aunque yo siempre sabré la verdad. Ahora suéltame, por favor.

Quinn hizo lo que le pedía, pero seguía pareciendo desconcertado.

–No deberías irte.

Se volvió a mirarlo frente a frente.

–¿Me amas, Quinn? ¿Quieres estar conmigo?

Él se quedó callado.

–Me lo imaginaba –murmuró–. Adiós, Quinn.

La vio alejarse con la cabeza bien alta, como una guerrera que abandonaba el campo de batalla, derrotada, pero con honor y dignidad. Deseaba ir tras ella, pero no lo hizo.

La amaba, claro que la amaba. Le sorprendía que se hubiera preguntado siquiera, pues sabía que se le notaba en la cara. Pero no bastaba con eso. También había querido a sus padres y eso no había impedido que lo abandonaran como si fuese basura. Por mucho que quisiera a Morgan, se quería más a sí mismo y sabía que debía protegerse.

No podía volver a entregarle el corazón.

Estaría mejor solo. Se iría de la ciudad, llamaría a Murphy y se embarcaría en la siguiente misión.

Pero no podía irse sin antes asegurarse de que Morgan estaría bien, que fue lo que lo llevó a volver a entrar al despacho de Edward Kerr.

–¿Qué pasa ahora? –dijo el senador al verlo.

–Necesito que me prometas algo.

Kerr resopló.

–No cuentes con ello.

–Prométeme que vas a dejar en paz a Morgan. No puedes volver a ingresarla en el hospital.

–Puedo hacer lo que me dé la gana. Soy su padre.

–Así no conseguirás hacerla callar –le dijo con una gélida sonrisa–. Si me entero de que la has ingresado, yo mismo haré pública la historia y a mí es mucho más difícil hacerme callar.

–Yo no maté a esa chica –le dijo Kerr entre dientes.

Quinn lo observó detenidamente.

–Es posible que te crea.

–Entonces es que no estás tan loco como mi hija. Pero, claro, siempre ha dejado que sus fantasías...

–Pero tiene razón –lo interrumpió Quinn–. Sabes algo sobre la muerte de Layla.

–Por el amor de Dios...

–¿Quién lo hizo? ¿Fue el sheriff Wilkinson? O quizá...

–Vete de aquí.

–Ya veo que no voy desencaminado. Sabes quién la mató.

–Te he dicho que te vayas, Adam.

–Enseguida. Antes necesito que me prometas que no le vas a hacer ningún daño.

El senador apretó los labios.

–No la ingresaré, pero sí la animaré a que se vaya de la ciudad.

–No creo que tengas que hacer mucho para conseguirlo.

Kerr se encogió de hombros.

–Realmente no te importa nada, ¿verdad, senador? –Quinn meneó la cabeza con desprecio–. Es tu hija.

–Siempre he sido una molestia.

–Eres un desalmado, no sé si lo sabes.

Eso fue todo lo que dijo antes de salir del despacho y dirigirse al ascensor haciendo el mayor ruido posible. Esperó a que se abrieran las puertas, dio al botón del primer piso y, cuando volvieron a cerrarse las puertas, se encaminó de nuevo al despacho de Kerr sin hacer ruido. Como imaginaba, el senador no había perdido el tiempo para agarrar el teléfono.

Quinn había visto en sus ojos el mismo destello de culpa que había visto Morgan, pero, al contrario que ella, no se conformaba con marcharse sin saber qué le había ocurrido a Layla Simms.

Pegó la espada a la pared y se quedó junto a la puerta del despacho, atento a lo que conseguía escuchar.

–¡Maldita sea! Te lo prohíbo –le decía a alguien–. Solo es un collar, maldita sea. No hagas ninguna estupidez –una pausa–. Llevo diez años cubriéndote las espaldas y no voy a dejar que vayas a la cárcel –otra pausa–. ¡Por supuesto que pienso en mi carrera! No voy a perderlo todo porque tú cometieras un estúpido error hace diez años.

Quinn siguió escuchando. El senador estaba encubriendo a alguien, pero ¿a quién? ¿A Jake? ¿A Grady Parker?

Sus siguientes palabras le dieron la respuesta.

–Lo que hiciste en el puente fue lo último, ¿me entiendes? –una breve pausa–. Maldita sea, Anthony, no hagas nada. Ya me encargo yo de todo, como siempre.

17

Morgan nunca se había sentido tan sola como se sintió al llegar a su apartamento. Sola, triste e incómoda. ¿Cómo iba a poder olvidar todo lo que había ocurrido en las últimas semanas?

Su padre había estado implicado en la muerte de su mejor amiga y era probable que hubiera contratado a alguien para que sacara de la carretera a su propia hija.

Y Quinn... se había ido.

«Habla otra vez con él», le dijo una vocecilla. ¿Debía hacerlo? Quinn era tan testarudo como ella y le había dejado muy claro que no quería volver, pero quizá pudiera hacerle cambiar de opinión. ¿Quería hacerlo después de que la rechazara de ese modo? No sabía si podría con otro rechazo.

El sonido del timbre retumbó en toda la casa, llenándola de esperanza. Si era Quinn, seguramente acabaría humillándose de nuevo frente a él con la esperanza de oírle decir que la amaba.

Se pasó la mano por el pelo antes de abrir. La cadena estaba echada, por lo que solo pudo abrir unos centímetros, lo justo para comprobar que no era Quinn. La esperanza se desvaneció como si fuera humo.

–Hola, Tony, deja que quite la cadena.

Percibió inmediatamente la tensión de su hermano. Tenía la frente sudorosa, lo que quería decir que
había ido corriendo hasta allí o estaba muy nervioso.

–¿Estás bien? –le preguntó al tiempo que cerraba la
puerta.

–La verdad es que no.

–Pues me temo que voy a hacer que te sientas peor
porque tengo que decirte algo... sobre papá.

–Acabo de hablar con él –Tony la miró a los ojos con
el gesto de un empleado al que acabaran de despedir
a traición–. ¿Cómo has podido hacerme esto, Morgan?

–¿Qué?

Su hermano empezó a ir de un lado a otro de la alfombra. Tenía el rostro desencajado.

–¿Por qué tenías que seguir husmeando? ¿Por qué
no podías olvidarte de ese maldito caso?

Morgan se sentó en el sofá.

–Escucha, no sé qué te ha dicho papá, pero te ha
mentido. Estuvo implicado en la muerte de Layla. No
sé si fue él quien la mató, pero...

–¡Él no la mató!

–Sé que no quieres creerlo. Yo tampoco quería, pero
Quinn y yo encontramos el colgante de mamá entre las
cosas de Layla. Debió de dárselo papá.

Tony se detuvo en seco.

–Entonces se lo quedó –murmuró.

–¿Qué?

Pero él no la miraba, en realidad parecía estar en
otra parte, muy lejos de allí.

–Me dijo que lo había tirado al río... Sabía que mentía. Ella jamás habría hecho eso.

–¿Quién? –preguntó Morgan, desconcertada–. ¿Mamá?

–Layla –pronunció su nombre como si hablara de
un ser divino.

Morgan sintió una punzada en el estómago.

–¿De qué estás hablando, Tony? –entonces lo miró y lo supo–. Dios mío. ¿Qué hiciste?

Por fin volvió a mirarla.

–¿Yo? No se trata de lo que hice. Iba a dejarme.

No podía ser. Sentía los latidos de su propio corazón latiéndole en la cabeza. No podía creer que su hermano estuviese diciendo lo que estaba oyendo porque, si era así, significaba que...

–Tú la mataste –dijo, casi sin aire.

Tony. Tony había matado a Layla.

–¡Iba a dejarme! –gritó en un tono más propio de un niño que de un hombre de treinta años, o quizá de un adolescente que acababa de perder a su madre.

Eran las mismas palabras que había repetido una y otra vez tras la muerte de su madre. «Me ha dejado».

–¿Layla y tú estabais juntos? –susurró Morgan.

–Llevábamos tres meses. El día que murió era nuestro aniversario.

–El día que la mataste, querrás decir.

Él la miró con furia.

–¡No podía permitir que me dejara! Quería volver con Jake, ese cabeza de chorlito.

Morgan meneó la cabeza con estupor.

–¿Por qué no me lo contasteis ninguno de los dos?

Tony esbozó una sonrisa que hizo que se le helara la sangre.

–Queríamos que fuera un secreto, algo solo nuestro.

–¿Pero papá sí lo sabía?

–Tuve que decírselo –admitió, consternado–. Después de que Layla me dejara, yo...

–¡Después de matarla! –lo interrumpió Morgan.

–Después de que me dejara –continuó diciendo, haciendo caso omiso a su explosión de rabia–, llamé a papá. Él vino al bosque y me ayudó a encargarme de todo.

Tenía ganas de vomitar.

Encargarse de todo era enterrar el cuerpo de una adolescente en medio de un bosque y luego asegurar una y otra vez que no sabía nada sobre su desaparición. No podía creerlo. Su hermano había matado a su mejor amiga y su padre lo había ayudado a encubrir el crimen.

Aunque el autor material había sido Tony, su rabia se dirigía especialmente a su padre. Era obvio que a su hermano le había afectado mucho la muerte de su madre y que la depresión ocultaba algo más peligroso en su interior, algo que había estallado cuando había matado a Layla. ¿Y qué había hecho su padre al respecto? Lo había ocultado todo. ¡Tony habría necesitado otro tipo de ayuda, por el amor de Dios!

—¿No te das cuenta? —le preguntó su hermano, implorándole—. No podía dejar que se fuera, igual que hizo mamá.

Dios, al mirarlo vio un niño confundido.

—Podrías haber hablado conmigo —le dijo con un nudo en la garganta.

Pero Tony meneó la cabeza.

—Tú también te habrías marchado algún día.

—Eres mi hermano, Tony. Yo jamás te abandonaría.

—Es posible, pero quieres quitármela y no puedo dejar que ocurra.

—¿Quitarte a quién? —le preguntó, asustada.

—¡A Caroline!

—¿A tu novia? —estaba confundida—. Yo no intento separarla de ti.

—¡Quieres mandarme a la cárcel y entonces ella me dejará! ¡Todas las mujeres me abandonan!

Morgan intentó levantarse del sofá, pero Tony le gritó:

—¡Siéntate!

Fue entonces cuando se percató del bulto que tenía en el bolsillo derecho y se le aceleró el corazón.

–Tony...

–Calla –sacó la mano del bolsillo.

El terror se apoderó de ella al ver aquel brillo plateado. Su hermano llevaba una pequeña pistola que había pertenecido a su madre y que habían guardado bajo llave, junto con las joyas.

–Era de mamá –le explicó al ver que ella miraba el arma–. La saqué de la caja el mismo día que el collar.

–¿Conocías la combinación?

–Me la dio mamá cuando tenía ocho años –presumió con arrogancia, como si le estuviera diciendo que lo había querido más que a ella–. Estábamos muy unidos.

–¿Por qué no guardas eso, Tony? Los dos sabemos que no vas a utilizarla.

–¡No creas que me conoces! ¡Ella es la única que me conoce!

No sabía a quién se refería, si a Layla, a su madre o a Caroline. Seguramente no importaba. Era obvio que su hermano había perdido la cabeza hacía tiempo, quizá antes incluso de matar a Layla. Y Morgan no se había dado cuenta. Se había pasado la vida rebelándose contra su padre, luchando por ser independiente y poder huir de las exigencias del senador. Nunca había dado importancia al estado en el que había quedado su hermano tras la muerte de su madre. Había achacado su incapacidad para comprometerse a que era demasiado exigente.

Resultaba irónico que su padre hubiese pasado años contando historias sobre los problemas mentales de su hija cuando tenía un hijo realmente enfermo delante de sus narices.

–Guarda la pistola, Tony –le pidió suavemente–. No queremos que nadie se haga daño.

Una parte de ella se negaba a creer que su hermano fuera capaz de dispararle, pero le preocupaba el brillo que veía en sus ojos y no se atrevía a intentar quitarle el arma.

–Intenté hacer que lo dejaras a tiempo –le explicó Tony–. No quería hacerte daño, Morgan, pero ahora no tengo otra elección.

–¿Hacer que lo dejara? –repitió, horrorizada–. Tú intentaste matarme en el puente.

–No intenté matarte –dijo chillando–. Solo quería asustarte para que te fueras del pueblo.

–¿Y anoche? ¿También fuiste tú quien entró en mi habitación?

Tony asintió y parecía arrepentido.

–¿Cómo sabías que Quinn no estaba conmigo en la habitación?

–Por el interfono –reveló, encogiéndose de hombros–. Lo encendí antes de irme.

–Entonces no llegaste a marcharte de Autumn, volviste a la casa y estuviste espiándonos.

–No tienes derecho a enfadarte conmigo, Morgan. Fuiste tú la que lo empezaste todo. Si hubieses dejado las cosas tranquilas, todo habría ido bien.

–Pero Layla seguiría muerta –susurró ella.

–¡No podía permitir que me dejara!

Miró a su hermano y sintió ganas de gritarle y zarandearlo, pero consiguió mantener la voz tranquila.

–¿Qué piensas hacer con eso? –le preguntó, señalando la pistola–. ¿Vas a dispararme?

–Claro que no.

Morgan enarcó una ceja.

–¿No?

–No, te vas a disparar tú sola.

Eso la dejó muda. El tiempo se detuvo de golpe. Lo miró a los ojos y supo que lo decía en serio.

–Otro intento de suicidio –dijo–. Solo que esta vez no será fallido.

–No voy a dispararme.

–Eso es lo que creerá la policía. Trae la libreta que tienes en el escritorio, Morgan.

Dios, estaba completamente loco. De verdad pretendía matarla y hacer que pareciera un asesinato.

–No.

–Como quieras –se encogió de hombros y fue él a buscar la libreta–. Escribe.

Morgan tragó saliva, intentando buscar una manera de escapar. No podía lanzarse sobre él porque podría disparársele la pistola y salir herido alguno de los dos. Al margen de lo que le hubiera hecho a Layla, no quería que le pasara nada a su hermano. Era evidente que necesitaba ayuda psiquiátrica.

De pronto deseó que Quinn estuviese allí. Él sabría qué hacer. Pero seguramente estaría ya camino de Panamá o de Colombia, o quién sabía dónde. Y no quería nada con ella.

Fue entonces cuando se le ocurrió el viejo truco de hacer hablar al loco hasta que se le ocurriese algo.

–¿Qué quieres que escriba? –le preguntó por fin, tratando de no llorar.

–Empieza con: *Querido papá, ya no puedo seguir con todo esto.*

Morgan respiró hondo y agarró el bolígrafo.

Ella estaba bien. No había motivo para preocuparse. Quinn intentaba convencerse a sí mismo mientras se alejaba del edificio del senado. La había llamado por teléfono para contarle lo que acababa de descubrir, pero le había saltado el contestador. Luego se había acordado de que su teléfono móvil se había quedado en el hospital y la había llamado a casa, pero allí también se había topado con el contestador. Por un momento había pensado en llamar a la policía, pero no quería delatar a Tony hasta haber hablado con Morgan.

¿Por qué no contestaba al teléfono?

El primer semáforo que se encontró se puso en rojo, lo que le dio tiempo para imaginar todo tipo de cosas horribles. La más aterradora era la de llegar a su apartamento y encontrarla muerta.

No, era absurdo. Tony no haría daño a su hermana. ¿Verdad?

No había dejado de preguntárselo desde que había oído pronunciar su nombre al senador y le horrorizaba pensar que no estaba seguro de que la respuesta fuese «no».

Tony estaría desesperado y dispuesto a hacer cualquier cosa. Y él no podía seguir esperando a que los semáforos se pusieran en rojo, así que apretó a fondo el acelerador y se dirigió al apartamento de Morgan a toda velocidad. Llegaría allí y la encontraría sana y salva. Le contaría lo que había descubierto sobre su hermano y luego...

¿Luego qué?

¿Volvería a marcharse?

¿Qué se suponía que debía hacer? Había estado bien sin ella. No la necesitaba. «Eres un cobarde», resonó la acusación en su cabeza y por más que intentó acallarla, siguió escuchándola. No tenía razón. No le daba miedo estar con ella, simplemente no le interesaba.

¿Entonces por qué iba como loco a asegurarse de que estaba bien?

Porque era lo que debía hacer.

La respuesta no le convenció del todo, pero por suerte ya estaba frente a su casa.

Por desgracia lo primero que vio fue el coche de Tony aparcado en la puerta del edificio.

Se le hizo un nudo en el estómago.

Entró corriendo al edificio y subió por las escaleras para ir más rápido. Llegó al segundo piso con la pistola en la mano. La puerta estaba cerrada, pero bastó un pequeño empujón para abrirla. No encontró a nadie en el vestíbulo, pero se oían voces procedentes del salón.

Fue sigilosamente hacia la única luz que había en la casa. Estaba sorprendentemente tranquilo. Era un profesional entrenado para ese tipo de cosas.

Pero esa vez era muy distinto.

–Nadie creerá que yo he escrito esto –se oyó la voz de Morgan.

–Sigue escribiendo –le ordenó Tony–. Pon: *Siento el dolor que le he ocasionado a todo el mundo.*

Quinn se pegó contra la pared antes de asomarse cuidadosamente. Por primera vez desde que había entrado a la casa, se le disparó el pulso. Morgan estaba sentada en el sofá, escribiendo en una libreta.

A su lado estaba Tony, apuntándole a la frente con una pequeña pistola.

18

Quinn deseaba entrar allí y meterle una bala en la cabeza a Tony, pero consiguió mantener la calma y pensar cómo liberar a Morgan sin ponerla en peligro.

Parecía asustada, pero sin duda tenía la situación bajo control, eso le hizo sentir un profundo orgullo. Era admirable que fuese capaz de permanecer tranquila mientras le apuntaban con una pistola. No mucha gente podría hacerlo, pero Morgan... Morgan era increíble en muchos sentidos.

–Bien hecho –dijo Tony cuando consiguió que firmara la nota de suicidio que le había hecho escribir–. Siento mucho todo esto, Morgan. Supongo que entiendes por qué tengo que hacer esto.

Oyó los pasos de Tony acercándose a su hermana.

–Si se entera de la verdad, me abandonará. Pero quiero que sepas que te quiero –hubo un momento de silencio–. Cierra los ojos. Será solo un momento.

Era el momento de actuar.

Quinn irrumpió en la habitación y le puso la pistola en la cabeza a Tony.

–Suelta el arma –le ordenó.

Tony se volvió a mirarlo, asombrado.

–¿Qué haces aquí? –la sorpresa se había convertido en rabia.

–Suelta la pistola –insistió Quinn–. Tú no quieres hacer daño a tu hermana.

–No debería preocuparte lo que le pasara. ¡Ella te abandonó!

–En realidad fui yo quien la abandonó a ella.

No pudo evitar mirar a Morgan y se le encogió el corazón al ver las lágrimas que tenía en los ojos. Estaba pálida y parecía cansada, asustada y preocupada... pero tan increíblemente hermosa que casi le dolía mirarla.

Y era toda suya. Le había robado el corazón nada más conocerla y había estado dos años engañándose, diciéndose que la había olvidado cuando no era así. Jamás la olvidaría porque le había robado el corazón y sería suyo para siempre.

–Mataste a esa chica e ibas a matar a tu hermana. Tony, necesitas ayuda –le dijo, dando un paso hacia él.

–¡Calla! ¡Y no te acerques a mí! –le temblaba la mano con la que sujetaba la pistola.

–Has cometido errores tremendos, pero eso no significa que tu vida se haya acabado. Había circunstancias atenuantes que ningún juez pasará por algo.

–¡No va a haber ningún juez! –estalló Tony–. ¡No puedo ir a la cárcel! Caroline me dejaría y...

Quinn se abalanzó sobre él y le asestó un golpe en el pecho que le hizo soltar la pistola. El arma cayó al suelo y detrás fue Tony, arrastrando consigo a Quinn.

Mientras forcejeaban, Quinn tuvo que admitir que era más fuerte de lo que habría imaginado. Consiguió agarrar la pistola y, cuando quiso darse cuenta, estaba apuntando a Morgan, que se había levantado para intentar llegar al teléfono. Quinn lo miró con horror, pero su duda solo duró un instante. En el momento que vio que acercaba el dedo al gatillo, le pegó dos tiros en el pecho.

–¿Qué...? –se miró el pecho y vio con asombro cómo dos manchas rojas le teñían la camisa.

Quinn corrió a su lado, le quitó la pistola y le pidió a Morgan que llamara a la policía.

–Dios mío –dijo ella, paralizada–. ¿Está bien?

–¡Llama, Morgan!

La oyó hablar, pero no prestó atención a lo que decía. Tony estaba perdiendo mucha sangre.

–Ella me dejó –susurró, mirándolo fijamente.

–No hables –le pidió Quinn.

Se quitó la chaqueta y le apretó la tela contra las heridas, pero tenía la impresión de que no iba a servir de nada porque cada vez salía más sangre y tenía menos color en la cara.

Morgan no tardó en volver y arrodillarse junto a su hermano.

–¿Puedes oírme, Tony?

–¿Mamá?

–No, soy... –Morgan miró a Quinn con confusión y tristeza y supo lo que debía hacer–. Sí, soy yo.

–¿Vas a cuidar de mí?

–Claro, cariño. No te preocupes por nada. Yo estoy aquí.

–Lo siento, mamá.

Su pecho dejó de moverse. Morgan levantó las manos manchadas de sangre y las miró como si no pudiera creerlo.

–Se ha ido.

Quinn lo lamentaba profundamente por Morgan, pero no podía arrepentirse de lo que había hecho porque Tony la habría matado. Para él no había nada más importante en el mundo que protegerla.

Porque la amaba.

La amaba con todo su corazón.

Mientras se oían a lo lejos las sirenas, Quinn se acercó a ella y la estrechó en sus brazos.

Morgan no sabía qué sentir. Quinn había matado a su hermano, pero, si no lo hubiera hecho, Tony la habría matado a ella.

–Me has salvado la vida –le dijo cuando lo vio salir del largo interrogatorio que le había hecho la policía hasta llegar a la conclusión que había actuado en defensa propia.

En lugar de responder, Quinn le echó su jersey por los hombros, le pasó un brazo por la cintura y salieron juntos de la comisaría.

Necesitaba un poco de aire fresco por lo que, a pesar de que era ya más de media noche, echaron a andar en lugar de parar un taxi. Habían ocurrido tantas cosas. Su padre iba a ser acusado de cómplice de homicidio, lo que le haría perder su condición de senador, aunque seguramente la acusación no llegaría a ninguna parte.

Llegaron a un parque en silencio y se sentaron el uno junto al otro.

–¿Podrás perdonar a tu padre? –le preguntó Quinn.

–No sé si podré.

–Sigue siendo tu padre.

Morgan lo miró, sorprendida y con lágrimas en los ojos.

–¿Desde cuándo importa eso? A ti nunca te gustó y siempre fue mi padre.

–No me había parado a pensar lo que significa porque nunca tuve una familia, por eso no comprendía que le aguantases tanto. No lo he entendido hasta esta noche.

Morgan no dijo nada, tenía la sensación de que aquella conversación era... algo importante y no quería estropearlo.

–Al verte llorar la muerte de Tony me di cuenta de que, por atroces que fueran sus pecados, siempre sería tu hermano. Y supongo que es lo mismo con tu padre.

–Sí.

Volvió a quedarse callado y, al ver que el silencio se prolongaba, decidió hablar ella.

–¿Vas a quedarte en un hotel esta noche?

–Sí.

–¿Y mañana te irás de la ciudad?

Otra afirmación.

–¿Adónde?

–No lo sé –hizo una pequeña pausa–. Quiero que vengas conmigo.

Morgan levantó la mirada hasta sus ojos.

–¿Qué?

–Que quiero que vengas conmigo –repitió con voz suave, casi frágil–. ¿Vendrás?

Estaba tan cansada que tenía alucinaciones.

–¿Morgan?

Volvió a mirarlo.

–¿Me he vuelto loca, o acabas de pedirme que vaya contigo?

–No te has vuelto loca.

–¿Por qué? Dijiste que no querías tener una relación. ¿Qué es lo que ha cambiado?

–Todo –se limitó a decir, pero con una pasión innegable–. Esta noche, cuando he visto esa pistola apuntándote, me he dado cuenta de que, si te pasaba algo, yo también me moriría. No puedo vivir sin ti, Morgan. Lo he intentado y no funcionó. Te necesito a mi lado.

De sus ojos cayó una sola lágrima que él le secó con una suave caricia.

–Tenías razón –siguió diciendo Quinn–. No te había perdonado, me convencí de que sí porque necesitaba olvidarte y, si no podía hacerlo, era porque seguía enfadado contigo. Seguía culpándote por haber cancelado la boda y por dejar que tu padre se entrometiera en nuestra relación. No entendía cómo podías hacer todo eso y seguir diciendo que me amabas. Pero ahora lo entiendo.

—Me equivoqué —reconoció ella.

—Los dos nos equivocamos. Yo jamás debería haberte abandonado.

Dejó de llorar, pero seguía invadiéndola la emoción.

—Entonces, ¿seguimos adelante con esa segunda oportunidad que dijiste? —le preguntó Quinn con una sonrisa en los labios.

Ella también sonrió.

—Sí.

Sellaron la decisión con un beso que los dejó a los dos jadeando.

—¿Entonces vendrás conmigo?

—¿Adónde?

—Adonde queramos. Adonde me lleve a mí mi trabajo y a ti el tuyo. Solo tienes que prometerme que no te separarás de mí.

El corazón se le llenó de alegría.

—Si tú me prometes lo mismo.

—Te lo prometo. No voy a separarme de ti jamás. De hecho, creo que deberíamos casarnos ahora mismo.

—¿En serio? ¿No deberías pedírmelo antes?

—Te lo pedí hace dos años —le recordó con gesto pícaro.

—Entonces quieres que me vaya contigo, que me case contigo... ¿algo más?

—Solo una cosa más.

Morgan enarcó una ceja.

—¿Qué?

—Quiero decirte que te amo.

Hacía dos largos años que no le oía pronunciar aquellas maravillosas palabras y, al hacerlo, sintió una alegría tan intensa que la dejó sin habla.

–No sé si me has oído, ¿debería repetirlo?

Solo pudo asentir.

–Te amo –dijo al tiempo que se inclinaba para besarla en los labios, después se apartó y volvió a repetir aquellas mágicas palabras–: Te amo, Morgan.

Por fin recuperó el habla y aprovechó para mirarlo a los ojos con el mismo amor que veía en ellos y le dijo:

–Yo a ti también te amo... Adam.

EPÍLOGO

Seis meses después

–Morgan, ¿estás ahí?

Quinn salió a la playa privada en busca de su esposa. La encontró sentada sobre la toalla a pocos metros de distancia, bajo una colorida sombrilla y tomando una limonada.

Acababa de volver de Panamá y había ido a toda prisa a la casa que tenían alquilada después de oír un mensaje en el que Morgan le decía algo de un cambio de planes que podría complicar las cosas. Pero, por lo que veía, no parecía haber ninguna complicación.

–¿Qué ocurre? –le preguntó al llegar junto a ella.

Estaba bronceada y radiante. Llevaban seis meses en Costa Rica y utilizaban aquella casa como base adonde regresaban de los lugares a los que los habían llevado sus respectivos trabajos. Pero en todo momento estaban al corriente de lo que sucedía en Estados Unidos, especialmente en la ciudad de Washington. Lo último que habían sabido era que el senador Kerr había renunciado a su puesto en el senado y, tal y como habían imaginado, no había recibido ninguna acusación por su participación en la muerte de Layla, que quedaría impune para siempre.

Algo que a Morgan aún le costaba asimilar.

–¿Por qué tienes esa cara de preocupación? –le preguntó ella.

–Por ti y por el mensaje que me has dejado. ¿Qué era eso de las complicaciones?

–Solo quería que supieras que puede que tengamos que cambiar algunos planes –dijo, encogiéndose de hombros.

–¿Como cuáles?

–El viaje a Australia, por ejemplo, y desde luego el que íbamos a hacer a Rusia en invierno para que yo escribiese ese reportaje sobre la prostitución de menores.

Quinn frunció el ceño.

–¿Por qué vas a dejar ese reportaje?

Volvió a encogerse de hombros con fingida inocencia.

–Porque no es bueno viajar en el tercer trimestre.

El corazón le dejó de latir por un instante.

Morgan sonrió.

–¿Estás diciendo lo que yo creo?

–Sí –la sonrisa aumentó aún más en su rostro–. Me has dejado embarazada.

Quinn se quedó inmóvil un momento y, cuando recuperó la capacidad de reaccionar, apareció en su rostro una sonrisa enorme, se arrodilló frente a Morgan, la envolvió en sus brazos y la besó con auténtico fervor.

–¿Estás segura?

–Ayer mismo me lo confirmó el médico. Estoy de tres meses.

–¿Y sabes ya si es niño o niña?

–Claro que lo sé, no habría podido aguantar la curiosidad –hizo una pausa para torturarlo–. ¿Quieres saberlo?

Quinn asintió varias veces.

Ella lo miró con los ojos llenos de felicidad.

—Es una niña.

Ya podía imaginársela, igualita a su madre. Volvió a abrazarla y, al besarla, supo sin la menor duda que por fin había encontrado lo que había deseado toda la vida. Amor. Felicidad. Aprobación. Y una familia.

TÍTULOS PUBLICADOS EN TIFFANY

Claudia Cardozo
(Magia peligrosa y A contraluz)

Diana Palmer
(Huida hacia un sueño y Flor de deseo

Claudia Cardozo
(La melodía del silencio y Renacer entre brumas)

Christine Rimmer
(El regreso de la princesa, La dulce espera y
Unidos por el destino)

Sarah Morgan
(El ático de la Quinta Avenida y Una noche sin retorno)

Sherryl Woods
(Atrapar a un ladrón y El dilema)

Amber Lake
(La luz de tu mirada y Un día más en el paraíso)

Susan Mallery
(Dulces palabras de amor y El seductor seducido)

Brenda Novak
(En tus brazos y Buscando su lugar)

JULIA™

ANNA CLEARY
MI VECINO ITALIANO

Los planes de vacaciones de Pia Renfern eran sencillos: relajación y recuperación eran los únicos puntos de su lista de cosas pendientes. Y suponía que no iban a ser demasiado difíciles de conseguir en Positano, el bello y exclusivo pueblo…

Pero incluso antes de salir del aeropuerto, el corazón de Pia se había desbocado, le cosquilleaba la piel y su mente estaba llena con imágenes alocadas y desinhibidas de una aventura de vacaciones. ¿El culpable? Valentino Silvestri: glorioso semidiós italiano y nuevo vecino de la puerta de al lado… Teniéndolo a él en el umbral a diario, ¿cómo iba a poder relajarse?

N.º 477

ABIGAIL STROM
EL DESEO DEL MILLONARIO

Era el trato más sencillo del mundo. Lo único que Allison Landry tenía que hacer era salir con el magnate informático Rick Hunter durante unos meses. A cambio, él la ayudaría a financiar su organización benéfica.

¿Cómo iba ella a negarse? Sobre todo, cuando se trataba del hombre más atractivo que había visto jamás.

Rick tenía una merecida reputación de soltero recalcitrante. Sin embargo, si seguía comportándose como un playboy, perdería el único hogar que había conocido. Y Allison encajaba a la perfección en su plan, pues ninguno de los dos buscaba una relación estable. Aunque la joven pronto le haría soñar con un futuro juntos...

¡YA EN TU PUNTO DE VENTA!

Tiffany

Tres 3 en 1 uno

Elle Kennedy

Amor inocente

Había mucha gente en Serenade
con motivos para matar a Teresa
Donovan, pero todos pensaban
que su exmarido, Cole, era el
asesino. Todos salvo la agente
del FBI Jamie Crawford.

El desastroso matrimonio de Cole había arruinado su confianza
en las mujeres, pero, al conocer
a Jamie, su armadura protectora
comenzó a derretirse...

Deseo inocente

Sarah Connelly, madre adoptiva
de un bebé de cuatro meses, no
podía creer que el hombre del
que había estado tan enamorada estuviese metiéndola en un
calabozo. El comisario Patrick Finnegan prometía sacarla de
aquel aprieto, pero su confianza en él había desaparecido cuatro años atrás. Aun así, estar con aquel hombre tan imponente
hacía que su pulso se acelerase...

Su ángel vengador

Morgan Kerr sabía que su exprometido, Adam Quinn, no quería
saber nada de ella. Dos años atrás, el duro mercenario la había
dejado, convencido de que lo había traicionado. Sin embargo,
habían asesinado a su mejor amiga y su padre quería encerrarla
en un hospital psiquiátrico, así que necesitaba la ayuda y el
perdón de Quinn.